Max Brooks

GUERRA MUNDIAL Z

Max Brooks es el exitoso autor del bestseller de *The New York Times, Zombi: Guía de supervivencia* (2003). También ha escrito guiones para *Saturday Night Live*, por los que ha obtenido un premio Emmy. La novela gráfica *Zombi: Guía de supervivencia, ataques registrados* (2009) es su obra más reciente.

GUERRA MUNDIAL Z

GUERRA MUNDIAL Z
UNA HISTORIA ORAL DE LA GUERRA ZOMBI

MAX BROOKS

TRADUCCIÓN DE PILAR RAMÍREZ TELLO

VINTAGE ESPAÑOL
Una división de Random House, Inc.
Nueva York

PRIMERA EDICIÓN VINTAGE ESPAÑOL, MAYO 2013

Copyright de la traducción © 2008 por Pilar Ramírez Tello

Todos los derechos reservados. Publicado en acuerdo con
Editorial Almuzara, S.L., en Córdoba, en los Estados Unidos de América
por Vintage Español, una división de Random House, Inc., Nueva York,
y en Canadá por Random House of Canada Limited, Toronto. Originalmente
publicado en inglés en EE.UU como *World War Z: An Oral History of
the Zombie War* por Crown, un sello de The Crown Publishing Group, una
división de Random House Inc., Nueva York, en 2006. Copyright © 2006
por Max Brooks. Esta traducción fue originalmente publicada
por Editorial Almuzara, S.L., Barcelona, en 2008.
Copyright © 2008 por Editorial Almuzara, S.L.

Vintage es una marca registrada y Vintage Español y
su colofón son marcas de Random House, Inc.

Información de catalogación de publicaciones disponible en
la Biblioteca del Congreso de los Estados Unidos.

Vintage ISBN: 978-0-307-95081-9

Para venta exclusiva en EE.UU., Canadá, Puerto Rico y Filipinas.

www.vintageespanol.com

Impreso en los Estados Unidos de América
10 9 8 7 6 5 4 3 2 1

Para Henry Michael Brooks,
que hace que desee cambiar el mundo.

GUERRA MUNDIAL Z

ÍNDICE

Introducción   11

Advertencias   15
Culpa   69
El Gran Pánico   99
El momento decisivo   149
Frente interno: Estados Unidos   191
En el resto del mundo y por encima de él   255
Guerra total   363
Despedidas   439

Agradecimientos   457

Introducción

Se la conoce por muchos nombres: La Crisis, Los Años Oscuros, La Plaga Andante, así como otros apelativos nuevos más «a la moda», como Guerra Mundial Z o Primera Guerra Z. Yo prefiero no utilizar este último apodo, ya que implica una inevitable Segunda Guerra Z. Para mí siempre será la Guerra Zombi, y, aunque puede que muchos pongan en tela de juicio la precisión científica de la palabra *zombi*, les costará encontrar otro término mundialmente aceptado para designar a las criaturas que estuvieron a punto de provocar nuestra extinción. *Zombi* sigue siendo una palabra devastadora, con una capacidad incomparable para evocar numerosos recuerdos y emociones, y son dichos recuerdos y emociones los que dan forma a este libro.

Este registro de la mayor contienda en la historia de la humanidad debe su creación a un conflicto mucho más pequeño y personal con la presidenta del Informe de la Comisión de Posguerra de Naciones Unidas. Mi tarea inicial para la Comisión podría describirse como un trabajo hecho con amor, nada más y nada menos. El estipendio para viajes, el acceso de seguridad, el ejército de traductores, tanto humanos como electrónicos, y el «cacharro» de transcripción activado por voz, pequeño, pero de incalculable valor (el mejor regalo posible para el mecanógrafo más lento del mundo), dejaban claro el respeto y el aprecio que despertaba mi trabajo en este proyecto. Así que, como puede suponerse, me resultó traumático descubrir que la mitad del mismo había desaparecido de la edición final del informe.

«Era demasiado íntimo —me dijo la presidenta durante

una de nuestras muchas y "animadas" discusiones—. Demasiadas opiniones, demasiados sentimientos, ése no es el objetivo de este informe. Necesitamos hechos y números claros, que no los enturbie el factor humano.»

Evidentemente, tenía razón; el informe oficial era una serie de datos puros y duros, un «informe de seguimiento de la acción» con el que las generaciones futuras podrían estudiar los sucesos de aquella década apocalíptica sin verse influidos por el «factor humano». Pero ¿no es el factor humano lo que nos conecta de forma tan íntima con el pasado? ¿Serán tan importantes para las generaciones futuras las cronologías y las estadísticas de fallecidos como los relatos personales de unos individuos no muy distintos a ellos? Al excluir el factor humano, ¿no nos arriesgamos a crear un distanciamiento emocional que, Dios no lo quiera, podría llevarnos a repetir la historia? Y, al final, ¿no es el factor humano la única diferencia real entre nosotros y el enemigo al que ahora nos referimos como «los muertos vivientes»? Presenté este argumento a mi jefa, quizá de una forma menos profesional de lo que resultaba adecuado, y ella, después de oírme terminar con un «no podemos dejar morir estas historias», respondió inmediatamente así: «Pues no las dejes morir, escribe un libro. Tienes todas las notas, y la libertad legal para usarlas. ¿Quién te impide mantener estas historias vivas en las páginas de tu [imprecación borrada] libro?».

No me cabe duda de que algunos críticos discreparán con la idea de publicar un libro de historias personales cuando ha transcurrido tan poco tiempo desde el final de las hostilidades en todo el mundo. Al fin y al cabo, sólo han pasado doce años desde la declaración del Día VA en los Estados Unidos continentales, y apenas una década desde que la antigua primera potencia mundial celebró su liberación en el Día de la Victoria en China. Como la mayoría considera que el Día VC fue el fin oficial, es difícil obtener una perspectiva auténtica, ya que, en palabras de un colega de la ONU: «Llevamos tanto tiempo de paz como tiempo estuvimos en guerra». Es un argumento válido y merece respuesta: en el caso de esta generación, los que han luchado y sufrido para conseguirnos la década de paz de la que ahora disfrutamos, el tiempo es tanto un enemigo como un aliado. Sí, los años venideros lo pondrán todo en perspectiva y añadirán una mayor sabiduría a los recuerdos, vistos a la luz de un mundo maduro de posguerra. Pero puede que muchos de esos recuerdos ya no existan, porque habrán quedado atrapados en unos cuerpos y espíritus demasiado deteriorados o enfermos para ver cómo se cosechan los frutos de su victoria. No es un secreto que la expectativa de vida mundial ha quedado reducida a una mera sombra de lo que fuera antes de la guerra. La desnutrición, la contaminación, la aparición de enfermedades previamente erradicadas, incluso en los Estados Unidos, donde hemos vivido un resurgimiento económico y la creación de un sistema de salud universal, conforman nuestra realidad; simplemente, no hay suficientes recursos para atender todas las heridas físicas y mentales de las víctimas. Por culpa de este enemigo, el tiempo, he decidido renunciar al lujo de la perspectiva y publicar estos relatos de los supervivientes. Quizá dentro de unas décadas, alguien retome la tarea de registrar los testimonios de unos supervivientes mucho más ancianos y sabios; quizá lo haga yo mismo.

Aunque esto es principalmente un libro de recuerdos, incluye muchos detalles tecnológicos, sociales, económicos, etc. que se pueden encontrar en el informe original de la Comisión, ya que están relacionados con las historias de las voces que aparecen en estas páginas. Este libro es suyo, no mío, y he intentado que mi presencia resultara invisible siempre que he podido. Las preguntas incluidas en el texto sólo sirven para ilustrar las preguntas que podrían haberse hecho los lectores. He procurado guardarme mis opiniones y comentarios; si debe eliminarse algún factor humano, que sea el mío.

Advertencias

Municipalidad de Chongqing (Federación Unida de China)

[En su apogeo, antes de la guerra, esta región contaba con una población de más de treinta y cinco millones de personas. En la actualidad apenas quedan unas cincuenta mil. Los fondos para la reconstrucción han tardado en llegar a esta parte del país, ya que el gobierno ha decidido concentrarse en las zonas costeras, de mayor densidad de población. No hay red eléctrica, ni agua corriente, aparte de la del río Yangtze, pero las calles están limpias de escombros, y el «consejo de seguridad» local ha evitado que se produzcan nuevos brotes. El presidente de este consejo es Kwang Jingshu, un médico que, a pesar de su avanzada edad y las heridas de guerra, todavía visita a domicilio a todos sus pacientes.]

El primer brote que vi fue en una aldea remota que, oficialmente, no tenía nombre. Los residentes la llamaban Nueva Dachang, aunque era por nostalgia, más que por otra cosa. Su antiguo hogar, la Vieja Dachang, llevaba en pie desde el periodo de los Tres Reinos, y se decía que sus granjas, casas y árboles tenían cientos de años. Cuando se construyó la Presa de las Tres Gargantas y empezaron a subir las aguas del embalse, gran parte de Dachang se había desmantelado, ladrillo a ladrillo, para después construirla en un terreno más alto. Sin embargo, aquella Nueva Dachang ya no era un pueblo, sino un «museo nacional histórico». Para los pobres campesinos tuvo que ser una angustiosa ironía comprobar que su aldea se salvaba, pero que sólo podían visitarla como turistas. Quizá por eso algunos de ellos decidieron llamar Nueva Dachang a su recién construido municipio, para conservar algún vínculo con su herencia, aunque fuera en el nombre. Personalmente, yo no sabía que existiese aquella otra Nueva Dachang, así que puede imaginarse mi desconcierto al recibir la llamada.

El hospital estaba en silencio; había sido una noche tranquila, incluso con el creciente número de accidentes de conductores ebrios. Las motos se estaban haciendo muy populares; solíamos decir que las Harley-Davidson mataban a más jóvenes chinos que todos los soldados norteamericanos en la guerra de Corea. Por eso me sentía tan agradecido de poder disfrutar de un turno tranquilo. Estaba cansado, y me dolían la espalda y los pies. Iba de camino a la calle para fumarme un cigarrillo y contemplar el amanecer, cuando oí que me llamaban por megafonía. La recepcionista de aquella noche era nueva y no entendía bien el dialecto, pero se trataba de un accidente o una enfermedad. Era una urgencia, eso quedaba claro, y nos preguntaban si podíamos acudir en su ayuda cuanto antes.

¿Qué iba a decir? Los médicos más jóvenes, los chavales que creen que la medicina no es más que una forma de engordar sus cuentas bancarias, no iban a ayudar a cualquier *nongmin* por amor al arte. Supongo que, en el fondo, sigo siendo un viejo revolucionario. «Tenemos el deber de ser responsables ante el pueblo.»* Aquellas palabras toda-

---

* De «*Citas del presidente Mao Zedong*», *extraído de* La situación y nuestra política después de la victoria en la Guerra de Resistencia contra Japón, *13 de agosto de 1945.*

vía significaban algo para mí..., así que intenté recordarlo mientras mi Deer* botaba y traqueteaba por las sucias carreteras que el gobierno había prometido pavimentar, aunque nunca había llegado a hacerlo.

Me costó una barbaridad encontrar el sitio. Oficialmente no existía, por lo que no estaba en ningún mapa, así que me perdí varias veces y tuve que preguntar la dirección a algunos vecinos que creían que les hablaba del pueblo museo. Cuando por fin llegué al grupito de casas de la cumbre, había perdido la paciencia. Recuerdo haber pensado: «Espero que esto sea realmente grave». Cuando les vi la cara, me arrepentí de haberlo deseado.

Había siete personas tumbadas en camas plegables, apenas conscientes. Los aldeanos las habían trasladado a su nuevo salón comunitario de reuniones, donde las paredes y el suelo eran de cemento desnudo, y el aire estaba frío y húmedo. «No me extraña que estén enfermos», pensé. Les pregunté a los aldeanos quién había cuidado de aquella gente, pero me dijeron que nadie, que no era seguro. Me di cuenta de que habían cerrado la puerta desde fuera; no cabía duda de que los aldeanos estaban aterrados: se encogían y susurraban, algunos se mantenían a distancia y rezaban. Su comportamiento hizo que me enfadase, no con ellos, entiéndame, no como individuos, sino por lo que representaban para nuestro país. Después de siglos de opresión, explotación y humillación desde el extranjero, por fin reclamábamos el lugar que nos correspondía por derecho como Reino Medio de la humanidad, éramos la superpotencia más rica y dinámica del mundo, controlábamos todo, desde el espacio exterior hasta el ciberespacio. Estábamos en el inicio de lo que el mundo empezaba a reconocer como «el siglo chino», y, a pesar de ello, muchos de noso-

---

* Un automóvil de antes de la guerra, fabricado en la República Popular.

tros seguíamos viviendo como aquellos campesinos ignorantes, tan estancados y supersticiosos como los primeros
salvajes *yangshao*.

Cuando me arrodillé para examinar al primer paciente,
seguía perdido en mi grandiosa crítica cultural. La mujer
tenía mucha fiebre, cuarenta grados centígrados, y sufría
violentos temblores. Apenas coherente, gimió un poco
cuando intenté moverle las extremidades, y descubrí que
tenía una herida en el antebrazo derecho, un mordisco; al
examinarlo con más atención, comprobé que no era de animal. El radio de la mordedura y las marcas de los dientes
tenían que pertenecer a un ser humano pequeño o, posiblemente, joven. Aunque, según mi hipótesis, aquél era el
origen de la infección, la herida en sí estaba sorprendente-
mente limpia. Les pregunté de nuevo a los aldeanos por las
personas que habían atendido a aquella gente, pero ellos
insistieron en que no lo había hecho nadie. Yo sabía que
no podía ser cierto, porque la boca humana está plagada
de bacterias, incluso más que el más antihigiénico de los
perros. Si nadie había limpiado la herida de la mujer, ¿por
qué no estaba infectada?

Examiné a los otros seis pacientes, y todos mostraban síntomas parecidos, todos tenían heridas similares en distintas
partes del cuerpo. Le pregunté a un hombre, el más lúcido
del grupo, quién o qué había infligido las heridas, y él me
respondió que había sucedido al intentar dominarlo.

—¿Dominar a quién? —quise saber.

Encontré al «paciente cero» encerrado en una casa abandonada al otro lado del pueblo. Tenía doce años, y le habían
atado las muñecas y los pies con una cuerda de plástico
para embalar. Aunque la piel que estaba en contacto con las
ataduras presentaba roces, no había sangre, como tampoco
la había en sus otras heridas: ni en las rajas de piernas y brazos, ni en el gran hueco seco donde debería haber estado el

dedo gordo del pie derecho. Se retorcía como un animal, y una mordaza amortiguaba sus gruñidos.

Al principio, los aldeanos intentaron impedir que me acercase, advirtiéndome que no lo tocara, que estaba maldito. Me los quité de encima, y me puse la máscara y los guantes. La piel del niño estaba fría y gris como el cemento en el que estaba tumbado; ni le encontraba el pulso, ni notaba que le latiese el corazón. Tenía ojos de loco, muy abiertos y hundidos en las cuencas; no me quitaba la vista de encima, como un depredador. Durante todo el examen, el chico mantuvo una actitud inexplicablemente hostil, intentando cogerme con las manos atadas y morderme, a pesar de la mordaza.

Sus movimientos eran tan violentos que tuve que llamar a dos de los aldeanos más corpulentos para que me ayudasen a sujetarlo. Al principio no quisieron acercarse, encogidos de miedo junto al umbral, como si fueran conejos, pero les expliqué que no había riesgo de infección si se ponían los guantes y las máscaras. Cuando vi que sacudían la cabeza, les ordené que se acercaran, a pesar de no tener ninguna autoridad legal para hacerlo.

No hizo falta más: los dos toros se arrodillaron a mi lado, uno sujetando los pies del niño, mientras el otro le cogía las manos. Intenté tomar una muestra de sangre, pero me encontré con una sustancia marrón y viscosa, y, al retirar la aguja, el chico se revolvió de nuevo con violencia.

Uno de mis «auxiliares», el que estaba a cargo de los brazos, decidió que resultaba inútil seguir intentando sujetarlos con las manos y que sería más seguro hacerlo con las rodillas; el niño se sacudió, y oí cómo se le rompía el brazo izquierdo. Los extremos dentados del radio y el cúbito le atravesaban la carne gris; aunque el pequeño no gritó y ni siquiera pareció darse cuenta, bastó para que los dos ayudantes retrocediesen de un salto y saliesen corriendo de la habitación.

El instinto hizo que yo también me alejase varios pasos. Es algo que me avergüenza reconocer, porque he sido médico durante casi toda mi vida adulta. El Ejército Popular de Liberación me había formado... y podría decirse que también «criado»; había tratado muchas heridas de guerra, me había enfrentado a la muerte en más de una ocasión y, sin embargo, en aquel momento, estaba aterrado, realmente aterrado, ante un frágil crío.

El niño empezó a retorcerse hacia mí, con el brazo completamente suelto. La carne y el músculo se desgarraron hasta que sólo quedó el muñón; el brazo derecho, libre, todavía atado a la mano izquierda cortada, arrastraba su cuerpo por el suelo.

Me apresuré a salir y cerré la puerta. Intenté recuperar la compostura, controlar el miedo y la vergüenza, pero no pude evitar que se me quebrase la voz cuando le pregunté a los aldeanos cómo se había infectado el niño. Nadie me respondió. Empecé a oír golpes en la puerta, los puños del crío golpeando débilmente la fina madera, y a duras penas logré no sobresaltarme con el ruido. Recé por que no se diesen cuenta de que me quedaba pálido, y grité, tanto de miedo como de frustración, que tenía que saber qué le había pasado a aquel niño.

Una joven dio un paso adelante, puede que se tratase de su madre. Resultaba evidente que llevaba varios días llorando, porque tenía los ojos secos y muy rojos. La mujer reconoció que todo había sucedido cuando el niño y su padre salieron a «pescar de noche», término que se utiliza para hablar de los buceadores que buscan tesoros entre las ruinas hundidas de la presa de las Tres Gargantas. Como hay más de mil cien aldeas, pueblos e incluso ciudades abandonados, siempre existe la posibilidad de encontrar algo valioso. Era una práctica muy común en aquellos días, además de muy ilegal. Ella me explicó que no estaban saqueando, que era su propio pueblo, la Vieja Dachang, y que sólo intentaban recuperar algunas reliquias familiares de las casas que no se habían trasladado. La mujer hizo hincapié en aquel detalle, y yo tuve que interrumpirla para prometerle que no informaría a la policía. Por fin me contó que el niño salió llorando del agua con una marca de mordisco en el pie y sin saber lo que había pasado, porque el agua estaba muy oscura y fangosa. A su padre no lo habían vuelto a ver.

Cogí mi móvil y marqué el número del doctor Gu Wen Kuei, un antiguo camarada de mis días en el ejército, que en aquel momento trabajaba en el Instituto de Enfermedades Infecciosas de la Universidad de Chongqing*. Intercambiamos saludos, hablamos sobre nuestra salud y sobre los nietos, porque eso era lo que solía hacerse. Después le hablé del brote y lo oí hacer alguna broma sobre la higiene de los pueblerinos. Intenté reírme con él, pero añadí que me parecía que el incidente podía ser importante. Casi a regañadientes, me preguntó por los síntomas, y yo se lo conté todo: los mordiscos, la fiebre, el niño, el brazo... De repente, se puso tenso y perdió la sonrisa.

Me pidió que le enseñara a los infectados, así que regresé al salón Comunitario y puse la cámara del teléfono delante de cada uno de los pacientes. Después me pidió que acercase la cámara a algunas de las heridas, cosa que hice, y, cuando me puse de nuevo la cámara frente a la cara, vi que ya no había imagen de vídeo.

—Quédate donde estás —me dijo, reducido a una voz lejana y distante—. Apunta los nombres de todos los que han tenido contacto con los infectados, y ata a los que ya lo estén. Si alguno entra en coma, vacía la habitación y cierra bien la entrada. —Tenía una voz monótona, de robot, como

---

* *El Instituto de Enfermedades Infecciosas y Parasitarias del Primer Hospital Afiliado, Chongqing Medical University.*

si hubiese ensayado aquel discurso o leyese algo—. ¿Estás armado?

—¿Por qué iba a estarlo? —pregunté, y él me dijo que volvería a llamarme, muy profesional. Me explicó que tenía que hacer algunas llamadas y que yo recibiría «refuerzos» en pocas horas.

En realidad, llegaron en menos de una, cincuenta hombres en unos enormes helicópteros Z-8A del ejército, todos con trajes de protección contra materiales peligrosos. Me dijeron que eran del ministerio de Sanidad, aunque no sé a quién pretenderían engañar, porque, con aquellos andares de matones y su arrogancia intimidatoria, incluso aquellos paletos de charca podían reconocer a los *Guoanbu**.

Su prioridad era el salón Comunitario. Llevaron allí a los pacientes en camillas, con las extremidades esposadas y amordazados. Después fueron a por el niño, que salió en una bolsa. Su madre gemía, mientras los soldados reunían a todos los habitantes del pueblo para «examinarlos». Apuntaron sus nombres, les sacaron sangre, y los desnudaron y fotografiaron uno a uno. La última en pasar fue una anciana arrugada con un cuerpo delgado y torcido, una cara surcada por mil arrugas, y unos pies diminutos, vendados a tal efecto desde pequeña. Agitaba su huesudo puño en dirección a los «médicos».

—¡Éste es vuestro castigo! —gritaba—. ¡Es la venganza por *Fengdu*!

Se refería a la Ciudad de los Fantasmas, cuyos templos y altares estaban dedicados al inframundo. Como ocurrió con la Vieja Dachang, aquella ciudad también había tenido la desgracia de convertirse en un obstáculo para el siguiente «Gran Paso Adelante» de China; la habían evacuado, demolido y anegado casi por completo. Nunca he sido una per-

---

* Guokia Anquan Bu: *El Ministerio de Seguridad del Estado anterior a la guerra.*

sona supersticiosa y no me he permitido engancharme al opio del pueblo; soy un médico, un científico, y sólo creo en lo que puedo tocar. Nunca he considerado a Fengdu más que una trampa barata y hortera para turistas. Por supuesto, las palabras de aquella vieja bruja no tuvieron ningún efecto en mí, pero su tono, su rabia... La anciana había sido testigo de muchas calamidades en los años que había pasado sobre la faz de la Tierra: los señores de la guerra, los japoneses, la demencial pesadilla de la Revolución Cultural..., y sabía que se acercaba otra tormenta, aunque no contase con la educación suficiente para comprenderla.

Mi colega, el doctor Kuei, lo había comprendido demasiado bien. Incluso había arriesgado el pellejo para advertirme, para darme el tiempo suficiente de llamar y puede que alertar a algunos más antes de que llegase el «Ministerio de Sanidad». Yo lo sabía por algo que me había dicho, una frase que aquel hombre no había usado desde hacía mucho tiempo, desde los «insignificantes» enfrentamientos fronterizos con la Unión Soviética, en 1969. Por aquel entonces estábamos en un búnker de barro en nuestro lado del Ussuri, a menos de un kilómetro río abajo de Chen Bao. Los rusos se preparaban para recuperar la isla, y su impresionante artillería machacaba a nuestras fuerzas.

Gu y yo habíamos estado intentando sacar metralla de la barriga de un soldado que no era mucho menor que nosotros. El chico tenía todo el intestino grueso abierto, y nuestras batas estaban llenas de sangre y excrementos. Cada pocos segundos, una andanada nos caía cerca y teníamos que inclinarnos sobre su cuerpo para evitar que la tierra cayese en la herida, y, cada vez que nos acercábamos lo suficiente, lo oíamos gemir débilmente llamando a su madre. También surgían otras voces de la oscuridad absoluta que había al otro lado de la puerta del búnker, voces desesperadas y enfadadas que, en teoría, no deberían haber estado en nuestro lado del río. Teníamos dos soldados de infantería apostados en la puerta del refugio, y uno de ellos gritó «¡*Spetnaz*!» y empezó a disparar a la oscuridad. Oímos también otros disparos, aunque no podíamos saber si eran suyos o nuestros.

Nos alcanzó otra andanada, y nos inclinamos sobre el chico moribundo. La cara de Gu estaba a pocos centímetros de la mía, y vi que la frente le chorreaba de sudor. Incluso a la débil luz del quinqué pude comprobar que estaba tembloroso y pálido; miró al paciente, miró hacia la entrada, me miró a mí y, de repente, dijo: «No te preocupes, todo va a salir bien». Bueno, estamos hablando de un hombre que no había dicho nada positivo en su vida. Gu era de los que se preocupan por todo, un cascarrabias neurótico; si le dolía la cabeza, era un tumor cerebral; si parecía a punto de llover, íbamos a perder la cosecha de todo el año. Era su forma de controlar la situación, su estrategia vital para ir siempre un paso por delante. Sin embargo, cuando la realidad parecía más negra que cualquiera de sus predicciones fatalistas, no tuvo más remedio que darle la vuelta e irse en dirección contraria. «No te preocupes, todo va a salir bien.» Por primera vez, todo sucedió tal y como él había predicho: los rusos nunca cruzaron el río, y, además, conseguimos salvar a nuestro paciente.

Después de aquello, me pasé muchos años riéndome de lo que había costado arrancarle un rayito de esperanza, y él siempre respondía que haría falta algo muchísimo peor para que volviera a hacerlo. Ya éramos ancianos, y algo peor estaba a punto de suceder. Fue justo después de que me preguntase si estaba armado.

—No —respondí—, ¿por qué iba a estarlo? —Se produjo un breve silencio, y estoy seguro de que alguien más escuchaba nuestra conversación.

—No te preocupes —respondió—, todo va a salir bien.

Entonces me di cuenta de que no era un brote aislado, así que colgué y llamé rápidamente a mi hija en Guanghou.

Su marido trabajaba para China Telecom y pasaba al menos una semana al mes en el extranjero. Le dije que sería buena idea que lo acompañase la próxima vez que saliese de viaje, y que lo mejor era que se llevase a mi nieta y se quedasen allí todo lo que pudiesen. No tuve tiempo para darle explicaciones, porque me quedé sin señal justo cuando apareció el primer helicóptero. Lo último que conseguí decirle fue: «No te preocupes, todo va a salir bien».

[El Ministerio de Seguridad del Estado detuvo y encarceló a Kwang Jingshu sin cargos formales. Cuando logró escapar, el brote ya se había extendido más allá de las fronteras de China.]

Lhasa (República Popular del Tíbet)

[La ciudad con más habitantes del mundo todavía está recuperándose de los resultados de las elecciones de la semana pasada. Los socialdemócratas han aplastado al Partido Lama en una victoria arrolladora, y en las calles todavía continúan las ruidosas celebraciones. Me reuní con Nury Televaldi en la terraza de una cafetería abarrotada. Teníamos que gritar para hacernos entender por encima del estruendo eufórico.]

Antes del inicio del brote el contrabando por tierra no era

popular, porque hacía falta mucho dinero para preparar los pasaportes, los autobuses turísticos falsos, los contactos y la protección al otro lado de la frontera. Por aquel entonces, las únicas dos rutas lucrativas eran las que iban a Tailandia y a Myanmar. Donde yo vivía, en Kashi, la única opción era entrar en las antiguas repúblicas soviéticas, pero nadie quería ir allí, y por eso, al principio, yo no era un *shetou**, sino un importador: opio en bruto, diamantes sin cortar, chicas, chicos, cualquier cosa que tuviese valor en aquellos lugares primitivos que se consideraban países. El brote lo cambió todo. De repente, nos llovían las ofertas, y no sólo de los *liudong renkou***, sino también, como suele decirse, de la flor y nata. Tenía a profesionales urbanos, granjeros con propiedades e incluso funcionarios de los estamentos más bajos del gobierno; eran personas que tenían mucho que perder. No les importaba adónde iban, sólo querían salir.

¿Sabía usted de qué huían?

Habíamos oído rumores, incluso habíamos tenido un brote en algún lugar de Kashi. El gobierno lo había silenciado muy deprisa, pero teníamos nuestras sospechas y sabíamos que algo iba mal.

¿Intento el gobierno cerrar su negocio?

Oficialmente, sí. Endurecieron las multas para los contrabandistas y reforzaron los puestos fronterizos; incluso ejecutaron a algunos *shetou* en público, sólo para que sirviera

---

* Shetou: *Un cabeza de serpiente, contrabandista de la renshe o serpiente humana de refugiados.*
** Liudong renkou: *Población flotante de mano de obra sin hogar.*

26

de ejemplo. Si no conocías la verdadera historia, si no lo veías desde mi lado, parecía una campaña eficaz.

¿Está diciendo que no lo era?

Estoy diciendo que hice rica a mucha gente: guardias fronterizos, burócratas, policías, incluso al alcalde. Todavía eran buenos tiempos para China, cuando la mejor forma de honrar la memoria del presidente Mao era ver su cara en tantos billetes de cien yuanes como fuese posible.

¿Tan bien le iba?

Kashi era una ciudad en rápido crecimiento. Creo que el noventa por ciento, o quizá más, de todo el tráfico por tierra con rumbo al oeste atravesaba la ciudad, e incluso había algunos viajes por aire.

¿Por aire?

Unos pocos. Sólo transportaba *renshe* por aire de vez en cuando, unos cuantos vuelos de mercancías a Kazajstán o Rusia. Trabajillos de poca monta. No era como en el este, donde Guangdong o Jiangsu sacaban a miles de personas cada semana.

¿Podría explicarme eso?

El contrabando por aire se convirtió en un gran negocio en las provincias orientales. Se trataba de clientes ricos, los que podían permitirse paquetes de viajes reservados por adelantado y visados de turistas de primera clase. Salían de un avión en Londres o Roma, o incluso San Francisco, se registraban en los hoteles, salían a visitar la ciudad y desaparecían sin dejar rastro. Eso daba mucho dinero. Siempre quise meterme en el negocio del transporte aéreo.

Pero, ¿qué pasaba con la infección? ¿No corrían el riesgo de ser descubiertos?

Eso fue más tarde, después del vuelo 575. Al principio no había demasiados infectados en los vuelos. Si lo hacían, era porque estaban en las primeras fases de la enfermedad. Los *shetou* que se dedicaban al transporte aéreo eran muy cuidadosos; si mostrabas algún síntoma de infección avanzada no se acercaban a ti. Tenían que proteger su negocio. La regla de oro era que no podías engañar a los agentes de aduanas extranjeros si no podías engañar a tu *shetou*. Tenías que parecer completamente sano y actuar como si lo estuvieras, y, aun así, siempre era una carrera contra el tiempo. Antes del vuelo 575, oí una historia sobre una pareja, un hombre de negocios muy acomodado y su esposa. Al hombre lo habían mordido; no era un mordisco serio, ya sabe, sino uno de los de incubación lenta, sin ningún vaso sanguíneo importante afectado. Estoy seguro de que pensaban que habría una cura en Occidente, como muchos otros infectados. Al parecer, llegaron a la habitación de su hotel de París justo cuando el hombre empezaba a desmoronarse. Su mujer intentó llamar al médico, pero él se lo impidió, temiendo que los enviaran de vuelta, y le ordenó que lo abandonara, que se fuese antes de que entrase en coma. Me contaron que ella le hizo caso, y, después de dos días de gruñidos y alboroto, el personal del hotel decidió por fin hacer caso omiso del cartel de «No molestar» y entró en la habitación. No estoy seguro de que el brote de París empezase así, aunque tiene sentido.

Dice que no llamaron a un médico, que temían que los

enviasen de vuelta, pero, ¿no habían ido a Occidente en busca de una cura?

Está claro que no comprende lo que es ser refugiado, ¿verdad? Esta gente estaba desesperada, atrapada entre la infección y la posibilidad de ser atrapado y «tratado» por su propio gobierno. Si uno de sus seres queridos, un familiar o un hijo, estuviese infectado, y usted pensase que existe una mínima posibilidad de curación en otro país, ¿no haría todo lo posible por llegar hasta allí? ¿No desearía creer que hay esperanza?

Ha dicho que la mujer de ese hombre desapareció sin dejar rastro, como los otros renshe.

Siempre había sido así, incluso antes del brote. Algunos se quedan con familiares, otros con amigos; muchos de los refugiados pobres tenían que trabajar para pagar su *bao** a la mafia china local. La mayoría se limitaba a introducirse en los bajos fondos del país anfitrión.

¿Las zonas con ingresos bajos?

Si las quiere llamar así. ¿Qué mejor lugar para esconderse que entre esa parte de la sociedad que nadie quiere ver? ¿Por qué cree que empezaron tantos brotes en los guetos de los países del Primer Mundo?

Se ha dicho que muchos shetou *propagaron el mito de la existencia de una cura milagrosa en otros países.*

Algunos.

---

* Bao: *La deuda que muchos refugiados contraían durante su éxodo.*

¿Lo hizo usted?

[Pausa.]

No.

[Otra pausa.]

¿Qué ocurrió con el contrabando aéreo después del vuelo 575?

Se reforzaron las restricciones, aunque sólo en ciertos países. Los *shetou* de las líneas aéreas tenían mucho cuidado, pero también recursos. Su dicho era: «Todas las casas de los ricos tienen una entrada de servicio».

¿Qué quiere decir?

Si Europa occidental ha aumentado la seguridad, vete a Europa oriental. Si los EE.UU. no te dejan entrar, hazlo a través de México. Seguro que eso hacía que los países blancos ricos se sintieran más seguros, aunque ya tenían plagas dentro de sus fronteras. No entra dentro de mi especialidad, porque, como ya sabe, yo me dedicaba principalmente al transporte por tierra, y mis países meta estaban en Asia central.

¿Era más fácil entrar allí?

Casi nos suplicaban que lo hiciéramos. Aquellos países estaban en una situación económica tan ruinosa, y sus funcionarios eran tan atrasados y corruptos, que incluso nos ayudaban con el papeleo a cambio de un porcentaje de nuestra tarifa. Hasta tenían algunos *shetou*, o como los llamasen ellos en su jerga bárbara, que trabajaban con nosotros para atravesar las antiguas repúblicas de la Unión Soviética con los *renshe* y llevarlos a sitios como India o Rusia, o incluso Irán, aunque nunca pregunté ni quise saber adónde iban los *renshe*. Mi trabajo terminaba en la frontera; sólo tenía que conseguir que les sellasen los papeles y les matriculasen los vehículos, pagar a los guardias, y cobrar mi parte.

¿Vio a muchos infectados?

Al principio, no, porque la enfermedad era demasiado rápida. No pasaba como en los aviones; podíamos tardar varias semanas en llegar a Kashi, y, según me han dicho, ni siquiera los de incubación lenta duran más de unos cuantos días. Los clientes infectados solían reanimarse en algún momento del camino, donde la policía podía reconocerlos y hacerse con ellos. Más adelante, cuando la plaga se multiplicó y la policía se vio superada, empecé a ver muchos más infectados en mi ruta.

¿Eran peligrosos?

Pocas veces. Sus familias normalmente los tenían atados y amordazados. Veías algo moverse en la parte de atrás de un coche, retorciéndose ligeramente bajo la ropa o unas mantas; oías golpes dentro del maletero de un coche o, más adelante, dentro de cajas con agujeros para respirar cargadas en las partes de atrás de las furgonetas. Agujeros para respirar... Aquella gente no tenía ni idea de lo que les estaba pasando a sus seres queridos.

¿Lo sabía usted?

Para entonces, sí, pero sabía que intentar explicárselo a

ellos era una causa perdida. Me limitaba a aceptar su dinero y a enviarlos a su destino. Tuve suerte, porque nunca me enfrenté a los problemas del contrabando por mar.

¿Eso era más difícil?

Y peligroso. Mis socios de las provincias costeras eran los que tenían que hacer frente a la posibilidad de que un infectado se infiltrase y contaminase todo el cargamento.

¿Qué hacían?

He oído varias «soluciones». Algunos barcos se acercaban a una costa desierta (daba igual si se trataba del país al que se dirigían, podía ser cualquier parte) y «descargaban» a los *renshe* infectados en la playa. Me han contado que algunos capitanes se acercaban a una zona vacía de mar abierto y los tiraban a todos por la borda. Eso podría explicar los primeros casos de nadadores y buceadores que desaparecieron sin dejar rastro, o por qué la gente de todo el mundo decía que los veían salir del mar. Al menos, yo no tuve que tratar con eso.

Sí me ocurrió un incidente similar, el que me convenció que había llegado la hora de retirarme. Había un camión, un viejo cacharro destartalado, y oí los gemidos que salían del remolque. Un montón de puños golpeaban el aluminio, y, de hecho, el camión se balanceaba de un lado a otro. En la cabina había un rico banquero de Xi'an que había hecho mucho dinero comprando deudas de tarjetas de crédito estadounidenses, y tenía lo bastante para pagar por el traslado de toda su familia. Llevaba un traje de Armani arrugado y roto, tenía marcas de arañazos en un lado de la cara, y un fuego frenético en los ojos al que yo ya empezaba a acostumbrarme. Los ojos del conductor tenían una mirada distinta, la misma que yo, la mirada que decía que quizá el dinero no sirviese de mucho dentro de poco. Le di un billete extra de cincuenta al hombre y le deseé buena suerte. No podía hacer más.

¿Adónde iba el camión?

A Kirguistán.

METEORA (GRECIA)

[Los monasterios están construidos en unas rocas escarpadas e inaccesibles, y algunos edificios se encuentran encaramados en la cumbre, con un aspecto semejante a columnas verticales. Aunque en su origen se trataba de un refugio atractivo para defenderse de los turcos otomanos, más tarde probó ser igual de seguro contra los muertos vivientes. Unas escaleras de posguerra, en su mayor parte de madera y metal, fácilmente replegables, permiten el acceso del creciente flujo de peregrinos y turistas. Meteora se ha convertido en un destino popular para ambos grupos en los últimos años. Algunos buscan sabiduría e iluminación espiritual, mientras que otros sólo buscan paz. Stanley MacDonald pertenece a estos últimos. Veterano de casi todas las campañas que tuvieron lugar a lo largo y ancho de su Canadá natal, su primer encuentro con los muertos vivientes se produjo durante una guerra diferente, cuando el Tercer Batallón de Infantería Ligera Canadiense de la Princesa Patricia se vio involucrada en unas operaciones antidroga en Kirguistán.]

No nos confunda con los «equipos Alfa» estadounidenses, por favor. Esto fue mucho antes de que entrasen en acción, antes del Pánico, antes de la cuarentena voluntaria de Israel..., incluso antes del primer brote importante que salió a la luz pública, en Ciudad del Cabo. Estábamos al principio de la propagación, cuando nadie sabía lo que nos esperaba. Nuestra misión era estrictamente convencional, opio y hachís, las principales exportaciones de los terroristas del mundo. Eso era lo que siempre habíamos encontrado en aquel erial rocoso: comerciantes, matones y mercenarios locales; era lo único que esperábamos encontrar, lo único para lo que estábamos preparados.

Nos resultó fácil encontrar la entrada de la cueva, porque habíamos seguido el rastro de sangre desde la caravana. Al instante supimos que algo iba mal: no había cadáveres. Las tribus rivales siempre dejaban a sus víctimas al descubierto y mutiladas, como advertencia para los demás. Había mucha sangre, sangre y trozos de carne marrón podrida, pero los únicos cadáveres que vimos eran los de las mulas de carga. No las habían matado a tiros, sino que parecían haber sido atacadas por animales salvajes, ya que tenían la barriga destrozada y la carne llena de grandes marcas de mordiscos. Supusimos que se trataba de perros salvajes; aquellos malditos animales vagaban en jaurías por los valles, tan grandes y desagradables como los lobos del Ártico.

Lo que nos pareció más extraño era el cargamento, que estaba repartido entre las alforjas y el suelo, esparcido entre los animales. Bueno, aunque aquello no fuese un golpe territorial, aunque se tratase de una matanza religiosa o de un ajuste de cuentas entre tribus, nadie dejaba tirados cincuenta kilos de marrón* en bruto de primera clase, ni unos fusiles de asalto en perfecto estado, ni unos valiosos trofeos personales, como relojes, reproductores de minidisc y localizadores GPS.

El rastro de sangre nos llevó a un sendero que subía por la montaña desde la masacre en el *wadi*. Era mucha sangre; si pertenecía a una sola persona, seguro que no volvía a levantarse..., pero lo había hecho, aunque nadie había tratado sus heridas, porque no había ninguna otra huella. Por lo que veíamos, aquel hombre había corrido, sangrado y caído bocabajo: podíamos ver la marca sangrienta de su cara impresa en la arena. De algún modo, sin ahogarse, sin desangrarse hasta morir, se había quedado allí tumbado un rato, y después se había levantado y había seguido andando. Las huellas nuevas eran muy diferentes de las anteriores, más lentas, con los pies más pegados. El derecho lo arrastraba, y por eso había perdido el zapato, una vieja zapatilla Nike de caña alta. Las marcas del pie arrastrándose estaban salpicadas de fluido, no de sangre, no de algo humano, sino gotas de una sustancia dura, negra y costrosa que ninguno supimos identificar. Las seguimos, y las huellas nos llevaron hasta la entrada de la cueva.

No nos recibieron con disparos, ni de ninguna otra forma: encontramos la entrada del túnel sin vigilar y abierta. De inmediato empezamos a encontrar cadáveres, hombres que habían caído en sus propias trampas explosivas. Era como si hubiesen estado intentando salir corriendo..., huir de allí.

Más allá, en la primera cámara, vimos la primera prueba de un tiroteo desde un solo frente; un solo frente, porque sólo había una pared de la caverna agujereada por balas de

---

* Marrón: Nombre coloquial para el tipo de opio cultivado en la provincia de Badajshán, en Afganistán.

arma corta. En la pared de enfrente estaban los pistoleros, destrozados, con las extremidades y los huesos hechos jirones y masticados... Algunos todavía llevaban sus armas, una de aquellas manos cortadas todavía tenía un viejo Makarov bien sujeto. A la mano le faltaba un dedo, que encontramos al otro lado de la cámara, junto con el cadáver de otro hombre desarmado que había recibido más de cien balas. Varias de ellas le habían arrancado la parte superior de la cabeza; todavía tenía aquel dedo cortado entre los dientes.

Todas las cámaras contaban historias similares. Encontramos barricadas y armas tiradas por los suelos; descubrimos más cadáveres o trozos de ellos, y vimos que sólo los intactos habían muerto de disparos en la cabeza; encontramos carne masticada saliendo de bocas y estómagos. Por los rastros de sangre, las huellas, los cartuchos y los agujeros en la roca, sabíamos que toda la batalla se había originado en la enfermería.

Descubrimos varios camastros, todos ensangrentados. Al fondo de la habitación vimos a un médico, supongo, sin cabeza, tumbado en el suelo sucio junto a un camastro cubierto de sábanas y ropa manchadas, y una vieja zapatilla Nike de caña alta de pie izquierdo.

El último túnel que comprobamos se había derrumbado al utilizar una carga de demolición con una trampa explosiva. Una mano asomaba de la piedra caliza; todavía se movía. Reaccioné por instinto, me incliné hacia delante para coger la mano y noté que me agarraba como si fuese de acero, aplastándome los dedos. Tiré de ella, intentando apartarme, pero no me soltaba, así que tiré con más fuerza, hincando los pies en el suelo. Primero salió el brazo, después la cabeza, la cara destrozada, los ojos salvajes y los labios grises, después la otra mano, que me cogió del brazo y me lo retorció, y, por último, los hombros. Caí de espaldas, con el torso de aquella cosa detrás. De cintura para abajo seguía atrapada entre las rocas, todavía conectada al torso por un hilo de entrañas. Seguía moviéndose, seguía intentando cogerme, intentando tirarme del brazo para llevárselo a la boca. Cogí mi arma.

Apunté hacia arriba, dándole justo bajo la barbilla y esparciendo sus sesos por todo el techo de la cueva. Yo era el único que estaba en el túnel cuando sucedió, el único testigo.

[Hace una pausa.]

«Exposición a agentes químicos desconocidos», eso me dijeron cuando volví a Edmonton, eso o una reacción adversa a nuestros medicamentos profilácticos. Añadieron una buena dosis de trastorno de estrés postraumático para no quedarse cortos. Sólo tenía que descansar, descanso y una «evaluación» a largo plazo...

«Evaluación»... Es lo que pasa cuando se trata de alguien de tu bando; sólo lo llaman «interrogatorio» cuando es el enemigo. Te enseñan cómo resistir al enemigo, cómo proteger mente y espíritu, pero no te enseñan cómo enfrentarte a tu propia gente, sobre todo a las personas que creen estar ayudándote a ver «la verdad». No pudieron conmigo, lo hice yo solito. Quería creer en ellos y quería que me ayudaran; era un buen soldado, bien entrenado, con experiencia, y sabía lo que podía hacerles a otros seres humanos y lo que ellos podían hacerme a mí. Creía estar preparado para todo. **[Vuelve la vista al valle, con la mirada perdida.]** ¿Quién en su sano juicio podría haber estado preparado para esto?

LA SELVA AMAZÓNICA (BRASIL)

[Llego con una venda en los ojos, para que no pueda desvelar la ubicación de mis «anfitriones». Los forasteros los llaman *yamomani*, «el pueblo feroz», y se desconoce si ha sido por esa naturaleza supuestamente guerrera o porque su nueva aldea se encuentra colgada sobre los árboles más altos, pero el caso es que han superado la crisis con un éxito equivalente o superior al de las naciones más industrializadas. Tampoco queda claro si Fernando Oliveira, el escuálido y drogadicto hombre blanco «del filo del mundo» es su huésped, su mascota o su prisionero.]

Todavía era médico, o eso me gustaba creer. Sí, era rico, y cada vez más, pero, al menos, obtenía mi dinero realizando procedimientos médicos necesarios, no rebanando y picando naricitas adolescentes o cosiendo *pintos* sudaneses en divas transexuales del pop*. Seguía siendo médico, seguía ayudando a la gente y, si al Norte hipócrita y santurrón le parecía inmoral, ¿por qué venían a verme sus ciudadanos?

El paquete había llegado del aeropuerto una hora antes que el paciente, rodeado de hielo dentro de una nevera portátil de plástico. Los corazones son difíciles de conseguir, no como los hígados y la piel, y menos como los riñones, que, después de la ley de «consentimiento supuesto», podían conseguirse en casi todos los hospitales y depósitos del país.

---

* *Se ha afirmado que, antes de la guerra, a los hombres sudaneses condenados por adulterio se les cortaban los órganos sexuales para venderlos en el mercado negro.*

¿Lo analizaron?

¿Para qué? Si quieres analizar algo, tienes que saber lo que buscas. Por aquel entonces no conocíamos la existencia de la Plaga Andante, nos preocupaban las enfermedades tradicionales (hepatitis o VIH/SIDA) y ni siquiera tuvimos tiempo para buscar eso.

¿Por qué no?

Porque el vuelo había tardado mucho. Los órganos no se pueden mantener en hielo para siempre, y ya habíamos tentado mucho a la suerte con aquél.

¿De dónde había llegado?

De China, probablemente. Mi agente trabajaba desde Macao. Confiábamos en él, su historial era impecable. Cuando me aseguró que el paquete estaba «limpio», creí en su palabra, tenía que hacerlo. Él sabía los riesgos que corríamos tanto yo como el paciente. Herr Muller, además de sus achaques convencionales del corazón, tenía la desgracia de padecer un defecto genético extremadamente raro, llamado dextrocardia con situs inversus. Sus órganos estaban situados al revés: el hígado a la izquierda, las entradas del corazón a la derecha, etcétera. ¿Comprende la situación única en la que nos encontrábamos? No podíamos trasplantarle un corazón convencional y darle la vuelta, no funciona así; teníamos que encontrar otro corazón fresco y saludable de un donante con la misma condición. ¿Dónde si no en China íbamos a tener semejante suerte?

¿Fue suerte?

[Sonríe.] Y «conveniencia política». Le dije a mi agente lo que necesitaba, le di los detalles específicos y, efectivamente, tres semanas después recibí un correo electrónico con el asunto: «Tenemos donante».

Así que realizó la operación.

Yo era el ayudante, el doctor Silva se encargó del procedimiento en sí. Era un prestigioso cardiocirujano que trabajaba en los casos más importantes del Hospital Israelita Albert Einstein de Sao Paulo. Un cabrón arrogante, incluso para ser cardiólogo. Mi ego no soportaba trabajar con... para... aquel gilipollas que me trataba como si fuese un residente de primer año, pero ¿qué iba a hacer? Herr Muller necesitaba un corazón nuevo, y mi casa de la playa necesitaba un nuevo *jacuzzi* de hierbas.

Herr Muller no llegó a salir de la anestesia. Mientras estaba en la sala de recuperación, pocos minutos después de cerrarlo, sus síntomas empezaron a aparecer: temperatura, pulso, saturación de oxígeno... Me preocupé, y eso tuvo que picar a mi «colega más experimentado», porque me dijo que tenía que ser una reacción común a los fármacos inmunosupresores o, simplemente, las complicaciones normales en un hombre de sesenta años con sobrepeso y mala salud que acababa de pasar por una de las intervenciones más traumáticas de la medicina moderna. Me sorprende que no me diese unas palmaditas en la cabeza, el muy capullo. Me dijo que me fuese a casa, me diese una ducha, durmiese un poco o, incluso, que llamase a una chica o dos, que me relajase. Él se iba a quedar para vigilarlo y me llamaría si había algún cambio.

[Oliveira frunce los labios, airado, y mastica

otro puñado de las hojas misteriosas que tiene
al lado.]

    ¿Qué iba a pensar yo? Que quizá eran las drogas, el OKT
3, o que quizá me preocupaba innecesariamente. Era mi
primer trasplante de corazón. ¿Qué iba a saber? Pero... me
preocupaba tanto que lo último que quería hacer era dormir, así que hice lo que cualquier buen médico hace cuando
su paciente sufre: salí de juerga. Bailé, bebí, hice que quién
sabe quién o qué me practicase ciertas indecencias. Las dos
primeras veces que me sonó el móvil, ni siquiera estaba
seguro de que fuera eso lo que vibraba. Pasó al menos una
hora hasta que al fin respondí, y era Graziela, mi recepcionista, que estaba muy alterada. Me dijo que Herr Muller
había entrado en coma hacía una hora. Me metí en el coche
antes de que pudiese acabar la frase. La clínica estaba a
treinta minutos, y me pasé todo el camino lanzando imprecaciones dirigidas tanto a Silva como a mí mismo. ¡Había
razones para preocuparse! ¡Yo tenía razón! Podría decirse
que era mi ego; aunque, en aquellas circunstancias, haber
tenido razón también me perjudicaba a mí, no pude evitar
alegrarme de que se ensuciase la invencible reputación de
Silva.

    Cuando llegué, Graziela intentaba consolar a Rosi, una
de mis enfermeras, que estaba histérica. No había forma
de calmar a la pobre muchacha, así que le di una buena
bofetada en la mejilla (eso logró tranquilizarla un poco) y
le pregunté qué pasaba. ¿Por qué tenía manchas de sangre
en el uniforme? ¿Dónde estaba el doctor Silva? ¿Por qué
había algunos pacientes fuera de sus habitaciones? ¿Y qué
demonios eran aquellos puñeteros golpes? Ella me contestó
que Herr Muller había muerto, de repente y sin explicación.
Me explicó que, mientras intentaban reanimarlo, el hombre había abierto los ojos y mordido al doctor Silva en la

mano. Los dos habían forcejeado; Rosi había intentado ayudar, pero el paciente también había estado a punto de morderla. Dejó a Silva, huyó de la habitación y cerró la puerta detrás de ella.

Me pareció tan ridículo que casi me reí. Quizá Supermán se hubiese equivocado de diagnóstico, si es que tal cosa era posible; quizá el paciente se hubiese levantado de la cama y, en su estupor, se hubiese agarrado al doctor Silva para no caerse. Tenía que haber una explicación razonable... Sin embargo, la chica tenía sangre en el uniforme, y un ruido ahogado surgía de la habitación de Herr Muller. Regresé al coche a por mi pistola, más para calmar a Grazie y a Rosi que para protegerme.

¿Llevaba una pistola?

Vivía en Río. ¿Qué creía que llevaba encima, mi *pinto*? Fue a la habitación de Herr Muller, llamé varias veces, pero no oí nada. Susurré su nombre y el del doctor Silva, pero no respondió nadie. Vi que salía sangre por debajo de la puerta; entré, y comprobé que todo el suelo estaba rojo. Silva yacía en el extremo opuesto, con Muller inclinado sobre él con su espalda gorda, pálida y peluda vuelta hacia mí. No recuerdo cómo le llamé la atención, si lo llamé por su nombre, exclamé una palabrota o hice algo más que quedarme allí plantado. Muller me miró, y vi que unos trozos de carne ensangrentada le caían de la boca abierta. También vi que sus suturas de acero se habían abierto parcialmente, y que un fluido espeso, negro y gelatinoso rezumaba por la incisión. Se puso en pie, tambaleante, y avanzó hacia la puerta arrastrando los pies.

Levanté la pistola y apunté hacia su corazón nuevo. Era una Desert Eagle israelí, grande y aparatosa, por eso la había elegido, pero, gracias a Dios, nunca había tenido que dispararla. No estaba preparado para el retroceso. La bala salió disparada como loca y le voló la cabeza, literalmente. Suerte, eso fue todo, un loco con suerte con una pistola humeante en la mano y un chorro de orina caliente cayéndole por la pierna. Aquella vez fue Graziela la que tuvo que darme varias bofetadas para que recuperase la cordura y llamase a la policía.

¿Lo arrestaron?

¿Está loco? Eran mis socios, ¿cómo cree que podía conseguir aquellos órganos caseros? ¿Cómo piensa que fui capaz de librarme del desastre? Son muy buenos con esas cosas: me ayudaron a explicarles a los demás pacientes que un maníaco asesino había irrumpido en la clínica y había matado a Herr Muller y al doctor Silva. También se aseguraron de que el personal no contase nada que contradijera la historia.

¿Qué pasó con los cadáveres?

Apuntaron a Silva como víctima de un probable «robo de coche con secuestro». No sé dónde metieron su cadáver, quizá en algún callejón de los guetos de la Ciudad de Dios, un ajuste de cuentas de drogas que salió mal, para darle más credibilidad. Espero que lo quemaran o que lo enterraran... muy profundo.

¿Cree que...?

No lo sé. Su cerebro estaba intacto cuando murió. Si no lo metieron en una bolsa para cadáveres..., si el suelo estaba lo suficientemente blando... ¿Cuánto habría tardado en salir?

[Mastica otra hoja y me ofrece una, pero declino la oferta.]

¿Y el señor Muller?

Ninguna explicación, ni a su viuda, ni a la embajada austriaca. No era más que otro turista secuestrado que no había tomado precauciones en una ciudad peligrosa. No sé si Frau Muller se llegó a creer la historia, ni si intentó investigar más. Probablemente nunca supo lo afortunada que era.

¿Por qué afortunada?

¿Lo dice en serio? ¿Y si no se hubiese reanimado en mi clínica? ¿Y si hubiese logrado llegar a casa?

¿Es eso posible?

¡Claro que sí! Piénselo. Como la infección se inició en el corazón, el virus tuvo acceso directo a su sistema circulatorio, así que, probablemente, le llegó al cerebro segundos después del implante. Ahora imagine que se tratase de otro órgano, un hígado o un riñón, o incluso un trozo de piel injertada. Eso llevaría mucho más tiempo, sobre todo si el virus sólo está presente en poca cantidad.

Pero el donante…

No tenía por qué haberse reanimado ya. ¿Y si acabase de ser infectado? Quizá el órgano no estuviese saturado por completo y sólo presentase un rastro infinitesimal. Si pone ese órgano en otro cuerpo, el virus puede tardar días o semanas en llegar hasta el flujo sanguíneo. Para entonces, el paciente podría estar de camino a la recuperación, feliz, saludable y viviendo normalmente.

Pero el que extrajera el órgano…

…puede que no lo supiera, como yo. Eran las primeras etapas, cuando nadie sabía nada. Aunque lo hubiesen sabido, como algunos elementos del ejército chino... eso sí que es inmoral... Años antes del brote ya se hacían millonarios con los órganos de los prisioneros políticos ejecutados. ¿Cree que algo como un pequeño virus iba a conseguir que dejasen de ordeñar aquella teta de oro?

Pero ¿cómo…?

Le quitas el corazón a la víctima poco después de morir… o quizá incluso cuando todavía sigue viva... Solían hacer eso, ya sabe, extraer órganos vivos para asegurar la frescura... Los metían en hielo, los subían en un avión a Río... China era el mayor exportador de órganos humanos del mundo. ¿Quién sabe cuántas córneas infectadas, cuántas glándulas pituitarias infectadas...? Madre de Dios, ¿quién sabe cuántos riñones infectados metieron en el mercado mundial? ¡Y estamos hablando tan sólo de los órganos! ¿Quiere hablar de los óvulos «donados» de prisioneras políticas, del esperma, de la sangre? ¿Cree que la inmigración fue la única forma que tuvo la infección de propagarse por el planeta? No todos los brotes iniciales fueron de ciudadanos chinos. ¿Podría explicar todas esas historias de personas que, de repente, morían sin causa alguna y se reanimaban sin ni siquiera un mordisco? ¿Por qué tantos brotes empezaron en hospitales? Los inmigrantes chinos ilegales no entraban allí. ¿Sabe cuántos miles de personas se hicieron trasplantes ilegales de órganos en aquellos primeros años, antes del Gran Pánico?

Suponiendo que un diez por ciento estuviesen infectados o aunque sólo fuese un uno por ciento...

¿Tiene alguna prueba que respalde su teoría?

No... ¡Pero eso no quiere decir que no ocurriese! Cuando pienso en todos los trasplantes que realicé, en todos esos pacientes de Europa, el mundo árabe, incluso de los santurrones Estados Unidos... Pocos *yanquis* preguntaban de dónde venía un riñón o un páncreas, si era de un niño de la calle de la Ciudad de Dios o de un desdichado estudiante encarcelado en una prisión política china. Ni lo sabían, ni les importaba; se limitaban a firmar sus cheques de viaje, pasar por el bisturí y volver a Miami, Nueva York o donde fuera.

¿Intentó alguna vez localizar a esos pacientes, advertirles?

No, no lo hice. Intentaba recuperarme de un escándalo, reconstruir mi reputación, mi cartera de clientes, mi cuenta bancaria. Quería olvidar lo sucedido, no investigarlo más. Para cuando me di cuenta del peligro, ya lo tenía arañándome la puerta de casa.

PUERTO DE BRIDGETOWN (BARBADOS, FEDERACIÓN DE LAS INDIAS OCCIDENTALES)

[Me dijeron que esperase encontrarme con un «barco alto», aunque las «velas» del IS Imfingo son las cuatro turbinas eólicas de eje vertical que se elevan de su lustroso casco de trimarán. Si a eso le añadimos los bancos de MIP (membranas de intercambio de protones), que son unas células de combustible, una tecnología que convierte el agua de mar en electricidad, es fácil comprender por qué se utiliza el prefijo IS para denominarlo Infinity Ship, el barco del infinito. Considerado el futuro incontestable del transporte marítimo, todavía resulta poco frecuente ver a uno navegar con una bandera que no sea gubernamental. El Imfingo es de propiedad y funcionamiento privado. Jacob Nyathi es su capitán.]

Nací más o menos a la vez que la nueva Sudáfrica *postapartheid*. En aquellos días de euforia el nuevo gobierno no sólo prometió una democracia de «un hombre, un voto», sino empleos y viviendas para todo el país. Mi padre creyó que se referían a algo inmediato y no comprendió que eran objetivos a largo plazo que se lograrían con años de duro esfuerzo, después de varias generaciones. Pensaba que, si abandonaba nuestro hogar tribal y se reubicaba en una ciudad, allí le esperarían una casa nueva y un trabajo bien pagado. Mi padre era un hombre sencillo, un obrero. No puedo culparlo por su falta de educación formal, ni por su sueño de una vida mejor para su familia. Así que nos mudamos a Khayelitsha, uno de las cuatro municipios negros principales a las afueras de Ciudad del Cabo. Era una vida de rutina, desesperanza y pobreza humillante; así fue mi infancia.

La noche que pasó todo, yo iba de camino a casa desde la parada del autobús. Eran sobre las cinco de la mañana y salía de mi turno de camarero en el restaurante T.G.I. Friday's del centro comercial Victoria Wharf. Había sido una buena noche; las propinas eran buenas, y las noticias que llegaban del campeonato Tri Nations hacían que cualquier sudafricano se sintiese orgulloso: los Sprinboks machaban a los All Blacks... ¡otra vez!

[Sonríe al recordarlo.]

Quizá fueron aquellos pensamientos los que me distrajeron al principio, o quizá fuese porque estaba hecho polvo, pero sentí que mi cuerpo reaccionaba antes de que oyese conscientemente los disparos. Oír tiros no resultaba extraño en mi barrio en aquellos tiempos. «Un hombre, una pistola», aquél era el lema de mi vida en Khayelitsha. Como un veterano de guerra, desarrollas unas habilidades casi genéticas para la supervivencia. Las mías estaban bien entrenadas. Me agaché, intenté triangular el sonido y, a la vez, busqué la superficie más dura para esconderme detrás de ella. La mayoría de las casas no eran más que chabolas improvisadas, trozos de madera y hojalata ondulada, o simples láminas de plástico atadas a vigas que apenas se mantenían en pie. El fuego destrozaba aquellas chozas al menos una vez al año, y las balas podían atravesarlas como si fuesen de aire.

Corrí y me agaché detrás de una barbería construida a partir de un contenedor de mercancías tan grande como un coche. No era perfecto, pero me serviría durante unos segundos, lo bastante para esconderme y esperar a que acabasen los disparos. Pero no acabaron. Pistolas, escopetas y ese repiqueteo que nunca se olvida, el que te dice que alguien está usando una Kalashnikov. Aquello duraba demasiado para ser una bronca normal entre bandas. Empecé a oír gritos y chillidos, y a oler a humo. Oí una multitud que se agitaba, así que me asomé y vi a docenas de personas, la mayoría en pijama, gritando: «¡Corred! ¡Salid de aquí! ¡Ya vienen!». Las luces de las casas se encendían a mi alrededor, y la gente se asomaba para ver qué pasaba. «¿Qué está pasando?», preguntaban. «¿Quién viene?»; esa pregunta la hacían las caras más jóvenes, porque los otros, los mayores, se limitaron a empezar a correr. Tenían un instinto de supervivencia muy distinto, uno nacido de un tiempo en el que eran esclavos en su propio país. En aquellos días, todos sabían quién venía y, si «ellos» venían, sólo podías correr y rezar.

¿Corrió usted?

No podía, porque mi familia, es decir, mi madre y mis dos hermanas pequeñas, vivían a pocas puertas de la estación de Radio Zibonele, justo de donde huía la muchedumbre. No pensé, fui un estúpido. Tendría que haberme dado media vuelta y buscar un callejón o una calle tranquila. Intenté abrirme paso entre la gente, empujando en dirección contraria. Pensé que podría pegarme a los laterales de las chabolas, pero me empujaron contra una, y me quedé atrapado en una pared de plástico que me rodeó mientras toda la estructura se derrumbaba. No podía moverme, no podía respirar. Alguien pasó por encima de mí y me aplastó la cabeza contra el suelo. Conseguí liberarme, retorciéndome y rodando hasta la calle. Seguía sobre mi estómago cuando las vi: diez o quince siluetas recortadas contra las llamas de las chabolas que ardían. Aunque no les veía la cara, podía oír los gemidos. Avanzaban lentamente hacia mí con los brazos levantados.

Me puse en pie, con la cabeza dándome vueltas y el cuerpo dolorido. Retrocedí por instinto hacia la «entrada» de la chabola más cercana, y entonces algo me cogió por detrás, tiró del cuello de mi camisa y desgarró la tela. Me giré, me agaché y le di una buena patada. Era grande, mucho más grande y pesado que yo, y un fluido negro le caía por la parte delantera de la camisa blanca. Le sobresalía un cuchillo del pecho, clavado entre las costillas y metido hasta el puño; un trozo del cuello de mi camisa, atrapado entre sus dientes, cayó al suelo cuando dejó colgando la mandíbula inferior. Gruñó y se lanzó sobre mí. Intenté esquivarlo, pero me cogió por la muñeca; noté que algo se rompía, y el dolor me recorrió el cuerpo; caí de rodillas, intenté rodar y derribarlo, y entonces mi mano dio con una pesada olla. La cogí y golpeé con fuerza, dándole en plena cara. Lo golpeé una y otra vez, aplastándole el cráneo hasta que el hueso se abrió y los sesos se derramaron por el suelo. Se derrumbó, y yo me liberé justo cuando otro de ellos entraba por la puerta. Aquella vez, la frágil naturaleza de la construcción jugó en mi favor: abrí un agujero en la pared de atrás con una patada, salí, y toda la cabaña cayó en el proceso.

Corrí sin saber adónde iba. Era una pesadilla de chabolas, fuego y manos que intentaban cogerme. Atravesé una choza en la que había una mujer escondida con dos niños llorando junto a su pecho. «¡Venid conmigo! —le dije—. ¡Por favor, tenemos que irnos!» Extendí las manos y me acerqué a ella, pero la mujer apartó a sus niños, blandiendo un destornillador afilado. Tenía ojos de loca, asustados. Oí ruidos detrás de mí… Avanzaban entre las chabolas, echándolas abajo a su paso. Cambié de idioma, por si acaso: «Por favor —le dije—, ¡tienes que correr!». Intenté cogerla, pero me atacó con el destornillador, así que me fui, porque no sabía qué más hacer. Todavía la recuerdo, cuando duermo o, en ocasiones, cuando cierro los ojos. A veces es mi madre, y los niños que lloran son mis hermanas.

Vi una luz fuerte delante, entre las grietas de las chabolas, y corrí todo lo que pude. Como estaba sin aliento no pude llamarlos. Atravesé la pared de una casa y, de repente, estaba en campo abierto. Los focos me cegaban y noté que algo me daba en el hombro. Creo que ya estaba inconsciente cuando llegué al suelo.

Recuperé el conocimiento en el Hospital Groote Schuur. Nunca antes había visto así el interior de una sala de recuperación, tan limpia y blanca. Creí que me había muerto, y seguro que las medicinas contribuían a la sensación. No había probado nunca ningún tipo de droga, ni siquiera el alcohol, porque no quería acabar como muchos habitantes de mi barrio, como mi padre. Toda la vida había luchado por permanecer limpio y, entonces…

La morfina, o lo que fuera que me metían en las venas, era deliciosa. No me importaba nada, ni siquiera me inmuté cuando me dijeron que la policía me había disparado en el hombro. Vi al hombre que había en la cama de al lado y cómo se lo llevaban a toda prisa en cuanto se le paró la respiración. Ni siquiera me importó cuando los oí hablar del brote de «rabia».

¿Quién hablaba de eso?

No lo sé. Como he dicho, estaba completamente colgado. Sólo recuerdo voces en el pasillo al que daba mi sala, voces fuertes que discutían. «¡Eso no era rabia! —gritaba una—. ¡La rabia no le hace eso a la gente! —Después algo más…, y—: ¡Bueno, qué coño sugieres, tenemos a quince aquí mismo! ¡Quién sabe cuántos más hay ahí afuera!» Es gracioso, repaso la conversación una y otra vez en mi cabeza, lo que tendría que haber pensado, sentido y hecho. Pasó mucho tiempo hasta que volví a estar sobrio, hasta que me desperté y me encontré con la pesadilla.

TEL AVIV (ISRAEL)

[Jurgen Warmbrunn es un apasionado de la comida etíope, razón por la cual nos reunimos en un restaurante *falasha*. Con su reluciente piel rosa y sus rebeldes cejas blancas, a juego con el pelo a lo Einstein, podría confundírsele con un científico loco o un profesor de universidad, pero no lo es. Aunque nunca ha reconocido a qué servicio de inteligencia israelí pertenecía y, probablemente, pertenece, admite que, en cierto momento, podría habérsele considerado un espía.]

La mayoría de la gente no cree que algo pueda suceder hasta que ya ha sucedido. No es por estupidez o debilidad, sino simple naturaleza humana. No culpo a nadie por no creer, y no pretendo ser más listo o mejor que ellos. Supongo que todo se reduce al azar del nacimiento. Dio la casualidad de que yo nací en un grupo de personas que vivían con la amenaza constante de la extinción; es parte de nuestra identidad, parte de nuestro esquema mental y, por medio del sistema de ensayo y error, eso nos ha enseñado a estar siempre en guardia.

Para mí, la primera advertencia de la plaga llegó de nuestros amigos y clientes de Taiwán. Se quejaban de nuestro nuevo programa de descodificación de *software* que, al parecer, no lograba descifrar algunos correos electrónicos de fuentes de la República Popular China, o, al menos, los descifraba tan mal que el texto resultaba ininteligible. Sospeché que el problema no era del *software*, sino de los mensajes traducidos en sí. Los comunistas del continente..., bueno, supongo que ya no eran comunistas, pero... ¿qué se le puede pedir a un viejo como yo? Los comunistas tenían la mala costumbre de utilizar demasiados ordenadores diferentes de demasiadas generaciones y países distintos.

Antes de sugerirle mi teoría a Taipéi, pensé que lo mejor sería revisar yo mismo los mensajes revueltos. Me sorprendió descubrir que los caracteres en sí estaban perfectamente descodificados, mientras que el texto... Hablaba de un nuevo brote vírico que primero eliminaba a la víctima y después reanimaba el cadáver para convertirlo en una especie de bestia asesina. Por supuesto, no creí que fuese cierto, sobre todo porque, pocas semanas después, empezó la crisis del estrecho de Taiwán, y todos los mensajes acerca de cadáveres desmadrados cesaron de forma abrupta. Supuse que se trataba de una segunda capa de cifrado, un código dentro de un código, un procedimiento estándar que se remontaba a los primeros tiempos de la comunicación humana. Por supuesto, los comunistas no se referían a cuerpos muertos de verdad, tenía que tratarse de un sistema armamentístico nuevo o un plan de guerra ultrasecreto. Dejé el tema e intenté olvidarlo, pero, como uno de los grandes héroes estadounidenses solía decir: «Mi sentido arácnido zumbaba como loco».

No mucho después, en la celebración de la boda de mi hija, me encontré hablando con uno de los profesores de mi yerno en la Universidad Hebrea. Al hombre le gustaba hablar y había bebido un poco de más; divagaba sobre el trabajo que hacía su primo en Sudáfrica y las cosas que le había contado sobre los *golems*. ¿Ha oído hablar del Golem, la vieja leyenda sobre un rabino que le insufla vida a una estatua inanimada? Mary Shelley robó la idea para su libro Frankenstein. Al principio no dije nada, me limité a escuchar, mientras el hombre seguía parloteando sobre cómo aquellos *golems* no estaban hechos de arcilla, ni tampoco eran dóciles ni obedientes. En cuanto mencionó los cadáveres que se reanimaban, pedí el teléfono de aquel hombre;

resulta que había estado en Ciudad del Cabo en uno de aquellos «Viajes de Adrenalina», dándoles de comer a los tiburones, creo.

[Pone los ojos en blanco.]

Al parecer, el tiburón le dio un cariñito justo en el trasero, y por eso estaba recuperándose en el Groote Schuur cuando llegaron las primeras víctimas del barrio de Khayelitsha. No había visto ninguno de aquellos casos en persona, pero el personal le había contado tantas historias que llené con ellas mi viejo Dictaphone. Después presenté a mis superiores los relatos, junto con los correos electrónicos chinos descifrados.

Y fue entonces cuando me beneficié directamente de las circunstancias únicas de nuestra precaria seguridad. En octubre de 1973, cuando ocurrió el ataque árabe por sorpresa que casi nos expulsó al Mediterráneo, teníamos todos los datos de inteligencia delante de nuestras narices, todas las señales de advertencia, pero lo habíamos dejado correr. Nunca consideramos la posibilidad de un asalto completo, coordinado y convencional de varias naciones, y menos en nuestras fiestas más sagradas. Puede llamarlo estancamiento, rigidez o una imperdonable borreguez mental. Imagínese un grupo de gente mirando una pintada en una pared, todos felicitándose por poder leer las palabras correctamente; mientras, detrás de ese grupo de gente, hay un espejo en cuya imagen se muestra el verdadero mensaje. Nadie mira al espejo, nadie lo considera necesario. Bueno, después de estar a punto de permitir que los árabes terminasen el trabajo iniciado por Hitler, nos dimos cuenta de que no sólo era necesaria la imagen del espejo, sino que, además, debía convertirse en nuestra política nacional. A partir de 1973, si nueve analistas de inteligencia llegaban a la misma conclusión, el décimo tenía la obligación de no estar de acuerdo. Daba igual lo poco probable o inverosímil que resultara la posibilidad, siempre había que hurgar más a fondo. Si la central nuclear de un vecino podía utilizarse para hacer plutonio para armas, hurgabas; si se rumoreaba que un dictador estaba construyendo un cañón tan grande que podía disparar bombas de carbunco a distintos países, hurgabas; y si existía la más remota posibilidad de que los cadáveres se reanimasen convertidos en máquinas de matar hambrientas, hurgabas y hurgabas hasta que desenterrabas toda la verdad.

Así que eso hice, hurgar. Al principio no me resultó fácil, porque, con China fuera de la película... La crisis de Taiwán puso fin a cualquier recogida de datos, y me quedé con muy pocas fuentes de información. Casi todo eran tonterías, especialmente en Internet; zombis del espacio y el Área 51... ¿Qué pasa en los Estados Unidos con el fetiche del Área 51? Al cabo de un tiempo empecé a recuperar datos más útiles: casos de «rabia» similares a los de Ciudad del Cabo... No lo llamaron rabia africana hasta después. Descubrí las evaluaciones psicológicas de unas tropas de montaña canadienses que acababan de regresar de Kirguistán. Encontré las entradas en el *blog* de una enfermera brasileña que le había contado a sus amigos todo lo referente al asesinato de un cardiocirujano.

Casi toda la información provenía de la Organización Mundial de la Salud. La ONU es una obra maestra de la burocracia, así que había muchas perlas valiosas enterradas en montañas de informes sin leer. Encontré incidentes por todo el mundo, todos ellos descartados con explicaciones plausibles. Estos casos me permitieron reunir un mosaico coherente de aquella nueva amenaza. Las víctimas en cuestión estaban, de hecho, muertas, eran hostiles y se propagaban, sin lugar a dudas. Dada su naturaleza global, creí que lo más prudente sería buscar la confirmación en los círculos de inteligencia extranjeros.

Paul Knight y yo éramos amigos desde hacía mucho tiempo, allá por lo de la operación Entebbe. La idea de utilizar una réplica del Mercedes negro de Amin fue suya. Paul se había retirado del servicio al gobierno justo antes de las «reformas» de su agencia y, en aquel momento, trabajaba para una empresa de asesoría privada en Bethesda, en el estado de Maryland. Cuando lo visité en su casa, me sorprendió comprobar que no sólo estaba trabajando en el mismo proyecto que yo, en su tiempo libre, claro, sino que, además, su archivo era casi tan grueso y pesado como el mío. Nos pasamos toda la noche leyendo lo que había descubierto el otro, sin decir nada. No creo que fuésemos conscientes de que no estábamos solos, lo único que veíamos eran las palabras de los papeles. Terminamos prácticamente a la vez, justo cuando el cielo empezaba a iluminarse por el este.

Paul volvió la última hoja, me miró y dijo, en tono práctico: «Esto es muy malo, ¿verdad?». Yo asentí, él también, y después añadió: «Bueno, ¿qué hacemos al respecto?».

Y así fue como se escribió el informe Warmbrunn-Knight...

Me gustaría que la gente dejase de llamarlo así. Había otros quince nombres en el informe: virólogos, espías, analistas militares, periodistas e incluso un observador de la ONU que había estado supervisando las elecciones en Yakarta cuando surgió el primer brote en Indonesia. Todos eran expertos en sus campos, todos habían llegado a conclusiones similares antes incluso de que nos pusiéramos en contacto con ellos. Nuestro informe comprendía menos de cien páginas, era conciso, muy completo, todo lo que considerábamos necesario para asegurarnos de que aquel brote nunca adquiriese proporciones epidémicas. Sé que se le ha dado mucha importancia al plan sudafricano, y se lo merece, pero, si más personas hubiesen leído nuestro informe y trabajado para convertir en realidad sus recomendaciones, el plan sudafricano no habría sido necesario.

Pero alguna gente lo leyó y lo siguió. Su propio gobierno...

Apenas, y mire a qué coste.

BELÉN (PALESTINA)

[Saladin Kader, de aspecto robusto y educación cuidada, podría pasar por estrella de cine. Resulta amistoso, pero no servil; seguro, pero no arrogante. Es profesor de planificación urbana en la Universidad Khalil Gibran, y, naturalmente, todas sus alumnas lo adoran. Nos sentamos debajo de la estatua del personaje que da nombre a la universidad. Como todo lo demás en una de las ciudades más pobladas de Oriente Medio, su pulida superficie de bronce lanza destellos al sol.]

Nací y crecí en la ciudad de Kuwait. Mi familia era una de las pocas «afortunadas» que no habían sido expulsadas después de 1991, cuando Arafat se unió a Saddam contra el mundo. No éramos ricos, pero tampoco teníamos problemas económicos. Yo vivía con comodidad, incluso podría decirse que era un niño mimado, y, bueno, mis acciones lo demostraron con creces.

Estaba viendo Al Jazeera desde detrás de la barra del Starbucks donde trabajaba todos los días después de clase. Era la hora más concurrida de la tarde y el lugar estaba atestado de gente. Imagínese el escándalo, los abucheos y los silbidos; seguro que el nivel de ruido resultaba equiparable al de la Asamblea General.

Por supuesto que creíamos que se trataba de una mentira sionista, ¿quién no? Cuando el embajador israelí anunció en la Asamblea General de la ONU que su país promulgaba una ley de «cuarentena voluntaria», ¿qué iba a pensar yo? ¿De verdad tenía que creerme la locura de que la rabia africana era una plaga nueva que transformaba a los muertos en caníbales sedientos de sangre? ¿Cómo podíamos tragarnos aquella estupidez, sobre todo teniendo en cuenta que provenía de nuestro enemigo más odiado?

Ni siquiera escuché la segunda parte del discurso de aquel cabrón, la parte en la que ofrecía asilo, sin hacer preguntas, a todos los judíos nacidos en el extranjero, a todos los extranjeros con padres israelíes, a todos los palestinos de los territorios antes ocupados y a todos los palestinos cuyas familias hubiesen vivido en algún momento dentro de las fronteras de Israel. La última parte afectaba a mi familia, que eran refugiados de la guerra sionista de agresión del 67. Siguiendo las instrucciones de los líderes de la Organización para la Liberación de Palestina, huimos de nuestro pueblo, convencidos de que podríamos regresar en cuanto nuestros hermanos egipcios y sirios hubiesen expulsado a los judíos hasta el mar. Yo no había estado nunca en Israel, ni en lo que acabó convertido en el nuevo estado de la Palestina Unificada.

¿Qué creía usted que había detrás del ardid israelí?

Esto es lo que pensaba: acababan de echar a los sionistas de los territorios ocupados, aunque, en teoría, se habían ido de forma voluntaria, como en el Líbano o, más recientemente, la Franja de Gaza; pero, en realidad, como había ocurrido antes, sabíamos que los habíamos echado nosotros. Eran conscientes de que el siguiente golpe destruiría por fin aquella ilegalidad a la que llamaban país, y, para prepararse ante ello, intentaban reclutar carne de cañón judía y... y (me creía muy listo por haberlo averiguado) ¡pretendían secuestrar a todos los palestinos que pudieran para utilizarlos de escudos humanos! Tenía todas las respuestas, como todo el mundo a los diecisiete años.

Mi padre no estaba tan convencido de mis ingeniosos conocimientos geopolíticos. Era conserje en el hospital Amiri y había estado de guardia la noche del primer brote importante de rabia africana. No había visto personalmente cómo los cadáveres se levantaban de las mesas, ni la carnicería de pacientes aterrados y guardias de seguridad, pero los resultados que se encontró después lo convencieron de que quedarse en Kuwait era suicida. Estaba decidido a irse el mismo día que Israel hizo su declaración.

A usted tuvo que resultarle difícil oírlo.

¡Era una blasfemia! Intenté que razonase, convencerlo con mi lógica de adolescente. Le enseñé imágenes de Al Jazeera, las imágenes que habían grabado en el estado de Cisjordania, en Palestina: las celebraciones, las manifestaciones. Cualquiera con ojos podía ver que la liberación total estaba a punto de producirse. Los israelíes se retiraban de todos los territorios ocupados, ¡e incluso se preparaban para evacuar Al Quds, lo que ellos llamaban Jerusalén! Estaba seguro de que todas las luchas entre facciones, la violencia entre nuestras diferentes organizaciones de resistencia, cesarían cuando nos uniésemos para dar el golpe de gracia a los judíos. ¿Es que mi padre no lo veía? ¿No entendía que, en unos años, unos meses, volveríamos a nuestra tierra como liberadores, no como refugiados?

¿Cómo se resolvió la discusión?

Decir que se resolvió es un eufemismo. Se resolvió después del segundo brote, el grande de Al Jahrah. Mi padre acababa de dejar su trabajo, había vaciado la cuenta bancaria, así que estábamos... con las maletas hechas y los billetes electrónicos confirmados. La tele rugía de fondo, los antidisturbios entrando por la puerta principal de una casa. No se veía a qué disparaban, pero el informe oficial culpó a los «extremistas pro-occidentales». Mi padre y yo discutíamos, como siempre; él intentaba convencerme de lo que había visto en el hospital, de que, para cuando nuestros líderes reconociesen el peligro, sería tarde para nosotros.

Yo, por supuesto, me reía de su temerosa ignorancia, de que estuviese dispuesto a abandonar «la lucha». ¿Qué se podía esperar de un hombre que se había pasado la vida limpiando retretes en un país que trataba a nuestra gente poco mejor que a los trabajadores temporales filipinos? Había perdido la perspectiva, el respeto. Los sionistas nos ofrecían la promesa hueca de una vida mejor, y él saltaba a recogerla como si fuese un perro al que le tiran las sobras.

Mi padre, con toda la paciencia que pudo reunir, intentó hacerme ver que le tenía tanto aprecio a Israel como cualquier militante mártir de Al Aqsa, pero que parecía ser el único país que se preparaba activamente para la tormenta que se avecinaba, y, sin duda, el único que se ofrecía generosamente a dar refugio y protección a nuestra familia.

Me reí en su cara, y entonces solté la bomba: le dije que

ya había encontrado una página web de los Hijos de Yassin*
y que esperaba el correo electrónico de un reclutador que,
se suponía, trabajaba en la misma ciudad de Kuwait. Le
dije a mi padre que corriese a convertirse en la puta de los
judíos si quería, pero que la próxima vez que nos viéramos
sería cuando lo rescatase de un campo de internamiento.
Estaba muy orgulloso de mis palabras y creía que sonaban
muy heroicas; lo miré con rabia, me levanté de la mesa e
hice mi declaración final: «¡Los seres peores, para Alá, son
los que se obstinan en su incredulidad!»**.

De repente, la mesa del comedor se quedó en silencio. Mi
madre bajó la vista, mis hermanas se miraron entre sí. Sólo
se oía el televisor, las palabras frenéticas del enviado especial que le pedía a todo el mundo que mantuviese la calma.
Mi padre no era un hombre grande; en aquellos momentos,
creo que yo era más grande que él. Tampoco era un hombre malhumorado, no recuerdo haberlo oído levantar la voz
antes. Pero vi algo en sus ojos, algo que no reconocía, y,
de repente, se lanzó sobre mí como un torbellino, me tiró
contra la pared y me dio una bofetada tan fuerte que noté
un zumbido en el oído izquierdo. «¡Vendrás con nosotros!
—me gritó, mientras me cogía por los hombros y me golpeaba contra el barato panel de yeso—. ¡Soy tu padre! ¡Me
tienes que obedecer! —La siguiente bofetada hizo que lo
viese todo blanco—. ¡Te vendrás con esta familia o no sal-
drás vivo de la habitación!»

Después vinieron más zarandeos, empujones, gritos
y bofetadas. Yo no entendía de dónde había salido aquel
hombre, aquel león que había remplazado a mi dócil y frá-

---

* Hijos de Yassin: Una organización terrorista juvenil que toma su nombre del difunto
Sheikh Yassin. Tenían unos códigos de reclutamiento estrictos y todos los mártires
debían ser menores de dieciocho años.
** «Los seres peores, para Alá, son los que, habiendo sido infieles en el pasado, se obstinan en su incredulidad.» Del Sagrado Corán, 8:55.

gil intento de padre. Era un león protegiendo a sus cachorros; él sabía que el miedo era la única arma que le quedaba para salvarme la vida, y, si a mí no me daba miedo la plaga, ¡estaba dispuesto a que lo temiese a él!

¿Funcionó?

[Se ríe.] Vaya mártir que resulté ser, porque creo que lloré todo el camino hasta El Cairo.

¿El Cairo?

No había vuelos directos entre Israel y Kuwait, ni siquiera desde Egipto una vez que la Liga Árabe impuso sus restricciones de viaje. Tuvimos que volar de Kuwait a El Cairo y después coger un autobús que cruzaba el desierto del Sinaí hasta el cruce de Taba.

Cuando nos acercábamos a la frontera, vi el Muro por primera vez. Estaba todavía sin acabar y unas vigas desnudas de acero se elevaban por encima de los cimientos de hormigón. Sabía lo del infame «muro de seguridad» (qué ciudadano del mundo árabe no lo conocía), pero siempre me habían hecho creer que sólo rodeaba Cisjordania y la Franja de Gaza. Allí fuera, en medio del inhóspito desierto, aquello no hacía más que confirmar mi teoría de que los israelíes esperaban un ataque desde cualquiera de sus fronteras. «Dios —pensé—, por fin los egipcios le han echado cojones.»

En Taba nos sacaron del autobús y nos dijeron que caminásemos en fila de a uno, pasando junto a unas jaulas en las que había unos perros grandes y de aspecto feroz. Fuimos pasando uno a uno. Un guardia de la frontera, un africano negro delgaducho (entonces no sabía que hubiera judíos negros*) levantaba la mano. «¡Espera aquí!», decía, en un árabe apenas reconocible. Después anunciaba: «¡Tú, ya pasas!». El hombre que iba delante de mí era viejo, tenía una larga barba blanca y se apoyaba en un bastón. Cuando pasó junto a los perros, los animales se volvieron locos, aullando y lanzando dentelladas, mordiendo y cargando contra los barrotes de las jaulas. Al instante, dos tipos grandes con ropa de calle se acercaron al anciano, le dijeron algo al oído y se lo llevaron. Me di cuenta de que el hombre estaba herido; tenía la *dishdasha* desgarrada a la altura de la cadera y manchada de sangre marrón. Sin embargo, aquellos hombres no eran médicos, y la furgoneta negra y sin distintivos en la que se lo llevaron no era precisamente un ambulancia. «Cabrones —pensé, mientras la familia del anciano se lamentaba—, descartan a los que están demasiado enfermos o parecen demasiado viejos para utilizarlos.»

Entonces nos tocó a nosotros caminar entre los perros. A mí no me ladraron, ni al resto de mi familia. Creo que uno de ellos llegó a menear el rabo cuando mi hermana intentó tocarlo. Sin embargo, el hombre que teníamos detrás..., de nuevo empezaron los ladridos y los gruñidos, y de nuevo aparecieron los civiles sin identificar. Me volví para mirarlo y me sorprendió ver que era blanco, quizá estadounidense o canadiense... No, tenía que ser estadounidense, porque su inglés era demasiado vulgar. «¡Venga ya, si estoy bien! —gritaba, forcejeando—. ¡Venga, tío, qué coño te pasa!» Estaba bien vestido, con traje y corbata, y unas maletas a juego que tiró a un lado cuando empezó a luchar contra los israelíes. «¡Venga, vamos, soltadme de una puta vez! ¡Soy uno de vosotros! ¡Venga!» Entonces se le soltaron los botones de la

---

* En aquel momento, el gobierno israelí ya había finalizado la operación «Moisés II», en la que los últimos falashas etíopes fueron trasladados a Israel.

camisa, y vimos una venda manchada de sangre rodeándole el estómago. Todavía pataleaba y gritaba cuando lo arrastraron hasta la parte de atrás de la furgoneta. Yo no lo entendía: ¿por qué aquellas personas? Estaba claro que no se trataba de ser árabe, ni siquiera de estar herido. Vi a varios refugiados con heridas graves que entraban sin que los guardias los molestasen. Los llevaban a unas ambulancias que esperaban al otro lado, ambulancias de verdad, no las furgonetas negras. Sabía que tenía que ver con los perros; ¿estarían descartando a los que tenían la rabia? Aquello tenía más sentido, y siguió siendo mi teoría durante nuestro internamiento a las afueras de Yeroham.

¿El campamento de reasentamiento?

Reasentamiento y cuarentena. En aquel momento, yo sólo lo veía como una prisión. Era justo lo que esperaba que sucediese: tiendas de campaña, masificación, guardias, alambres de espinos y el hirviente sol del Desierto del Néguev. Nos sentíamos como prisioneros, éramos prisioneros, y, aunque nunca habría tenido el valor de acercarme a mi padre con un «ya te lo dije», él lo veía claramente en mi expresión de amargura.

Lo que no me esperaba eran los exámenes físicos; todos los días nos los hacía un ejército de personal médico: sangre, piel, pelo, saliva, y hasta orina y heces...* Era agotador y humillante. Lo único que lo hacía soportable y, probablemente, evitaba un motín en toda regla entre los musulmanes recluidos, era que la mayoría de los médicos y enfermeras que hacían las pruebas también eran palestinos. A mi madre y mis hermanas las examinaba una doctora, una

---

* *En aquel momento no se sabía bien si el virus podía sobrevivir en residuos sólidos fuera del cuerpo humano.*

mujer americana de una ciudad llamada Jersey. El hombre que nos examinaba a nosotros era de Jabaliya, en Gaza, y había sido uno de los recluidos hasta hacía pocos meses. Nos decía una y otra vez que habíamos tomado la decisión correcta al ir allí, que era duro, pero que era la única forma. Nos dijo que todo era cierto, todo lo que habían contado los israelíes. Yo todavía no lograba creerlo, aunque una parte de mí cada vez más insistente deseaba hacerlo.

Estuvimos en Yeroham tres semanas, hasta que procesaron nuestros papeles y terminaron las pruebas médicas. ¿Sabe qué? En todo aquel tiempo apenas le echaron un vistazo a nuestros pasaportes. Mi padre se había tomado muchas molestias para asegurarse de que los documentos oficiales estuviesen en orden, aunque no creo que les importase. A no ser que los militares israelíes o la policía te buscasen por alguna actividad previa poco *kosher*, sólo importaba que tuvieses una tarjeta sanitaria limpia.

El Ministerio de Asuntos Sociales nos proporcionó talones para canjear por alojamiento subvencionado y escolarización gratuita, y le dio un trabajo a mi padre con un salario que mantuviese a toda la familia. «Esto es demasiado bueno para ser cierto —pensé cuando subimos al autobús que nos llevaba a Tel Aviv—. El martillo caerá de un momento a otro.»

Lo hizo en cuanto entramos en la ciudad de Beer Sheva. Yo estaba dormido y creo que no oí los disparos ni vi cómo se rompía el parabrisas. Me desperté de golpe cuando noté que el autobús se movía sin control. Nos estrellamos contra el lateral de un edificio; la gente gritaba, y había cristales y sangre por todas partes. Mi familia estaba cerca de la salida de emergencia, así que mi padre abrió la puerta de una patada y nos empujó hacia la calle.

Había disparos, desde las ventanas, desde las puertas; pude ver que eran soldados contra civiles, civiles con pistolas y bombas caseras. «¡Por fin! —pensé, con el corazón a punto de estallar—. ¡Ya ha comenzado la liberación!» Antes de poder hacer nada, antes de poder unirme a mis camaradas en la batalla, alguien me cogió de la camisa y me metió por la puerta de un Starbucks.

Estaba tirado en el suelo junto a mi familia, mis hermanas lloraban, y mi madre intentaba cubrirlas con su cuerpo. Mi padre tenía una herida de bala en el hombro; un soldado israelí me empujó contra el suelo para apartarme la cara de la ventana, pero a mí me hervía la sangre y empecé a buscar algo que pudiera utilizar de arma, quizá un fragmento grande de cristal con el que cortarle el cuello al judío.

De repente se abrió una puerta trasera del Starbucks, el soldado se volvió en aquella dirección y disparó. Un cadáver ensangrentado cayó al suelo a nuestro lado, y una granada salió rodando de su mano. El soldado la cogió e intentó lanzarla a la calle, pero estalló en el aire, y el cuerpo del hombre nos protegió de la explosión. Cayó de espaldas sobre el cuerpo asesinado de mi hermano árabe..., aunque no era árabe. Cuando se me secaron las lágrimas, me di cuenta de que vestía *payess*, *yarmulke* y un *tzitzit* empapado en sangre que se le había salido de los pantalones húmedos y destrozados. Aquel hombre era judío, ¡los rebeldes armados de la calle eran judíos! La batalla que se desarrollaba a nuestro alrededor no era una sublevación de los palestinos insurgentes, sino el inicio de la Guerra Civil Israelí.

En su opinión, ¿cuál cree que fue la causa de la guerra?

Creo que hubo muchas causas. Sé que la repatriación de los palestinos fue poco popular, igual que la retirada general de Cisjordania. Estoy seguro de que el programa de reasentamiento estratégico de aldeas tuvo que exaltar a más de uno. Muchos israelíes vieron cómo tiraban sus casas para hacer sitio a aquellos recintos residenciales, fortificados y autosuficientes. Al Quds..., creo que fue la gota que colmó el vaso. El gobierno de coalición decidió que era el único punto débil importante, demasiado grande para controlarlo y un agujero que conducía directamente al corazón de Israel. No sólo evacuaron la ciudad, sino también todo el corredor entre Nablus y Hebrón. Creían que reconstruir un muro más corto a lo largo de la demarcación de 1967 era la única forma de garantizar la seguridad física, al margen de la posible reacción de su propia derecha religiosa. Me enteré de todo esto mucho después, ya sabe, igual que me enteré de que, al final, los militares israelíes sólo triunfaron porque la mayoría de los rebeldes pertenecían a las filas ultraortodoxas, de modo que nunca habían servido en las fuerzas armadas. ¿Lo sabía usted? Porque yo no. Me di cuenta de que no sabía prácticamente nada de la gente a la que había odiado toda la vida; todo lo que creía cierto se hizo añicos aquel día, y lo reemplazó el rostro de nuestro verdadero enemigo.

Corría con mi familia hacia la parte de atrás de un tanque israelí*, cuando una de las furgonetas sin distintivos apareció doblando una esquina. El proyectil de un lanzacohetes portátil se estrelló justo en el motor, así que el vehículo saltó por los aires, aterrizó bocabajo y estalló, convertido en una brillante bola de fuego naranja. Todavía me quedaban unos pasos para llegar a las puertas del tanque, lo suficiente para ver cómo se desarrollaron los acontecimientos. Unas figuras salían de la furgoneta en llamas, antorchas que avanzaban lentamente, con la ropa y la piel cubiertas de gasolina ardiendo. Los soldados que nos rodeaban empezaron a disparar a las figuras, y pude ver los agujeritos que las balas les

---

* A diferencia de la mayoría de los tanques más importantes de otros países, los «Merkava» israelíes tienen escotillas traseras para el despliegue de las tropas.

abrían en la piel al pasar a través de ellos sin hacerles daño. El jefe del escuadrón, que estaba a mi lado, gritó: «¡*B'rosh*! ¡*Yoreh B'rosh*!», y los soldados ajustaron sus blancos. Las cabezas de las figuras... de las criaturas, empezaron a estallar, y la gasolina que las cubría ya se gastaba cuando cayeron al suelo, convertidas en cadáveres achicharrados y sin cabeza. De repente entendí lo que mi padre había intentado advertirme, ¡lo que los israelíes habían intentado decirle al resto del mundo! Lo que no entendía era por qué el resto del mundo no escuchaba.

CULPA

LANGLEY (EE.UU.)

[El despacho del director de la CIA es como el despacho de un ejecutivo o un médico ordinario, o como el de un director de instituto de un pueblo cualquiera. Se puede ver la típica colección de libros de referencia en las estanterías, diplomas y fotos en las paredes y, sobre la mesa, un bate de béisbol firmado por el *catcher* de los Cincinnati Reds, Johnny Bench. Bob Archer, mi anfitrión, me ve en la cara que esperaba algo distinto, y sospecho que por eso ha decidido realizar aquí la entrevista.]

Cuando se piensa en la CIA, lo primero que seguramente se imagina son dos de nuestros mitos más populares y perdurables. El primero es que nuestra misión es analizar el mundo entero en busca de cualquier posible amenaza a los Estados Unidos, y el segundo es que tenemos el poder suficiente para hacer lo primero. Este mito es el resultado de una organización que, por su propia naturaleza, debe existir y funcionar en secreto. El secreto es un vacío, y nada llena un vacío tan bien como la especulación paranoica. «Oye, ¿sabías quién mató a tal y cual? Me han dicho que fue la CIA. Oye, ¿qué me dices del golpe en la República Bananera? Seguro que ha sido la CIA. Oye, ten cuidado con esa página web, ¡que la CIA tiene un registro de todas las páginas que visita todo el mundo!» Ésa es la imagen que tenía casi todo el mundo de nosotros antes de la guerra, y es una imagen que no nos importaba alentar, porque queríamos que los chicos malos sospechasen de nosotros, nos temiesen y, a ser posible, se lo pensasen dos veces antes de intentar hacerles daño a nuestros ciudadanos. Era la ventaja de que la gente nos viera como un pulpo omnisciente. La única desventaja era que nuestro pueblo también creía en esa imagen, así que, siempre que algo, lo que fuera, ocurría sin previo aviso, ¿a quién apuntaban todos?: «Oye, ¿cómo consiguió ese país de locos los misiles? ¿Dónde estaba la CIA? ¿Cómo es posible que ese fanático asesinase a tanta gente? ¿Dónde estaba la CIA? ¿Por qué no supimos que los muertos volvían a la vida hasta que ya los teníamos entrando por la ventana del salón? ¿¡Dónde demonios estaba la CIA!?».

Sin embargo, ni la CIA ni ninguna de las otras organizaciones de inteligencia, tanto oficiales como oficiosas, de los EE.UU. eramos una especie de iluminados omnipotentes. Para empezar, nunca habíamos tenido los fondos suficientes. Ni siquiera en los días de la guerra fría, con sus cheques en blanco; no es físicamente posible tener ojos y oídos en todos los trasteros, cuevas, callejones, burdeles, refugios, despachos, hogares, coches y arrozales del planeta. No me malinterprete, no digo que no pudiésemos hacer cosas, y quizá nos merezcamos el crédito por algunas de las acciones que nuestros fans y nuestros críticos nos han echado en cara a lo largo de los años. Pero, si suma todas las conspiraciones demenciales, desde Pearl Harbor* al día antes del Gran Pánico, se encontrará con una organización que no sólo es más poderosa que los Estados Unidos, sino que todos los esfuerzos conjuntos de la raza humana.

No somos ninguna superpotencia en la sombra con secretos ancestrales y tecnología alienígena. Tenemos limitacio-

---

* La CIA, originalmente la OSS, no se creó hasta junio de 1942, seis meses después del ataque japonés a Pearl Harbor.

nes muy reales y bienes extremadamente finitos, así que, ¿por qué íbamos a malgastarlos investigando todas y cada una de las posibles amenazas? Esto nos lleva al segundo mito de lo que realmente hace una organización de inteligencia. No podemos repartirnos por el mundo buscando y esperando encontrar nuevos peligros en potencia; siempre hemos tenido que identificar y centrarnos en aquéllos que ya son claros y concretos. Si tu vecino soviético intenta prenderle fuego a tu casa, no puedes estar preocupándote por el árabe del bloque de al lado. Si, de repente, es el árabe el que está en tu patio, no puedes preocuparte por la República Popular China, y si, un día, los comunistas chinos aparecen en tu puerta con una orden de desahucio en una mano y un cóctel Molotov en la otra, lo último que haces es mirar hacia atrás para ver si aparece un muerto viviente.

Pero ¿no se originó la plaga en China?

Así es, igual que se originó una de las mayores *maskirovkas* de la historia del espionaje moderno.

¿Cómo dice?

Era un engaño, una farsa. La RPC sabía que ya eran nuestro objetivo de vigilancia número uno; sabían que no podrían ocultar la existencia de sus redadas nacionales de «salud y seguridad». Se dieron cuenta de que la mejor forma de esconder lo que pasaba era hacerlo a plena vista. En vez de mentir sobre las redadas, mintieron sobre lo que buscaban en ellas.

¿La campaña contra los disidentes?

Peor, todo el incidente del estrecho de Taiwán: la victoria del Partido Nacional para la Independencia de Taiwán, el asesinato del ministro de defensa chino, la concentración militar, las amenazas de guerra, las manifestaciones y las campañas posteriores…, todo lo organizó el Ministerio de Seguridad del Estado, sólo para desviar la atención del mundo del peligro real que crecía dentro de China. ¡Y funcionó! Toda la información que teníamos sobre China, las desapariciones repentinas, las ejecuciones en masa, los toques de queda, la llamada a los reservistas.., todo podía explicarse fácilmente como un procedimiento estándar de los comunistas chinos. De hecho, funcionó tan bien, estábamos tan convencidos de que la Tercera Guerra Mundial estaba a punto de estallar en el estrecho de Taiwán, que desviamos otros recursos de inteligencia de países en los que empezaban a surgir brotes de la epidemia.

¿Tan bien lo hicieron los chinos?

Y tan mal lo hicimos nosotros. No fue el mejor momento de la agencia, todavía estábamos recuperándonos de las purgas…

¿Se refiere a las reformas?

No, me refiero a las purgas, porque eso fueron. Cuando Stalin asesinó o encarceló a sus mejores comandantes militares no hizo tanto daño a su seguridad nacional como cuando nuestra administración inició sus «reformas». La última guerra fue una catástrofe, y adivine quién se llevó el golpe. Se nos ordenó justificar una agenda política, pero, cuando esa agenda se convirtió en una desventaja, los que habían dado la orden se echaron atrás para unirse a la multitud y señalarnos con el dedo: «¿Quién nos dijo que fuésemos a la guerra? ¿Quién nos metió en este lío? ¡La CIA!».

No podíamos defendernos sin violar la seguridad nacional, así que tuvimos que quedarnos sentados y aguantarnos. ¿Cuál fue el resultado? Fuga de cerebros. ¿Por qué quedarse para ser la víctima de una caza de brujas política cuando podías escapar al sector privado? Más dinero, un horario decente, y, quizá, sólo quizá, un poquito de respeto y aprecio por parte de la gente para la que trabajas. Perdimos a muchos hombres y mujeres buenos, un montón de experiencia, iniciativa y valioso razonamiento analítico. Lo único que nos quedó fueron los posos, un puñado de eunucos miopes lameculos.

Pero no todos serían así.

No, claro que no. Algunos nos quedamos porque realmente creíamos en lo que hacíamos. No estábamos en esto por el dinero o por las condiciones de trabajo, ni siquiera por la ocasional palmadita en la espalda, sino porque queríamos servir a nuestro país. Queríamos que nuestra gente estuviese a salvo; pero, incluso con ideales, llega un momento en que te das cuenta de que la suma de toda tu sangre, sudor y lágrimas al final se queda en nada.

Entonces, usted sabía lo que pasaba de verdad.

No…, no…, no podía. No había manera de confirmar...

Pero tenía sospechas.

Tenía… dudas.

¿Podría ser más específico?

No, lo siento, aunque puedo decir que abordé el tema en algunas ocasiones con mis colegas.

¿Qué pasó?

La respuesta era siempre la misma: «Será tu funeral».

¿Y lo fue?

[Asiente.] Hablé con... alguien con autoridad..., sólo fue una reunión de cinco minutos en la que expresé algunas de mis preocupaciones. Él me dio las gracias por ir a verlo y me dijo que lo investigaría de inmediato. Al día siguiente recibí órdenes de traslado: Buenos Aires, con efecto inmediato.

¿Alguna vez oyó hablar del informe Warmbrunn-Knight?

Ahora sí, por supuesto, pero entonces... La copia que entregó en mano Paul Knight en persona, la que tenía la nota «Confidencial», sólo para el director... la encontramos en el fondo del cajón de un secretario en la oficina de campo de San Antonio del FBI, tres años después del Gran Pánico. Al final no sirvió de nada, porque, justo antes de que me trasladaran, Israel hizo pública su declaración de cuarentena voluntaria. De repente, el tiempo para las advertencias llegó a su fin; los hechos salían a la luz, y sólo quedaba ver quién se los creía.

Vaalajarvi (Finlandia)

[Es primavera, temporada de caza. Cuando la
temperatura sube y los cuerpos de los zombis congelados empiezan a reanimarse, algunos miembros de la F-N (Fuerza Norte) de
la ONU llegan para su operación anual de
«Barrido y limpieza». Cada año se reduce el
número de muertos vivientes. Si la tendencia
sigue así, se espera que esta zona sea completamente segura dentro de una década. Travis
D'Ambrosia, comandante supremo aliado en
Europa, está aquí para supervisar en persona
las operaciones. En la voz del general se per-
cibe algo triste y débil; le cuesta mirarme a los
ojos durante la entrevista.]

No negaré que se cometieron errores, ni que podríamos
haber estado mejor preparados. Seré el primero en reconocer que defraudamos al pueblo estadounidense, aunque me
gustaría que supieran por qué.

«¿Y si los israelíes tienen razón?», ésas fueron las primeras
palabras que salieron de la boca del presidente la mañana
después de la declaración israelí en la ONU. «No digo que
la tengan —enfatizó—; pero ¿y si la tienen?»

Quería opiniones abiertas, no cerradas; así era el presidente de la Junta de Jefes de Estado. Siempre mantenía la
conversación en términos hipotéticos, permitiendo la fantasía de que se trataba de una especie de ejercicio intelectual.
Al fin y al cabo, el resto del mundo no estaba preparado
para creerse algo tan extravagante, ¿por qué iban a hacerlo
las personas de aquella habitación?

Mantuvimos la farsa todo lo que pudimos, hablando
con una sonrisa o salpicando los comentarios con alguna

que otra broma... No estoy seguro de cuándo empezó la transición, porque fue tan sutil que no creo que nadie se diera cuenta, pero, de repente, tenías una habitación llena de militares profesionales, todos ellos con décadas de experiencia en combate y más formación académica que un neurocirujano medio, y todos hablaban abierta y sinceramente de la posible amenaza de los muertos vivientes. Era como... una presa que se rompía; el tabú se resquebrajó, y la verdad empezó a salir a chorros. Resultaba... liberador.

Entonces, ¿usted tenía sus propias sospechas?

Meses antes de la declaración israelí, igual que el presidente. Todas las personas de aquella habitación habían oído algo o sospechaban algo.

¿Alguno había leído el informe Warmbrunn-Knight?

No, ninguno. Había oído el nombre, pero no tenía ni idea de su contenido. Al final di con una copia unos dos años después del Gran Pánico. La mayoría de las medidas militares que aconsejaba aparecían en la nuestra, casi punto por punto.

¿Su qué?

Nuestra propuesta a la Casa Blanca. Desarrollamos un programa exhaustivo, no sólo para eliminar la amenaza dentro de los Estados Unidos, sino también para seguir adelante y contenerla en el resto del mundo.

¿Qué ocurrió?

A la Casa Blanca le encantó nuestra Fase Uno, porque era

rápida, barata y, si se ejecutaba bien, cien por cien secreta. La Fase Uno consistía en la inserción de unidades de las Fuerzas Especiales en zonas infestadas. Sus órdenes eran investigar, aislar y eliminar.

¿Eliminar?

A fondo.

¿Esos eran los equipos Alfa?

Sí, señor, y tuvieron mucho éxito. Aunque sus archivos permanecerán sellados durante los próximos ciento cuarenta años, puedo decir que se trata de uno de los momentos más destacados de la historia de los soldados de élite estadounidenses.

Entonces, ¿qué salió mal?

Nada, al menos con la Fase Uno, pero se suponía que los equipos Alfa eran sólo una medida provisional. Su misión no era extinguir la amenaza, sino retrasarla lo suficiente para dar tiempo a la Fase Dos.

La Fase Dos no llegó a completarse, ¿verdad?

Ni siquiera empezó, y ésa es la razón de la vergonzosa falta de preparación del ejército estadounidense.

La Fase Dos requería una enorme colaboración nacional, algo nunca visto desde los días más oscuros de la Segunda Guerra Mundial. Ese tipo de esfuerzo exige cantidades hercúleas de dinero y apoyo del estado, pero, en aquel momento, ambos eran inexistentes. Los estadounidenses acababan de pasar por un conflicto largo y sangriento, y estaban cansados; habían tenido bastante. Como en los setenta, el péndulo había pasado del apoyo militar a un enorme resentimiento.

En los regímenes totalitarios (comunismo, fascismo, fundamentalismo religioso), el apoyo popular se da por hecho. Puedes empezar guerras, prolongarlas, poner en uniforme a cualquiera durante todo el tiempo que quieras sin tener que preocuparte por una reacción política. En una democracia, es justo lo contrario: el apoyo público debe cuidarse como un recurso finito. Debe gastarse sabiamente, con parquedad y ofreciendo mucho a cambio. Estados Unidos es especialmente sensible al cansancio bélico, y no hay nada tan perjudicial como la percepción de la derrota. Y digo percepción porque nuestro país es una sociedad de extremos, de todo o nada; nos gusta ganar a lo grande, tanto en los deportes como en la vida; nos gusta saber y que todos sepan que no sólo hemos ganado sin oposición, sino que hemos ganado de forma arrolladora. Si no..., bueno, mire cómo estábamos antes del Pánico. No perdimos el último conflicto armado, ni de lejos; en realidad, logramos realizar una tarea muy difícil con pocos recursos y en circunstancias extremadamente desfavorables. Ganamos, pero el público no lo vio así, porque no fue la paliza relámpago que nuestro espíritu nacional exigía. Había pasado demasiado tiempo, habíamos gastado demasiado dinero y se habían perdido o dañado para siempre demasiadas vidas; el apoyo de la ciudadanía no era escaso, sino que estaba en números rojos.

Piense en lo que costaría la Fase Dos sólo en dólares. ¿Sabe el precio de poner a un ciudadano estadounidense de uniforme? Y no me refiero sólo al tiempo en que está activamente de uniforme: el entrenamiento, el equipo, la comida, el alojamiento, el transporte y la atención médica. También hay que tener en cuenta el precio a largo plazo que el país, los contribuyentes estadounidenses, tienen que pagarle a esa persona durante el resto de su vida. Es una carga económica aplastante, y, en aquellos días, apenas lográbamos la suficiente financiación para mantener lo que teníamos.

Incluso si los cofres no hubiesen estado vacíos, si hubiésemos tenido todo el dinero necesario para hacer todos los uniformes que necesitábamos para poner en práctica la Fase Dos, ¿quién cree que habría querido meterse dentro de ellos? Todo era porque el corazón de los Estados Unidos estaba cansado de guerra: por si los horrores «tradicionales» no fueran suficientes (los muertos, los desfigurados, los destrozados psicológicamente), ahora teníamos una nueva hornada de dificultades: los Traicionados. Éramos un ejército de voluntarios, y mire lo que le pasó a nuestros voluntarios. ¿Cuántas historias recuerda sobre soldados a los que alargaron su tiempo de servicio, o sobre reservistas que, después de diez años de vida civil, de repente se encontraron llamados a filas? ¿Cuántos guerreros de fin de semana se quedaron sin trabajo o sin casa? ¿Cuántos regresaron para encontrarse con una vida destrozada? O peor, ¿cuántos no volvieron? Los estadounidenses son una gente honrada y esperan un trato justo. Sé que muchas otras culturas pensaban que era una actitud ingenua e incluso infantil, pero es uno de nuestros principios más sagrados. Ver que el Tío Sam se desdice de su promesa, le quita a la gente su vida privada, su libertad...

Después de Vietnam, cuando era jefe de pelotón en la Alemania del Oeste, tuvimos que establecer un programa de incentivos para evitar que nuestros soldados desertaran. La última guerra consiguió que ningún tipo de incentivo pudiese reponer nuestras reducidas filas, ni primas, ni reducciones del servicio, ni herramientas de reclutamiento en línea disfrazadas de videojuegos civiles*. Esta genera-

---

* Antes de la guerra, el gobierno de los Estados Unidos puso a disposición del gran público un videojuego de acción gratuito, a través de Internet, llamado America's Army; algunos afirmaron que su objetivo era atraer a nuevos reclutas.

ción había tenido más que suficiente, y, por eso, cuando los muertos vivientes empezaron a devorar nuestro país, casi estábamos demasiado débiles y vulnerables para detenerlos.

No estoy echándole la culpa a los líderes civiles y no estoy sugiriendo que los de uniforme no estemos en deuda con ellos. Éste es nuestro sistema, y es el mejor del mundo, pero debemos protegerlo y defenderlo, y no debería volver a abusarse tanto de él.

BASE VOSTOK (ANTÁRTIDA)

[Antes de la guerra, este puesto avanzado era el más remoto de la Tierra. Situado cerca del polo sur magnético del planeta, sobre la capa de hielo de cuatro kilómetros del lago Vostok, en este lugar se ha alcanzado el récord de temperatura mínima, con menos ochenta y nueve grados Celsius, mientras que las máximas rara vez llegan a los menos veintidós. Este frío tan extremo y el hecho de que se tarde más de un mes en llegar a la base por tierra, hacen que Vostok le resulte muy atractiva a Breckinridge «Breck» Scott.

Nos reunimos en «La Cúpula», el invernadero geodésico reforzado que se alimenta de la planta geotérmica de la estación. El señor Scott puso en funcionamiento estas y otras mejoras cuando le alquiló la base al gobierno ruso. No ha salido de aquí desde el Gran Pánico.]

¿Entiende de economía? Me refiero a capitalismo global del bueno, el de antes de la guerra. ¿Entiende cómo funcionaba? Yo no, y cualquiera que diga que lo entiende es un puto mentiroso. No existen reglas, ni absolutos científicos; ganas, pierdes, es todo cuestión de suerte. La única regla que entendía la aprendí de un profesor de Historia en Wharton, no de uno de Economía. «El miedo —decía—, el miedo es la mercancía más valiosa del universo. —Eso me dejó pasmado—. Encended la televisión —decía—. ¿Qué veis? ¿Gente vendiendo productos? No: gente vendiendo el miedo que tenéis de vivir sin sus productos.»

Joder, tenía toda la razón: miedo a envejecer, miedo a la soledad, miedo a la pobreza, miedo al fracaso... El miedo es la emoción más básica que tenemos, es primitiva. El miedo vende; ése era mi mantra: el miedo vende.

Cuando oí hablar por primera vez del brote, cuando todavía lo llamaban rabia africana, vi la oportunidad de mi vida. Nunca olvidaré el primer reportaje, el del brote de Ciudad del Cabo, sólo diez minutos de reportaje de verdad, más una hora entera de especulaciones sobre lo que sucedería si el virus llegaba hasta Estados Unidos. Dios bendiga las noticias. Me puse a llamar como loco treinta segundos después.

Me reuní con algunos de mis colaboradores más cercanos, y todos habían visto el reportaje. Yo fui el primero en dar con un lanzamiento viable: una vacuna, una vacuna real para la rabia. Gracias al cielo, no hay cura para la rabia, porque una cura sólo la compraría la gente que se creyese infectada. ¡Pero la vacuna es preventiva! ¡La gente no dejará de tomársela mientras tenga miedo de que la enfermedad esté ahí afuera!

Teníamos muchos contactos en la industria biomédica, y unos cuantos más en el Congreso y la Casa Blanca; podíamos tener listo un prototipo funcional en menos de un mes, y una propuesta escrita en un par de días. Cuando llegamos al hoyo dieciocho, todo el mundo se estaba dando la mano.

¿Qué me dice de la FDA*?

Por favor, ¿lo dice en serio? Por aquel entonces la FDA era una de las organizaciones con menos fondos y peor gestión del país. Creo que todavía se daban palmaditas en la espalda por haber quitado el colorante rojo n.º 2** de los M&M's. Además, estamos hablando de una de las administraciones más blandas con las empresas de toda la historia de los Estados Unidos. Aquel tío de la Casa Blanca hacía que J. P. Morgan y John D. Rockefeller se pusieran como motos dentro de sus tumbas. Su personal ni siquiera se molestó en leer nuestro informe de evaluación de costes, porque creo que ya estaban buscando una bala mágica. Hicieron que la FDA lo aprobara en cuestión de dos meses. ¿Recuerda el discurso que dio el *presi* ante el Congreso, diciendo que lo habían probado durante un tiempo en Europa y que lo único que lo retrasaba era nuestra «inútil burocracia»? ¿Recuerda todo eso de que «la gente no necesita tanto gobierno, sino más protección, ¡de inmediato!»? Dios bendito, creo que medio país se corrió en los pantalones al oírlo. ¿Cuánto subió aquella noche su índice de popularidad, hasta el sesenta por ciento, el setenta? Yo sólo sé que consiguió que nuestra entrada en bolsa subiese un trescientos ochenta y nueve por ciento el primer día. ¡Chúpate ésa, baidu.com!

¿Y no sabía si iba a funcionar?

---

* *Food and Drug Administration: Organismo gubernamental estadounidense a cargo del control de alimentos y fármacos.*

** *Mito; aunque los M&M's rojos se eliminaron de 1976 a 1985, no utilizaban dicho colorante.*

Sabíamos que serviría para la rabia, y eso decían que era, ¿no? Una variedad extraña de rabia de la jungla.

¿Quién lo decía?

Ya sabe, «ellos», la ONU o… algo así. Así la llamaba todo el mundo, ¿no?, rabia africana.

¿Se llegó a probar en una víctima real?

¿Por qué? La gente se ponía vacunas contra la gripe continuamente, sin saber si eran para la cepa correcta. ¿Cuál es la diferencia?

Pero, el daño…

¿Quién iba a pensar que llegaría tan lejos? Ya sabe la cantidad de amenazas de enfermedad que teníamos por aquel entonces. Dios, era como si la peste negra fuese a asolar el planeta cada tres meses… Ébola, neumonía asiática, gripe aviar… ¿Sabe cuánta gente ganó dinero con aquellos sustos? Mierda, yo conseguí mi primer millón con unas píldoras antirradiación inútiles durante la amenaza de las bombas sucias.

Pero, si alguien descubría…

¿El qué? Nunca mentimos, ¿entiende? Nos dijeron que era la rabia, así que hicimos una vacuna para la rabia. Dijimos que la habíamos probado en Europa, y las drogas en las que se basaba se habían probado en Europa. Técnicamente, nunca mentimos; técnicamente, nunca hicimos nada malo.

¿Y si alguien descubría que no era la rabia…?

¿Quién iba a dar la voz de alarma? ¿Los profesionales médicos? Nos aseguramos de que fuese una medicina con receta, de modo que los médicos tuviesen tanto que perder como nosotros. ¿Quién más? ¿La FDA que permitió su comercialización? ¿Los congresistas que votaron para aceptarla? ¿El ministro de Sanidad? ¿La Casa Blanca? ¡Era una situación en la que todos ganaban! Todos podían ser héroes, todos hacían dinero. Seis meses después de que Phalanx saliese al mercado, empezaron a aparecer todas esas marcas baratas, y todas se vendieron mucho, igual que pasó con los demás accesorios, como el purificador de aire para la casa.

Pero el virus no se transmitía por el aire.

¡Daba igual! ¡Era de la misma marca! «De los fabricantes de...» Sólo tenía que decir que «puede prevenir algunas infecciones víricas». ¡Ya está! Ahora entiendo por qué era ilegal gritar «fuego» en un cine lleno de gente; la reacción normal no es decir: «oye, no huele a humo, ¿de verdad hay un incendio?». No, la reacción es: «¡Mierda, hay un incendio, corre!». [Se ríe.] Yo hice dinero con purificadores para la casa y para el coche; ¡mi número uno en ventas fue un cacharrito que se llevaba al cuello cuando subías a un avión! Creo que ni siquiera llegaba a filtrar el polen, pero se vendía.

Las cosas iban tan bien que empecé a crear compañías falsas, ya sabe, con planes para construir fábricas por todo el país. Las acciones se vendieron tanto como las de verdad. Ya ni siquiera era la idea de la seguridad, ¡sino la idea de la idea de la seguridad! ¿Recuerda cuando empezamos a tener los primeros casos aquí, en los Estados Unidos? ¿Ese tipo en Florida que decía que lo habían mordido, pero que había sobrevivido porque tomaba Phalanx? ¡Oh! [Se levanta e

imita los movimientos de alguien fornicando como loco.]
Que Dios bendiga a ese puto idiota, fuera quien fuese.

Eso no fue por Phalanx. Su medicamento no protegía a la gente de nada.

Los protegía de sus miedos, eso era lo único que vendía. Mierda, gracias a Phalanx, el sector biomédico empezó a recuperarse, lo que, a su vez, animó al mercado de valores, que así logró dar la impresión de recuperarse, ¡lo que a su vez restauró la confianza de los consumidores, que estimularon una recuperación de verdad! ¡Phalanx acabó él solo con la recesión! Yo... ¡yo acabé con la recesión!

¿Y después? ¿Cuando los brotes se hicieron más serios y la prensa por fin informó de que no había ninguna medicina milagrosa?

¡Joder, justamente! ¡Ésa es la puta mayor a la que habría que fusilar! ¿Cómo se llamaba, la primera que lo hizo público? ¡Mire lo que consiguió! ¡Tiró de la puta alfombra que teníamos debajo! ¡Inició la espiral! ¡Provocó el Gran Pánico!

¿Y usted no acepta ninguna responsabilidad?

¿Por qué? ¿Por sacar un poco de dinero...? Bueno, un poco no. [Se ríe] Sólo hice lo que se supone que tiene que hacer cualquiera: perseguir mi sueño y sacar tajada. Si quiere culpar a alguien, culpe al primero que dijo que era rabia, o al que sabía que no era rabia y nos dio la luz verde a sabiendas. Mierda, si quiere culpar a alguien, ¿por qué no empieza por todos los borregos que se revolcaron en billetes en vez de molestarse en investigar con un poquito de responsabilidad? Nunca les puse una pistola en la cabeza, ellos mismos hicieron su elección. Ellos son los malos, no yo; yo no le hice daño a nadie y, si hubo alguien lo bastante estúpido para hacerse daño solito, que le den. Por supuesto... Si hay un infierno... [se ríe entre dientes mientras habla]... No quiero pensar en cuántos de esos imbéciles me estarán esperando allí. Sólo espero que no me pidan que les devuelva el dinero.

AMARILLO
(TEJAS, ESTADOS UNIDOS)

[Grover Carlson trabaja como recolector de combustible en la planta experimental de bioconversión del pueblo. El combustible que recolecta es estiércol. Sigo al que fuera jefe de gabinete de la Casa Blanca, mientras él empuja su carretilla por los pastos marrones.]

Claro que teníamos una copia del informe Knight-Espantajudíos, ¿quién se cree que somos, la CIA? Lo leímos tres meses antes de que los israelíes lo hicieran todo público. Antes de que el Pentágono empezase a hacer ruido, mi trabajo consistía en informar personalmente al presidente, que, a su vez, llegó a dedicar una reunión entera a analizar su mensaje.

¿Cuál era?

Déjenlo todo, centren todos sus esfuerzos, la típica mierda alarmista. Recibíamos docenas de informes como aquél todos los días, igual que todas las administraciones, y siempre afirmaban que su hombre del saco era «la mayor amenaza para la existencia de la humanidad». ¡Venga ya! ¿Se imagina cómo habrían sido los Estados Unidos si el gobierno federal hubiese frenado de golpe cada vez que un pirado paranoico gritaba «lobo», «calentamiento global» o «muertos vivientes»? Por favor. Lo que hacíamos, lo que hacían todos los presidentes desde la época de Washington era ofrecer una respuesta moderada y conveniente, directamente proporcional a una evaluación realista de la amenaza.

Y eso fueron los equipos Alfa.

Entre otras cosas. Teniendo en cuenta la baja prioridad que le daba el asesor de seguridad nacional, creo que le dedicamos un tiempo bastante considerable. Produjimos un vídeo formativo para las autoridades estatales y regionales, de modo que supiesen qué hacer si se producía un brote. El Departamento de Salud y Servicios Sociales tenía una página en su sitio web explicando cómo debían reaccionar los ciudadanos con familiares infectados. Y, bueno, ¿qué me dice de lograr que la FDA aprobase el Phalanx?

Pero Phalanx no funcionaba.

Sí, ¿y sabe cuánto tiempo habríamos tardado en inventar uno que lo hiciera? Mire cuánto tiempo y dinero se había gastado en la investigación contra el cáncer o el SIDA. ¿Querría ser usted el encargado de decirle al pueblo estadounidense que está quitándole fondos a una de esas dos investigaciones para curar una enfermedad nueva de la que la mayoría no había oído hablar? Mire lo que hemos invertido en investigación durante y después de la guerra, y todavía no tenemos ni cura, ni vacuna. Sabíamos que Phalanx era un placebo, pero nos sentíamos agradecidos, porque calmó a la gente y nos dejó hacer nuestro trabajo.

¿Qué? ¿Habría preferido que le contásemos la verdad a la gente? ¿Que no era una nueva cepa de la rabia, sino una misteriosa superplaga que reanimaba a los muertos? ¿Se imagina el pánico que habría provocado? ¿Las protestas, los disturbios, los millones en daños a la propiedad privada? ¿Acaso no ve que esos senadores cagados habrían logrado paralizarnos para poder pasar por el Congreso a toda leche una «Ley de protección contra zombis» que no habría servido para nada? ¿Se imagina el daño que habría supuesto para el capital político de aquella administración? Estamos hablando de un año de elecciones, de una batalla dura y cuesta arriba. Éramos el batallón de limpieza, los desgraciados que teníamos que barrer toda la mierda dejada por la administración anterior, y, créame, ¡en aquellos ocho años que nos precedieron se acumuló mucha mierda! La única razón por la que logramos llegar al poder fue que nuestra marioneta no dejaba de prometer «una vuelta a la paz y la prosperidad». Los estadounidenses no habrían aceptado otra cosa; pensaban que ya habían pasado por tiempos muy duros, y habría sido un suicidio político decirles que los peores aún estaban por venir.

Así que, en realidad, nunca intentaron resolver el problema.

Oh, venga. ¿Se puede solucionar la pobreza? ¿Se puede solucionar el crimen? ¿Se pueden solucionar las enfermedades, el desempleo, la guerra o cualquier otro herpes social? Claro que no. Sólo puedes intentar que sean lo bastante manejables para que la gente siga con su vida. No es cinismo, es madurez; no se puede detener la lluvia, sólo construir un tejado y esperar que no tenga goteras o, al menos, que no gotee sobre la gente que va a votarte.

¿Qué quiere decir eso?

Vamos...

En serio, ¿qué quiere decir?

Vale, como quiera, vamos al puto Barrio Sésamo. Quiere decir que, en política, te centras en las necesidades de tu base de poder. Si los mantienes contentos, ellos te mantienen en tu despacho.

¿Por eso se desatendieron algunos brotes?

Dios, hace que suene como si nos olvidásemos de ellos.

¿Pidieron las autoridades locales más ayuda del gobierno federal?

¿Y cuándo no nos han pedido los *polis* más hombres, más equipos, más horas de entrenamiento o más «fondos para programas de alcance social»? Esos blandengues son tan malos como los soldados, todo el día quejándose de que no tienen lo que necesitan, pero ¿acaso ellos se enfrentan al riesgo de perder su trabajo si suben los impuestos? ¿Tienen que explicarle a Peter, el de la casa adosada, por qué lo despluman para ayudar a Paul, el del gueto?

¿No les preocupaba que se hiciese público?

¿Y quién iba a hacerlo?

La prensa, los medios.

¿Los medios? ¿Se refiere a esas redes mediáticas que eran propiedad de algunas de las empresas más grandes del mundo, compañías que se habrían hundido si otra ola de pánico golpease la bolsa? ¿Esos medios?

¿Así que, en realidad, nunca llegaron a instigar un encubrimiento?

No había necesidad; ellos lo encubrieron solitos. Tenían tanto o más que perder que nosotros y, además, ya habían logrado sus historias el año anterior, cuando los primeros casos aparecieron en Estados Unidos. Después llegó el invierno, Phalanx salió a la venta, y los casos descendieron. Quizá «disuadieran» a algunos periodistas más jóvenes, dispuestos a hacer su propia cruzada pero, en realidad, todo el tema estaba muy visto al cabo de unos cuantos meses. Se había convertido en algo manejable, la gente estaba aprendiendo a vivir con ello y ya ansiaba algo diferente; las grandes noticias suponen un gran negocio, y siempre hay que tener algo nuevo si buscas el éxito.

Sin embargo, había medios de comunicación independientes.

Sí, claro, y ¿sabe quién les presta atención? Los maricones sabelotodos universitarios; y ¿sabe quién les hace caso a ésos? ¡Nadie! ¿Quién va a escuchar a una minoría marginal de la televisión y la radio públicas que no está en contacto con el público mayoritario? Cuanto más advertían aquellos intelectualuchos elitistas de que los muertos caminaban, más pasaban de ellos los estadounidenses de verdad.

Entonces, veamos si he entendido su postura.

La postura de la administración.

La postura de la administración, sí. Ustedes le dieron al problema la cantidad de atención que creían necesaria.

Sí.

Ya que el gobierno siempre tiene mucho a lo que enfrentarse, sobre todo en aquel momento, y lo último que deseaba el pueblo estadounidense era encontrarse con otra amenaza.

Eso es.

Así que supusieron que la amenaza era lo suficientemente pequeña para que la manejasen los equipos Alfa en el exterior y algunos miembros más de las fuerzas del orden en el interior del país.

Exactamente.

Aunque ya habían recibido avisos que advertían de lo contrario, que nunca podría asimilarse dentro de la vida pública y que, en realidad, se trataba de una catástrofe global en ciernes.

[El señor Carlson se detiene, me mira con rabia y echa una paletada de «combustible» en su carretilla.]

A ver si madura.

TROY
(MONTANA, ESTADOS UNIDOS)

[Este barrio es, según el folleto, la nueva
comunidad para la nueva América. Basada
en el modelo *masada* israelí, desde un primer momento queda claro que este barrio se
construyó con un solo objetivo en mente. Las
casas descansan sobre pilares lo bastante ele-
vados para que cada una tenga una vista perfecta sobre el muro de hormigón reforzado de
sesenta metros de altura. El acceso a cada casa
se realiza a través de una escalera plegable, y
puede conectarse a la casa vecina por medio de
una pasarela plegable similar. Las células solares del tejado, los pozos blindados, los jardi-
nes, las torres de vigilancia y la gruesa puerta
corrediza de acero reforzado han convertido a
Troy en un éxito instantáneo entre sus habitantes, tanto que su promotora ya ha recibido
siete pedidos más desde distintas partes de los
Estados Unidos continentales. La promotora,
arquitecta jefe y primera alcalde de Troy es
Mary Jo Miller.]

Oh, sí, estaba preocupada, me preocupaban las letras del
coche y el préstamo para el negocio de Tim. Me preocupaban la grieta de la piscina, que era cada vez más grande, y el
nuevo filtro no clorado que seguía dejando una capa de ver-
dina. Me preocupaban nuestras acciones, aunque mi agente
me aseguraba que no eran más que nervios de inversores
novatos y que resultaban más rentables que un plan estándar 401K. Aiden necesitaba un tutor de matemáticas, Jenna

necesitaba un modelo concreto de los botines de Jamie Lynn Spears para el campo de fútbol, los padres de Tim estaban pensando en pasar las Navidades con nosotros, mi hermano estaba otra vez en rehabilitación, Finley tenía lombrices y uno de los peces tenía un hongo de alguna clase en el ojo izquierdo. Aquéllas eran mis preocupaciones, y tenía más que suficiente para no aburrirme.

¿Veía las noticias?

Sí, unos cinco minutos al día: titulares locales, deportes, cotilleos de famosos. ¿Por qué iba a querer deprimirme viendo la tele? Eso podía hacerlo subiéndome a la báscula todas las mañanas.

¿Y otras fuentes? ¿La radio?

¿Por la mañana, en el camino al trabajo? Era mi hora zen: después de dejar a los críos, escuchaba a [nombre eliminado por razones legales]. Sus chistes me ayudaban a pasar el día.

¿Qué me dice de Internet?

¿Qué le digo? A mí me servía para comprar; a Jenna para hacer los *debes*; a Tim... para ver cosas que me juraba que no iba a volver a ver. Las únicas noticias que veía eran las que aparecían en mi página de inicio de AOL.

En el trabajo tuvo que haber conversaciones...

Oh, sí, al principio. Daba miedo, era raro, «he oído que no es rabia», cosas así. Pero después, aquel primer invierno, el tema se frenó, ¿recuerda?, y, de todos modos, era mucho más divertido hablar sobre el último capítulo del programa aquel del campamento para famosos gordos, o poner verde a cualquiera que no estuviese en la habitación en ese momento.

Una vez, en marzo o abril, llegué del trabajo y me encontré a la señora Ruiz limpiando su mesa. Creía que había reducción de plantilla o que subcontrataban su puesto, ya sabe, una amenaza que me parecía real. Ella me explicó que eran «ellos», así los llamaba siempre, «ellos» o «todo lo que está pasando». Me dijo que su familia ya había vendido la casa y se iban a comprar una cabaña cerca de Fort Yukon, en Alaska. A mí me pareció la estupidez más grande del mundo, sobre todo para alguien como Inez, que no era una de las ignorantes, sino una mexicana «limpia». Siento usar el término, pero así es como pensaba entonces, ése es el tipo de persona que era.

¿Su marido se sintió preocupado en algún momento?

No, pero los críos sí, aunque no verbalmente, ni conscientemente, creo. Jenna empezó a meterse en peleas. Aiden no se iba a dormir si no le dejábamos la luz encendida. Cositas así. No creo que tuvieran más información que Tim o que yo; quizá las distracciones de los adultos no los afectaban.

¿Cómo reaccionaron su marido y usted?

Zoloft y Ritalin SR para Aiden, y Adderall XR para Jenna. Funcionó durante un tiempo. Lo único que me cabreaba era que nuestro seguro no lo cubriera, porque los chicos ya estaban tomando Phalanx.

¿Cuánto tiempo llevaban tomándolo?

Desde que salió a la venta. Todos lo tomábamos: «Phalanx significa tranquilidad». Era nuestra forma de prepararnos..., y Tim compró una pistola. Me prometía que me iba a llevar al campo de tiro para enseñarme a disparar. «El domingo —me decía siempre—, vamos este domingo.» Yo sabía que era mentira, porque los domingos se los reservaba a su amante, aquella puta lancha bimotor de cinco metros y medio en la que parecía volcar todo su amor. A mí no me importaba, porque teníamos nuestras píldoras y, al menos, él sabía cómo usar la Glock. Era parte de la vida, como las alarmas contra incendios o los airbags. Quizá pensáramos en ello de vez en cuando, pero era sólo... sólo por si acaso. Y, además, teníamos ya muchas preocupaciones, parecía que todos los meses surgía algo nuevo. ¿Cómo íbamos a controlarlo todo? ¿Cómo saber qué era lo verdaderamente real?

¿Cómo lo supo?

Acababa de anochecer, había un partido. Tim estaba en el sillón reclinable con una Corona, Aiden jugaba en el suelo con sus soldados de juguete, y Jenna estaba en su cuarto haciendo deberes. Yo estaba descargando la lavadora, así que no oí ladrar a Finley. Bueno, quizá lo oyera, pero no le presté atención. Nuestra casa estaba en la última fila de la comunidad, justo al pie de las colinas. Vivíamos en una zona tranquila y recién urbanizada de North County, cerca de San Diego. Siempre había conejos, a veces ciervos, corriendo por el patio, así que los puñeteros ataques de nervios de Finley eran una constante. Creo que miré al pósit en el que había escrito que tenía que comprarle al perro uno de esos collares con citronela para que no ladrase. No estoy segura de cuándo empezaron a ladrar los demás perros, ni de cuándo oí la alarma del coche al principio de la calle.

Cuando oí algo que sonaba como un disparo, me metí en el estudio, pero Tim no había oído nada, porque tenía el volumen demasiado alto. Yo no dejaba de decirle que se mirase el oído, porque no se puede uno pasar la juventud en una banda de *speed metal* sin... [suspira]. Aiden sí había oído algo y me preguntó qué era. Yo estaba a punto de decirle que no lo sabía, cuando vi que el niño abría los ojos como platos. Estaba mirando algo que había detrás de mí, en la puerta corredera de cristal que daba al patio. Me volví justo a tiempo de ver cómo se hacía pedazos.

Medía más de un metro setenta, hombros estrechos y encorvados, y una barriga hinchada que se le agitaba al andar. No llevaba camisa, así que vimos que su carne gris moteada estaba desgarrada y llena de agujeros. Olía como la playa, como algas podridas y agua de mar. Aiden se levantó de un salto y corrió a esconderse detrás de mí. Tim se levantó del sillón y se puso de pie entre nosotros y aquella cosa. Fue como si todas las mentiras se desvaneciesen en menos de un segundo. Tim miró a su alrededor como un loco, buscando un arma, mientras la cosa lo cogía por la camisa. Cayeron sobre la alfombra, forcejeando, y mi marido nos gritó que nos metiésemos en el dormitorio, que fuese a coger la pistola. Estábamos en el pasillo cuando oí gritar a Jenna, así que corrí a su habitación y abrí la puerta de golpe. Allí había otro, grande, de casi dos metros, con hombros gigantescos y brazos abultados. La ventana estaba rota, y la cosa tenía a Jenna cogida del pelo; la niña gritaba: «¡Mamimamimami!».

¿Qué hizo usted?

No... no estoy segura del todo. Cuando intento recordarlo, todo va demasiado deprisa. Lo cogí por el cuello, mientras él se llevaba a Jenna a la boca abierta. Apreté fuerte... tiré... Los niños dicen que le arranqué la cabeza al monstruo, que me quedé con ella en la mano, mientras toda la carne, los músculos y lo demás colgaban hecho pedazos. No creo que eso sea posible, aunque quizá, con toda la adrenalina... Creo que los niños han ido cambiando sus recuerdos a lo largo de los años, haciéndome parecer la novia de Hulk o algo parecido. Sé que liberé a Jenna, lo recuerdo, y, un segundo después, Tim entró en la habitación con la camisa llena de una sustancia negra y viscosa. Me tiró las llaves del coche y me dijo que metiese a los chicos en el Suburban. Él salió corriendo al patio, mientras nosotros nos dirigíamos al garaje. Oí cómo se disparaba su arma cuando arrancaba el motor.

El Gran Pánico

Base de la Guardia Nacional Aérea en Parnell (Memphis, Tennessee, EE.UU.)

[Gavin Blaire pilota uno de los dirigibles de combate D-17 que constituyen el corazón de la Patrulla Aérea Civil Estadounidense. Es una tarea que le va muy bien, ya que, en su vida civil, pilotaba un dirigible de Fujifilm.]

Se perdía en el horizonte: turismos, camiones, autobuses, caravanas, cualquier cosa que se pudiera conducir, incluso tractores y una hormigonera. De verdad, incluso vi una camioneta que sólo tenía encima un cartel gigante, una valla publicitaria que anunciaba un «club de caballeros». La gente estaba sentada encima; se subía encima de todo, en los tejados, entre las bacas de los coches. Me recordaba a las viejas fotografías de los trenes de la India, con los pasajeros colgados de ellos como si fuesen monos.

Había todo tipo de mierda en la carretera: maletas, cajas e incluso muebles caros. Vi un piano de cola, fuera de coñas, allí aplastado como si lo hubiesen tirado desde lo alto de un camión. También había muchos coches abandonados. Algunos los habían empujado, otros los habían vaciado y otros habían ardido. Vi a muchas personas a pie, caminando por las llanuras o siguiendo la carretera. Algunos llamaban a las ventanas, ofreciendo todo tipo de cosas. Unas cuantas mujeres se desnudaban, probablemente intentando conseguir gasolina a cambio; no creo que pidiesen que las llevaran, porque iban más deprisa que los coches. No tendría sentido, pero... [se encoge de hombros].

Más adelante, a unos cincuenta kilómetros, el tráfico avanzaba un poco mejor. Aunque lo lógico habría sido que los ánimos estuviesen más calmados, no era así; la gente encendía los faros, se chocaba con el coche que tuviera delante, salían y se echaban al suelo. Vi a unos cuantos tirados junto a la carretera, sin moverse apenas o nada. La gente pasaba corriendo entre ellos, cargando niños, cosas o simplemente corriendo, todos en la misma dirección del tráfico. Unos cuantos kilómetros más adelante, vi por qué.

Un enjambre de criaturas avanzaba entre los coches. Los conductores de los carriles exteriores intentaban salirse de la carretera y se metían en el lodo, lo que dejaba atrapados a los de los carriles interiores. La gente no podía abrir las puertas, porque los coches estaban muy pegados. Vi cómo aquellas cosas metían las manos por las ventanas abiertas y sacaban a los pasajeros, o entraban ellos mismos. Muchos conductores estaban atrapados dentro, con las puertas cerradas y, supongo, bloqueadas. Tenían las ventanas subidas, de cristal de seguridad, así que los muertos no podían entrar, pero los vivos tampoco podían salir. Vi que a algunos les entraba el pánico e intentaban huir por los parabrisas, destrozando la única protección que tenían. Estúpidos. Si se hubieran quedado dentro podrían haber tenido algunas horas más de vida, quizá incluso una oportunidad de escapar. Puede que no hubiese escapatoria, sino un final más rápido. Había un remolque en el centro del carril, sacudiéndose a un lado y a otro, con los caballos todavía dentro.

El enjambre siguió avanzando entre los coches, abriéndose camino a mordiscos por los carriles atascados, mientras aquellos pobres cabrones intentaban escapar. Y eso es lo que más me atormenta, que no iban a ninguna parte.

Estábamos en la I-80, un trozo de autopista entre Lincoln y North Platte. Los dos lugares estaban infestados, así como todos los pueblecitos entre uno y otro. ¿Qué creían que hacían? ¿Quién organizó aquel éxodo? ¿Lo hizo alguien? ¿Es que vieron una fila de coches y decidieron unirse sin preguntar? Intento imaginarme cómo debió ser, parachoques contra parachoques, con los niños llorando, los perros ladrando, sabiendo lo que se acercaba y esperando, rezando para que alguien más adelante supiera adónde iba.

¿Alguna vez ha oído hablar del experimento que un periodista estadounidense hizo en Moscú en los setenta? Se puso en la puerta de un edificio, de un edificio sin nada especial, una puerta al azar. Y, efectivamente, alguien se puso en cola detrás de él, después dos personas más, y, antes de darse cuenta, la cola le daba la vuelta al bloque. Nadie preguntó para qué era la cola, simplemente supusieron que merecía la pena. No sé si la historia será cierta, quizá no es más que una leyenda urbana o un mito de la guerra fría. ¿Quién sabe?

ALANG (INDIA)

[Estoy en la orilla con Ajay Shah, contemplando los restos oxidados de lo que un día fueran barcos orgullosos. Como el gobierno no posee los fondos suficientes para retirarlos, y como tanto el tiempo como los elementos han dejado prácticamente inútil su acero, siguen siendo monumentos silenciosos en recuerdo de la matanza de la que la playa fue testigo.]

Me dicen que lo que pasó aquí no fue un hecho aislado, que en todas las costas del mundo la gente intentaba desesperadamente embarcar en cualquier cosa que flotase para tener una oportunidad de sobrevivir.

Yo no sabía lo que era Alang, aunque había pasado toda la vida en Bhavnagar, que está cerca. Era director de una oficina, un enérgico profesional desde el día en que salí de la universidad. La única vez que había trabajado con mis manos fue para utilizar un teclado, y eso no había vuelto a suceder desde que nuestro *software* pasó a funcionar mediante reconocimiento de voz. Sabía que Alang era un astillero, por eso intenté venir aquí en primer lugar, esperando encontrar una fábrica produciendo un barco detrás de otro para ponernos a salvo. No tenía ni idea de que fuese todo lo contrario: Alang no construía barcos, sino que los mataba. Antes de la guerra, era el desguace de barcos más grande del mundo; las compañías chatarreras indias compraban navíos de todos los países, para después traerlos a esta playa, desmontarlos, cortarlos y hacerlos pedazos hasta que no quedaba ni un perno. Las docenas de barcos que veía ni estaban cargados ni funcionaban, no eran más que cascarones vacíos esperando la muerte.

No había diques secos ni varaderos. Alang era más una extensión de arena que un desguace en sí. El procedimiento estándar consistía en empujar los barcos hasta la playa y dejarlos varados como si fuesen ballenas. Creí que mi única esperanza era la media docena de recién llegados que todavía estaban anclados junto a la orilla, los que tenían algo de tripulación y, esperaba, un poco de gasolina en los depósitos. Uno de aquellos barcos, el Veronique Delmas, intentaba sacar a la mar a uno de sus hermanos varados. Habían atado precariamente cuerdas y cadenas a la popa del APL Tulip, un buque portacontenedores de Singapur que ya había sido parcialmente destripado. Llegué justo cuando el

Delmas encendía los motores, y pude ver el agua blanca que se agitó cuando el tirón del barco tensó las cuerdas; también oí cómo las cuerdas más débiles se rompían, sonando como tiros.

Pero las cadenas más fuertes... resistieron más que el casco. El Tulip tuvo que fracturarse la quilla al varar porque, cuando el Delmas empezó a tirar, oí un gruñido terrible, un chirrido del metal. El Tulip se partió, literalmente, por la mitad, y la proa se quedó en tierra, mientras la popa salía al mar.

Nadie pudo hacer nada, el Delmas ya iba a máxima velocidad, de modo que arrastró la popa del Tulip hasta aguas profundas, donde se volcó y hundió en cuestión de segundos. Puede que hubiera unas mil personas a bordo, cada camarote, pasarela y centímetro cuadrado de cubierta estaba abarrotado. Sus gritos quedaron ahogados por el trueno del aire al escapar.

¿Por qué no esperaron los refugiados en los barcos varados, subieron las escaleras y los hicieron inaccesibles?

Usted habla en retrospectiva, con racionalidad; no estuvo allí aquella noche. El astillero estaba lleno hasta el agua, una línea demencial de humanidad, iluminada por los incendios del interior. Cientos intentaban llegar nadando a los barcos y la espuma estaba llena de los que no lo conseguían.

Docenas de barcas iban y venían llevando a la gente de la orilla a los barcos. «Dame dinero —decían algunos—, todo lo que tengas, y te llevamos.»

¿El dinero todavía tenía valor?

Dinero, comida, cualquier cosa que considerasen valiosa. Vi que la tripulación de un barco sólo quería mujeres, mujeres jóvenes. Vi que otro sólo aceptaba refugiados de piel clara. Los cabrones acercaban las antorchas a la cara de la gente para intentar rechazar a los más oscuros, como yo. Incluso vi a un capitán de pie en la cubierta de la lancha de su barco agitando una pistola y gritando: «¡Nada de castas inferiores, no admitimos intocables!». ¿Castas? ¿Intocables? ¿Quién demonios sigue pensando en esos términos? ¡Y, lo más absurdo de todo, es que algunos ancianos se salieron de la cola! ¿Se lo puede creer?

Sólo comento los ejemplos más negativos, ya me entiende. Por cada uno que intentaba sacar provecho, por cada repulsivo psicópata, había diez personas buenas y honradas cuyo karma seguía intacto. Muchos pescadores y propietarios de barcos pequeños, pudiendo haber escapado con sus familias, decidieron ponerse en peligro y seguir volviendo a la orilla. Cuando pienso en el riesgo que corrían... Podían asesinarlos en sus barcos, quedarse abandonados en la playa, que los atacasen desde el agua los miles de criaturas submarinas...

De esas había unas cuantas. Muchos refugiados infectados habían intentado llegar nadando a los barcos y se habían reanimado después de ahogarse. La marea era baja, lo bastante profunda para que se ahogase un hombre, pero no tanto para que un muerto andante no pudiera alcanzar a su presa. Veíamos cómo muchos nadadores desaparecían de repente bajo el agua o que los botes se volcaban y algo arrastraba a los pasajeros. Sin embargo los rescatadores seguían regresando a la orilla o incluso saltaban de los barcos para rescatar a la gente del agua.

Así me salvé: fui uno de los que intentaron nadar. Los barcos parecían estar mucho más cerca de lo que en realidad estaban, y yo era un buen nadador, pero, después de haber llegado caminando desde Bhavnagar, después de haber luchado por sobrevivir casi todo el día, apenas me quedaban fuerzas para flotar de espaldas. Cuando llegué a mi supuesta salvación no me quedaba aire en los pulmones para pedir ayuda. No había pasarela; veía el liso lateral del barco erguirse sobre mí. Golpeé el acero, gritando con mi último aliento.

Justo cuando me hundía, noté un brazo fuerte que me rodeaba el pecho. «Se acabó —pensé—; en cualquier momento notaré los dientes que se me clavan en la carne.»

En vez de arrastrarme hacia abajo, el brazo me llevó de vuelta a la superficie. Acabé a bordo del Sir Wilfred Grenfell, un antiguo barco guardacostas canadiense. Intenté hablar, disculparme por no tener dinero, explicar que podía trabajar para pagar el pasaje, hacer cualquier cosa que necesitaran, pero el hombre sonrió. «Agárrate —me dijo—, estamos a punto de partir.» Noté cómo vibraba la cubierta cuando empezamos a movernos.

Aquella fue la peor parte, ver los barcos junto a los que pasábamos. Los refugiados infectados de a bordo habían empezado a reanimarse, y algunos barcos eran como mataderos flotantes, mientras que otros ardían anclados. La gente saltaba al mar. Muchos de los que se hundían, no volvían a emerger.

TOPEKA (KANSAS, EE.UU.)

[Sharon podría considerarse bella según el criterio de cualquiera: cabello largo y rojo, ojos verdes relucientes y el cuerpo de una bailarina o una supermodelo de antes de la guerra. También tiene el cerebro de una niña de cuatro años.

Estamos en el Hogar Rothman para la Rehabilitación de Niños Salvajes. La doctora Roberta Kelner, encargada del caso de Sharon, dice que la chica ha tenido «suerte». «Al menos puede hablar, tiene un proceso mental coherente —explica—. Es rudimentario, pero es funcional.» La doctora Kelner está ilusionada con la entrevista, pero el doctor Sommers, el director del programa del Rothman, no lo está. El programa nunca ha recibido muchos fondos, y la administración actual amenaza con cerrar el centro del todo.

Al principio Sharon se muestra tímida, no me da la mano y apenas me mira a los ojos. Aunque la encontraron en las ruinas de Wichita, no hay forma de saber dónde ocurrió su historia.]

Estábamos en la iglesia, mamá y yo. Papá nos dijo que vendría a buscarnos. Papá tenía que hacer una cosa y teníamos que esperarlo en la iglesia.

Todos estaban allí. Todos llevaban cosas, cereales, agua, zumo, sacos de dormir, linternas y... [hace una pistola con la mano]. La señora Randolph tenía una, pero se suponía que no podía, porque eran peligrosas. Me dijo que eran peligrosas. Era la mamá de Ashley. Ashley era mi amiga. Le pregunté dónde estaba Ashley, y empezó a llorar. Mamá me dijo que no le preguntase por Ashley y le dijo a la señora Randolph que lo sentía mucho. La señora Randolph estaba sucia, tenía manchas rojas y marrones en el vestido. Estaba gorda, tenía brazos grandes y blandos.

Había más niños, Jill, Abbie y otros. La señora McGraw los vigilaba. Tenían lápices de colores y pintaban las paredes.

Mamá me dijo que fuese a jugar con ellos, que no pasaba nada. Ella dijo que al Pastor Dan no le importaba.

El Pastor Dan estaba allí, intentando que la gente escuchase: «Por favor, amigos... [imita una voz grave y profunda], mantened la calma, los *zortis* se acercan, mantened la calma y esperad a los *zortis*». Nadie le hacía caso. Todos hablaban, nadie se sentaba. La gente intentaba hablar con sus cosas [hace como si hablara con un móvil], se enfadaban, las tiraban y decían palabras malas. Me daba pena el Pastor Dan. [Imita el sonido de una sirena.] Fuera. [Lo hace otra vez, primero más bajo, después subiendo de volumen y volviendo a bajar, varia veces.]

Mamá hablaba con la señora Cormode y otras mamás. Estaban peleándose. Mamá se enfadaba. La señora Cormode no dejaba de decir [en tono enfadado y lento]: «Bueno, ¿y qué? ¿Qué más puedes hacer?». Mamá sacudía la cabeza. La señora Cormode hablaba con las manos. No me gustaba la señora Cormode. Era la mujer del Pastor Dan y era mandona y mala.

Alguien gritó: «¡Ya vienen!». Mamá me cogió en brazos. Cogieron nuestro banco y lo pusieron junto a la puerta. Pusieron todos los bancos junto a la puerta. «¡Deprisa! ¡Atrancad la puerta!» [Imita varias voces distintas.] «¡Necesito un martillo!» «¡Clavos!» «¡Están en el aparcamiento!» «¡Vienen hacia aquí!» [Se vuelve hacia la doctora Kelner.] ¿Puedo?

[El doctor Sommers parece vacilar, pero la doctora Kelner sonríe y asiente. Después averigüé que tenían la habitación insonorizada por esa misma razón.]

[Sharon imita el gemido de un zombi. Es, sin duda, la imitación más realista que he oído nunca. A juzgar por su malestar, creo que Sommers y Kelner están de acuerdo conmigo.]

Se acercaban. Se hacían más grandes. [Gime de nuevo y después golpea la mesa con el puño derecho.] Querían entrar. [Sus golpes son fuertes, mecánicos.] La gente gritaba. Mamá me abrazó fuerte. «No pasa nada.» [Su voz se suaviza, y empieza a acariciarse el pelo.] «No dejaré que te cojan. Chisss...»

[Ahora estrella los dos puños en la mesa, y los golpes se vuelven más caóticos, como si hubiese varias criaturas.] «¡Reforzad la puerta!» «¡Aguantad, aguantad!» [Imita el ruido de un cristal al romperse] Las ventanas se rompen, las ventanas de delante, al lado de la puerta. Las luces se apagan. Los mayores se asustan y gritan.

[Su voz vuelve a ser la de su madre.] «Chisss... cielo. No dejaré que te cojan.» [Se lleva las manos a la cara, acariciándose con cariño la frente y las mejillas. Sharon mira a Kelner, como si le preguntase algo. Kelner asiente. La voz de Sharon de repente imita el ruido de algo grande que se rompe, un ruido sordo y profundo que le sale del fondo de la garganta.] «¡Están entrando! ¡Disparadles, disparadles!» [Imita el ruido de los disparos...] «No dejaré que te cojan, no dejaré que te cojan.» [De repente, Sharon aparta la vista y contempla, por encima de mi hombro, algo que no está allí.] «¡Los niños! ¡Que no cojan a los niños!» Era la señora Cormode. «¡Salvad a los niños! ¡Salvad a los niños!» [Sharon hace más disparos. Une sus manos en un gran puño doble y lo deja caer con fuerza sobre una forma invisible.] Ahora los niños empiezan a llorar. [Imita puñaladas, puñetazos, golpes con objetos.] Abbie lloraba mucho, y la señora Cormode la cogió. [Hace como si levantase algo o alguien y lo golpease contra la pared.] Y Abbie se calló. [Volvió a acariciarse la cara y la voz de su madre se volvió más dura.] «Chisss... no pasa nada, cielo, nada...» [Sharon mueve la mano de la cara al cuello, apretándoselo con fuerza.] «No dejaré que te cojan. ¡No dejaré que te cojan!»

[Sharon empieza a luchar por respirar.]

[El doctor Sommers se mueve para detenerla, pero la doctora Kelner levanta la mano. Sharon lo deja y baja los brazos después de imitar un disparo.]

Noté algo caliente, mojado y salado en la boca, me picaba en los ojos. Unos brazos me levantaron y me llevaron. [Se levanta de la mesa, como si llevase una pelota de fútbol.] Me llevaron al aparcamiento. «¡Corre, Sharon, no te pares!» [Era una voz distinta, no la de su madre.] «¡Corre, corre, corre!» Me apartaron de ella. Sus brazos me soltaron. Eran unos brazos grandes y blandos.

JUZHIR (ISLA DE OLJON, LAGO BAIKAL, SAGRADO IMPERIO RUSO)

[La habitación está vacía, salvo por una mesa, dos sillas y un gran espejo en la pared, seguramente un espejo espía. Me siento frente a mi entrevistada, escribiendo en un cuaderno que me han proporcionado (me han prohibido entrar con el aparato de transcripción por «motivos de seguridad»). La cara de María Zhuganova está macilenta, tiene el pelo grisáceo y el cuerpo a punto de reventar las costuras del uniforme deshilachado que insiste en vestir para la entrevista. Técnicamente, estamos solos, pero tengo la sensación de que hay ojos que nos observan desde el otro lado del espejo.]

No sabíamos que existiera el Gran Pánico, porque estábamos completamente aislados. Más o menos un mes antes de que empezara, cuando la periodista estadounidense sacó la historia a la luz, nuestro campamento sufría un apagón de comunicaciones indefinido. Habían sacado todos los televisores de los barracones, al igual que las radios y los móviles del personal. Yo tenía uno de esos baratos y desechables, con minutos de prepago, porque era lo único que podían permitirse mis padres. Se suponía que debía usarlo para llamarlos el día de mi cumpleaños, mi primer cumpleaños fuera de casa.

Estábamos en Osetia del Norte, en Alania, una de las repúblicas salvajes del sur. Nuestra misión oficial era mantener la paz, evitar la lucha étnica entre las minorías *oseta* e *ingush*. Nuestro turno allí terminaba más o menos cuando nos aislaron del mundo, por cuestión de seguridad nacional, según decían.

¿Quiénes lo decían?

Todos: nuestros oficiales, la policía militar, incluso un hombre vestido de civil que parecía salir de la nada todos los días. Era un cabrón con mala leche, bajito, con una fina cara de rata. Así lo llamábamos: Cara de Rata.

¿Alguna vez intentó averiguar quién era?

¿Quién, yo?, ¿Personalmente? Nunca. Ninguno de nosotros lo hizo. Oh, nos quejábamos, los soldados siempre se quejan; pero no teníamos tiempo para reclamaciones serias. Justo después del inicio del apagón, nos pusieron en alerta roja de combate. Hasta entonces había sido todo fácil: un trabajo flojo y monótono, sólo roto por algún que otro paseo por la montaña. De repente estábamos en las montañas varios días seguidos, con el uniforme de combate completo y la munición. Íbamos a todos los pueblos y aldeas, preguntábamos a todos los campesinos, viajeros y..., no sé..., hasta a las cabras que se nos cruzaban en el camino.

¿Qué les preguntaban?

No lo sabía: «¿Están aquí todos los miembros de su familia?», «¿ha desaparecido alguien?», «¿le ha mordido a alguien un animal o un hombre rabioso?». Aquella era la parte que más me desconcertaba. ¿Rabioso? Entendía lo del animal, pero ¿un hombre? También había muchas evaluaciones físicas, desnudaban por completo a aquellas personas, mientras los médicos examinaban cada centímetro de sus cuerpos en busca de... algo..., no nos dijeron el qué. No tenía sentido, nada lo tenía. Una vez encontramos un arsenal entero de armas, unos 74, unos cuantos 47 más antiguos, cantidad de munición, probablemente comprada a algún oportunista corrupto de nuestro mismo batallón. No sabíamos a quién pertenecían las armas, si se trataba de traficantes de drogas, de los mafiosos locales o, quizá, de las «patrullas de represalias» que, en teoría, eran la razón por la que nos habían enviado allí. ¿Y qué hicimos? Lo dejamos todo allí. Aquel civil bajito, Cara de Rata, había tenido una reunión en privado con algunos de los ancianos de la aldea. No sé qué discutieron, pero puedo decirle que parecían muertos de miedo: se persignaban y rezaban en silencio. No lo entendíamos, estábamos perplejos y enfadados. No comprendíamos qué demonios hacíamos allí. Teníamos a un viejo veterano en nuestro pelotón, Baburin. Había luchado en Afganistán y dos veces en Chechenia; se rumoreaba que, durante la crisis de Yeltsin, su BMP* había sido el primero en disparar contra la Duma. Nos gustaba escuchar sus historias y siempre estaba de buen humor y borracho..., cuando pensaba que podía hacerlo sin que lo pillaran. Cambió después del incidente con las armas: dejó de sonreír, no hubo más historias. No creo que volviese a probar ni gota de alcohol después de aquello y, cuando te hablaba, cosa que no ocurría mucho, lo único que decía era: «Esto no es bueno. Va a pasar algo». Siempre que intentaba preguntarle por lo que iba a pasar, se encogía de hombros y se alejaba. Los ánimos decayeron después de eso; la gente estaba tensa, suspicaz. Cara de Rata andaba siempre por allí, en las sombras, escuchando, observando, susurrando en los oídos de los oficiales.

Estaba con nosotros el día que barrimos un pueblecito sin nombre, una aldea primitiva que parecía estar en el fin del mundo. Habíamos realizado las búsquedas e interrogaciones normales, y estábamos a punto de irnos. De repente, un crío, una niñita, llegó corriendo por el único camino del pueblo. Estaba llorando, claramente aterrada, y parloteaba con sus padres... Ojalá hubiera aprovechado el tiempo para aprender su idioma... Señalaba al campo. Allí había una figura diminuta, otra niñita, que se tambaleaba por el barro hacia nosotros. El teniente Tijonov levantó sus prismáticos y yo vi cómo se quedaba pálido. Cara de Rata se acercó a él, miró por sus propios gemelos y le susurró algo al oído. Le ordenaron a Petrenko, el tirador más certero del pelotón, que levantara el arma y apuntase con ella

---

* El BMP es un transporte blindado de personal creado y empleado por el ejército soviético y, después, el ruso.

a la niña. Lo hizo. «¿La tiene?» «La tengo.» «Dispare.» Creo que pasó así. Recuerdo que hubo una pausa. Petrenko miró al teniente y le pidió que repitiese la orden. «Ya me has oído —respondió, enfadado. Yo estaba más lejos que Petrenko, e incluso yo lo había oído—. He dicho que elimine el objetivo, ¡ahora!» Vi que la punta del fusil temblaba; aquel tipo era un enano enclenque, ni el más valiente ni el más fuerte, pero, de repente, bajó el arma y dijo que no lo haría. Así de claro. «No, señor.» Fue como si el sol se helase en el cielo. Nadie sabía qué hacer, sobre todo el teniente Tijonov. Nos mirábamos los unos a los otros, y después todos miramos al campo.

Cara de Rata estaba caminando por él, lentamente, como si no pasara nada. La niña estaba tan cerca que ya podíamos verle la cara; tenía los ojos muy abiertos, fijos en Cara de Rata. Tenía los brazos extendidos, y pude oír un gemido agudo y ronco. Llegó hasta ella cuando estaba en mitad del campo y todo acabó antes de que nos diésemos cuenta de qué había sucedido. De un movimiento rápido, Cara de Rata sacó una pistola del abrigo y disparó a la niña entre los ojos; después se volvió y caminó lentamente hacia nosotros. Una mujer, seguramente la madre de la niña, rompió a llorar; cayó de rodillas, escupiendo y maldiciéndonos. Cara de Rata no pareció verlo, ni tampoco que le importase, se limitó a susurrarle algo al teniente Tijonov y entrar de nuevo en el BMP, como si se subiese a un taxi de Moscú.

Aquella noche... tumbada en mi litera, intenté no pensar en lo que había sucedido. Intenté no pensar en el hecho de que la policía militar se hubiese llevado a Petrenko, ni en que habían guardado bajo llave nuestras armas en la armería. Sabía que tendría que haberme sentido mal por la niña, enfadada, incluso con ganas de vengarme de Cara de Rata, y quizá un poco culpable, porque no había levantado ni un dedo para impedirlo. Sabía que aquéllas eran las emociones normales, pero, en aquel momento, lo único que podía sentir era miedo. No dejaba de pensar en lo que había dicho Baburin, que algo malo iba a suceder. Sólo quería irme a casa y ver a mis padres. ¿Y si se había producido un horrible atentado terrorista? ¿Y si era una guerra? Mi familia vivía en Bikin, casi al lado de la frontera china. Necesitaba hablar con ellos, asegurarme de que estaban bien. Estaba tan preocupada que empecé a vomitar, tanto que me llevaron a la enfermería. Por eso me perdí la patrulla de aquel día, por eso seguía acostada cuando regresaron a la tarde siguiente.

Estaba en la cama, volviendo a leer un número antiguo de *Semnadstat**. Oí un alboroto, motores de vehículos, voces. Una multitud estaba ya reunida en el patio de desfiles, así que me abrí paso y vi a Arkady en el centro de la muchedumbre. Arkady era el que disparaba la ametralladora pesada en mi pelotón, un tío grande como un oso. Éramos amigos, porque él apartaba a los demás hombres de mí, si entiende lo que le digo. Me decía que le recordaba a su hermana. [**Sonríe con tristeza.**] Me gustaba.

Había alguien arrastrándose a sus pies, parecía una anciana, aunque llevaba un saco de arpillera en la cabeza y una cadena alrededor del cuello. Su vestido estaba desgarrado y le habían arrancado a tiras la piel de las piernas. No había sangre, sólo un pus negro. Arkady estaba en medio de un airado discurso a voces: «¡Basta de mentiras! ¡Basta de órdenes de matar a civiles! ¡Por eso acabé con el pequeño *zhopoliz*... —Busqué al teniente Tijonov, y no lo vi por ninguna parte. Noté una bola de hielo en el estómago— ...porque quería que lo vierais todos!».

Arkady levantó la cadena, tirando del cuello de la vieja *babushka*; cogió la capucha y se la quitó. La cara de la

---

* *Semnadstat era una revista rusa para chicas adolescentes. Su título, «Diecisiete», se copió ilegalmente de una publicación estadounidense del mismo nombre.*

anciana estaba gris, como el resto de su cuerpo, y tenía los ojos muy abiertos, con expresión feroz. Gruñía como un lobo e intentó agarrar a Arkady, pero él le puso una de sus enormes manos alrededor del cuello, manteniéndola a distancia. «¡Quiero que todos veáis por qué estamos aquí!» Sacó el cuchillo de su cinturón y lo clavó en el corazón de la mujer. Yo contuve el aliento, todos lo hicimos. Estaba clavado hasta el mango, pero ella seguía retorciéndose y gruñendo. «¡Veis! —gritó, apuñalándola varias veces más—. ¡Veis! ¡Esto es lo que no nos dicen! ¡Esto es lo que nos dejamos la vida para buscar! —Se empezaban a ver cabezas asintiendo, unos cuantos gruñidos de asentimiento. Arkady siguió—. ¿Y si estas cosas están por todas partes? ¿Y si están en casa, con nuestras familias, en estos momentos?» Intentaba mirar a los ojos a toda la gente que podía, y no le prestaba atención a la anciana. Aflojó un poco, ella se soltó y le mordió en la mano. Arkady rugió y su puño le hundió la cara a la vieja, que cayó a sus pies, retorciéndose y dejando escapar aquella sustancia negra. El soldado terminó el trabajo con la bota y todos oímos cómo se rompía el cráneo de la anciana.

El puño de Arkady chorreaba sangre, así que lo agitó hacia el cielo, gritando hasta que las venas del cuello empezaron a hinchársele. «¡Queremos volver a casa! —rugió—. ¡Queremos proteger a nuestras familias!» En la multitud, otros se unieron a sus gritos. «¡Sí! ¡Queremos proteger a nuestras familias! ¡Estamos en un país libre! ¡Esto es una democracia! ¡No nos podéis encerrar en una prisión!» Yo también gritaba, como el resto. Aquella anciana, la criatura que podía recibir una puñalada en el corazón sin morirse... ¿Y si estaban en casa? ¿Y si amenazaban a nuestros seres queridos, a mis padres? Todo el miedo, toda la duda, todas las emociones confusas y negativas se convirtieron en rabia. «¡Queremos ir a casa! ¡Queremos ir a casa!» Gritos, gri-

115

tos, y entonces... Una bala me pasó junto a la oreja y el ojo izquierdo de Arkady estalló hacia dentro. No recuerdo correr, ni inhalar el gas lacrimógeno; no recuerdo cuándo aparecieron los comandos de la Spetnaz, pero, de repente, estaban rodeándonos, golpeándonos, encadenándonos uno de ellos me dio un pisotón tan fuerte en el pecho que creí morirme en aquel mismo momento.

¿Fue eso el Diezmo?

No, tan sólo el principio. No fuimos la primera unidad del ejército que se rebeló. En realidad, todo había empezado más o menos cuando la policía militar cerró la base por primera vez. Cuando tuvo lugar nuestra pequeña «manifestación», el gobierno ya había decidido cómo restaurar el orden.

[Se alisa el uniforme y se tranquiliza antes de hablar.]

Diezmar... Antes pensaba que sólo significaba aniquilar, provocar un daño enorme, destrozar... En realidad, significa matar al diez por ciento, uno de cada diez debe morir..., y eso es justo lo que nos hicieron.

La Spetznaz nos había reunido en el patio de desfiles, todos vestidos con el uniforme de gala completo, sin concesiones. Nuestro nuevo comandante dio un discurso sobre el deber y la responsabilidad, sobre nuestro juramento de proteger a la madre patria, y sobre cómo habíamos traicionado ese juramento con nuestra traición egoísta y nuestra cobardía individual. Yo no había oído antes nada parecido. ¿Deber? ¿Responsabilidad? Rusia, mi Rusia no era más que un revoltijo político. Vivíamos en el caos y la corrupción, sólo intentábamos sobrevivir día tras día. Ni siquiera el ejército era un bastión del patriotismo, sino un lugar donde aprender un oficio, conseguir comida y cama, y, quizá, incluso un poco de dinero que enviar a casa cuando el gobierno decidió que resultaba conveniente pagar a sus soldados. ¿Nuestro juramento de proteger a la madre patria? Aquellas no eran palabras de mi generación, sino lo que se les oía a los veteranos de la Gran Guerra Patriótica, los tipos deshechos y dementes que solían plagar la Plaza Roja con sus pancartas soviéticas hechas jirones y las filas de medallas prendidas a sus uniformes desvaídos y apolillados. El deber con la madre patria era un chiste, pero yo no me reía, porque sabía que se avecinaban las ejecuciones. Los hombres armados que nos rodeaban, los hombres de las torres de vigilancia... Yo estaba preparada, con todos los músculos tensos para recibir el disparo, y, entonces, oí aquellas palabras...

«Vosotros, niños mimados, creéis que la democracia es un derecho divino. ¡La esperáis, la exigís! Bueno, pues ahora vais a tener la oportunidad de ejercerla.»

Fueron sus palabras exactas, y las tendré grabadas en mi memoria para el resto de mi vida.

¿Qué quería decir?

Nosotros teníamos que decidir a quién se castigaba. Nos dividieron en grupos de diez para que votásemos quién iba a morir ejecutado. Y entonces, nosotros..., los soldados, nosotros tendríamos que asesinar a nuestros amigos. Pusieron unas carretillas pequeñas junto a nosotros, todavía puedo oír cómo crujían las ruedas. Estaban llenas de piedras, más o menos del tamaño de su mano, afiladas y pesadas. Algunos gritaron, rogaron, suplicaron como niños. Otros, como Baburin, simplemente se arrodillaron en silencio y me miraron a la cara mientras yo aplastaba la suya con una roca.

[Suspira suavemente, volviendo la vista hacia el espejo espía.]

Fue brillante, una puta genialidad. Las ejecuciones convencionales podrían haber reforzado la disciplina, podrían haber restaurado el orden desde los niveles más altos a los más bajos; sin embargo, al convertirnos a todos en cómplices, nos consiguieron tener cogidos no sólo por el miedo, sino también por la culpa. Podríamos haber dicho que no, podríamos habernos negado y morir en el paredón, pero no lo hicimos, les seguimos la corriente. Todos tomamos una decisión consciente y, como esa decisión tenía un precio tan alto, no creo que nadie quisiera volver a tomar otra nunca más. Entregamos nuestra libertad aquel día y estuvimos encantados de hacerlo. Desde aquel momento hemos vivido con verdadera libertad, con la libertad de señalar a alguien y decir: «¡Ellos me dijeron que lo hiciese! ¡Es culpa suya, no mía!». La libertad, que Dios nos ayude, de decir: «Sólo seguía órdenes».

BRIDGETOWN
(BARBADOS, FEDERACIÓN DE LAS INDIAS OCCIDENTALES)

[Trevor's Bar personifica lo que son las «Indias del Salvaje Oeste», o, en concreto, la «Zona Económica Especial» de cada isla. No es un lugar que la mayoría de la gente asocie con el orden y la tranquilidad de la vida caribeña anterior a la guerra, ni tampoco pretende serlo.

118

Apartadas del resto de la isla mediante vallas para abastecer a una cultura de violencia caótica y vicio, las Zonas Económicas Especiales están diseñadas para que los «no isleños» puedan perder su dinero. Mi incomodidad parece agradar a T. Sean Collins; el tejano gigantesco me pasa un chupito de ron asesino y coloca sus enormes botas sobre la mesa.]

Todavía no se les ha ocurrido un nombre para lo que yo solía hacer, no uno de verdad. «Contratista independiente» suena como si echara tabiques y yeso. «Seguridad privada» suena como el guardia de seguridad medio tonto de un centro comercial. Supongo que mercenario es lo más aproximado, pero, a la vez, está muy lejos de la realidad. La palabra mercenario recuerda a un veterano del Vietnam enloquecido, lleno de tatuajes y grandes bigotes, escondido en una letrina del Tercer Mundo porque no es capaz de volver al mundo real. Yo no era así. Sí, era un veterano, y sí, utilicé mi entrenamiento para ganar pasta... Lo más curioso del ejército es que siempre prometen enseñarte «habilidades con futuro»; sin embargo, nunca mencionan que, sin duda, no hay nada con más futuro que saber cómo matar gente mientras evitas que maten a otros.

Quizá fuera un mercenario, aunque nunca lo habrías adivinado a simple vista; tenía buena pinta, buen coche, buena casa, incluso una asistenta que iba a limpiar una vez a la semana. Tenía un montón de amigos, planes de matrimonio, y mi hándicap en el club de golf era casi tan bueno como el de los profesionales. Y, lo más importante, trabajaba para una compañía igual que todas las demás de antes de la guerra. No había disfraces, ni habitaciones traseras, ni sobres a medianoche. Tenía mis días de vacaciones y mis bajas por enfermedad, asistencia sanitaria completa y una buena cobertura dental. También pagaba impuestos, demasiados; pagaba para mi jubilación. Podría haber trabajado en el extranjero, bien sabe Dios que había mucha demanda, pero, después de ver lo que habían pasado mis colegas en la última guerra, me dije: «A la mierda, mejor me quedo protegiendo a algún directivo gordo o a algún famoso inútil». Y eso estaba haciendo cuando llegó el Pánico.

¿Le parece bien que no mencione nombres? Algunas de esas personas siguen vivas, o sus bienes siguen activos, y... ¿se puede creer que siguen amenazando con demandarnos? ¿Después de todo lo que ha pasado? Vale, pues no puedo dar nombres ni decir lugares; imagínese una isla... una isla muy grande... una isla larga, al lado de Manhattan. No me pueden demandar por eso, ¿verdad?

No sé bien a qué se dedicaba mi cliente, algo en entretenimiento o altas finanzas, ni idea. Creo que incluso podría haber sido uno de los accionistas de mi empresa. Da igual, tenía pelas, vivía en una chabola alucinante junto a la playa.

A nuestro cliente le gustaba conocer a la gente que todos conocían. Su plan era proporcionar seguridad a los que pudieran mejorar su imagen durante y después de la guerra, jugando a ser el Moisés de los asustados y famosos. Y, ¿sabe qué? Se lo tragaron: actores, cantantes, raperos y atletas de élite, además de los rostros profesionales, como los que ve en los programas de testimonios o en los *realities*, o incluso aquella zorrita mimada, rica y con aspecto de cansancio que era famosa sólo por ser una zorrita mimada, rica y con aspecto de cansancio.

También estaba aquel magnate de la industria discográfica, el de los grandes pendientes de diamantes. Tenía un AK trucado con un lanzagranadas. Le encantaba contar que era una réplica exacta de uno de los de *El precio del poder*.

No quise hundirlo explicándole que el señor Montana llevaba una A-1.

Estaba ese humorista, ya sabe, el del programa de la tele. Estaba esnifando coca de los airbags de una diminuta *stripper* tailandesa, diciendo sin parar que lo que pasaba no era sólo cosa de los vivos contra los muertos, sino que tendría repercusiones en todas las facetas de nuestra sociedad: la social, la económica, la política e incluso la medioambiental. Decía que todos sabían la verdad, a nivel subconsciente, durante el Gran Engaño, y que por eso perdieron tanto los nervios cuando por fin salió a la luz la historia. En realidad, todo tenía sentido, hasta que empezaba a parlotear sobre el jarabe de maíz con alto contenido en fructosa y la feminización de Estados Unidos.

Es una locura, lo sé, pero casi parecía normal que aquellos tipos estuviesen allí, al menos, a mí me lo parecía. Lo que no esperaba era toda la gente que iba con ellos. Todos, daba igual quiénes fueran o a qué se dedicaran, debían tener, al menos, no sé cuántos estilistas, publicistas y ayudantes. Creo que algunos eran bastante sensatos y sólo lo hacían por el dinero o porque suponían que allí estarían más seguros; no eran más que jóvenes intentando salir adelante, no se les puede culpar por eso. Pero algunos de los otros... eran verdaderos capullos, encantados con el olor de su propia mierda; maleducados, agresivos y lanzando órdenes a cualquiera que tuvieran delante. Un tipo me viene a la cabeza, sólo porque llevaba una gorra de béisbol que ponía: «¡Hazlo ya!». Creo que era ayudante jefe del gordo cabrón que había ganado aquel concurso de talentos. ¡El tío tenía a catorce personas alrededor! Al principio, recuerdo haber pensado que sería imposible cuidar de tanta gente, aunque, después de mi visita inicial a las instalaciones, me di cuenta de que nuestro jefe lo había previsto todo.

Había transformado su hogar en el sueño húmedo de

un paranoico. Tenía la suficiente comida deshidratada para mantener a un ejército entero durante varios años, además de un suministro interminable de agua de una planta desalinizadora que se alimentaba del océano. Tenía turbinas eólicas, paneles solares y unos generadores de refuerzo con unos gigantescos depósitos de combustible enterrados justo debajo del patio. Había montado las medidas de seguridad suficientes para que los muertos vivientes no pudieran entrar nunca: muros altos, detectores de movimiento y armas..., oh, las armas. Sí, nuestro jefe había hecho bien los deberes, pero de lo que más orgulloso se sentía era de que cada habitación de la casa estaba conectada para hacer una retransmisión vía web simultánea que llegaba a todos los puntos del planeta veinticuatro horas al día, siete días a la semana. Aquélla era la verdadera razón de tener allí a sus amigos más «queridos». No sólo quería capear el temporal cómoda y lujosamente, sino que todos supieran que lo había hecho. Era la perspectiva del *famoseo*, su forma de asegurarse de que todo el mundo lo conociera.

No sólo había una cámara web en cada habitación, sino que también tenía a toda la prensa que solía encontrarse en la alfombra roja de los Oscars. De verdad, hasta aquel momento no tenía ni idea de lo grande que era la industria del periodismo de entretenimiento. Tenía que haber docenas de ellos, de todas las revistas y programas de televisión. «¿Cómo te sientes?», se oía mucho. «¿Cómo lo llevas?» «¿Qué crees que va a suceder?» Y le juro que oí a alguien preguntar: «¿Qué llevas puesto?».

Para mí, el momento más surrealista fue cuando estaba en la cocina con parte del personal y los demás guardaespaldas, todos viendo las noticias. ¿Y quién salía en las noticias? ¡Nosotros! Las cámaras estaban, literalmente, en la habitación de al lado, enfocando a algunas de las «estrellas», sentadas en el sofá viendo otro canal de noticias. La señal era en directo desde el Upper East Side de Nueva York, donde los muertos vivientes subían por la Tercera Avenida, y la gente se enfrentaba a ellos con martillos, tuberías y las manos desnudas; el gerente de una tienda Model's Sporting Goods estaba repartiendo todos sus bates de béisbol y gritando: «¡Dadles en la cabeza!». Había un tío con patines y un palo de *hockey* en la mano, con un enorme cuchillo de carnicero atornillado a la hoja. Iba, por lo menos, a cincuenta por hora, y, a esa velocidad, podría haber cortado un par de cabezas. La cámara lo filmó todo: el brazo podrido que salió de la alcantarilla delante de él, el pobre tipo volando hacia atrás en el aire y cayendo de cara, para después ser arrastrado por la coleta, entre gritos, hacia la alcantarilla. En aquel momento la cámara de nuestro salón se movió para captar las reacciones de los famosos que veían la tele. Hubo unos cuantos jadeos, algunos sinceros y otros fingidos. Recuerdo haber pensado que sentía menos respeto por los que intentaban fingir las lágrimas que por la zorrita mimada, que llamó gilipollas al patinador. Oye, al menos la chica era sincera. Recuerdo que yo estaba junto a este tío, Sergei, un hijo de puta enorme y desgraciado, de cara triste. Lo que nos contaba sobre su infancia en Rusia me convenció de que no todos los estercoleros del Tercer Mundo tenían que ser tropicales. Entonces, cuando la cámara captaba las reacciones de la gente guapa, musitó entre dientes algo en ruso. La única palabra que pude entender fue Romanov, y estaba a punto de preguntarle qué quería decir, cuando todos oímos que saltaba la alarma.

Algo había disparado los detectores de movimiento que habíamos colocado a varios kilómetros alrededor del muro. Eran lo bastante sensibles para detectar un solo zombi, pero zumbaban como locos. Nuestras radios chillaban: «Contacto, contacto, esquina sudoeste... Mierda, ¡hay cientos!». Era una casa muy grande, así que tardé varios minutos en llegar a mi posición de tiro. No entendía por qué el vigía estaba tan nervioso, ¿qué más daba si eran un par de cientos? Nunca subirían el muro. Entonces lo oí gritar: «¡Están corriendo! ¡Me cago en la puta, son rápidos!». Zombis rápidos, aquello hizo que se me revolvieran las tripas. Si podían correr, podían trepar; y si podían trepar quizá pudieran pensar; y si podían pensar... Ahí fue cuando me asusté. Recuerdo que los amigos de nuestro jefe estaban asaltando la armería; para cuando llegué a la ventana de la habitación para invitados de la tercera planta, corrían por todas partes como los extras de una *peli* de acción de los ochenta.

Le quité el seguro al arma y descarté a los guardias de la mirilla. Era una de las Gen's más nuevas, una fusión de amplificación de luz e imagen térmica. No necesitaba la segunda parte porque las criaturas no emitían calor corporal. Así que, cuando vi las abrasadoras firmas corporales de color verde brillante de varios cientos de corredores, se me cerró la garganta: no eran muertos vivientes.

«¡Ahí es! —los oí gritar—. ¡Ésa es la casa de las noticias!» Llevaban escaleras de mano, pistolas, bebés. Un par de ellos tenían unas mochilas pesadas a la espalda, y todos se dirigían a la puerta principal, una enorme mole de acero bruto de forja que se suponía sería capaz de detener a mil criaturas. La explosión la hizo saltar de sus bisagras y la envió directa a la casa, como si fuese una estrella *ninja* gigante. «¡Fuego! —gritaba el jefe en la radio—. ¡Derribadlos! ¡Matadlos! ¡Disparad-disparad-disparad!»

Los «asaltantes», por llamarlos de alguna forma, entraron en estampida. El patio estaba lleno de vehículos aparcados, coches deportivos y Hummers, e incluso un camión gigante, propiedad de una estrellita de la liga de fútbol americano. Se convirtieron todos en unas putas bolas de fuego, saltando por los aires o ardiendo en el sitio, y el espeso humo aceitoso de los neumáticos cegaba y ahogaba a todo el mundo. Sólo se oían tiros, los nuestros y los suyos, y no sólo los del equipo de seguridad privada: los famosetes que no se estaban cagando en los pantalones habían decidido hacerse los héroes o creían tener que defender su reputación delante de sus mirones. Muchos exigían a su grupo de ayudantes que los defendieran, y algunos lo hicieron, aquellos pobres ayudantes veinteañeros que no habían disparado una pistola en su vida. No duraron mucho. Pero también hubo algunos que se volvieron contra sus jefes y se unieron a los asaltantes. Vi cómo un peluquero bastante reinona apuñalaba a una actriz en la boca con un abrecartas e, irónicamente, vi que el señor «¡Hazlo ya!» intentaba quitarle una granada al tipo del programa para talentos justo antes de que les estallase entre las manos.

Era el caos, justo lo que se te viene a la cabeza cuando piensas en el fin del mundo. Parte de la casa ardía, había sangre por todas partes, cadáveres o trozos de cadáveres esparcidos por encima de aquellas cosas tan caras. Me encontré con el perro rata de la zorra cuando los dos nos dirigíamos a la puerta de atrás; él me miró y yo lo miré. De haber sido una conversación, habría sido:

—¿Qué pasa con tu jefe?

—¿Y con la tuya?

—Que les den por culo.

Era la misma actitud que se veía en muchos de los guardias, la razón por la que no había disparado ni un tiro en toda la noche. Nos habían pagado por proteger a la gente rica de los zombis, no de otra gente no tan rica que sólo buscaba un lugar seguro donde esconderse. Podía oírlos gritar mientras entraban por la puerta delantera. No decían «¡a por la birra!!», ni «¡violad a esas putas!», sino «¡apagad el fuego!» y «¡llevad a las mujeres y a los niños arriba!».

Me encontré con el señor Humorista Político de camino a la playa. Él y su chica, una rubia vieja de piel curtida que se suponía era su enemiga política, estaban dándole al tema como si no hubiese un mañana, y oye, quizá para ellos no lo había. Llegué a la arena, encontré una tabla de surf, probablemente más cara que la casa en la que crecí, y empecé a remar hacia las luces del horizonte. Había un montón de barcos en el agua aquella noche, mucha gente saliendo de allí a toda leche. Mi esperanza era encontrar a uno que me llevase hasta el puerto de Nueva York. Con suerte, podría sobornarlos con un par de pendientes de diamantes.

[Termina su chupito de ron y pide otro.]

A veces me pregunto: ¿por qué no se callaron la puta boca? Ya sabe, no sólo mi jefe, sino todos aquellos parásitos mimados. Tenían los medios para mantenerse a salvo, así que, ¿por qué no lo hicieron? ¿Por qué no se fueron a la Antártida o a Groenlandia, o se quedaron donde estaban, pero bien lejos del ojo público? Pero, bueno, quizá no pudieran; como un interruptor de apagado que no se puede accionar. Para empezar, quizá eso los había convertido en lo que eran. Aunque ¿qué coño sé yo?

[El camarero llega con otra copa, y T. Sean le tira un rand de plata.]

«Si lo tienes, presume de ello.»

Ciudad de Hielo
(Groenlandia)

[Desde la superficie sólo se ven las chimeneas, los enormes colectores de aire cuidadosamente esculpidos que siguen llevando aire fresco, aunque frío, al laberinto de trescientos kilómetros que se encuentra debajo. Pocas de las doscientas cincuenta mil personas que una vez habitaron esta maravilla de la ingeniería artesanal se han quedado. Algunos siguen aquí para alentar el pequeño pero creciente turismo. Otros están como vigilantes y viven de la pensión que les concede el renovado Programa del Patrimonio Mundial de la UNESCO. Y otros tantos, como Ahmed Farahnakian, antes comandante Farahnakian de la Fuerza Aérea de la Guardia Revolucionaria Iraní, no tienen otro sitio adonde ir.]

La India y Paquistán. Como Corea del Norte y Corea del Sur, o la OTAN y el antiguo Pacto de Varsovia. Si dos bandos iban a enfrentarse con armas nucleares, tenían que ser la India y Paquistán. Todos lo sabían, todos lo esperaban, y eso es justo lo que no ocurrió, porque el peligro era tan omnipresente que hacía años que existía la maquinaria necesaria para evitarlo. Había una línea directa entre las dos capitales, los embajadores se llamaban por el nombre de pila, y los generales, los políticos y todos los demás involucrados en el proceso estaban formados para asegurarse de que nunca llegara el día que todos temían. Nadie podía haberse imaginado (yo, sin duda, no lo hacía) que los sucesos se iban a desarrollar como lo hicieron.

La infección no nos había alcanzado con tanta fuerza como a otros países. Nuestra tierra era muy montañosa, el transporte resultaba difícil y teníamos una población relativamente reducida; dado el tamaño del país y que muchas de las ciudades podían aislarse fácilmente con un ejército que resultaba grande en comparación, no es difícil entender lo optimistas que eran nuestros dirigentes.

El problema eran los refugiados, millones de ellos por el este, ¡millones! Una oleada a través de Baluchistán que nos destrozaba los planes. Había ya muchas áreas infectadas y unos grandes enjambres se arrastraban hacia las ciudades. Los guardias fronterizos estaban desbordados, puestos avanzados enteros cayeron bajo las hordas de criaturas. No había forma de cerrar la frontera y, a la vez, encargarnos de nuestros brotes.

Exigimos a los paquistaníes que controlaran a su gente, y ellos nos aseguraron que hacían todo lo que podían, pero sabíamos que nos estaban mintiendo.

La mayoría de los refugiados venían de la India y pasaban a través de Paquistán con la esperanza de encontrar un lugar seguro. Los de Islamabad estaban encantados de dejarlos ir, porque era mejor entregarle el problema a otra nación que resolverlo ellos mismos. Quizá si hubiéramos combinado nuestras fuerzas, coordinado una operación conjunta en una ubicación adecuada para la defensa... Sé que se estaban analizando los planes; las montañas al sur de Paquistán: el Pab, el Kirthar, la cordillera central del Brahui. Podíamos haber detenido a cualquier refugiado o muerto viviente, pero denegaron nuestro plan. Algún agregado militar paranoico de su embajada nos dijo directamente que si las tropas extranjeras entraban en su terreno, lo verían como una declaración de guerra. No sé si su presidente llegó a ver nuestra propuesta, porque nuestros líderes nunca hablaban con él directamente. ¿Recuerda lo que le decía de la India y Paquistán? Pues nosotros no teníamos esa relación, la maquinaria diplomática no estaba establecida. Por lo que sabíamos, ¡aquel coronel de mierda podía informar a su gobierno de que intentábamos anexarnos sus provincias occidentales!

¿Qué podíamos hacer? Cientos de miles de personas cruzaban nuestra frontera todos los días y, de ellas, quizá decenas de miles estuviesen infectadas. Teníamos que tomar una acción tajante. ¡Teníamos que protegernos!

Existe una carretera que pasa entre los dos países. Es pequeña para los criterios estadounidenses, ni siquiera estaba pavimentada en la mayor parte de su trazado, pero se trataba de la principal arteria meridional de Baluchistán. Cortarla en un solo sitio, el puente del río Ketch, habría dejado fuera el sesenta por ciento del tráfico de refugiados. Yo volé personalmente en aquella misión, por la noche, con una escolta importante. No hacían falta amplificadores de imagen porque los faros se veían a kilómetros de distancia, una larga línea blanca en la oscuridad. Incluso podía distinguir los disparos de armas de pequeño calibre. La zona estaba completamente plagada. Apunté a los cimientos centrales del puente, que era la parte más difícil de reparar, y las bombas salieron limpiamente. Se trataba de artillería convencional de alta potencia explosiva, lo suficiente para hacer el trabajo. Utilizamos aviones estadounidenses, de cuando éramos sus aliados de conveniencia, para destruir un puente construido con ayuda estadounidense nacida del mismo objetivo. El alto mando era consciente de la ironía. Personalmente, no me importaba en absoluto. En cuanto noté que mi Phantom iba más ligero, aceleré, esperé al informe del avión de observación y recé con todas mis fuerzas para que los paquistaníes no tomasen represalias.

Por supuesto, mis plegarias no obtuvieron respuesta: tres horas más tarde, su guarnición en Qila Safed voló nuestra estación fronteriza. Ahora sé que nuestro presidente y el ayatolá estaban dispuestos a dejarlo pasar: nosotros teníamos lo que queríamos, ellos se habían vengado, diente por diente y se acabó. Pero ¿quién se lo iba a decir al otro bando? Su embajada en Teherán había destruido sus códigos y radios. Aquel coronel hijo de puta había preferido pegarse un tiro antes que traicionar sus «secretos de estado». No teníamos líneas directa ni canales diplomáticos. No sabíamos cómo ponernos en contacto con los líderes paquistaníes; ni siquiera sabíamos si quedaba alguno. Todo era caótico; la confusión se convirtió en rabia, la rabia nos volvió contra nuestros vecinos. El conflicto se intensificaba por momentos: enfrentamientos fronterizos, ataques aéreos... Pasó tan deprisa que, sólo tres días después del inicio de la guerra convencional, a ningún bando le quedaba un objetivo claro, sólo la rabia alimentada por el pánico.

[Se encoge de hombros.]

Creamos una bestia, un monstruo nuclear que ninguna de las dos partes podía domar... Teherán, Islamabad, Qom, Lahore, Bandar Abbas, Ormara, Imam Jomeyni, Faisalabad. Nadie sabe cuántos murieron en las explosiones ni cuántos lo hicieron después, cuando las nubes de radiación empezaron a extenderse por nuestros países, sobre la India, sobre el sudeste asiático, el Pacífico y América.

Nadie pensaba que pudiera suceder, no entre nosotros. ¡Por amor de Dios, ellos nos ayudaron a construir nuestro programa nuclear desde cero! Nos suministraron los materiales, la tecnología, nos sirvieron de intermediarios con los renegados de Corea del Norte y Rusia... No habríamos sido una potencia nuclear de no ser por nuestros fraternales hermanos musulmanes. Nadie se lo esperaba, pero, bueno, tampoco esperaban que los muertos se levantasen, ¿no? Sólo alguien podría haberlo previsto, y ya no creo en él.

DENVER
(COLORADO, EE.UU.)

[Mi tren llega tarde, porque están probando el puente levadizo occidental. A Todd Wainio no parece importarle la espera en el andén. Nos damos la mano bajo el mural Victoria de la estación, probablemente la imagen más conocida de la experiencia estadounidense en la Guerra Mundial Z. Tomado originalmente de una fotografía, muestra a un pelotón de soldados de pie en Nueva Jersey, a orillas del río Hudson, de espaldas a nosotros, observando el amanecer sobre Manhattan. Mi anfitrión parece pequeño y frágil junto a esos enormes iconos en dos dimensiones. Como la mayor parte de los hombres de su generación, Todd Wainio ha envejecido antes de tiempo. Si se observa el vientre amplio, el escaso pelo grisáceo y las tres profundas cicatrices paralelas que le bajan por la mejilla derecha, resulta difícil imaginarse que este antiguo soldado de infantería del ejército estadounidense está, al menos cronológicamente, en la flor de la vida.]

Aquel día, el cielo era rojo. Todo el humo, la mierda que había llenado el aire durante el verano, bañaba las cosas de una luz roja ambarina, como si se mirase el mundo a través de unos cristales de color infernal. Así vi Yonkers por primera vez, un pequeño barrio deprimido y rodeado de herrumbre al norte de la ciudad de Nueva York. Creo que nadie había oído hablar de él; yo no lo había hecho, y ahora está a la par de Pearl Harbor... No, no Pearl..., eso fue un ataque por sorpresa. Esto fue más como Little Bighorn, donde nosotros..., bueno, al menos la gente al mando, sabían lo que pasaba, o deberían haberlo sabido. El caso es que no fue una sorpresa; la guerra, la emergencia..., como quiera llamarlo..., ya había empezado. Habían pasado unos tres meses desde que todos saltaran al tren del pánico.

¿Recuerda cómo era? La gente perdiendo los estribos, fortificando sus casas con tablones, robando comida, pistolas, todo lo que se moviera. Es probable que los Rambos, los fuegos descontrolados, los accidentes de tráfico y toda la... la mierda que ahora llamamos el Gran Pánico matase a más gente al principio que los mismos zombis.

Supongo que entiendo por qué los poderes fácticos pensaron que una gran batalla era buena idea. Querían demostrar a la gente que seguían al mando, calmarlos un poco para poder tratar con el problema real. Lo pillo; y, como necesitaban una victoria propagandística, yo acabé en Yonkers.

En realidad no era un mal lugar para resistir; parte de él estaba en un vallecito y justo al otro lado de las colinas occidentales estaba el río Hudson. La alameda de Saw Mill River pasaba justo a través del centro de nuestra línea principal de defensa y los refugiados que bajaban en masa por la autopista conducían a los muertos directamente hacia nosotros. Era un cuello de botella natural, y la idea era buena... La única buena idea del día.

[Todd coge otro Q, el cigarrillo estadounidense casero llamado así porque tiene un cuarto (*quarter*) de contenido de tabaco.]

¿Por qué no nos pusieron en los tejados? Tenían un centro comercial, un par de garajes, edificios grandes con unos bonitos tejados planos. Podían haber puesto una compañía entera encima del supermercado. Desde allí se veía todo el valle y habríamos estado completamente a salvo ante un ataque. Había un edificio de pisos de unas veinte plantas, creo... Cada planta tenía una vista perfecta de la autopista. ¿Por qué no había un fusil en cada ventana?

¿Sabe dónde nos pusieron? Justo en el suelo, escondidos detrás de sacos de arena o en trincheras. Perdimos un montón de tiempo y energía preparando aquellas elaboradas posiciones de disparo. Para tener una buena cobertura y ocultación, según nos dijeron. ¿Cobertura y ocultación? Cobertura significa protección física, protección convencional de armas de pequeño calibre y artillería, o de artillería aérea. ¿Suena eso como el enemigo al que nos enfrentábamos? ¿Es que los zetas habían decidido lanzar ataques aéreos y terrestres armados? ¿Y por qué coño nos preocupaba la ocultación, cuando la idea central de la batalla era hacer que los zombis viniesen directos a nosotros? ¡Qué gilipollez! ¡Todo el planteamiento!

Estoy seguro de que estaba al mando uno de los últimos Fulda Capullos, ya sabe, los generales que se pasaron los años de novato entrenándose para defender Alemania Occidental de Iván el malvado. Tipos duros y estrechos de miras... seguramente cabreados después de muchos años de guerras menores. Tenía que ser uno de ellos, porque todo lo que hicimos apestaba a defensa estática de la Guerra Fría. ¿Sabe que incluso intentaron excavar trincheras para los tanques? Los ingenieros las abrieron con explosivos en el aparcamiento del supermercado.

¿Tenían tanques?

Tío, teníamos de todo: Bradleys, Humvees armados con todo, desde calibres cincuenta a los nuevos morteros pesados Vasilek. Al menos esos podrían haber servido de algo. Teníamos misiles tierra-aire Stinger montados en Humvees Avenger; teníamos un sistema de colocación de puente portátil AVLB perfecto para el arroyo de siete centímetros de profundidad que corría junto a la autopista; teníamos un puñado de vehículos bélicos electrónicos XM5, todos a reventar de equipos de radar e interferencias; y... y..., oh, sí, incluso teníamos un grupo de letrinas completo, allí puesto, en medio de todo. ¿Por qué, si la presión del agua seguía fuerte y las cisternas de los inodoros todavía funcionaban en todos los edificios y casas del barrio? ¡Tantas cosas que no necesitábamos! Un montón de mierda que sólo servía para bloquear el tráfico y que quedase bonito, y creo que precisamente por eso estaban allí, para que quedase bonito.

Para la prensa.

Joder, sí, ¡tenía que haber al menos un periodista por cada dos o tres uniformes!* A pie y en furgonetas, no sé cuántos helicópteros de la tele estarían volando por allí... Lo lógico sería pensar que, con tantos vehículos de transporte, habrían utilizado algunos para intentar rescatar a la gente de Manhattan... Sí, claro, creo que todo se hizo para la prensa, para demostrarles la gran potencia bélica de nuestra marea verde... o marrón, porque algunos de los carros acababan de llegar del desierto y todavía no les habían cam-

---

* *Aunque es una exageración, los archivos anteriores a la guerra demuestran que en Yonkers hubo la mayor proporción de periodistas por soldado de todos los conflictos armados de la historia.*

biado la pintura. Mucho era sólo para aparentar, no sólo los vehículos, sino también nosotros. Nos tenían con MOPP 4, tío, «postura protectora aplicada a la misión», unos trajes y máscaras voluminosos que, en teoría, te protegían en entornos radiactivos o bioquímicos.

¿Es posible que sus superiores pensaran que el virus de los muertos vivientes se transmitía por el aire?

Si es así, ¿por qué no protegieron a los periodistas? ¿Por qué nuestros «superiores» no los llevaban, ni nadie más justo detrás de las líneas? Estaban bien fresquitos y cómodos con sus uniformes de batalla, mientras nosotros sudábamos bajo varias capas de goma, carbón vegetal, y gruesos trajes blindados. ¿Y a qué genio se le ocurriría ponernos trajes blindados? ¿Porque la prensa los crucificó por no tener suficientes en la última guerra? ¿Para qué coño necesitas un casco cuando te enfrentas a un muerto viviente? Ellos eran los que los necesitaban, ¡no nosotros! Y después estaban los circuitos en red... el sistema de integración Land Warrior. Era un equipo electrónico personal completo que nos permitía estar conectados entre nosotros y con los jefes. En el visor podían descargarse mapas, datos de GPS y reconocimientos por satélite en tiempo real. Podías saber tu posición exacta en un campo de batalla, las posiciones de tus compañeros, las de los malos... Incluso podías mirar por la cámara de vídeo de tu arma, o la de cualquiera, para averiguar qué había detrás de un seto o a la vuelta de la esquina. Land Warrior permitía que cada soldado tuviese la información de todo un puesto de mando, y que el puesto de mando controlase a los soldados como a una sola unidad. Red conectada es lo que repetían una y otra vez los oficiales delante de las cámaras. Red conectada e hiperguerra. Unos términos muy chulos, pero que no significaban una mierda cuando intentabas excavar una trinchera con un MOPP y un traje blindado, más la carga del Land Warrior y el equipo de combate estándar, y, encima, en el día más caluroso del verano más caluroso del que se tenía noticia. No sé cómo seguía todavía en pie cuando los zetas empezaron a aparecer.

Al principio fue un goteo, grupos de uno y dos tambaleándose entre los coches abandonados que atascaban la autopista vacía. Al menos habían evacuado a los refugiados. Vale, eso también lo hicieron bien; escogieron un cuello de botella y se llevaron a los civiles, gran trabajo. Por lo demás...

Los zombis entraron en la primera zona de batalla, la designada para el sistema de lanzacohetes. No oí cómo salían los cohetes porque mi casco amortiguaba el ruido, pero los vi salir volando hacia el objetivo, trazar un arco en la bajada y deshacerse de su carcasa para dejar al descubierto todas aquellas bombitas en serpentinas de plástico. Son más o menos del tamaño de una granada de mano, bombas antipersona con una capacidad limitada para atravesar trajes blindados. Se repartieron entre los monstruos y detonaron cuando dieron con el suelo o un coche abandonado. Los depósitos de los coches estallaron como pequeños volcanes, géiseres de fuego y escombros que se sumaron a la «lluvia de acero». Para ser sincero, fue un subidón; la gente vitoreaba en los micros, y yo también, viendo que todos los zombis empezaban a tambalearse. Habría unos treinta, quizá cuarenta o cincuenta, repartidos por aquel tramo de unos ochocientos metros de autopista. El bombardeo inicial eliminó al menos a las tres cuartas partes.

Sólo tres cuartas partes.

[Todd apura su cigarrillo de una calada larga y furiosa, e, inmediatamente, saca otro.]

Pues sí, y tendríamos que haber empezado a preocuparnos en aquel mismo instante. La lluvia de acero los golpeó a todos, los hizo trizas por dentro; había órganos y carne desparramados por todas partes..., joder, se les caían del cuerpo mientras avanzaban hacia nosotros... Pero disparos a la cabeza... Había que destruir el cerebro, no el cuerpo, y mientras les quedara una neurona funcionando y alguna movilidad... Algunos seguían andando, los que estaban demasiado destrozados para ponerse de pie, se arrastraban. Sí, nos habríamos preocupado, de haber tenido tiempo.

El goteo se convirtió en una oleada. Más criaturas, docenas, avanzando en masa entre los coches en llamas. Los zetas tienen una cosa curiosa: siempre crees que van a ir vestidos con el traje de los domingos, porque así aparecían en los medios, sobre todo al principio; monstruos con trajes y vestidos, como si fuesen una muestra representativa de la América cotidiana, sólo que muertos. En realidad, no eran así, en absoluto. La mayoría de los infectados, los primeros, los que llegaron en aquella primera ola, murieron estando en tratamiento o en casa, en la cama. Muchos llevaban batas de hospital, o pijamas y camisones. Algunos iban con sudaderas o en ropa interior... o, simplemente, desnudos; un montón iban con el culo al aire. Les veías las heridas, las marcas secas en los cuerpos, las rajas que te hacían estremecer aunque sudaras dentro de aquellos uniformes sofocantes.

La segunda lluvia de acero no tuvo ni la mitad de impacto que la primera, porque ya no quedaban depósitos que pudieran estallar y porque, al haber tantos emes y tan apretados, se protegían los unos a los otros de recibir una herida en la cabeza. Yo no tenía miedo, todavía no; ya no la tenía tan dura pero estaba seguro de que volvería a calentarme cuando los monstruos entrasen en la zona de combate del ejército.

Tampoco pude oír los Paladins, porque estaban demasiado lejos, en la colina, aunque vi y oí cómo aterrizaban sus proyectiles. Eran HE 155 estándar, un núcleo de alta carga explosiva con una carcasa de fragmentación. ¡Causaron menos daños que los cohetes!

¿Y por qué?

En primer lugar, porque no había efecto globo. Cuando una bomba explota cerca de ti, hace que el líquido de tu cuerpo estalle, literalmente, como si fuese un puto globo. Eso no les pasa a los zetas, puede que porque tienen menos fluidos corporales que nosotros, o porque ese fluido es más como un gel. No lo sé. El caso es que no sirvió para una mierda, ni tampoco hubo efecto SNT.

¿Qué es SNT?

Sudden Nerve Trauma*, creo que lo llaman así. Es otro efecto de los proyectiles de alta potencia explosiva a corta distancia; el trauma es tan grande que, a veces, los órganos, el cerebro, todo lo de dentro se apaga como si Dios le hubiese dado a tu interruptor. Tiene algo que ver con impulsos eléctricos o algo así. ¿Qué se yo? No soy un puto médico.

Pero no pasó.

¡Ni una vez! Es decir..., no me entienda mal, no es que

---

* *Trauma neurológico súbito.*

los zetas saliesen ilesos de la cortina de fuego; vimos cuerpos en pedazos, volando por los aires, destrozados, incluso cabezas enteras y vivas, con ojos y mandíbulas moviéndose, que salían disparadas como corchos de champán. Sí, funcionaba, ¡pero no estaban cayendo tantos ni tan deprisa como necesitábamos!

La ola se convirtió en marea, una inundación de cuerpos que se arrastraban y gemían, pasando por encima de sus hermanos mutilados, acercándose a nosotros a un ritmo lento y constante, como si fuese una ola a cámara lenta.

La siguiente zona de combate consistía en fuego directo del armamento pesado, los 120 del tanque y los Bradleys, con sus metralletas y misiles FOTT. Los Humvees también empezaron a abrirse: morteros, misiles y los Mark-19, que son como metralletas que disparan granadas. Los Comanches bajaron hasta darnos la impresión de estar a pocos centímetros de nuestras cabezas, disparando con metralletas, Hellfires y cohetes Hydra.

Fue una puta carnicería, como una trituradora de madera: la materia orgánica formaba nubes, como si fuese serrín, por encima de la horda.

«Nadie puede sobrevivir a eso», pensé, y durante un momento parecía que estaba en lo cierto..., pero entonces empezaron a parar los tiros.

¿A parar?

A agotarse, a silenciarse...

[Se queda callado un segundo y después fija de nuevo la vista, enfadado.]

Nadie pensó en eso, ¡nadie! Que no me tomen el pelo con historias sobre recortes presupuestarios y problemas de suministro. ¡Lo que de verdad les faltó fue el sentido común, joder! Ninguno de aquellos sacos de mierda de cuatro estrellas, esos a los que parecía que les habían metido las medallas por el culo, los que venían de West Point y el War College, se dijo: «Oye, tenemos un montón de armas estupendas, pero ¿¡tenemos suficiente mierda para disparar!?». Nadie pensó en cuántas veces tendría que disparar la artillería para mantener la operación, ni en cuántos cohetes harían falta para los lanzacohetes, cuántos botes de metralla... básicamente, un proyectil de escopeta gigante. Disparaban unas bolitas de tungsteno; no es que fueran perfectas, ya sabe, porque se gastaban unas cien bolas para acabar con un zeta, pero, coño, tío, ¡al menos era algo! Cada Abrams tenía sólo tres, ¡tres! ¡Tres de una carga total de cuarenta! ¡El resto eran HEAT o SABOT estándar! ¿Sabe lo que una «Silver Bullet», un dardo perforante de uranio empobrecido le hace a un grupo de muertos vivientes? ¡Nada! ¿Sabe qué se siente al ver cómo un tanque de más de sesenta toneladas dispara a una multitud sin conseguir una puta mierda? ¡Tres botes de metralla! ¿Y qué me dice de los proyectiles *flechette*? Estos días todos hablan de ellos, las flechitas de acero que convierten cualquier arma en una escopeta de dispersión. Hablamos de ellas como si fuesen un invento nuevo, aunque ya las teníamos hasta en, no sé, Corea. Las teníamos para los cohetes Hydra y los Mark-19. Imagíneselo, un sólo 19 disparando trescientos cincuenta proyectiles por minuto, ¡cada uno de ellos con unas cien flechas!* Puede que no hubiese vuelto la tortilla a nuestro favor, pero ¡joder!

La munición se acababa, los zetas seguían acercándose y el miedo... Todos lo sentían, en las órdenes de los jefes del

---

* El cartucho estándar de 40 mm de antes de la guerra llevaba 115 proyectiles fle-chette.

pelotón, en las acciones de los hombres que me rodeaban... Era una voz dentro de tu cabeza que no dejaba de chillar: «Mierda, mierda, mierda».

Éramos la última línea de defensa, una cosa de poca importancia en lo que respecta a la capacidad militar. Se suponía que íbamos a derribar a los pocos emes lo bastante afortunados para haber resistido la hostia gigante del armamento más pesado. Se esperaba que uno de cada de tres de nosotros tuviese que disparar su arma y uno de cada diez mataría a alguno.

Llegaron a miles, subían por los guardarraíles, se acercaban por las calles laterales, rodeaban las casas, las atravesaban... Había tantos y sus gemidos eran tan fuertes que nos retumbaban dentro de los cascos.

Quitamos el seguro, apuntamos a nuestros objetivos, y entonces llegó la orden de disparar... Yo era un artillero de SAW*, una máquina ligera que debería dispararse en ráfagas cortas y controladas, en lo que tardas en decir: «Muere, hijoputa, muere». La ráfaga inicial fue demasiado baja y le di a uno de pleno en el pecho. Lo vi salir despedido hacia atrás, golpearse contra el asfalto y levantarse de nuevo, como si no hubiese pasado nada. Tío..., cuando se levantaban de nuevo...

[Ha apurado el cigarrillo hasta casi quemarse los dedos. Lo tira y lo pisa sin darse cuenta.]

Hice lo que pude por controlar mis disparos y mi esfínter. «Apunta a la cabeza —me repetía—. Mantén la calma y apunta a la cabeza.» Y todo el tiempo mi SAW escupía: «Muere, hijoputa, muere».

---

* *SAW: Una metralleta ligera, cuyas siglas en inglés corresponden a Squad Automatic Weapon (arma automática de pelotón).*

Podríamos haberlos detenido, deberíamos haberlo hecho; lo único que hacía falta era un tío con un fusil, ¿no? Soldados profesionales, tiradores entrenados..., ¿cómo consiguieron pasar? Los críticos y los Patton de sillón que no estuvieron allí todavía se lo preguntan. ¿Cree que es tan sencillo? ¿Cree que después de pasarnos toda la vida militar aprendiendo a disparar al centro de gravedad podemos, de repente, conseguir tiros perfectos a la cabeza una y otra vez? ¿Cree que es fácil meter un cargador o desatascar un arma llevando una camisa de fuerza y un casco asfixiante? ¿Cree que se puede mantener la cabeza fría y disparar un puto gatillo con precisión después de ver cómo todas las maravillas del armamento moderno se caen sobre su hiperculo de alta tecnología, después de vivir tres meses de Gran Pánico y de contemplar cómo un enemigo que no debía existir se comía viva tu realidad?

[Me apunta con el dedo.]

¡Bueno, pues lo hicimos! Conseguimos hacer nuestro trabajo y hacer que los zetas pagasen por cada puto centímetro de terreno! Quizá si hubiésemos tenido más hombres y más munición, quizá si nos hubiesen permitido centrarnos en nuestro trabajo...

[Vuelve a cerrar la mano hasta convertirla en un puño.]

Land Warrior, la puta red conectada del ultramoderno, ultracaro y ultrafamoso Land Warrior. Aunque ya era bastante malo ver lo que tenías delante, además, los enlaces ascendentes de los aviones espía también nos mostraban lo grande que, en realidad, era la horda. Puede que tuviéramos que enfrentarnos a miles, ¡pero detrás venían millones! ¡Recuerde que estamos hablando del grueso de la plaga de Nueva York! Aquello no era más que la cabeza de una larguísima serpiente de zombis que llegaba hasta el puto Times Square. No necesitábamos saberlo. ¡Yo no necesitaba saberlo! La vocecita asustada de mi cabeza ya no era tan discreta; gritaba: «¡¡Mierda, mierda, mierda!!». Y, de repente, ya no estaba dentro de mi cabeza, sino en mi auricular. Cada vez que un capullo era incapaz de controlar su bocaza, Land Warrior se aseguraba de que todos lo oyéramos. «¡Hay demasiados!» «¡Tenemos que salir de aquí, joder!» Uno de otro pelotón, no me sabía su nombre, empezó a gritar: «¡Le he dado en la cabeza y no se muere! ¡No se mueren cuando les das en la cabeza!». Seguro que no le había acertado en el cerebro, eso pasa, un proyectil puede rozar el cráneo... Quizá si hubiese estado tranquilo y hubiese usado su propio cerebro se habría dado cuenta, pero el pánico es más infeccioso que el Germen Zeta y las maravillas de Land Warrior permitieron que ese germen se propagase por el aire. «¿Qué?» «¿Que no se mueren?» «¿Quién ha dicho eso?» «¿Le has disparado a la cabeza?» «¡Hostia puta!» «¡Son indestructibles!» Por toda la red se oía aquello, tíos cagados de miedo por toda la superautopista de la información.

«¡Que todo el mundo cierre la boca! —gritó alguien—. ¡Quedaos donde estáis! ¡Salid de la red!» Se notaba que era la voz de alguien mayor; de repente, quedó ahogada por un grito y nuestros visores captaron un chorro de sangre que salía de una boca llena de dientes rotos. La imagen era de un tío que estaba en el patio de una casa, al otro lado de la línea defensiva. Los propietarios dejarían a unos cuantos familiares reanimados encerrados cuando salieron corriendo. Quizá la conmoción de las explosiones había debilitado las puertas o algo, porque salieron en tropel de la casa y se dieron de bruces con aquel pobre cabrón. La cámara de su arma lo grabó todo, cayó con el ángulo perfecto. Había cinco zombis, un hombre, una mujer y tres niños, y todos lo tenían inmovilizado de espaldas en el suelo; el hombre se había colocado sobre el pecho, mientras que los niños le sujetaban los brazos, intentando romperle el traje a mordiscos. La mujer le arrancó la máscara y pudimos ver claramente el terror que reflejaba la cara del soldado. Nunca olvidaré su chillido cuando ella le arrancó de un mordisco la barbilla y el labio inferior. «¡Están detrás de nosotros! —gritaba alguien—. ¡Están saliendo de las casas! ¡Se ha roto la línea de defensa! ¡Están por todas partes!» De repente, la imagen se oscureció, cortada desde el exterior y la voz, la voz mayor, regresó, ordenando: «¡Salid de la red!». Se notaba que intentaba con todas sus fuerzas mantener la calma; entonces, perdimos la conexión.

Seguro que tardaron más de unos segundos, no podía ser de otra manera, aunque ya hubiesen estado flotando sobre nosotros, pero dio la impresión de que, justo cuando se cortaron las comunicaciones, el cielo se llenó de ruidosos JSF*. No los vi soltar su carga porque estaba en el fondo de mi trinchera, maldiciendo al ejército, a Dios y a mis propias manos por no cavar más deprisa. El suelo tembló y el cielo se puso muy oscuro; había escombros por todas partes, tierra, ceniza y cosas ardiendo que volaban por encima de mi cabeza. Sentí que algo me golpeaba entre los omóplatos, algo blando y pesado. Rodé para volverme, y descubrí que eran una cabeza y un torso achicharrados, echando humo ¡y todavía intentando morder! Le di una patada y salí como pude del agujero unos segundos antes de que cayese la última JSOW**.

Me encontré contemplando una nube de humo negro que

---

* JSF: *Joint Strike Fighters* (cazas de la fuerza conjunta).
** JSOW: *Joint Standoff Weapon*, un tipo de bomba inteligente aire-tierra.

ocupaba el lugar en el que había estado la horda. La autopista, las casas..., todo quedaba cubierto por aquella nube de medianoche. Recuerdo vagamente a otros tíos que salían de sus trincheras, las escotillas de los tanques y Bradleys abriéndose, y todos mirando a la oscuridad. Se produjo un silencio, una calma que, en mi cerebro, duró varias horas.

Entonces llegaron, salieron de la niebla como en la maldita pesadilla de un crío. Algunos echaban humo, otros seguían ardiendo..., unos caminaban, otros se arrastraban, otros se impulsaban por el suelo apoyándose en los vientres reventados..., aproximadamente uno de cada veinte podía moverse, lo que nos dejaba..., mierda, ¿un par de miles? Y, detrás, uniéndose a sus filas y empujando hacia nosotros, ¡el millón restante que el ataque aéreo no había ni tocado!

Fue cuando nuestras filas se rompieron. No lo recuerdo todo seguido, sino como en ráfagas: gente corriendo, gruñidos, periodistas. Recuerdo a un reportero con un enorme mostacho a lo Sam Bigotes intentando sacar una Beretta del chaleco antes de que tres emes ardiendo lo derribaran... Recuerdo a un tipo forzando la puerta de una furgoneta de las noticias, saltando al interior, sacando a una bonita periodista rubia e intentando alejarse conduciendo hasta que un tanque los aplastó a los dos. Dos helicópteros de las noticias se chocaron y nos bañaron con su propia lluvia de acero. El piloto de un Comanche..., un valiente de puta madre..., intentó utilizar su rotor para destrozar a los monstruos que se acercaban. La hoja abrió un camino en la masa de criaturas antes de topar con un coche y salir lanzado hacia el súper. Disparos..., disparos al azar, a lo loco... Uno me dio en el esternón, en la placa central de mi traje blindado, y sentí como si me hubiese estrellado contra una pared, aunque no me estaba moviendo. Me caí de culo, no podía respirar, y, entonces, algún capullo lanzó una granada lumínica de aturdimiento justo delante de mí.

El mundo se volvió blanco, me pitaban los oídos. Me quedé paralizado..., unas manos me cogían, me agarraban por los brazos; pataleé y golpeé, sentí humedad y calor en la entrepierna. Grité, pero no podía oír mi voz; más manos, unas manos fuertes, intentaban llevarme a alguna parte. Yo seguí pataleando, retorciéndome, maldiciendo y llorando... hasta que, de repente, alguien me dio un puñetazo en la mandíbula. Aunque no me dejó sin conocimiento, me relajé, porque sabía que aquellos eran mis compañeros: los zetas no dan puñetazos. Me arrastraron hasta el Bradley más cercano y la visión se me aclaró lo suficiente para ver que la línea de luz se desvanecía al cerrarse la escotilla.

[Va a coger otro Q, pero se arrepiente.]

Sé que a los historiadores «profesionales» les gusta hablar de que Yonkers supuso un «fallo catastrófico del aparato militar moderno», que demostró el viejo refrán de que los ejércitos perfeccionan el arte de luchar en la última guerra justo a tiempo para la siguiente. Personalmente, creo que todo eso es pura mierda. Sí, no estábamos lo bastante preparados; nuestras herramientas, nuestra formación, todo lo que le he contado, era puro oro macizo de primera clase; pero las armas que realmente fallaron no fueron las que salieron de las cadenas de montaje. Es algo tan viejo como..., no sé, supongo que tan viejo como la guerra. Es el miedo, tío, sólo el miedo, y no tienes que ser el puto Sun Tzu para saber que la verdadera batalla no consiste en matar, ni siquiera en herir al otro, sino en asustarlo lo suficiente para que lo deje. Acabar con la moral del contrario, eso es lo que intenta cualquier ejército que quiera triunfar, desde las tribus que se pintan la cara y las guerras relámpago a... ¿cómo llamamos a nuestro primer asalto en la Segunda

Guerra del Golfo, «Shock and Awe»?*¡Es un nombre perfecto! ¿Y qué pasa si el enemigo no se deja impresionar? No es que no lo haga conscientemente, ¡es que es un impedimento biológico! Eso pasó aquel día a las afueras de la ciudad de Nueva York, ése es el fallo que casi nos costó toda la maldita guerra: el hecho de que no pudiéramos asustar a los zetas estuvo a punto de volverse contra nosotros y de hecho, ¡permitió que los zetas nos asustaran a nosotros! ¡No tienen miedo! Da igual lo que hagamos, da igual a cuántos matemos: ¡nunca, nunca se asustarán!

Se suponía que la batalla de Yonkers devolvería la confianza a los estadounidenses y sin embargo, prácticamente enviamos el mensaje de que se despidieran del mundo. De no ser por el plan sudafricano, estoy seguro de que ahora mismo estaríamos todos arrastrando los pies y gimiendo.

Lo último que recuerdo es que el Bradley salía volando como un coche de Hot Wheels. No sé dónde fue la explosión, pero supongo que tuvo que ser cerca. Si hubiese seguido en la calle, expuesto, no lo estaría contando.

¿Alguna vez ha visto los efectos de un arma termobárica? ¿Alguna vez le ha preguntado por ellas a alguien con estrellas en los hombros? Me apuesto los huevos a que nunca le contarán toda la historia. Oirá hablar de calor y presión, de la bola de fuego que sigue expandiéndose, estallando y, literalmente, aplastando y quemando todo lo que se encuentre a su paso. Calor y presión, eso significa termobárico. Suena bastante desagradable, ¿verdad? Lo que no le contarán son las secuelas inmediatas, el vacío creado cuando esa bola de fuego se contrae de repente. Cualquier persona que haya quedado viva notará cómo le succionan el aire de los pulmones, o (y esto sí que no lo reconocerán ante nadie), verá que se le salen los pulmones por la boca. Obviamente, nadie

---

* Shock and Awe: *Sorpresa y conmoción.*

va a vivir lo suficiente para contar esa historia de terror, y quizá por eso el Pentágono lo ha logrado tapar tan bien. De todos modos, si alguna vez se encuentra con una foto de un eme, o incluso con un espécimen activo, y ve que tiene tanto los pulmones como la tráquea colgándole de los labios, asegúrese de darle mi número de teléfono. Siempre estoy dispuesto a conocer a otro veterano de Yonkers.

El momento decisivo

Robben Island
(provincia de Ciudad del Cabo,
Estados Unidos de Sudáfrica)

[Xolelwa Azania me recibe desde su escritorio
y me invita a que le cambie el sitio, de modo
que pueda disfrutar de la fresca brisa marina
que entra por la ventana. Se disculpa por el
«desorden» e insiste en apartar las notas de la
mesa antes de proseguir. El señor Azania va
por el tercer volumen de *Puño arco iris: Sudáfrica en guerra*. Da la casualidad de que este
volumen trata sobre el tema del que hablamos,
el periodo fundamental en la lucha contra los
muertos vivientes, el momento en que su país
logró apartarse del borde del abismo.]

Desapasionado, una palabra muy mundana para describir a
una de las figuras más controvertidas de la historia. Algunos
lo veneran como a un salvador, mientras que otros lo consi-
deran un monstruo; en cualquier caso, si alguna vez conoce
a Paul Redeker, si alguna vez charla con él sobre su visión
del mundo y de los problemas o, lo que es más importante,
las soluciones a los problemas que acosan al mundo, seguramente la palabra que más se aferre a su imagen de ese
hombre es desapasionado.

Paul siempre creyó, bueno, quizá no siempre, pero, al
menos durante su vida adulta, creyó que el defecto fundamental de la humanidad era la emoción. Decía que el corazón sólo debía existir para bombear sangre al cerebro, que

lo demás era una pérdida de tiempo y energía. Todos sus trabajos en la universidad analizaban soluciones alternativas a dilemas históricos y sociales, y eso fue lo que primero llamó la atención del gobierno del *apartheid*. Muchos psicobiógrafos han intentado etiquetarlo de racista, aunque, en sus propias palabras: «El racismo es una consecuencia lamentable de una emoción irracional». Hay quienes afirman que para que un racista odie a un grupo debe al menos sentir amor por otro. Redeker creía que tanto el amor como el odio eran irrelevantes; para él eran «impedimentos de la condición humana» y, de nuevo en sus propias palabras, «imagínense lo que podría lograrse si la raza humana consiguiese librarse de su humanidad». ¿Malvado? La mayoría le daría ese calificativo, mientras que los demás, sobre todo el pequeño cuadro que ostentaba el poder en Pretoria, lo consideraban una «fuente inestimable de intelecto liberal».

Eran principios de los ochenta, un momento decisivo para el gobierno del *apartheid*. El país estaba tumbado en una cama de clavos; teníamos el ANC, el Partido de la Libertad Inkatha, incluso los elementos de extrema derecha de la población afrikáner, que estaban deseando una sublevación abierta para que llegase un enfrentamiento racial definitivo. En la frontera, Sudáfrica sólo se enfrentaba a naciones hostiles, y, en el caso de Angola, a una guerra civil respaldada por los soviéticos y alentada por Cuba. Si se añade a esta mezcla un creciente aislamiento de las democracias occidentales (que incluía un embargo de armas crítico), no resulta sorprendente que la idea de un último recurso para la supervivencia estuviese siempre presente en la cabeza de los pretorianos.

Por eso recabaron la ayuda del señor Redeker para que revisara el ultrasecreto Plan Naranja del gobierno. El Plan Naranja existía desde que el gobierno del *apartheid* llegó al poder en 1948. Era el peor escenario posible para la minoría blanca del país, el plan para enfrentarse a una rebelión generalizada de la población indígena africana. A lo largo de los años lo habían actualizado con las cambiantes perspectivas estratégicas de la región. Cada década, esa situación se volvía más y más siniestra; al multiplicarse la dependencia de los estados vecinos y también las voces reclamando libertad para la mayoría de la población, los de Pretoria se dieron cuenta de que un enfrentamiento total podría significar no sólo el fin del gobierno afrikáner, sino también de los afrikáneres.

Ahí es donde entra Redeker. Su Plan Naranja revisado, finalizado como se le pidió en 1984, era la estrategia definitiva de supervivencia para los afrikáneres; no se descartaba ninguna variable: número de población, terreno, recursos, logística... Redeker no sólo actualizó el plan para incluir las armas químicas de Cuba y la opción nuclear de su propio país, sino que también, y eso es lo que hizo del «Naranja Ochenta y Cuatro» un plan histórico, la decisión de qué afrikáneres salvar y cuáles sacrificar.

¿Sacrificar?

Redeker creía que intentar protegerlos a todos sería excesivo para los recursos del gobierno, y que eso condenaría al conjunto de la población. Lo comparó con los supervivientes de un barco hundido, que hacen zozobrar un bote salvavidas porque, simplemente, no tiene sitio para todos. Redeker había llegado a calcular quién debería «subir a bordo». Incluyó ingresos, coeficiente intelectual, fertilidad, una lista entera de «cualidades deseables», incluida la ubicación del sujeto con respecto a una posible zona de conflicto. «La primera víctima del conflicto tiene que ser nuestro sentimentalismo —decía la frase final de su propuesta—, porque su supervivencia significaría nuestra destrucción.»

El Naranja Ochenta y Cuatro era un plan genial: claro, lógico y eficaz; convirtió a Paul Redeker en uno de los hombres más odiados de Sudáfrica. Sus primeros enemigos fueron algunos de los afrikáneres más radicales y fundamentalistas, los ideólogos raciales y los ultrarreligiosos. Después, cuando cayó el *apartheid*, su nombre empezó a circular entre el resto de la población; por supuesto, lo invitaron a presentarse en las vistas de «Verdad y reconciliación» y, por supuesto, también lo rechazó. «No fingiré tener corazón sólo para salvar el pellejo —afirmó públicamente, a lo que añadió—: Da igual lo que haga, seguro que vendrán a por mí de todas formas.»

Y lo hicieron, aunque probablemente no como Redeker esperaba. Fue durante el Gran Pánico, que empezó varias semanas antes que el estadounidense. Redeker estaba escondido en la cabaña de Drakensberg que había comprado con sus ganancias como asesor de empresas. Le gustaban los negocios, ya sabe, «un objetivo y nada de sentimientos», como solía decir. No le sorprendió que su puerta saliera volando y apareciesen unos agentes de la Agencia Nacional de Inteligencia. Le pidieron que confirmara su nombre, su identidad y sus actividades en el pasado. Le preguntaron sin rodeos si era el autor del Plan Naranja Ochenta y Cuatro. Él respondió sin emoción, como es natural; sospechaba y aceptaba que aquella intrusión era un asesinato de última hora para vengarse de él, que el mundo se iba al infierno y que habían decidido aprovechar para llevarse por delante a algunos cuantos «demonios del *apartheid*». Lo que nunca habría predicho era que, de repente, los agentes bajaran las armas y se quitaran las máscaras de gas. Eran de todos los colores: negros, asiáticos, mulatos, e incluso un hombre blanco, un afrikáner alto que dio un paso adelante y, sin ofrecer su nombre ni su rango, le preguntó abruptamente: «Tienes un plan para esto, ¿verdad, tío?».

De hecho, Redeker sí que tenía un plan, había estado trabajando en la solución a la epidemia de los muertos vivientes él solo. ¿Qué otra cosa podía hacer en su escondite aislado? Había sido un ejercicio intelectual, nunca había creído que quedase nadie vivo para leerlo. No tenía nombre, como explicó después, «porque los nombres sólo existen para distinguir a unos de otros», y, hasta aquel momento, no había ningún otro plan como el suyo. De nuevo, Redeker lo había tenido todo en cuenta, no sólo la situación estratégica del país, sino también la fisiología, el comportamiento y la «doctrina de combate» de los zombis. Aunque puede consultar todos los detalles del Plan Redeker en cualquier biblioteca pública del mundo, le puedo comentar algunos de los puntos esenciales.

En primer lugar, no era posible salvar a todo el mundo, porque el brote estaba muy avanzado. Las fuerzas armadas estaban demasiado debilitadas para aislar la amenaza de forma eficaz y, al estar tan repartidas por todo el país, se debilitarían más con cada día que pasara. Nuestras fuerzas tenían que fusionarse, que retirarse a una zona segura especial donde, con suerte, contarían con la ayuda de algunos obstáculos naturales, tales como montañas, ríos o incluso una isla cercana a la costa. Una vez concentradas en esta zona, las fuerzas armadas podrían erradicar la plaga dentro de esas fronteras y después utilizar los recursos disponibles para defenderlas de los ataques de los muertos vivientes. Aquélla era la primera parte del plan y parecía tener tanto sentido como cualquier retirada militar convencional.

La segunda parte del plan trataba de la evacuación de los civiles, y era algo que sólo Redeker podría haber diseñado. En su cabeza, sólo una pequeña fracción de la población civil podría evacuarse a la zona segura. Aquella gente se salvaría no sólo para proporcionar mano de obra para una posterior recuperación económica de guerra, sino también para conservar la legitimidad y estabilidad del gobierno, para probar a los que ya estaban dentro de la zona que sus líderes «se preocupaban por ellos».

Había otra razón para aquella evacuación parcial, una eminentemente lógica e insidiosamente oscura que, según creen muchos, le proporcionará a Redeker el pedestal más alto en el panteón del infierno. Los que se dejasen atrás debían ser conducidos a unas zonas aisladas especiales: serían el cebo humano que distrajese a los zombis para que no siguiesen al ejército en retirada hasta la zona segura. Redeker afirmaba que aquellos refugiados sanos y aislados debían permanecer vivos, bien defendidos e incluso reabastecidos, si era posible, para que las hordas de zombis no se movieran de allí. ¿Entiende ahora porque era tanto un genio como un demonio? Debían mantener prisionera a la gente porque «cada zombi que esté ocupado asediando a dichos supervivientes será un zombi menos que se lance contra nuestras defensas». Cuando dijo aquello, el agente afrikáner miró a Redeker, se persignó y dijo: «Que Dios te perdone, tío». Otro añadió: «Que Dios nos perdone a todos. —Este último era el hombre negro, que parecía estar a cargo de la operación—. Ahora, saquémoslo de aquí».

Al cabo de pocos minutos partieron en un helicóptero hacia Kimberley, la misma base subterránea en la que Redeker había escrito el Plan Naranja Ochenta y Cuatro original. Lo metieron en una reunión en la que estaban los supervivientes del gabinete del presidente, y allí se leyó en voz alta su informe. Imagínese el escándalo, y el que más alto hablaba era el ministro de Defensa, un zulú feroz que prefería luchar en las calles antes que esconderse en un búnker.

El vicepresidente estaba más preocupado por las relaciones públicas; no quería ni pensar en lo que pasaría con su trasero si aquel plan llegaba a oídos de la población.

El presidente parecía sentirse insultado por Redeker. Agarró por las solapas al ministro de Seguridad y le exigió saber por qué demonios le habían llevado a aquel demente criminal de guerra del *apartheid*.

El ministro tartamudeó que no entendía por qué el presidente se enfadaba tanto, sobre todo cuando había sido él mismo el que había dado orden de encontrar a Redeker.

El presidente alzó los brazos y gritó que nunca había dado tal orden y, entonces, una voz débil surgió de algún punto de la habitación y dijo: «Fui yo».

Estaba sentado al fondo, con la espalda contra la pared, pero se levantó, encorvado por la edad, y, aunque necesitaba la ayuda de sus bastones, tenía el mismo espíritu fuerte y vital de siempre. El viejo estadista, el padre de nuestra democracia, el hombre cuyo nombre de nacimiento era Rolihlahla, traducido por algunos simplemente como el Agitador. Al levantarse, todos los demás se sentaron, todos salvo Paul Redeker. El anciano lo miró a los ojos, sonrió entornando los suyos con aquella expresión conocida en todo el mundo, y dijo: «Molo, mhlobo wam». Significaba: «Bienvenido, persona de mi región». Se acercó lentamente a Paul, se volvió hacia el gobierno de Sudáfrica, cogió las páginas que sostenía la mano del afrikáner y anunció, con una voz que, súbitamente, parecía fuerte y juvenil: «Este plan salvará a nuestra gente. —Después, haciéndole un gesto a Paul, añadió—: Este hombre salvará a nuestra gente». Y entonces llegó el momento, el momento sobre el que, seguramente, los historiadores seguirán debatiendo hasta que el tema se pierda en la memoria: el anciano abrazó al afrikáner blanco. Para cualquier otro, se hubiera tratado del típico abrazo de oso por el que aquel hombre era famoso, pero, para Paul Redeker... Sé que la mayoría de los psicobiógrafos siguen afirmando que era un hombre sin alma, ésa es la idea aceptada por todos. Paul Redeker: sin sentimientos, sin compasión, sin corazón. Sin embargo, uno de nuestros más venerados autores, el viejo amigo y biógrafo de Biko, postula que Redeker, en realidad, era un hombre profundamente sensible, demasiado sensible, de hecho, para la vida en la Sudáfrica del *apartheid*. Insiste en que la yihad contra la emoción a la que Redeker había dedicado toda la vida era la única forma de proteger su cordura del odio y la brutalidad que presenciaba todos los días. No se sabe mucho sobre la infancia de Redeker, ni siquiera si tenía padres, si lo crio el estado, si tenía amigos o algún ser querido. Los que lo conocían del trabajo tenían que esforzarse por recordar si lo habían visto en algún tipo de interacción social o acto físico que supusiera calor humano. El abrazo del padre de nuestra nación, aquella emoción genuina que atravesó su escudo impenetrable...

[Azania sonríe con timidez.]

Quizá sea demasiado sentimental. Por lo que sabemos, era un monstruo sin corazón y el abrazo del anciano no tuvo ningún efecto; lo que sí puedo decirle es que aquél fue el último día que vimos a Paul Redeker. Aun hoy, nadie sabe qué le ha pasado de verdad. Ahí fue cuando yo entré en escena, en esas semanas caóticas en las que se llevó a cabo el Plan Redeker en todo el país. Me costó convencerlos, por decirlo suavemente, pero, una vez los hube convencido de que había trabajado muchos años con Paul Redeker y, lo que es más importante, que entendía su forma de pensar mejor que ninguna otra persona viva en Sudáfrica, ¿cómo iban a negarse? Trabajé en la retirada y también después, durante los meses de reunión de las tropas, y allí estuve hasta el final de la guerra. Al menos, agradecieron mis servicios, ¿por qué si no me iban a proporcionar un alojamiento tan lujoso? [Sonríe.] Paul Redeker, ángel y demonio. Unos lo odian y otros lo veneran. En cuanto a mí, sólo me da lástima. Si sigue vivo, en algún lugar, espero de corazón que haya encontrado la paz.

[Después de recibir un abrazo de despedida de mi anfitrión, me conducen de vuelta a mi transbordador para llevarme al continente. Hay un gran dispositivo de seguridad en el punto donde entrego mi tarjeta de visitante. El alto guardia afrikáner me fotografía otra vez. «Cualquier precaución es poca, tío —me dice, pasándome el bolígrafo—. Hay mucha gente que quiere mandarlo al infierno.» Firmo junto a mi nombre, bajo el membrete de la Institución Psiquiátrica de Robben Island. Nombre del paciente que recibe la visita: Paul Redeker.]

ARMAGH (IRLANDA)

[Aunque no sea católico, Philip Adler se ha unido a la muchedumbre de visitantes del refugio de guerra del papa. «Mi mujer es bávara —me explica, en el bar de nuestro hotel—. Tenía que hacer el peregrinaje a la catedral de San Patricio.» Es la primera vez que sale de Alemania desde el final de la guerra. Nuestro encuentro es accidental, pero él no le pone pegas a que utilice la grabadora.]

Hamburgo estaba infestado. Había zombis por las calles, en los edificios, saliendo del Neuer Elbtunnel. Habíamos intentado bloquearlos con vehículos civiles, pero se metían por cualquier espacio abierto, como si fuesen gusanos hinchados y sanguinolentos. Los refugiados también estaban por todas partes; venían incluso de Sajonia, pensando que podrían escapar por mar. Hacía ya tiempo que los barcos se habían ido y el puerto era una locura. Teníamos a más de mil atrapados en el Reynolds Aluminiumwerk, y al menos tres veces más en la terminal de Eurokai; sin comida, ni agua potable, esperando ser rescatados, mientras los muertos se agolpaban en el exterior, aparte de los infectados que ya pudiera haber dentro.

El puerto estaba hasta arriba de cadáveres, aunque eran cadáveres que todavía se movían. Los habíamos empujado hacia el puerto con cañones de agua antidisturbios; así ahorrábamos munición y ayudábamos a mantener las calles vacías. Era una buena idea, hasta que cayó la presión de las bocas de incendios. Habíamos perdido a nuestro comandante dos días antes en un accidente absurdo. Uno de nuestros hombres le había dado a un zombi en la cabeza de un disparo, pero unos fragmentos de tejido cerebral muerto habían salido por el otro lado y se habían clavado en el hombro del coronel. Una locura, ¿verdad? Me pasó el mando del sector antes de morir; mi primera labor como oficial fue matarlo.

Había establecido nuestro puesto de mando en el Renaissance Hotel. Era un lugar decente, buenos campos de tiro con el suficiente espacio para alojar a nuestra unidad y a varios cientos de refugiados. Mis hombres, los que no estaban ocupados manteniendo las barricadas, intentaban realizar las mismas reformas en edificios similares. Con las carreteras bloqueadas y los trenes fuera de servicio, creí que lo mejor sería aislar a todos los civiles que pudiera. La ayuda llegaría, era sólo cuestión de tiempo.

Estaba a punto de organizar un destacamento para conseguir algunas armas cuerpo a cuerpo, porque estábamos escasos de munición, cuando llegó la orden de retirada. No era algo extraño, porque nuestra unidad había estado retirándose continuamente desde los primeros días del Pánico; lo que sí resultaba extraño era el punto de reunión. La división estaba usando coordenadas cartográficas por primera vez desde que empezaron los problemas, ya que, hasta entonces, habíamos empleado designaciones civiles en un canal abierto; así, los refugiados sabían dónde reunirse. Sin embargo, aquello era una transmisión en código de un mapa que no habíamos utilizado desde el final de la guerra fría. Tuve que comprobar las coordenadas tres veces para confirmarlas: nos llevaban a Shafstedt, justo al norte del Nord-Ostee Kanal. ¡Como si nos hubiesen mandado a la puta Dinamarca!

También recibimos órdenes estrictas de no mover a los civiles. Aún peor, ¡nos ordenaron no informarlos de nuestra partida! No tenía sentido, ¿querían que retrocediéramos hasta Schleswig-Holstein, pero dejando a los refugiados atrás? ¿Querían que los abandonásemos y saliésemos corriendo? Tenía que haber un error.

Pedí confirmación y la conseguí. La pedí otra vez; puede que tuvieran el mapa mal o que hubiesen cambiado de códigos sin decírnoslo (no habría sido su primer error).

De repente, me encontré hablando con el general Lang, el comandante de todo el Frente Norte. Le temblaba la voz, podía notarlo incluso con el ruido de fondo de los disparos. Me dijo que las órdenes no eran un error, que tenía que reunir lo que quedase de la guarnición de Hamburgo y dirigirme de inmediato al norte. «Esto no está pasando», me dije. Curioso, ¿no? Podía aceptar todo lo demás, el hecho de que hubiese gente muerta levantándose de la tumba para comerse el mundo; sin embargo, aquello..., seguir unas órdenes que indirectamente supondrían un asesinato en masa...

En fin, aunque soy un buen soldado, también soy alemán occidental. ¿Entiende la diferencia? A los orientales les dijeron que no eran responsables de las atrocidades de la Segunda Guerra Mundial, que, como buenos comunistas, eran tan víctimas de Hitler como todos los demás. ¿Entiende por qué los cabezas rapadas y los protofascistas estaban principalmente en el este? No sentían la responsabilidad por el pasado, no como los que estábamos en el oeste; a nosotros nos habían enseñado desde pequeños que, aunque llevásemos uniforme, nuestro primer deber era para con nuestra conciencia, daba igual a qué coste. Así es como me criaron, así es como respondía. Le dije a Lang que mi conciencia no me permitía obedecer aquella orden, que no podía dejar a aquellas personas sin protección. Al oírlo, el comandante estalló, me dijo que iba a obedecerlo si no quería que yo y, lo que era más importante, mis hombres, fuésemos acusados de traición y procesados con «eficiencia rusa». «A esto hemos llegado», pensé. Todos habíamos oído lo ocurrido en Rusia: los motines, las crisis, los diezmos. Miré a mi alrededor para contemplar a aquellos chicos de dieciocho y diecinueve años, todos cansados, asustados y luchando por sobrevivir. No pude hacerlo; di la orden de retirada.

¿Cómo se lo tomaron?

No hubo quejas, o, al menos, no se quejaron delante de mí. Se pelearon un poco entre ellos, pero fingí no darme cuenta. Cumplieron su deber.

¿Y los civiles?

[Pausa.] Tuvimos lo que nos merecíamos. «¿Adónde vais?», nos gritaban desde los edificios. «¡Volved, cobardes!» Intenté responder, les dije que volveríamos a por ellos. «Volveremos mañana con más hombres, quedaos donde estáis, volveremos mañana.» No me creyeron. «¡Puto mentiroso! —oí gritar a una mujer—. ¡Vas a dejar que mi bebé se muera!»

La mayoría no intentó seguirnos porque les preocupaban demasiado los zombis de las calles. Unos cuantos valientes se agarraron a nuestros vehículos acorazados para el transporte de tropas e intentaron entrar por las escotillas, pero nos los sacudimos de encima. Tuvimos que taparnos bien, porque los que estaban atrapados en los edificios empezaron a tirarnos cosas: lámparas, muebles, de todo. A uno de mis hombres le dio un cubo lleno de excrementos humanos. Oí que una bala rebotaba en la escotilla de mi Marder.

Cuando salíamos de la ciudad, pasamos por delante de la última de nuestras Unidades de Estabilización de Reacción Rápida. Los habían vapuleado bien a principios de aquella semana. Aunque entonces no lo sabía, eran una de las unidades clasificadas como prescindibles; les habían ordenado cubrir nuestra retirada para evitar que nos siguieran demasiados zombis o refugiados, y sus instrucciones decían que tenían que resistir hasta el final.

Su comandante estaba de pie en la cúpula de su Leopard. Yo lo conocía, habíamos servido juntos como parte de la fuerza multinacional de la OTAN en Bosnia. Puede que resulte melodramático decir que me salvó la vida, pero sí que recibió una bala serbia que, sin duda, iba dirigida a mí. Lo había visto por última vez en un hospital de Sarajevo, bromeando sobre lo bueno que era salir de aquella casa de locos que los nativos llamaban país. Y allí estábamos, pasando por aquella *autobahn* destrozada en el corazón de nuestra patria. Nos miramos a los ojos, intercambiamos saludos, y yo me volví a meter en el vehículo de transporte y fingí examinar el mapa para que el conductor no viese mis lágrimas. «Cuando regresemos —me dije—, voy a matar a ese hijo de puta.»

¿Al general Lang?

Lo tenía todo pensado: intentaría no parecer enfadado para que no sospechase nada; entregaría mi informe y me disculparía por mi comportamiento; puede que quisiera darme una charlita para darme ánimos e intentar explicar o justificar nuestra retirada, así que sería paciente y escucharía para que se relajase; entonces, cuando se levantase para darme la mano, sacaría mi arma y desparramaría sus sesos orientales por el mapa de lo que solía ser nuestro país. Quizá estuviese allí todo su personal, todos los demás hombrecillos de paja que no hacían más que «seguir órdenes». ¡Acabaría con todos antes de que me derribasen! Iba a ser perfecto, no pensaba ir como un borrego al infierno, no era uno de los soldaditos de las Hitler Jugend. Les demostraría a él y a todos lo que significaba ser un verdadero Deutsche Soldat.

Pero eso no es lo que pasó, ¿verdad?

No. Conseguí entrar en el despacho del general Lang. Fuimos la última unidad en cruzar el canal, y él se había esperado hasta ese momento. En cuanto llegó el informe, se sentó en su escritorio, firmó unas cuantas órdenes finales, dejó preparada y sellada una carta para su familia y se metió una bala en el cerebro.

Cabrón. Lo odio más ahora que cuando estaba en la carretera saliendo de Hamburgo.

¿Por qué?

Porque ahora entiendo por qué hicimos lo que hicimos, los detalles del Plan Prochnow*.

¿Y saberlo no hizo que lo comprendiera mejor?

¿Me toma el pelo? ¡Justamente por eso lo odio! Sabía que aquello no era más que el primer paso de una larga guerra y que íbamos a necesitar a hombres como él para ganarla. Puto cobarde. ¿Recuerda lo que le dije sobre tener un deber para con nuestra conciencia? No puedes culpar a los demás, ni al diseñador del plan, ni a tu comandante, a nadie salvo a ti mismo. Tienes que tomar tus propias decisiones y vivir cada doloroso día con las consecuencias de las mismas. Él lo sabía, por eso nos abandonó, igual que abandonó a aquellos civiles: vio el camino que le quedaba por delante, un sendero de montaña escarpado y traicionero, y supo que tendríamos que subir a pie toda la pendiente arrastrando el peso de lo que habíamos hecho más abajo. No pudo hacerlo; simplemente, no pudo aguantar el peso.

Sanatorio de Veteranos Yevchenko (Odesa, Ucrania)

[La habitación no tiene ventanas, sino unas tenues bombillas fluorescentes que iluminan las paredes de hormigón y los camastros sin lavar. Los pacientes de este lugar sufren,

---

* La versión alemana del Plan Redeker.

principalmente, enfermedades respiratorias, muchas empeoradas por la falta de las medicinas necesarias. Aquí no hay médicos, y los enfermeros y auxiliares están tan saturados que no pueden hacer mucho por aliviar su sufrimiento. Al menos, la habitación está seca y caliente, y eso, teniendo en cuenta que estamos en el crudo invierno de este país, es un lujo incomparable. Bohdan Taras Kondratiuk se sienta en su cama, al final de la habitación. Como es un héroe de guerra, se ha ganado una sábana colgada del techo para darle privacidad. Tose en un pañuelo antes de hablar.]

Caos. No sé describirlo de otra forma; era una crisis total de organización, orden y control. Acabábamos de luchar en cuatro combates brutales: Luck, Rovno, Novograd y Zhitomir, la maldita Zhitomir. Mis hombres estaban exhaustos, ¿entiende? Lo que habían visto, lo que habían tenido que hacer, y sin dejar de retirarse, de realizar acciones de retaguardia, de correr... Todos los días oíamos que había caído otra ciudad, que se había cerrado otra carretera, que habían aplastado a otra unidad.

Se suponía que Kiev era segura, al otro lado de las líneas; se suponía que era el centro de nuestra nueva zona de seguridad, bien guardada, bien abastecida, tranquila. Pero ¿qué pasó cuando llegamos? ¿Tenía órdenes de descansar y recuperarnos? ¿De reparar los vehículos, reponer mi equipo, atender a los heridos? No, claro que no, ¿por qué iban a ser las cosas como debían ser? Nunca lo habían sido antes.

La zona de seguridad cambiaba de nuevo, esta vez se trasladaba a Crimea. El gobierno ya se había ido..., ya había huido..., a Sebastopol. El orden civil se había derrumbado;

estaban evacuando Kiev, y ésa era la labor del ejército, o de lo que quedaba de él.

Nuestra compañía recibió órdenes de supervisar la ruta de escape en el puente Patona. Era el primer puente del mundo realizado por completo mediante soldadura eléctrica y muchos extranjeros solían comparar tal logro con el de la Torre Eiffel. La ciudad había planeado un importante proyecto de restauración, con el sueño de renovar su gloria perdida pero, como todo lo demás en nuestro país, el sueño nunca se hizo realidad. Incluso antes de la crisis, el puente era una pesadilla de atascos de tráfico y, en aquel momento, estaba hasta arriba de evacuados. Aunque se suponía que estaba cerrado al tráfico rodado, ¿dónde estaban las barricadas prometidas, el hormigón y el acero que habría hecho que entrar a la fuerza resultara imposible? Había coches por todas partes, pequeños Lags y viejos Zhigs, unos cuantos Mercedes y un camión GAZ gigantesco colocado justo en el medio, ¡volcado de lado! Intentamos moverlo, rodear el eje con una cadena y tirar de él con uno de los tanques, pero no hubo manera. ¿Qué podíamos hacer?

Éramos un pelotón blindado, ¿entiende? Tanques, no policía militar; nunca vimos a la policía militar. A pesar de que nos aseguraron que estarían allí, nunca los vimos ni oímos hablar de ellos, ni tampoco el resto de las unidades que estaban en los otros puentes. Llamarlos unidades es un chiste, porque no eran más que grupos de hombres en uniforme, oficinistas y cocineros; cualquiera que tuviese relación con el ejército se encontró de repente a cargo del control del tráfico. Ninguno de nosotros estaba preparado para aquello, no estábamos entrenados para eso, ni equipados... ¿Dónde estaba el equipo de contención de disturbios que nos habían prometido? Los escudos, los trajes blindados... ¿Dónde estaba el cañón de agua? Nuestras órdenes eran «procesar» a todos los evacuados. Ya sabe, comprobar si alguno de ellos estaba infectado, pero ¿dónde estaban los malditos perros? ¿Cómo íbamos a buscar infectados si no teníamos perros? ¿Qué se suponía que debíamos hacer, examinar visualmente a cada refugiado? ¡Sí! Y eso es lo que nos ordenaron hacer. [Sacude la cabeza.] ¿De verdad pensaban que aquellos pobres miserables aterrados y frenéticos formarían una fila ordenada para que los desnudásemos y examinásemos cada centímetro de su piel, sabiendo que la muerte se acercaba por detrás y creyendo que la seguridad, una seguridad aparente, se encontraba a pocos metros de distancia? ¿Pensaban que los hombres se harían a un lado mientras examinábamos a sus esposas, a sus madres y a sus hijas pequeñas? ¿Se lo imagina? Y lo cierto es que lo intentamos, porque, ¿qué alternativa nos quedaba? Teníamos que separarlos si queríamos sobrevivir. ¿Qué sentido tiene intentar evacuar a la gente si sólo va a servir para que lleven la infección con ellos?

[Sacude la cabeza y se ríe sin ganas.] ¡Fue un desastre! Algunos se limitaron a negarse, otros intentaron salir corriendo o saltar al río. Se produjeron peleas. Muchos de mis hombres recibieron palizas, a tres los apuñalaron, a uno le disparó un abuelo asustado con un viejo Tokarev oxidado. Estoy seguro de que estaba muerto antes de llegar al agua.

Yo no estaba allí, ¿entiende? ¡Estaba en la radio, intentando pedir refuerzos! No dejaban de decirme que los refuerzos estaban de camino, que no decayésemos, que no nos desesperáramos, que estaban de camino.

Al otro lado del Dniper, Kiev ardía. Unas columnas de humo negro se elevaban sobre el centro de la ciudad. El viento venía hacia nosotros, y el hedor era horrible, a madera, goma y la peste de la carne quemada. No sabíamos lo lejos que estaban de nosotros, quizá a un kilómetro, quizá a menos. En la parte de arriba de la colina, el fuego había rodèado el monasterio; una maldita tragedia, porque allí, con sus altos muros y su ubicación estratégica, podríamos haber resistido, cualquier cadete de primer año podría haberlo convertido en una fortaleza inexpugnable: abastecer los sótanos, sellar las puertas y colocar francotiradores en las torres. Podrían haber protegido el puente... ¡joder, una eternidad!

Me pareció oír algo, un sonido que venía de la otra orilla... Ese sonido, ya sabe, cuando están todos juntos, cuando están cerca, ese... Incluso por encima de los gritos, las imprecaciones, las bocinas y los disparos lejanos de los francotiradores, reconocí el sonido.

[Intenta imitar su gemido, pero lo interrumpe una tos descontrolada. Se lleva el pañuelo a la cara y, cuando lo aparta, está lleno de sangre.]

Ese sonido fue lo que me apartó de la radio. Miré hacia la ciudad y algo me llamó la atención, algo que volaba sobre los tejados y se acercaba deprisa.

Los aviones a reacción pasaron como un rayo a la altura de las copas de los árboles. Eran cuatro, unos Sujoi 25, los llamábamos «grajos»; estaban cerca y volaban lo bastante bajo para identificarlos a simple vista. «¿Qué demonios? —pensé—. ¿Van a intentar cubrir la entrada del puente? ¿Quizá bombardear el área que tenemos detrás?» Había funcionado en Rovno, al menos durante unos minutos. Los grajos siguieron volando en círculos, como si confirmasen sus blancos, después bajaron mucho ¡y se dirigieron directos a nosotros! «¡Por todos los santos —pensé—, van a bombardear el puente!» ¡Daban por perdida la evacuación y pensaban matar a todo el mundo!

«¡Salid del puente! —empecé a gritar—. ¡Que todo el

mundo salga del puente!» El pánico cundió entre la multitud, se veía como una ola, como una corriente eléctrica.
La gente empezó a gritar, a intentar empujar hacia delante,
hacia atrás, unos contra otros; docenas de personas se tiraban al agua con ropas y zapatos pesados que no les permitían nadar.

Yo estaba tirando de la gente, diciéndoles que corriesen.
Vi cómo soltaban las bombas y pensé que quizá pudiera
apartarme en el último momento, protegerme de algún
modo del estallido. Entonces se abrieron los paracaídas,
y lo supe; en una fracción de segundo me levanté y salí
corriendo como un conejo asustado: «¡Dentro de los tanques! —gritaba—. ¡Dentro de los tanques!». Salté sobre el
que tenía más cerca, cerré la escotilla y ordené a mis hombres que comprobasen los cierres herméticos. El tanque era
un T-72 obsoleto. No podíamos saber si el sistema de sobre-
presión todavía funcionaba porque no lo habían probado
desde hacía años. Sólo podíamos esperar y rezar, encogidos
en nuestro ataúd de acero. El artillero lloraba; el conductor
estaba paralizado; el comandante, un sargento novato de
sólo veinte años, estaba hecho una bola en el suelo, agarrado a la crucecita que llevaba al cuello. Le puse una mano
en la cabeza y le aseguré que todo iría bien, mientras mantenía los ojos pegados al periscopio.

El RVX no empieza siendo un gas, ¿sabe? Cae en forma
de lluvia: diminutas gotitas aceitosas que se pegan a todo
lo que tocan. Entra por los poros, los ojos, los pulmones,
y, según la dosis, los efectos pueden ser instantáneos. Veía
cómo las extremidades de los evacuados empezaban a tem-
blar, cómo dejaban caer los brazos conforme el agente químico se abría paso por su sistema nervioso central. Se res-
tregaban los ojos, intentaban hablar, moverse o respirar; me
alegraba no poder oler el contenido de su ropa interior, la
súbita descarga de la vejiga y los intestinos.

¿Por qué lo hacían? No podía entenderlo. ¿Es que el alto mando no sabía que las armas químicas no tenían efecto en los muertos vivientes? ¿Es que no habían aprendido nada de Zhitomir?

El primer cadáver que se movió fue el de una mujer, sólo un segundo o así antes que el resto, una mano que se sacudía y agarraba la espalda de un hombre que parecía haber intentado protegerla con su cuerpo. Él cayó al suelo mientras ella se erguía sobre unas piernas vacilantes; tenía la cara llena de manchas y cubierta de venas ennegrecidas. Creo que ella me vio, o que vio nuestro tanque, porque abrió la boca y levantó los brazos. Vi que los demás también cobraban vida, una cada cuarenta o cincuenta personas, todos los que habían sido mordidos y habían intentado esconderlo.

Y entonces lo comprendí: sí, habían aprendido de Zhitomir y habían encontrado un uso mejor para sus viejos arsenales de la guerra fría. ¿Cómo separar de forma eficaz a los infectados de los demás? ¿Cómo evitar que los refugiados propagasen la infección más allá de las líneas de defensa? Aquélla era una de las formas.

Empezaban a reanimarse del todo, lograban volver a levantarse y arrastraban los pies lentamente por el puente hacia nosotros. Llamé al artillero, que apenas pudo tartamudear una respuesta, así que le di una patada en la espalda y le ladré la orden de apuntar a los objetivos. Aunque tardó unos segundos, utilizó el retículo para apuntar a la primera mujer y apretó el gatillo. Me tapé los oídos mientras el Coax tronaba. Los otros tanques nos imitaron.

Veinte minutos después, todo había terminado. Sé que debería haber esperado órdenes, o, al menos, informar sobre nuestro estado o los efectos del ataque. Veía otros seis grajos más en el aire, cinco en dirección a los otros puentes y el último en dirección al centro de la ciudad. Ordené a nuestra compañía que se retirase, que se dirigiese al sudoeste y siguiese avanzando. Había muchos cadáveres a nuestro alrededor, los que acababan de subir al puente antes de que llegase el gas. Reventaban al pasar por encima de ellos.

¿Ha estado en el Complejo del Museo de la Gran Guerra Patriótica? Era uno de los edificios más impresionantes de Kiev. El patio estaba lleno de máquinas: tanques y pistolas de todas los tamaños y clases, desde la Revolución hasta la actualidad. Había dos tanques enfrentados en la entrada del museo; ahora están decorados con dibujos coloridos, y los niños pueden subirse a ellos y jugar. Allí tenían una Cruz de Hierro de un metro por cada lado, hecha con los cientos de Cruces de Hierro reales recogidas de los cadáveres de los soldados alemanes muertos. También había un mural que iba del suelo al techo en el que se mostraba una gran batalla: nuestros soldados estaban todos conectados por una hirviente ola de fuerza y valor que caía sobre los alemanes y los expulsaba de nuestro país. Tantos símbolos de nuestra defensa nacional y ninguno era tan espectacular como la estatua de Rodina Mat, la madre patria; se trataba del edificio más alto de la ciudad, una obra maestra de más de sesenta metros de puro acero inoxidable. Fue lo último que vi de Kiev: su escudo y su espada sostenidos en alto para demostrar su eterno triunfo, aquellos ojos fríos y brillantes observándonos en nuestra huida.

Parque Natural Provincial de Sand Lakes (Manitoba, Canadá)

[Jesika Hendricks abarca con un gesto la extensión de páramo subártico. En vez de belleza natural, ahora hay escombros: vehícu-

los abandonados, deshechos y cadáveres per-
manecen parcialmente helados entre la nieve
y el hielo de color gris. Nacida en Waukesha
(Wisconsin), Jesika, ahora ciudadana canadiense, forma parte del Proyecto de Restauración de la Naturaleza de esta región. Junto con
otros cientos de voluntarios, viene aquí todos
los veranos desde el cierre oficial de las hostilidades. Aunque el Proyecto afirma haber realizado avances sustanciales, nadie ve un final
cercano.]

No culpo al gobierno, a la gente que, en teoría, debería
habernos protegido. Desde un punto de vista objetivo,
supongo que lo entiendo; no podían dejar que todos siguieran al ejército al oeste, detrás de las Montañas Rocosas.
¿Cómo iban a alimentarnos a todos, cómo iban a exami-
narnos y cómo habrían detenido a los ejércitos de muertos vivientes que, sin duda, nos habrían seguido? Entiendo
por qué querían desviar hacia el norte a todos los refugiados que pudiesen. ¿Qué otra cosa iban a hacer? ¿Detener-
nos en las Rocosas con tropas armadas? ¿Gasearnos, como
hicieron los ucranianos? Al menos, si íbamos hacia el norte,
tendríamos una oportunidad. Cuando bajasen las temperaturas y los zombis se congelasen, algunos podríamos sobrevivir. Eso es lo que estaba pasando en el resto del mundo: la
gente huía hacia el norte para seguir viva hasta que llegase
el invierno. No, no los culpo por querer desviarnos, eso se
lo puedo perdonar, pero que lo hicieran de forma tan irres-
ponsable, que no ofreciesen una información esencial que
podría haber ayudado a muchos a salvar la vida..., eso no se
lo perdonaré nunca.

Era agosto, dos semanas después de Yonkers y sólo tres
días después de que el gobierno decidiera retirarse al oeste.

No habíamos tenido muchos brotes en nuestro barrio, yo sólo había visto uno, un grupo de seis alimentándose de un sin techo; los polis habían acabado con ellos rápidamente. Pasó a tres manzanas de nuestra casa, y eso fue lo que hizo que mi padre decidiese huir.

Estábamos en el salón; mi padre estaba aprendiendo cómo cargar su nuevo fusil, mientras mi madre terminaba de clavar tablas en las ventanas. No se podía encontrar un canal de televisión en el que no se dieran noticias de los zombis, ya fuesen imágenes en directo o grabaciones de Yonkers. Ahora, al mirar atrás, no acabo de creerme lo poco profesionales que fueron los medios de comunicación. Tanto dar vueltas y tan pocos hechos probados... Todas aquellas gotitas de información digerible, ofrecidas por un ejército de supuestos expertos que se contradecían entre sí, preocupados por resultar más sorprendentes y enterados que los demás. Era todo muy confuso, nadie parecía saber qué hacer; lo único en lo que estaban todos de acuerdo era en que los ciudadanos debían «ir al norte». Como los zombis se quedaban congelados, el frío extremo era nuestra única esperanza. Eso es lo único que oíamos; nada de instrucciones sobre a qué parte del «norte» ir, ni qué llevar con nosotros, ni cómo sobrevivir: sólo aquella maldita frase de moda que decían todos los presentadores y que aparecía una y otra vez en los rótulos del fondo de la pantalla de la tele: «Vayan al norte. Vayan al norte. Vayan al norte».

«Se acabó —dijo mi padre—: saldremos de aquí esta noche y nos dirigiremos al norte.» Le dio una palmadita a su fusil, intentando parecer decidido, pero no había tocado una pistola en toda su vida. Era un caballero en el sentido tradicional del término, un hombre con nobleza y generosidad: bajito, calvo, con una cara regordeta que se ponía roja cuando reía, el rey de los chistes malos y las agudezas cursis. Siempre tenía algo para ti, ya fuera un cumplido, una sonrisa o un pequeño aumento de mi paga que se suponía que mi madre no debía saber. Era el *poli* bueno de la familia y dejaba todas las decisiones importantes a mi madre.

En aquel momento, mi madre intentó discutir con él, hacerlo entrar en razón. Vivíamos por encima del límite de la cota de nieve, teníamos todo lo que necesitábamos. ¿Por qué enfrentarnos a lo desconocido, cuando podíamos abastecernos bien, seguir fortificando la casa y esperar a que cayese la primera helada? Pero él no la escuchaba. ¡Podíamos estar muertos para cuando llegase el otoño! ¡Podíamos estar muertos en menos de una semana! Estaba inmerso en el Gran Pánico; nos dijo que sería como una gran acampada, que nos alimentaríamos de hamburguesas de alce y bayas silvestres. Me prometió enseñarme a pescar y me preguntó el nombre que le daría a mi conejo cuando lo cazara para tenerlo de mascota. Había vivido en Waukesha toda la vida; nunca había salido de acampada.

[Me enseña algo en el hielo, una colección de DVD rotos.]

Esto es lo que la gente se llevó: secadores de pelo, Game-Cubes, docenas de ordenadores portátiles. No creo que fueran tan estúpidos como para pensar que podrían usarlos, aunque puede que algunos sí. Creo que la mayoría temía perderlos, volver a casa después de seis meses y descubrir que habían saqueado sus hogares. Nosotros creíamos estar haciendo las maletas con bastante sentido común: ropa de invierno, utensilios de cocina, cosas del armario de las medicinas y toda la comida en lata que podíamos cargar. Parecía suficiente comida para un par de años; sin embargo, acabamos con la mitad antes de llegar. Eso no me preocupó, porque era como una aventura, la expedición al norte.

Todas esas historias que se oyen sobre las carreteras bloqueadas y la violencia no nos afectaron a nosotros, ya que estábamos en la primera oleada y la única gente que teníamos delante eran los canadienses, muchos de los cuales se habían ido hacía tiempo. Había mucho tráfico en la carretera, más coches de los que había visto nunca, pero todos se movían bastante deprisa, y sólo encontramos atascos cuando llegábamos a ciudades o parques.

¿Parques?

Parques, zonas de acampada, cualquier lugar en que la gente se detenía porque creía que ya había avanzado lo suficiente. Mi padre solía mirar a aquella gente y decir que eran imprudentes e irracionales. Decía que seguían estando demasiado cerca de los centros de población y que la única forma de lograrlo era irse lo más hacia el norte que pudiéramos. Mi madre siempre le discutía que no era culpa de ellos, que la mayoría se había quedado sin gasolina. «¿Y quién tiene la culpa de eso?», contestaba mi padre. Nosotros teníamos muchas latas de gasolina de repuesto en el techo del monovolumen. Mi padre había empezado a hacer acopio de ellas en los primeros días del Pánico. Habíamos pasado junto a muchos atascos que rodeaban estaciones de servicio, la mayoría de las cuales tenían unos carteles enormes que decían que no les quedaba más combustible. Mi padre pasaba por aquellos sitios a toda velocidad; pasaba a toda velocidad junto a muchas cosas: los coches parados que necesitaban cargar la batería y los autoestopistas que necesitaban que los llevasen. De ésos había muchos, algunos caminaban en fila junto a la carretera, con el aspecto que se les supone a los refugiados. De vez en cuando, un coche se detenía y recogía a un par de ellos, y, de repente, todos querían meterse dentro. «¿Ves en el lío en que se han metido?», decía mi padre.

Nosotros recogimos a una mujer que caminaba sola y tiraba de una de esas maletas con ruedas para aeropuertos. Parecía inofensiva, sola bajo la lluvia, y quizá por eso mis padres se detuvieron para recogerla. Se llamaba Patty y era de Winnipeg. No nos contó cómo había llegado hasta allí, aunque tampoco se lo preguntamos. Se sentía muy agradecida e intentó darles a mis padres todo el dinero que tenía, pero mi madre no se lo permitió y le prometió que la llevarían hasta donde fuésemos nosotros. Ella empezó a llorar y nos dios las gracias. Yo estaba muy orgullosa de que mis padres hubiesen hecho lo correcto, hasta que ella estornudó y sacó un pañuelo para sonarse la nariz. Hasta entonces había tenido la mano izquierda en el bolsillo, así que no habíamos visto que la tenía envuelta en una tela manchada de algo oscuro que parecía sangre. Ella se dio cuenta y, de repente, se puso nerviosa. Nos dijo que no nos preocupásemos, que se la había cortado por accidente, pero mi padre miró a mi madre y los dos permanecieron en silencio. No me miraron, no dijeron nada. Aquella noche me desperté cuando oí que se cerraba la puerta del asiento de atrás, cosa que no me pareció rara, porque siempre nos parábamos para hacer nuestras necesidades. Aunque siempre me despertaban y me preguntaban si tenía que ir, aquella vez no supe qué pasaba hasta que el monovolumen ya estaba en movimiento. Miré a mi alrededor, buscando a Patty, que ya no estaba. Les pregunté a mis padres qué le había pasado y ellos me contestaron que la habían dejado. Miré hacia atrás y me pareció distinguirla, un punto diminuto que disminuía de tamaño con cada segundo que pasaba. Me pareció que corría hacia nosotros, pero estaba tan cansada y desconcertada que no podía saberlo con certeza. Seguramente tampoco quería saberlo; procuré no enterarme de muchas cosas en aquel camino hacia el norte.

¿Cómo qué?

Como de los demás «autoestopistas», los que no corrían. No había muchos, porque, recuerde, estamos hablando de la primera oleada. Nos encontramos con media docena, como mucho, que vagaban por el centro de la carretera y levantaban las manos cuando nos acercábamos. Mi padre los rodeaba, y mi madre me decía que bajase la cabeza. Nunca los vi muy de cerca, porque apretaba la cara contra el asiento y cerraba los ojos; no quería verlos. Me ponía a pensar en hamburguesas de alce y bayas silvestres. Era como dirigirse a la Tierra Prometida; sabía que, cuando estuviésemos lo bastante lejos, todo iría bien.

Durante un tiempo, así fue; estábamos en un enorme campamento a la orilla de un lago, sin mucha gente alrededor, pero la suficiente para sentirnos seguros, ya sabe, por si aparecía algún muerto. Todos eran muy amables, emitíamos unas grandes vibraciones de alivio colectivo. Al principio, era como una fiesta: había enormes comidas al aire libre por las noches y la gente aportaba lo que había cazado o pescado, sobre todo pescado. Algunos tipos echaban dinamita al lago, se oía un estallido tremendo, y los peces salían flotando a la superficie. Nunca olvidaré aquellos sonidos, las explosiones y las sierras mecánicas cuando la gente cortaba árboles, o la música de las radios de los coches y los instrumentos que habían traído las familias. Cantábamos alrededor de las hogueras por las noches, unas hogueras gigantescas de troncos apilados.

Por aquel entonces, todavía teníamos árboles, antes de que apareciesen la segunda y tercera oleadas, y tuviéramos que empezar a quemar hojas, tocones y cualquier cosa que encontrásemos. El olor a plástico y goma se hizo muy desagradable; lo notabas en la boca y en el pelo. Para entonces ya no quedaban peces, ni nada que se pudiera cazar, pero nadie parecía preocupado, porque todos contaban con que los zombis se quedasen congelados en invierno.

Pero, cuando los zombis se congelasen, ¿cómo pensaban sobrevivir al invierno?

Buena pregunta. No creo que la mayoría pensase con tanta antelación. Quizá supusieran que las «autoridades» vendrían a rescatarnos, o que podrían hacer las maletas e irse a casa. Seguro que muchos no pensaban en nada que no fuera el día que les quedaba por delante, agradecidos por sentirse finalmente a salvo, seguros de que las cosas se resolverían solas. «Estaremos en casa antes de que te des cuenta —solían decir—. Todo acabará para Navidades.»

[Llama mi atención hacia otro objeto encerrado en el hielo, un saco de dormir de Bob Esponja. Es pequeño y está manchado de marrón.]

¿Para qué cree que está preparado esto, para el dormitorio caldeado de una fiesta de pijamas? Vale, quizá no lograran hacerse con un saco de verdad, porque las tiendas de cosas de acampada siempre son las primeras que lo venden todo o sufren saqueos, pero no se imagina lo poco que sabían algunas de estas personas. Muchas venían de los estados del sur y el suroeste de los Estados Unidos, incluso del sur de México. Los veías meterse en los sacos con las botas puestas, sin darse cuenta de que, en realidad, así bajaban su temperatura al liberar más calor corporal. Iban con unos abrigos enormes, con camisetas debajo; hacían un poco de esfuerzo físico, se sobrecalentaban y se quitaban el abrigo. Tenían el cuerpo cubierto de sudor y un montón de tela de algodón que guardaba la humedad; entonces llegaba la brisa... Mucha gente se puso enferma aquel primer septiembre: resfriados y gripe. Nos los pegaron a los demás.

Al principio, todos eran amables. Cooperábamos, intercambiábamos cosas, incluso comprábamos lo que necesitábamos a las demás familias. El dinero todavía valía algo, porque todos pensaban que los bancos volverían a abrir pronto. Siempre que mis padres iban a buscar comida, me dejaban con un vecino. Yo tenía una pequeña radio de supervivencia, una de ésas que se cargaban dándole a una manivela, así que oíamos las noticias todas las noches. Eran historias sobre la retirada, sobre unidades del ejército que abandonaban a la gente. Escuchábamos con nuestro mapa de carreteras de los Estados Unidos, y señalábamos las ciudades y pueblos de los que llegaban los informes. Yo me sentaba en el regazo de mi padre. «¿Ves? —me decía—. Ellos no salieron a tiempo, no fueron tan listos como nosotros.» Intentaba forzar una sonrisa, y, durante un tiempo, creí que tenía razón.

Sin embargo, después del primer mes, cuando la comida empezó a escasear, y los días se hicieron más fríos y oscuros, la gente empezó a volverse mezquina. Se acabaron las hogueras comunales, las comidas al aire libre y las canciones. El campamento se convirtió en una porquería, porque ya nadie recogía su basura. Un par de veces pisé mierda humana; nadie se molestaba en enterrarla siquiera.

Ya no me dejaban con los vecinos, y mis padres no confiaban en nadie. Empezó a ser peligroso, se veían muchas peleas; vi a dos mujeres peleándose por un abrigo de pieles y rajándolo por la mitad, y a un tío que pilló a otro intentando robarle algo del coche y le golpeó la cabeza con una barra de hierro. Todas esas cosas pasaban por la noche, refriegas y gritos. De vez en cuando se oía un tiro y alguien lloraba. Una vez oímos que algo se movía en el exterior de la tienda improvisada que habíamos montado alrededor del monovolumen. Mi madre me dijo que bajara la cabeza y me tapara los ojos, y mi padre salió. A través de mis manos oí gritos y el disparo del arma de mi padre. Alguien gritó y él volvió con la cara muy pálida. Nunca le pregunté lo que había pasado.

Sólo nos uníamos cuando aparecía uno de los muertos. Eran los que habían seguido a la tercera oleada, y venían solos o en grupo; aparecían día sí, día no. Alguien daba la alarma y todos se reunían para acabar con ellos. Y entonces, en cuanto terminábamos, de nuevo nos volvíamos los unos contra los otros.

Cuando el frío se hizo tan fuerte que se heló el lago, cuando los muertos dejaron de aparecer, mucha gente creyó que era seguro volver a pie a casa.

¿A pie? ¿No en coche?

No quedaba combustible, lo habíamos gastado para cocinar o para mantener en funcionamiento las baterías de los coches. Todos los días salían grupos de desgraciados medio muertos de hambre y harapientos, cargados de todas aquellas cosas sin valor que se habían traído con ellos, con una expresión de esperanza desquiciada.

«¿Dónde creen que van? —decía mi padre—. ¿Es que no saben que todavía no hace suficiente frío más al sur? ¿Es que no saben lo que les espera allí?» Estaba convencido de que, si aguantábamos lo suficiente, tarde o temprano las cosas mejorarían. Eso fue en octubre, cuando yo todavía parecía un ser humano.

> [Llegamos a un montón de huesos, demasiados para poder contarlos. Están en un foso, medio cubiertos de hielo.]

Yo era una niña bastante gorda, no hacía deporte y me alimentaba de comida basura y chucherías. Cuando llegamos, en agosto, estaba un poquito más delgada. Para noviembre, parecía un esqueleto. Mis padres no estaban mucho mejor: a mi padre le había desaparecido la barriga y mi madre tenía los pómulos muy marcados. Se peleaban mucho, por cualquier cosa, y eso me asustaba más que todo lo demás, porque en casa nunca levantaban la voz. Eran profesores de colegio, «progresistas», puede que alguna vez tuviésemos alguna cena tensa y silenciosa, pero nada como aquello; se lanzaban al cuello del otro a la primera oportunidad. Un día, más o menos por Acción de Gracias..., no pude salir del saco de dormir. Tenía la barriga hinchada, y llagas en la boca y la nariz. De la caravana del vecino salía un olor delicioso, como si estuviesen cocinando algo, carne. Mis padres estaban fuera, discutiendo; mi madre decía que «ésa» era la única forma, aunque yo no sabía de qué hablaba. Decía que no era tan malo, porque «eso» lo habían hecho los vecinos, no nosotros. Mi padre decía que no íbamos a rebajarnos a ese nivel y que mi madre debería avergonzarse. Ella arremetió contra él con rabia, chillando que era culpa suya que estuviésemos allí y que yo me estaba muriendo. Mi madre le dijo que un hombre de verdad sabría qué hacer; lo llamó calzonazos y dijo que él quería que muriésemos para poder huir y vivir como el maricón que siempre había sabido que era. Mi padre le dijo que cerrase la puta boca; nunca jamás decía palabrotas. Oí algo, un golpe que venía de fuera, y mi madre entró con un puñado de nieve colocado sobre el ojo derecho. Él no dijo nada, tenía una expresión que no le había visto antes, como si fuese otra persona. Cogió mi radio de supervivencia, la que la gente llevaba tanto tiempo intentando comprar... o robar, y salió en dirección a la caravana. Regresó diez minutos después, sin la radio, cargando con un gran cubo lleno de un estofado humeante. ¡Estaba buenísimo! Mi madre me dijo que no comiera demasiado deprisa y me lo fue dando en cucharaditas. Parecía aliviada y lloraba un poco, pero mi padre seguía teniendo aquella expresión; era la misma expresión que tendría yo al cabo de unos meses, cuando mis padres enfermaron y tuve que alimentarlos.

[Me arrodillé para examinar el montón de huesos. Todos estaban rotos y les habían extraído la médula.]

El invierno nos golpeó con fuerza en diciembre. Estábamos hasta arriba de nieve, literalmente, montañas de nieve gruesas y grises por la contaminación. El campamento se quedó en silencio. No hubo más peleas ni más disparos. Cuando llegó el día de Navidad había comida de sobra.

[Levanta algo que parece un fémur en miniatura. Lo han limpiado de carne con un cuchillo.]

Dicen que aquel invierno murieron once millones de personas, y eso sólo en Norteamérica, porque no se incluyen los demás lugares: Groenlandia, Islandia, Escandinavia. No quiero ni pensar en Siberia, en todos aquellos refugiados del sur de China, los japoneses que nunca habían salido de una ciudad y los pobres indios. Fue el primer Invierno Gris, cuando la suciedad del cielo empezó a cambiar el tiempo. Dicen que una parte de esa suciedad, no sé cuánta, eran las cenizas de los restos humanos.

[Pone una marca en el foso.]

Tardó mucho tiempo, pero, al final, el sol salió, el tiempo

empezó a caldearse de nuevo y la nieve por fin se derritió. A mediados de julio, la primavera estaba allí, y, con ella, llegaron los muertos vivientes.

[Uno de los otros miembros del equipo nos llama: hay un zombi medio enterrado, helado de cintura para abajo. La cabeza, los brazos y la parte superior del torso están muy vivos, se agitan, mientras la criatura gime e intenta cogernos.]

¿Por qué vuelven después de congelarse? Todas las células humanas contienen agua, ¿no? Y, cuando el agua se congela, se expande y hace que revienten las paredes de las células, por eso no se puede dejar congelada a la gente en animación suspendida. Entonces ¿por qué los zombis sí pueden hacerlo?

[El zombi se lanza en plancha hacia nosotros; la parte inferior congelada de su torso empieza a partirse. Jesika levanta su arma, una larga palanca de hierro, y le aplasta la cabeza a la criatura como si nada.]

PALACIO DEL LAGO DE UDAIPUR (LAGO PICHOLA, RAJASTÁN, INDIA)

[Esta estructura idílica, casi de cuento de hadas, cubre por completo la isla Jagniwas, que le sirve de cimientos. En el pasado fue la residencia de un maharajá, después un hotel de lujo, y, finalmente, un refugio para cientos de desplazados, hasta que un brote de cólera los mató a todos. Dirigido por el gestor de proyectos Sardar Khan, el hotel, al igual que el lago y la ciudad que lo rodea, por fin empieza a volver a la vida. Mientras me cuenta sus recuerdos, el señor Khan no parece un ingeniero civil bien educado y endurecido por la guerra, sino el joven soldado de primera clase que conoció el miedo en una caótica carretera de montaña.]

Recuerdo los monos, cientos de monos trepando y correteando entre los vehículos, incluso por encima de las cabezas de la gente. Ya los había visto en Chandigarh, saltando de los tejados y balcones cuando los muertos vivientes llenaron las calles. Recuerdo verlos dispersarse y subir por los postes de teléfono, sin dejar de parlotear, para escapar de los ansiosos brazos de los zombis. Algunos ni siquiera esperaban a que los atacasen, porque ya sabían qué iba a pasar. Y allí estaban, en aquel estrecho y serpenteante camino de cabras del Himalaya. Lo llamaban carretera, aunque, incluso en tiempo de paz, era una conocida trampa mortal. Miles de refugiados corrían por él o trepaban por los vehículos atascados y abandonados. La gente todavía intentaba llevarse maletas y cajas; un hombre se aferraba con tozudez al monitor de un ordenador de sobremesa. Un mono le aterrizó en la cabeza, intentando utilizarlo de puente, pero el hombre estaba demasiado cerca del borde, y los dos cayeron dando tumbos al vacío. Parecía que alguien se despeñaba cada segundo; había demasiada gente y la carretera ni siquiera tenía guardarraíles. Vi cómo caía un autobús entero, no sé cómo, porque no se estaba moviendo, y los pasajeros intentaban salir por las ventanas, porque las puertas estaban bloqueadas por el tráfico de a pie. Una mujer estaba con medio cuerpo fuera de la ventana cuando el autobús se cayó por el borde. Tenía algo en los brazos, algo que sostenía con fuerza contra su pecho. Me dije que el bulto no se movía, ni lloraba, que no era más que un fardo de ropa. Nadie que estuviese cerca intentó ayudarla, ni siquiera miraron, sino que siguieron avanzando. A veces sueño con ese momento y no puedo diferenciar a aquellas personas de los monos.

Se suponía que yo no debía estar allí, ni siquiera era un ingeniero de combate. Trabajaba en la BRO*, tenía que construir carreteras, no volarlas en pedazos. Dando vueltas por la zona de reunión en Shimla, intentando encontrar al resto de mi unidad, llegó un ingeniero, el sargento Mukherjee, me cogió por el brazo y me dijo: «Tú, soldado, ¿sabes conducir?».

Creo que balbuceé una respuesta afirmativa, y, de repente, vi que me empujaba hacia el asiento del conductor de un *jeep* y que él se sentaba a mi lado con una especie de radio en el regazo: «¡Vuelve al paso! ¡Venga! ¡Venga!». Bajé por la carretera entre chirridos de ruedas, patinazos e intentos desesperados por explicarle que, en realidad, yo era un conductor de apisonadora y tampoco estaba del todo cualificado para eso. Mukherjee no me oía, estaba demasiado ocupado manoseando el dispositivo que tenía en el regazo. «Las cargas ya están colocadas —explicó—. ¡Sólo tenemos que esperar la orden!»

«¿Qué cargas —le pregunté—. ¿Qué orden?»

«¡La orden para volar el paso, capullo! —me chilló, haciendo un gesto hacia lo que, ya sí, reconocí como un detonador—. ¿Cómo demonios vamos a pararlos si no?»

Yo sabía, vagamente, que nuestra retirada al Himalaya tenía algo que ver con una especie de plan maestro, y que

---

* BRO: *Border Roads Organization* (*organización de carreteras fronterizas*).

parte del plan consistía en cerrar todos los pasos de montaña para que los muertos no pudiesen subir. Sin embargo, ¡nunca me había imaginado que sería un participante vital en la acción! Para que sigamos manteniendo una conversación civilizada, no repetiré mi exabrupto profano al oír las palabras de Mukherjee, ni tampoco la reacción igualmente profana de Mukherjee al llegar al paso y ver que seguía lleno de refugiados.

«¡Se suponía que estaría vacío! —gritó—. ¡Que no habría más refugiados!»

Un soldado pasó corriendo junto al *jeep*; pertenecía a los Rifles de Rashtriya, el equipo que, en teoría, tendría que haber estado asegurando la entrada a la carretera de montaña. Mukherjee saltó al exterior y agarró al hombre. «¿Qué demonios es esto? —preguntó; era un hombre grande y duro, y estaba enfadado—. Se suponía que teníais que mantener la carretera vacía.» El otro hombre estaba igual de enfadado e igual de asustado. «¡Si quiere pegarle un tiro a su abuela, adelante!» Le dio un empujón al sargento y siguió corriendo.

Mukherjee tecleó en su radio e informó de que la carretera seguía estando muy activa. Una voz le respondió, la voz aguda de un oficial más joven que afirmaba frenéticamente que sus órdenes eran volar la carretera sin importarle la gente que hubiese encima. Mukherjee respondió, enfadado, que tenía que esperar a que se despejase, que, si la volaba en aquel momento, no sólo enviaría a docenas de personas a la muerte, sino que atraparía a miles en el otro lado. La voz le respondió que la carretera nunca se despejaría, que lo único que venía detrás de aquellas personas era un furioso enjambre de Dios sabe cuántos millones de zombis. Mukherjee contestó que la volaría cuando los zombis llegasen, ni un segundo antes; no pensaba cometer un asesinato, por mucho que le dijese un teniente de mierda...

Pero, entonces, Mukherjee se detuvo a mitad de la frase y miró algo que estaba detrás de mí. Me volví y, de repente, ¡me encontré con el general Raj-Singh! No sé de dónde había salido, ni por qué estaba allí... Hasta hoy nadie se lo ha creído, no que él estuviese allí, sino que yo estaba allí, ¡a pocos centímetros del Tigre de Delhi! He oído que es normal que la gente que respetamos nos parezca más alta de lo que en realidad es y, en mi cabeza, lo veo como si fuese un gigante. Incluso con el uniforme desgarrado, el turbante ensangrentado, el parche en el ojo derecho y la venda en la nariz (uno de sus hombres le había golpeado en la cara para meterlo en el último helicóptero que salió del Parque Gandhi), el general Raj-Singh...

[Khan respira profundamente, con el pecho henchido de orgullo.]

«Caballeros», empezó... Nos llamó caballeros y nos explicó, muy detenidamente, que teníamos que destruir la carretera de inmediato. Las fuerzas aéreas, lo que quedaba de ellas, tenían sus propias órdenes para el cierre de todos los pasos de montaña. En aquel momento, un solo cazabombardero Shamsher estaba listo sobre nuestra posición. Si no nos sentíamos capaces de cumplir nuestra misión o si no queríamos hacerlo, el piloto del Jaguar tenía órdenes de ejecutar «La ira de Shiva». «¿Saben lo que significa eso?», nos preguntó Raj-Singh. Quizá creyera que yo era demasiado joven para entenderlo o quizá supuso por alguna razón que era musulmán, pero, aunque no hubiese sabido nada de nada sobre la deidad hindú de la destrucción, cualquier persona en uniforme había oído rumores sobre el nombre en código «secreto» para el uso de armas termonucleares.

¿Y eso no habría destruido el paso?

Sí, ¡y también media montaña! En vez de un estrecho cuello de botella rodeado por escarpadas paredes rocosas tendríamos poco menos que una gran rampa con una suave inclinación. La idea de destruir las carreteras era crear una barrera inaccesible para los muertos vivientes, ¡y algún ignorante general de las fuerzas aéreas con una erección atómica iba a darles la entrada perfecta a la zona segura!

Mukherjee tragó saliva, sin saber bien qué hacer, hasta que el Tigre alargó la mano para que le entregase el detonador. Siempre en su papel de héroe, estaba dispuesto a aceptar la carga de un asesinato en masa. El sargento se lo pasó, a punto de echarse a llorar. El general Raj-Singh le dio las gracias, nos las dio a los dos, susurró una oración y apretó los botones de disparo con los pulgares. No pasó nada; lo intentó otra vez, pero nada. Comprobó las baterías, las conexiones, y lo intentó una tercera vez; nada. El problema no era el detonador, sino que algo había salido mal al poner las cargas que estaban enterradas a medio kilómetro carretera abajo, justo en el centro de la masa de refugiados.

«Esto es el fin —pensé—, vamos a morir todos.» Sólo podía pensar en salir de allí, en irme lo bastante lejos para evitar la explosión nuclear. Me sentía culpable por tener aquellos pensamientos, por preocuparme sólo por mí en un momento semejante.

Gracias a Dios por el general Raj-Singh. Él reaccionó... exactamente como se esperaría que reaccionase una leyenda viviente: nos ordenó salir de allí, que nos salváramos y llegásemos a Shimla; después se volvió y se metió entre la multitud. Mukherjee y yo nos miramos, y me alegra decir que, sin gran vacilación, salimos detrás de él.

En aquel momento también queríamos ser héroes, proteger a nuestro general y ayudarlo a atravesar la multitud. Qué ilusos. Ni siquiera pudimos verlo cuando la masa de gente nos envolvió como si fuese un río embravecido. Me llovieron empujones y codazos por todas partes, ni siquiera me enteré cuando me dieron el puñetazo en el ojo. Grité que tenía que pasar, que estaba en una misión del ejército, pero nadie me escuchó. Disparé varios tiros al aire, pero nadie se dio cuenta. Pensé seriamente en disparar contra la multitud, porque empezaba a estar tan desesperado como ellos. Por el rabillo del ojo vi que Mukherjee caía por el borde, luchando con otro hombre que intentaba quitarle el fusil. Me volví hacia el general Raj-Singh, sin lograr encontrarlo entre la gente. Lo llamé e intenté localizarlo por encima de las cabezas; me subí al techo de un microbús e intenté orientarme. Entonces se levantó la brisa y, con ella, llegó el hedor y los gemidos que azotaban el valle. Delante de mí, aproximadamente a medio kilómetro, la multitud empezó a correr. Forcé la vista, entrecerré los ojos... Los muertos se acercaban, a paso lento y tranquilo, y en un número tan grande como el de los refugiados que estaban devorando.

El microbús tembló, y yo me caí. Acabé flotando sobre un mar de cuerpos humanos, hasta que me encontré debajo de ellos, y los pies descalzos y los zapatos me pisotearon. Sentí que se me rompían las costillas, tosí y noté el sabor a sangre en la boca. Me arrastré bajo el microbús con el cuerpo dolorido, ardiendo. No podía hablar, apenas me podía ver y oía el ruido de los zombis que se acercaban. Calculé que estaban a menos de doscientos metros y juré que no moriría como los otros, todas esas víctimas hechas pedazos, aquella vaca que había visto desangrarse entre sacudidas en la orilla del río Satluj, en Rupnagar. Cuando intenté coger el arma que llevaba en el costado, me di cuenta de que no podía mover la mano. Maldije y lloré; siempre había creído que me volvería religioso cuando llegase mi hora, pero estaba demasiado enfadado y asustado, así que empecé a darme de cabezazos contra la parte de abajo de la furgoneta. Creía que, si golpeaba con la fuerza suficiente, podría aplastarme el cráneo. De repente oí un rugido ensordecedor, y el suelo se elevó bajo mi cuerpo. Una ola de gritos y gemidos se mezcló con aquel potente estallido de polvo presurizado. Me di de cara contra la maquinaria del minibús, y eso me dejó inconsciente.

Lo primero que recuerdo al despertarme es un sonido muy débil. Al principio creía que era agua, porque sonaba como un goteo rápido..., ploc, ploc, ploc, algo así. El goteo se hizo más claro, y, de repente, fui consciente de otros dos sonidos: el crujido de mi radio (nunca sabré cómo sobrevivió) y el aullido siempre presente de los zombis. Me arrastré para salir del minibús y comprobé que, por lo menos, las piernas me seguían funcionando lo suficiente para levantarme. Vi que estaba solo, sin refugiados, sin el general Raj-Singh, de pie entre una pila de efectos personales, en medio de un sendero de montaña desierto. Delante de mí había un muro de piedra carbonizado; más allá, el otro lado de la carretera cortada.

De allí llegaban los gemidos; los muertos vivientes seguían persiguiéndome. Con las manos y los brazos extendidos, caían a montones por el borde roto. Aquél era el goteo que oía: el ruido de sus cuerpos al estrellarse contra el valle del fondo.

El Tigre tuvo que conseguir poner las cargas de demolición a mano. Supuse que habría llegado al punto correcto a la vez que los muertos, aunque espero que no consiguieran morderlo antes, y espero que esté satisfecho con su estatua, la que han colocado delante de la moderna autopista de cuatro carriles que sube a la montaña. Sin embargo, en aquel momento, no estaba pensando en su sacrificio, ni siquiera estaba seguro de que todo fuese real. Contemplaba en silencio la cascada de zombis y escuchaba el informe de radio de las demás unidades:

«Vikasnagar: asegurado.»

«Bilaspur: asegurado.»

«Jawala Mukhi: asegurado.»

«Todos los pasos asegurados: ¡cortó!»

«¿Estoy soñando? —pensé—. ¿Estoy loco?»

El mono no me ayudó a aclararme, porque estaba sentado encima del microbús, observando cómo los muertos se lanzaban al vacío. Parecía tan sereno, tan inteligente, que daba la impresión de comprender lo que pasaba. Estuve a punto de volverme y decirle: «¡Éste es el momento decisivo de la guerra! ¡Por fin los hemos detenido! ¡Por fin estamos a salvo!». Pero, antes de que lo hiciera, el pene del mono salió al descubierto y me meó encima.

Frente interno:
Estados Unidos

Taos (Nuevo México)

[Arthur Sinclair, hijo, es la viva imagen de un patricio del viejo mundo: alto, delgado, con el cabello blanco muy corto y un afectado acento de Harvard. Habla con el éter, sin hacer apenas contacto visual ni detenerse a preguntar. Durante la guerra, el señor Sinclair era el director del recién formado Departamento de Recursos Estratégicos del gobierno estadounidense, o DeStRes, por su nombre en inglés.]

No sé a quién se le ocurrió por primera vez el acrónimo DeStRes, ni si eran consciente de lo mucho que sonaba como *distress**, pero, sin duda, no podía haber sido más apropiado. Establecer una línea de defensa en las Montañas Rocosas había creado una zona segura teórica, aunque, en realidad, la zona consistía, principalmente, en escombros y refugiados. Había hambre, enfermedades y millones de personas sin hogar. La industria estaba en un estado desastroso, el transporte y el comercio habían desaparecido, y a todo esto se sumaba el ataque de los muertos vivientes contra la línea de las Rocosas y su aparición en nuestra zona segura. Teníamos que conseguir que aquella gente se recuperase: darles ropa, alimentarlos, alojarlos, ponerlos a trabajar... Si no, la supuesta zona segura no haría más que anticiparse a

---

* Distress: *Angustia.*

lo inevitable. Por eso se creó el DeStRes, y, como puede imaginarse, tuve que informarme mucho sobre la tarea.

Ni se imagina la cantidad de datos que reuní en esta vieja corteza cerebral durante los primeros meses: informes, visitas de inspección... Cuando conseguía dormir, lo hacía con un libro bajo la almohada, cada noche uno diferente, desde Henry J. Kaiser a Vo Nguyen Giap. Necesitaba todas las ideas, todas las palabras, cada gramo de conocimiento y sabiduría que me ayudase a unificar un paisaje fracturado y convertirlo en una moderna máquina de guerra americana. De haber estado vivo mi padre, seguramente se habría reído ante mi frustración. Él siempre había sido un defensor del New Deal, trabajaba en colaboración con la FDR como interventor del estado de Nueva York; utilizaba métodos de naturaleza casi marxista, la clase de colectivización que haría que Ayn Rand se levantase de su tumba y se uniese a las filas de los muertos vivientes. Siempre rechacé las lecciones que intentaba impartirme y me alejé todo lo que pude, hasta llegar a Wall Street, para poder evitarlas. Y entonces, de repente, me encontré devanándome los sesos para recordarlas. Una cosa que la generación del New Deal hizo mejor que ninguna otra de la historia de los Estados Unidos fue encontrar y recoger las herramientas y el talento que necesitaban.

¿Herramientas y talento?

Un término que oyó mi hijo en una película. Creo que describe bastante bien nuestros trabajos de reconstrucción. Talento se refiere a la mano de obra potencial, su nivel de trabajo cualificado y cómo ese trabajo podía utilizarse de forma eficaz. Si le soy completamente sincero, nuestro suministro de talento estaba en números rojos. Teníamos una economía posindustrial basada en los servicios, tan compleja y altamente especializada que cada individuo sólo podía funcionar dentro de los confines de su estrecha estructura compartimentalizada. Debería haber visto alguna de las «profesiones» que aparecían en nuestro primer censo de empleo: todas eran alguna versión de ejecutivo, representante, analista o asesor. Eran trabajos perfectamente adecuados para el mundo anterior a la guerra, pero completamente fuera de lugar en la crisis a la que nos enfrentábamos. Necesitábamos carpinteros, albañiles, maquinistas, herreros... Aunque contábamos con esas personas, no teníamos todos los que necesitábamos. La primera encuesta de empleo reveló que más del sesenta y cinco por ciento de la población civil estaba clasificado como F-6, sin vocación valiosa. Necesitábamos un enorme programa de reciclaje profesional; en resumidas cuentas, teníamos que hacer que los oficinistas se ensuciaran las manos.

Fue un proceso lento, porque no había tráfico aéreo, las carreteras y las líneas férreas estaban destrozadas y el combustible, santo cielo, no se podía encontrar ni un depósito de gasolina entre Blaine (Washington) e Imperial Beach (California). A esto había que añadir que los Estados Unidos, antes de la guerra, no sólo tenían una infraestructura basada en ciudades dormitorio, sino que dicho método también había permitido diferentes niveles de segregación económica. Teníamos barrios enteros de las afueras con profesionales de clase media alta sin el más elemental conocimiento de cómo sustituir una ventana rota. Los que tenían esos conocimientos vivían en sus propios guetos de obreros, a una hora de distancia en coche, lo que significaba un día entero a pie. No se engañe, al principio, las piernas eran el medio de locomoción más extendido.

Si se resolvía ese problema (no, perdón, reto; los problemas no existen), nos quedaba el de los campos de refugiados. Había cientos de ellos, algunos pequeños como aparcamientos, y otros que se extendían varios kilómetros, repartidos entre las montañas y la costa, todos necesitados de ayuda gubernamental, todos un sumidero continuo para nuestros reducidos recursos. En el primer lugar de mi lista, antes de los demás retos, se encontraba la necesidad de vaciar los campos. Cualquier persona de nivel F-6 pero físicamente apta se convertía en mano de obra sin cualificar: para quitar escombros, recoger cosechas, cavar tumbas. Había que cavar muchas tumbas. Los de nivel A-1, es decir, los que habían adquirido las habilidades apropiadas antes de la guerra, se convirtieron en parte de nuestro Programa de autosuficiencia de la comunidad. Se trataba de un grupo variopinto de instructores cuya misión consistía en impartir a aquellos ratones de oficina sedentarios y demasiado cualificados los conocimientos necesarios para que pudieran valerse por sí mismos.

Fue un éxito instantáneo. En tres meses se redujeron drásticamente las solicitudes de ayuda gubernamental. No sabe lo vital que resultó esto para la victoria, porque nos permitió pasar de tener una economía de supervivencia estancada a lograr una producción bélica máxima. Fue el nuevo Decreto de reeducación nacional, la expresión orgánica del Programa de autosuficiencia. Diría que se trató del mayor programa de formación laboral desde la Segunda Guerra Mundial, y, probablemente, el más radical de nuestra historia.

En algunas ocasiones ha mencionado los problemas a los que se enfrentó el Decreto de reeducación nacional...

Iba a llegar a eso. El presidente me dio el poder que necesitaba para enfrentarme a cualquier problema logístico o físico, pero, por desgracia, lo que ni él ni nadie en la faz de la Tierra podía darme era el poder para cambiar la forma de pensar de la gente. Como le he explicado, Estados Unidos se componía de una mano de obra segregada, y, en muchos casos, esa segregación contenía un elemento cultural. Muchos de nuestros instructores eran inmigrantes de primera generación, gente que sabía cómo cuidar de sí misma, cómo sobrevivir con muy poco y trabajar con lo que tenía. Se trataba de personas que cultivaban pequeños huertos en el patio de atrás, hacían reparaciones en sus hogares y conseguían que sus electrodomésticos funcionasen durante todo el tiempo que fuese mecánicamente posible. Resultaba crucial que estas personas nos enseñaran a romper con nuestros cómodos estilos de vida, donde todo era de usar y tirar, aunque, antes, su trabajo era precisamente lo que nos había permitido mantener aquel estilo de vida.

Sí, había racismo, pero también clasismo. Imagine que es usted un abogado de empresa de alto nivel; se ha pasado la vida revisando contratos, cerrando negocios y hablando por teléfono, porque eso es lo que se le da bien, lo que lo ha hecho rico y lo que le permite emplear a un fontanero para que le arregle el inodoro, y así poder seguir hablando por teléfono. Cuanto más trabaja, más gana y más peones contrata para tener el tiempo necesario para ganar más dinero. Así funciona el mundo. Sin embargo, un día, deja de funcionar así; nadie necesita que le revisen un contrato o le cierren un negocio, sino que le arreglen el inodoro. Y, de repente, ese peón es su profesor, quizá incluso su jefe; para algunos, eso era más aterrador que los muertos vivientes.

Una vez, durante una visita de recogida de datos por Los Ángeles, me senté en la parte de atrás de una clase de reeducación. Los alumnos eran personas que habían tenido puestos importantes en la industria del entretenimiento, una mezcla de agentes, representantes y «directores creativos», que a saber lo que era en realidad. Puedo entender su resistencia, su arrogancia, porque, antes de la guerra, el entretenimiento era la exportación más valiosa de los Estados Unidos, y, de repente, los estaban formando para convertirse en vigilantes de una fábrica de municiones de Bakersfield, en California. Una mujer, una directora de *casting*, estalló: ¿cómo se atrevían a degradarla de aquella manera? ¡Ella, que tenía un máster en Teatro Conceptual, que había elegido el reparto de las tres telecomedias más vistas de las últimas cinco temporadas y que ganaba más en una semana de lo que su instructora podía soñar ganar en varias vidas! No paraba de llamar a la instructora por su nombre de pila. «Magda —decía una y otra vez—, Magda, ya basta. Magda, por favor.» Al principio creí que aquella mujer estaba siendo maleducada, que degradaba a su instructora negándose a llamarla de usted, pero después supe que la señora Magda Antonova había sido la mujer de la limpieza de la ejecutiva. Sí, fue muy duro para algunos, aunque muchos después reconocieron que obtenían más satisfacción personal en sus nuevos trabajos que en cualquier cosa que se asemejara a los antiguos.

Conocí a un caballero en un transbordador que iba de Portland a Seattle. Había trabajado en el departamento de derechos de autor de una agencia de publicidad, en concreto, se encargaba de conseguir los derechos de canciones de rock clásicas para los anuncios de televisión. En aquel momento trabajaba de deshollinador. Como casi todas las casas de Seattle se habían quedado sin calefacción central y los inviernos eran más fríos y largos, siempre estaba ocupado. «Ayudo a que mis vecinos no pasen frío», me dijo con orgullo. Sé que suena demasiado a las imágenes perfectas del pintor Norman Rockwell, pero escuchaba historias como aquélla continuamente: «¿Ve esos zapatos? Los he hecho yo», «Ese jersey está hecho con la lana de mis ovejas», «¿Le gusta el maíz? Es de mi huerto». Era el resultado de un sistema más localizado, que le permitía a la gente ver los frutos de su labor y sentir el orgullo de saber que estaban contribuyendo de manera clara y concreta a la victoria. Logró que me sintiera estupendamente por ser parte de aquello, y necesitaba sentirme así, porque hacía que no me volviese loco con la otra parte de mi trabajo.

Hasta ahí llega el talento. Las herramientas son las armas de la guerra, y los medios industriales y logísticos con los que se construyen esas armas.

[Hace girar su silla y me señala un cuadro que tiene encima del escritorio. Me incliné hacia delante y veo que no es un cuadro, sino una etiqueta enmarcada.]

Ingredientes:
 melaza de los Estados Unidos
 anís de España
 regaliz de Francia
 vainilla (Bourbon) de Madagascar
 canela de Sri Lanka
 clavo de Indonesia
 gaulteria de China
 aceite de pimienta de Jamaica
 aceite balsámico de Perú

Y eso sólo para conseguir una botella de la popular cerveza de hierbas sin alcohol* que tomábamos antes de la guerra. No estamos hablando de algo como un ordenador de sobremesa o un portaaviones nuclear.

Pregúntele a cualquiera cómo ganaron los Aliados la Segunda Guerra Mundial. Puede que los que tengan pocos conocimientos sobre el tema respondan que porque éra-

---

* *En inglés se la conoce como* root beer.

mos más o porque nuestros generales eran mejores. Los que no tengan conocimiento alguno quizá mencionen las maravillas tecnológicas, como el radar o la bomba atómica. [Frunce el ceño.] Cualquiera que entienda rudimentariamente ese conflicto le dará las tres razones reales: primero, la capacidad para fabricar más material, más balas, más comida y más vendas que el enemigo; segundo, los recursos naturales disponibles para fabricar el material; y tercero, los medios logísticos no sólo para transportar los recursos hasta las fábricas, sino para transportar los bienes terminados al frente. Los Aliados tenían los recursos, la industria y la logística de un planeta entero, mientras que el Eje, por otro lado, dependía de los escasos bienes que sacaban del interior de sus fronteras. En esta guerra, nosotros éramos el Eje: los muertos vivientes controlaban casi todo el territorio del planeta, mientras que la producción bélica estadounidense dependía de lo que pudiéramos recoger dentro de los límites de los estados occidentales. Olvídese de las materias primas de las zonas seguras extranjeras; nuestra flota mercante estaba hasta arriba de refugiados y la escasez de combustible había dejado en tierra a casi toda nuestra armada.

Sí contábamos con algunas ventajas: la base agrícola de California podía, al menos, librarnos de morir de hambre si conseguíamos reconstruirla. Los productores de cítricos no se dejaron apartar en silencio, ni tampoco los rancheros. Los peores fueron los magnates de las vacas, que controlaban muchas tierras que podían convertirse en cultivos. ¿Ha oído hablar alguna vez de Don Hill? ¿Ha visto la película sobre él que hizo Roy Elliot? Fue cuando la plaga llegó a San Joaquin Valley, y los muertos subían por sus vallas, atacaban su ganado y lo hacían pedazos, como si fuesen hormigas africanas. Y allí en medio estaba él, disparando y dando voces, como Gregory Peck en *Duelo al sol*. Traté con él abiertamente, con honestidad.; igual que con los demás, le di a elegir. Le recordé que el invierno se acercaba y que todavía quedaba mucha gente hambrienta por ahí; lo avisé de que no tendría protección gubernamental de ningún tipo cuando las hordas de refugiados muertos de hambre terminasen lo que habían empezado los muertos a secas. Hill era un cabrón valiente y cabezota, pero no un imbécil, así que aceptó entregar sus tierras y ganado, a condición de que no se tocase el ganado para cría de nadie. Nos dimos la mano para cerrar el trato.

Filetes tiernos y jugosos... ¿Se le ocurre un símbolo mejor de nuestro artificial nivel de vida de antes de la guerra? En cualquier caso, al final, ese nivel de vida se convirtió en nuestra segunda mejor baza. La única forma de suplir nuestra base de recursos era el reciclaje. No se trataba de nada nuevo, porque los israelíes habían empezado a hacerlo después de sellar sus fronteras, y, desde entonces, todos los países habían adoptado la medida en diferentes grados. Sin embargo, nadie tenía unas reservas comparables a las nuestras. Piense en cómo era la vida en los Estados Unidos antes de la guerra: hasta la clase media disfrutaba o daba por sentado una comodidad material que no tenía precedentes en ninguna otra nación o época de la historia humana. Sólo en Los Ángeles, la cantidad de ropa, utensilios de cocina, aparatos electrónicos y automóviles era superior a la población de antes de la guerra en una proporción de tres a uno. Había millones de coches en todas las casas y barrios. Montamos una industria entera de más de cien mil empleados trabajando tres turnos, siete días a la semana: recogiendo, catalogando, desmontando, almacenando y enviando partes y piezas a fábricas a lo largo de la costa. Hubo algunos problemas, porque, como ocurría con los ganaderos, la gente no quería entregar sus Hummers o sus deportivos italianos de época comprados para superar la crisis de los cuarenta. Es curioso, no había combustible para hacerlos funcionar, pero se aferraban a ellos igualmente. No me preocupaba mucho porque, comparados con el estamento militar, eran un encanto.

De todos mis adversarios, sin duda los más tenaces eran los que llevaban uniforme. Nunca tuve control directo sobre sus recursos de I+D, y ellos tenían luz verde para hacer lo que quisieran; sin embargo, como casi todos sus programas se entregaban a contratistas civiles, y esos contratistas dependían de los recursos que controlaba el DeStRes, yo ejercía un control de facto. «No puede meter en un armario nuestros bombarderos Stealth», me gritaban, o: «¿Quién (omito el insulto) se cree que es para cancelar nuestra producción de tanques?». Al principio intenté razonar con ellos: «El M-1 Abrams tiene un motor a reacción. ¿Dónde va a encontrar combustible para eso? ¿Para qué necesita un avión Stealth si su enemigo no tiene radar?». Intenté hacerles ver que, teniendo en cuanta el material que teníamos para trabajar y el enemigo al que nos enfrentábamos, simplemente debíamos conseguir los máximos beneficios con nuestras inversiones o, en sus propias palabras, aprovechar bien la pasta. Eran insufribles, llamaban por teléfono a cualquier hora o aparecían en mi oficina sin previo aviso. Supongo que no se les puede culpar; todos los tratamos muy mal después de la última guerra menor, y, además, los hicieron pedazos en Yonkers. Estaban al borde del fracaso absoluto y muchos necesitaban desahogarse de alguna forma.

[Sonríe con complicidad.]

Empecé mi carrera negociando en la Bolsa de Nueva York, así que sé gritar tan alto y durante tanto tiempo como cualquier sargento instructor profesional. Después de cada «reunión» esperaba a que llegase la llamada que temía y deseaba a partes iguales: «Señor Sinclair, al habla el presidente; sólo quiero agradecerle sus servicios, pero me temo que ya no serán necesarios...». [Se ríe.] Nunca llegó. Supongo que nadie más quería el puesto.

[Pierde la sonrisa.]

No digo que no cometiese errores. Sé que fui demasiado estricto con el Cuerpo D de las fuerzas aéreas. No entendía sus protocolos de seguridad, ni lo que podían conseguir los dirigibles en la guerra contra los muertos. Sólo sabía que contábamos con un suministro muy reducido de helio y que no tenía ninguna intención de derrochar vidas y recursos en una flota de Hindenburgs modernos. También tuvo que intervenir el presidente, nada menos, para convencerme de que reabriese el proyecto de fusión fría experimental de Livermore. Sostuvo que, aunque todavía quedaban, como mínimo, décadas para conseguir avances, «pensar en el futuro hace que la gente sepa que tendremos uno». Yo era demasiado conservador con algunos proyectos y, con otros, era demasiado liberal.

El Proyecto chaqueta amarilla... Todavía me doy de tortas cuando pienso en él. Aquellos intelectualuchos de Silicon Valley, todos ellos genios en sus campos, me convencieron de que tenían un arma increíble con la que ganaríamos la guerra, en teoría, a las cuarenta y ocho horas de su despliegue. Podían construir micromisiles, millones de ellos, del tamaño de balas de percusión anular de calibre .22, que podían lanzarse desde aviones y guiarse por satélite hasta los cerebros de todos los zombis de Norteamérica. Suena asombroso, ¿verdad? A mí me lo parecía.

[Refunfuña para sí.]

Cuando pienso en lo que tiramos a ese agujero, lo que

podríamos haber producido... Aaah..., no tiene sentido darle más vueltas.

Podía haber estado dándome cabezazos contra los militares durante toda la guerra, pero, por suerte, al final, no tuve que hacerlo. Cuando Travis D'Ambrosia se convirtió en presidente de la Junta de Jefes de Estado no sólo se inventó la relación recursos-muertes sino que desarrolló una estrategia exhaustiva para ponerla en funcionamiento. Siempre le hacía caso cuando me decía que cierto sistema armamentístico era vital. Confiaba en su opinión en temas como en el nuevo uniforme de combate o el fusil de infantería estándar.

Lo que resultó sorprendente fue ver cómo la cultura de la relación recursos-muertes empezaba a calar en las tropas. Oía a los soldados hablando en las calles, en los bares y en los trenes: «¿Por qué tener X cuando, por el mismo precio, podemos tener diez Y, que matan cien veces más zombis?». Los soldados empezaron incluso a tener sus propias ideas, a inventar herramientas más rentables de las que nosotros podríamos haber imaginado. Creo que lo disfrutaron: improvisar, adaptarse y ser más listos que nosotros, los burócratas. Los marines fueron los que más me sorprendieron; siempre había creído en el mito de que eran unos neandertales estúpidos con mandíbulas cuadradas y exceso de testosterona. Nunca supe que una de sus virtudes más apreciadas era la improvisación, porque los marines siempre tienen que obtener sus recursos a través de la armada y a los almirantes no les hace mucha gracia combatir en tierra.

[Sinclair señala un punto en la pared, sobre mi cabeza. Tiene colgada una pesada barra de acero que termina en algo que parece una mezcla entre una pala y un hacha de combate de dos hojas. Su nombre oficial es herramienta de afianzamiento de infantería estándar, aunque, para la mayoría, es el lobotomizador o, simplemente, «el lobo».]

Los cabezabuque se inventaron eso utilizando tan sólo el acero de los coches reciclados. Fabricamos veintitrés millones durante la guerra.

[Sonríe con orgullo.]

Y todavía siguen fabricándolos.

BURLINGTON (VERMONT)

[El invierno ha llegado más tarde este año, igual que ha estado sucediendo año tras año después del final de la guerra. La nieve cubre la casa y las tierras que la rodean, y congela los árboles que dan sombra al camino de tierra que bordea el río. Todo resulta tranquilo y sosegado, salvo el hombre que me acompaña. Insiste en hacerse llamar «el Chiflado», porque «todo el mundo me llama así, ¿por qué no iba a hacerlo usted?». Camina con rapidez y decisión, y el bastón que le ha dado su médico (y esposa) sólo le sirve para apuñalar el aire.]

Si le soy sincero, no me sorprendió que me nominaran como vicepresidente. Todos sabían que era inevitable formar un partido de coalición, y yo había sido un valor al alza, al menos hasta que me «autodestruí» en el 2004. Es lo que dijeron sobre mí, ¿verdad? Todos los cobardes e hipócritas que preferirían morir antes que ver a un hombre de verdad expresar su pasión. ¿Qué más da que yo no fuese el mejor político del mundo? Dije lo que sentía, y no me daba miedo hacerlo alto y claro. Es una de las razones que hicieron de mí la elección más lógica. Formábamos un gran equipo: él era la luz, y yo el calor. Diferentes partidos, diferentes personalidades, y, no nos engañemos, diferentes colores de piel. Yo era consciente de que no había sido el primer elegido; sabía a quién quería mi partido, aunque lo mantuviesen en secreto. Pero Estados Unidos no estaba preparada para ir tan lejos, aunque suene estúpido, ignorante y tan neolítico que da ganas de gritar. Preferían tener de vicepresidente a un radical chillón antes que a «uno de esos liberales». Así que no me sorprendió mi nominación; me sorprendió todo lo demás.

¿Se refiere a las elecciones?

¿Elecciones? Honolulú era una casa de locos; soldados, congresistas, refugiados..., todos se mezclaban en busca de algo que comer, un sitio donde dormir o información sobre qué narices estaba pasando. Y aquello era el paraíso, comparado con lo que pasaba en el continente. La Línea de las Rocosas acababa de establecerse; todo el oeste era zona de guerra. ¿Por qué molestarse en convocar elecciones cuando podríamos haber hecho que el Congreso aprobase una ampliación del mandato de los dirigentes que teníamos? El ministro de Justicia lo había intentado cuando era alcalde de Nueva York y había estado a punto de conseguirlo. Le expliqué al presidente que no teníamos ni la energía ni los recursos para hacer otra cosa que no fuese luchar por nuestra supervivencia.

¿Qué respondió él?

Bueno, digamos que me convenció de lo contrario.

¿Puede ser más explícito?

Podría, pero no quiero alterar sus palabras. Mis viejas neuronas no son lo que eran.

Inténtelo, por favor.

¿Lo comprobará en su biblioteca?

Lo prometo.

Bueno... Estábamos en su despacho temporal, en la suite presidencial de un hotel. Acababa de ser nombrado en el Air Force Two, y su antiguo jefe estaba sedado en la *suite* de al lado. Por la ventana podíamos ver el caos en las calles, los barcos alineados en el agua junto al muelle, los aviones que llegaban cada treinta segundos, y la tripulación de tierra empujándolos para salir de la pista cuando aterrizaban, para hacer sitio a los siguientes. Yo los señalaba, gritando y gesticulando con la pasión que me ha hecho famoso: «¡Necesitamos un gobierno estable de inmediato! —le decía—. Las elecciones son estupendas como principio, pero no es el mejor momento para los grandes ideales».

El presidente estaba tranquilo, mucho más tranquilo que yo. Quizá tenía que ver con su formación militar... Me dijo: «Éste es el momento preciso para los grandes ideales, porque esos ideales son lo único que tenemos. No estamos luchando por nuestra supervivencia física, sino también por la supervivencia de nuestra civilización. No tenemos el lujo de contar con los pilares en los que se apoya el viejo mundo; no tenemos una herencia común, no tenemos milenios de historia; lo único que nos queda son los sueños y las promesas que nos unieron. Lo único que tenemos... [se **esfuerza por recordar**]... lo único que tenemos es lo que queremos ser». ¿Entiende lo que decía? Nuestro país sólo existía porque la gente creía en él, y, si no era lo bastante fuerte para protegernos de la crisis, ¿qué futuro nos esperaba? Sabía que los Estados Unidos querían un César, y que convertirse en uno habría acabado con nuestro hogar. Dicen que los grandes hombres son producto de tiempos difíciles, pero yo no me lo creo. Vi muchas debilidades, mucha porquería; vi gente que debería haberse crecido ante el reto, y que no quiso o no pudo hacerlo. Codicia, miedo, estupidez y odio; lo vi todo antes de la guerra, y lo veo hoy en día. Mi jefe era un gran hombre; tuvimos mucha suerte de tenerlo.

El asunto de las elecciones marcó el tono general de toda su administración. Muchas de sus propuestas parecían demenciales a primera vista, pero, una vez apartabas la primera capa, te dabas cuenta de que existía un núcleo de lógica irrefutable en el interior. Por ejemplo, fíjese en las nuevas leyes de castigo, que hicieron que me subiese por las paredes. ¿Meter a la gente en cepos? ¡¡Azotarla en las plazas públicas?! ¿Dónde estábamos? ¿En el viejo Salem? ¿En la Afganistán de los talibanes? Parecía algo bárbaro, antiamericano, hasta que pensabas con detenimiento en las alternativas. ¿Qué íbamos a hacer con los ladrones y los saqueadores? ¿Meterlos en la cárcel? ¿De qué serviría eso? ¿Quién podía permitirse utilizar a ciudadanos capaces para alimentar, vestir y vigilar a otros ciudadanos capaces? Y, lo más importante: ¿por qué apartar a los castigados de la sociedad cuando podían servir como un valioso medio de disuasión? Sí, estaba el miedo al dolor (al látigo, al bastón), pero eso no era nada comparado con la humillación pública. A todo el mundo le aterraba que expusieran sus crímenes ante los demás. En un momento en que la gente se unía, se ayudaba, trabajaba para proteger y cuidar de sus vecinos, lo peor que podías hacer era obligar a alguien a caminar por la plaza pública con un cartel gigantesco que dijera: «Robé la leña de mi vecino». La vergüenza es un arma poderosa que dependía de que todos los demás hicieran lo correcto. Nadie está por encima de la ley, y ver a un senador recibir quince latigazos por estar involucrado en la obtención de ganancias ilegales gracias a la guerra, hacía más por la prevención del crimen que poner a un policía en cada esquina. Sí, había cuadrillas de trabajos forzados, pero se trataba de reincidentes, de los que habían recibido más de una oportunidad. Recuerdo que el ministro de Justicia sugirió soltar a todos los que pudiéramos en las zonas infestadas, librarnos de aquella carga, del riesgo en potencia que suponía su presencia. Tanto el presidente como yo nos negamos a la propuesta; mis objeciones eran éticas, mientras que las suyas eran prácticas. Todavía era suelo estadounidense, aunque estuviese infestado, y algún día lo liberaríamos. «Lo que menos necesitamos —dijo— es descubrir que uno de estos antiguos convictos se ha convertido en el Nuevo Gran Señor de la Guerra de Duluth.» Yo creía que estaba de broma; más tarde, cuando vi que eso era lo que ocurría en otros países, que algunos de los criminales exiliados se convertían en jefes de sus propios feudos aislados, a veces muy poderosos, me di cuenta de que habíamos esquivado una bala muy peligrosa. Las cuadrillas siempre fueron un problema, tanto política como social y económicamente, pero ¿qué otra cosa podíamos hacer con los que se negaban a tratar bien a los demás?

También utilizaron la pena de muerte.

Sólo en casos extremos: sedición, sabotaje, intentos de

secesión política. Los zombis no eran los únicos enemigos; al menos, no al principio.

¿Los fundamentalistas?

Teníamos nuestros propios fundamentalistas religiosos, como en cualquier país. Muchos creían que, de algún modo, estábamos interfiriendo en la voluntad de Dios.

[Se ríe.]

Lo siento, tengo que aprender a ser más comprensivo, pero, por todos los santos, ¿de verdad piensa que el creador supremo del multiverso infinito va a dejar que un puñado de guardias nacionales de Arizona desbarate sus planes?

[Rechaza la idea con un gesto de la mano.]

Consiguieron más notoriedad de la que deberían, sólo porque ese pirado intentó matar al presidente. En realidad, eran más un peligro para ellos mismos, con todos esos suicidios colectivos, la «piedad» de las matanzas de niños en Medford... Un asunto terrible, igual que con los verdes locos, la versión de izquierdas de los fundamentalistas. Creían que, como los muertos vivientes sólo consumían animales, no plantas, la voluntad de la Diosa Divina era favorecer a la flora sobre la fauna. Causaron algunos problemas: echaron herbicidas en el suministro de agua de una ciudad, pusieron trampas explosivas en los árboles para que los leñadores no pudieran utilizarlos para la producción bélica, etcétera. Ese tipo de terrorismo ecológico quedaba bien en los titulares, aunque, en realidad, no ponía en peligro la seguridad nacional. Los rebeldes eran otra cosa: secesionistas políticos organizados y armados. Eran, sin duda, nuestro peligro más tangible. También fue la única vez que vi preocuparse al presidente; no lo demostraba, con su típica apariencia digna y diplomática. En público lo trataba como un asunto más, como el racionamiento de comida o la reparación de carreteras, pero, en privado... «Debemos eliminarlos con rapidez y decisión, por todos los medios que sean necesarios.» Por supuesto, sólo hablaba de los que estaban dentro de la zona segura occidental; a aquellos renegados intransigentes no les gustaba la política de guerra del gobierno, o ya habían planeado la secesión años antes y usaban la crisis a modo de excusa. Eran los enemigos de la nación, los enemigos internos a los que se refiere cualquiera que jure defender a su país. No tuvimos que pensarnos dos veces cuál era la respuesta adecuada; sin embargo, los secesionistas al este de las Rocosas, los que estaban en algunas de las zonas aisladas y sitiadas... Ahí es donde la cosa se complicaba.

¿Por qué?

Porque, como se suele decir: «No fuimos nosotros los que abandonamos a los Estados Unidos, fueron los Estados Unidos los que nos abandonaron». Hay cierta verdad en la frase, porque abandonamos a aquellas personas. Sí, dejamos a algunos voluntarios de las fuerzas especiales, intentamos proporcionarles suministros por mar y aire, pero, desde un punto de vista puramente moral, los habíamos abandonado. No podía culparlos por querer seguir su propio camino, nadie podía; por eso, cuando empezamos a reclamar territorio, permitimos que todos los enclaves secesionistas tuviesen la oportunidad de reintegrarse pacíficamente.

Pero hubo violencia.

Todavía tengo pesadillas con sitios como Bolívar y las

Black Hills. Nunca veo las imágenes reales, la violencia y los resultados, sino a mi jefe, aquel hombre impresionante, poderoso y vital, poniéndose cada vez más enfermo. Había sobrevivido a muchas cosas y llevaba un gran peso sobre los hombros. ¿Sabe que nunca intentó averiguar qué les había pasado a sus parientes de Jamaica? Ni siquiera preguntó. Estaba demasiado centrado en el destino de nuestra nación, demasiado decidido a conservar el sueño que la había creado. No sé si los grandes hombres son producto de tiempos difíciles, pero sé que pueden ser sus víctimas.

WENATCHEE (WASHINGTON)

[La sonrisa de Joe Muhammad es tan amplia como sus hombros. Aunque durante el día es el propietario del taller de reparación de bicicletas del pueblo, su tiempo libre lo dedica a esculpir metal fundido y convertirlo en exquisitas obras de arte. Sin duda, su obra más conocida es la estatua de bronce del centro comercial de Washington D.C., el Monumento Conmemorativo de la Seguridad Vecinal, en el que se ve a tres ciudadanos, dos de pie y uno en silla de ruedas.]

La reclutadora estaba visiblemente nerviosa e intentó disuadirme. Me preguntó si ya había hablado con los representantes del Decreto de reeducación nacional, y si conocía los demás trabajos disponibles, todos ellos esenciales para la guerra. Al principio no lo entendí, porque ya tenía un trabajo en la planta de reciclaje. Para eso estaban los equipos de seguridad vecinal, ¿no? Era un trabajo voluntario a tiempo parcial que empezaba cuando llegabas a casa. Intenté explicárselo, creyendo que me estaba perdiendo algo. Cuando ella empezó a adarme otras excusas poco entusiastas y bastante tontas, vi que miraba mi silla.

[Joe es minusválido.]

¿Se lo puede creer? Allí estábamos, enfrentándonos a la extinción, ¡y ella intentaba ser políticamente correcta! Me reí, me reí en su cara. ¿Qué? ¿Creía que me presentaba allí sin saber qué querían de mí? ¿Es que aquella zorra idiota no había leído su propio manual de seguridad? Bueno, pues yo sí; la idea del programa de seguridad vecinal se basaba en patrullar el barrio caminando o, en mi caso, rodando por la acera y deteniéndose a comprobar cada casa. Si, por algún motivo, tenías que entrar en alguna, se suponía que al menos dos miembros se esperaban en la calle. [Hace un gesto para señalarse.] ¡No es tan difícil de entender! Y, en cualquier caso, ¿a qué se creía que nos enfrentábamos? No es que tuviésemos que perseguirlos por encima de vallas y a través de patios, porque eran ellos los que venían a por nosotros. ¿Y si, por ejemplo, hubiese más de los que pudiéramos controlar? Mierda, si no podía rodar más deprisa que un zombi a pie, ¿cómo había durado tanto? Le expuse mi caso con claridad y calma, e incluso la reté a formular un escenario en el que mi estado físico pudiera ser un impedimento. No pudo. Murmuró algo sobre tener que consultarlo con su superior y que viniese al día siguiente; yo me negué, diciéndole que podía llamar a su superior y al superior de su superior, y hasta al mismo Oso* en persona, pero

---

* El Oso era el apelativo que recibió en la Primera Guerra del Golfo el comandante del programa de los equipos de seguridad vecinal.

que no me movería hasta tener un chaleco naranja. Grité tan fuerte que todos en la habitación lo oyeron; todos me miraron primero a mí y después a ella, y con eso bastó: me dieron el chaleco y salí de allí antes que nadie.

Como he dicho antes, la seguridad vecinal significaba justo eso: patrullar el barrio. Es un grupo casi militar; asistíamos a clases y a cursos de entrenamiento. Había líderes designados y reglas fijas, pero no tenías que saludar, ni que llamar a todo el mundo «señor», ni nada por el estilo. El armamento tampoco era muy reglamentario: sobre todo herramientas para el cuerpo a cuerpo, como hachas, bates, unas cuantas palancas y machetes... Todavía no teníamos los lobos. Como mínimo, tres personas del equipo debían llevar armas. Yo llevaba una AMT Lightning, una carabina semiautomática pequeña del calibre .22. No tenía retroceso, así que podía dispararla sin tener que bloquear las ruedas. Buen arma, sobre todo cuando la munición se hizo estándar y todavía había recargas.

Los equipos cambiaban según tu horario. Entonces era bastante caótico, porque el DeStRes lo organizaba todo. El turno de noche era duro, se te olvidaba lo oscura que es la noche sin farolas y sin apenas luces en las casas. La gente se iba a dormir muy temprano, normalmente en cuanto oscurecía, así que, a excepción de algunas velas o de algunas personas con licencia para tener un generador porque hacían un trabajo esencial para la guerra desde casa, todo estaba oscuro como boca de lobo. Ni siquiera tenías la luna o las estrellas, por culpa de la mierda que había en la atmósfera. Patrullábamos con linternas, modelos civiles básicos de los que se compraban en las tiendas; todavía teníamos pilas por aquel entonces, y colocábamos celofán rojo en el extremo para proteger nuestra visión nocturna. Nos deteníamos en todas las casas, llamábamos y preguntábamos a quien estuviese de guardia si todo iba bien. Los primeros meses estábamos un poco nerviosos por culpa del programa de reasentamiento; llegaba tanta gente de los campamentos que todos los días tenías al menos una docena de vecinos nuevos, o, incluso, de compañeros de casa nuevos.

Nunca me había percatado de lo bien que me iba todo antes de la guerra, cómodamente escondido en mi casita de las afueras de Stepford. ¿De verdad necesitaba una casa de doscientos setenta y ocho metros cuadrados, tres dormitorios, dos baños, una cocina, un salón, un estudio y una oficina en casa? Después de varios años viviendo solo, de repente, me encontré con una familia de Alabama, seis personas, en mi puerta, con una carta del Ministerio de la Vivienda. Al principio estaba de los nervios, pero te acostumbras deprisa. No me importaba tener a los Shannon, porque así se llamaba la familia; nos llevábamos bastante bien, y siempre dormía mejor sabiendo que había alguien vigilando. Era una de las nuevas reglas para los ciudadanos: alguien tenía que quedarse a vigilar por las noches. Teníamos todos sus nombres en una lista, para asegurarnos de que no fuesen okupas o saqueadores. Comprobábamos los documentos de identidad, la cara, les preguntábamos si habían oído algo, y normalmente respondían que sí, o quizá avisaban de algún ruido que debíamos comprobar. El segundo año, cuando dejaron de llegar refugiados y todos nos conocíamos, nos olvidamos de las listas y los documentos de identidad. Todo estaba más tranquilo. Sin embargo, el primer año, cuando la policía todavía estaba reorganizándose y las zonas seguras no se habían pacificado del todo...

[Se estremece para crear un efecto dramático.]

Todavía quedaban muchas casas vacías, atrancadas, asaltadas o, simplemente, abandonadas con las puertas abiertas de par en par. Habíamos acordonado con cinta policial todas las puertas y ventanas; si veíamos que alguna estaba rota, podía significar que había un zombi dentro de la casa. Nos pasó un par de veces; yo esperaba fuera, con el fusil preparado. A veces se oían gritos, a veces disparos; otras veces sólo se oía un gemido, pies arrastrándose y, después, uno de tus compañeros salía con un arma ensangrentada y una cabeza cortada en la mano. Yo mismo tuve que acabar con unos cuantos. A veces, cuando el equipo estaba dentro y yo vigilaba la calle, oía un ruido, unos pies, un arañazo, algo moviéndose entre los arbustos; lo enfocaba con la luz, llamaba pidiendo refuerzos y acababa con él.

Una vez casi no lo cuento. Estábamos limpiando una casa de dos plantas: cuatro dormitorios, cuatro baños, medio derruida porque alguien había estrellado un Jeep Liberty contra la ventana del salón. Mi compañera me preguntó si me parecía bien que fuese a empolvarse la nariz, y yo la dejé meterse detrás de los arbustos. Error mío. Estaba demasiado distraído, demasiado preocupado por lo que sucedía dentro de la casa, así que no me di cuenta de lo que tenía detrás. De repente, noté que algo tiraba de mi silla. Intenté volverme, pero había bloqueado la rueda derecha. Me giré como pude y apunté con la linterna: era una «serpiente», uno de los que no tienen piernas. Me gruñía desde el asfalto, intentando subirse a la silla; eso me salvó la vida, porque me dio el segundo y medio necesarios para apuntar con mi carabina. De haber estado de pie podría haberme cogido por el tobillo e incluso haberme dado un bocado. Fue la última vez que me relajé en el trabajo.

Los zombis no eran el único problema al que nos enfrentábamos entonces; había saqueadores, no muchos criminales habituales, sino personas normales que necesitaban cosas para sobrevivir. También había *okupas*; en ambos casos, todo solía acabar bien: los invitábamos a casa, les dábamos lo que necesitaban y nos encargábamos de ellos hasta que los tipos del servicio de alojamiento podían hacerse cargo.

Pero también había saqueadores de verdad, malos profesionales. Fue la única vez que resulté herido.

[Se levanta la camisa y deja al descubierto una cicatriz circular del tamaño de una moneda de diez centavos de antes de la guerra.]

Nueve milímetros, me atravesó el hombro. Mi equipo lo persiguió hasta el exterior de la casa, y yo le ordené que se parase. Es la única vez que he tenido que matar a alguien, gracias a Dios. Cuando entraron en vigor las leyes nuevas, el crimen convencional prácticamente desapareció.

Después estaban los niños salvajes, ya sabe, los críos sin hogar que habían perdido a sus padres. Los encontrábamos acurrucados en sótanos, en armarios, bajo las camas. Muchos habían llegado caminando de sitios lejanos, del este; estaban en malas condiciones, malnutridos y enfermos, y muchas veces huían. En esas ocasiones sí me sentía fatal, ya sabe, por no poder perseguirlos. Lo hacía otra persona, y casi siempre los alcanzaban, pero no siempre.

El peor problema eran los «quislings».

¿Quislings?

Sí, ya sabe, los que se volvían majaras y empezaban a actuar como si fueran zombis.

¿Podría dar más detalles?

Bueno, por lo que sé, hay algunas personas que son incapaces de enfrentarse a un situación de vida o muerte. Siempre se sienten atraídos por aquello que temen, así que, en vez de resistirse, desean intentar agradarlo, unirse a ello, ser igual. Supongo que es lo que pasa en los secuestros, ya sabe, como un tipo de síndrome de Estocolmo o Patty Hearst, o, en la guerra normal, como los que se unen al ejército enemigo al ser invadidos. Los colaboradores a veces son más perseverantes que la gente a la que intentan imitar, como los fascistas franceses, que fueron las últimas tropas de Hitler en rendirse. Quizá por eso los llamamos «quislings», porque es una palabra francesa o algo así.*

Pero, en esta guerra, no cabía esa posibilidad; no podías tirarte en brazos del enemigo y decir: «¡Eh, no me matéis, estoy de vuestro lado!». No había ninguna zona gris en esta pelea, ningún término intermedio, así que supongo que algunas personas no pudieron aceptarlo. Los empujó al límite y empezaron a moverse como zombis, a sonar como ellos, incluso a atacar o a intentar comerse a otras personas. Así encontramos al primero. Era un hombre adulto, en los treinta y tantos; iba sucio, aturdido, arrastrando los pies por la acera, así que creíamos que estaba en *shock*, hasta que mordió a uno de nuestros chicos en el brazo. Fueron unos segundos horribles; abatí al *quisling* de un tiro en la cabeza y me volví hacia mi compañero. Estaba hecho un ovillo en la acera, soltando palabrotas, llorando, mirando la herida del brazo; aquello era una sentencia de muerte, y él lo sabía. Estaba listo para hacerlo él mismo, cuando descubrimos que el tipo al que acababa de disparar seguía caliente. Tendría que haber visto cómo perdió los nervios mi compañero, porque no todos los día te llega un indulto divino. Irónicamente, estuvo a punto de morir de todos modos, porque aquel cabrón tenía tantas bacterias en la boca que le provocó una infección de estafilococos casi letal.

---

* *Vidkun Abraham Jonsson Quisling: el presidente instaurado por los nazis en Noruega durante la Segunda Guerra Mundial.*

Creíamos haber descubierto algo nuevo, pero resultó que llevaba pasando algún tiempo. El Centro de Control de Enfermedades estaba a punto de hacerlo público, incluso enviaron a un experto de Oakland para informarnos sobre qué hacer si nos encontrábamos con otros. Era alucinante; ¿sabía que por eso algunas personas se habían creído inmunes? ¿Por los *quislings*? También eran los culpables de que se pusieran tan de moda todas aquellas medicinas de mierda. Piénselo; alguien que está tomando Phalanx recibe un mordisco y sobrevive. ¿Qué otra cosa va a pensar? Seguramente no sabía que existían los *quislings*. Son tan hostiles como los zombis de verdad y, en algunos casos, incluso más peligrosos.

¿Por qué?

Bueno, en primer lugar, no se congelan. Es decir, sí, se congelarían si estuviesen expuestos mucho tiempo, pero, con un frío moderado, si llevan ropa de invierno puesta, no les pasa nada. También se hacen más fuertes al comerse a la gente, no como los zombis. Se pueden conservar mucho tiempo.

Pero también era más fácil matarlos.

Sí y no. No tenías que darles en la cabeza, podías apuntar a los pulmones, el corazón, a cualquier parte, y, al final, se morían desangrados. Sin embargo, si no los detenías de un disparo, seguían intentando atraparte hasta que morían.

¿No sentían dolor?

Joder, no. Es todo eso del poder de la mente sobre la materia, de estar tan concentrado que eres capaz de suprimir lo que se transmite al cerebro y todo eso. Debería hablarlo con un experto.

Continúe, por favor.

Vale, bueno, por eso nunca podíamos convencerlos para que se detuviesen: no quedaba nadie con quien hablar. Aquellas personas eran zombis, quizá no físicamente, pero, mentalmente, no había diferencia. Incluso físicamente era difícil distinguirlos si iban lo bastante sucios, ensangrentados y enfermos. En realidad, los zombis no huelen tan mal de uno en uno, si están frescos. ¿Cómo vas a saber si se trata de uno de verdad o de un imitador con una enorme cantidad de gangrena? No podías. Los militares no nos habían dejado perros adiestrados ni nada, así que tenías que hacerlo a ojo.

Los monstruos no parpadean, no sé por qué; puede que, como usan todos sus sentidos por igual, el cerebro no le dé tanta importancia a la vista, o quizá, al no tener tantos fluidos corporales, ya no puedan usarlos para humedecer los ojos. ¿Quién sabe? El caso es que no parpadean, y los *quislings* sí. Así era cómo los distinguíamos: retrocedíamos unos pasos y esperábamos unos segundos. En la oscuridad era más fácil, porque sólo tenías que apuntarles a la cara con la linterna: si no parpadeaban, acababas con ellos.

¿Y si lo hacían?

Bueno, teníamos órdenes de capturar a los *quislings* siempre que fuera posible y de matar sólo en defensa propia. Parecía una locura, todavía lo parece, pero rodeábamos a unos cuantos, los atábamos de brazos y piernas, como a los animales, y los entregábamos a la policía o a la guardia nacional. No sé bien qué harían con ellos, aunque he oído historias sobre Walla Walla, ya sabe, la prisión en la que los alimentaron, vistieron e incluso curaron de sus heridas. [Mira al techo.]

¿No le parece bien?

Eh, no voy a entrar al trapo. Si quiere abrir esa lata de gusanos, lea los periódicos. Cada año sale un abogado, un sacerdote o un político que intenta alimentar ese fuego por cualquier razón interesada. En lo que a mí respecta, no me importa, no siento nada por ellos, ni en un sentido ni en el otro. Creo que lo más triste de esas personas es que renunciaron a mucho para acabar perdiendo de todas formas.

¿Por qué lo dice?

Porque, aunque no podamos distinguirlos de los zombis, los zombis sí pueden distinguirlos a ellos. ¿Recuerda al principio de la guerra, cuando todos intentaban encontrar la forma de hacer que los zombis se enfrentasen entre ellos? Había todas esas «pruebas documentadas» sobre luchas internas: testigos presenciales e incluso grabaciones de un zombi atacando a otro. Qué estupidez. Eran zombis atacando a *quislings*, pero era imposible saberlo a simple vista, porque los *quislings* no gritan; se quedan parados, ni siquiera intentan luchar, se retuercen lentamente, como robots, mientras las mismas criaturas a las que pretender imitar se los comen vivos.

MALIBÚ (CALIFORNIA)

[No necesito una fotografía para reconocer a
Roy Elliot. Nos reunimos para tomar café en
la restaurada Fortaleza del Muelle de Malibú.
Los que nos rodean lo reconocen al instante,
pero, por el contrario que en los días anteriores a la guerra, mantienen una distancia res-
petuosa.]

El SFA, ése era mi enemigo: Síndrome de Fallecimiento Asin-
tomático o Síndrome de Fatalidad Apocalíptica, según con
quién hablases. Daba igual la etiqueta, el caso es que mató
a tantas personas en los primeros meses de estancamiento
como el hambre, la enfermedad, la violencia entre humanos o los muertos vivientes. Al principio, nadie entendía
qué pasaba: habíamos estabilizado las Rocosas, habíamos
saneado las zonas seguras y, aun así, seguíamos perdiendo
más de cien personas al día. No eran suicidios, aunque de
ésos también teníamos muchos; no, esto era diferente. Algunas víctimas tenían heridas menores o enfermedades fácilmente tratables, mientras que otras gozaban de una salud
perfecta, pero simplemente se iban a dormir una noche y
no se despertaban a la mañana siguiente. El problema era
psicológico: se rendían, no querían ver un nuevo amanecer
porque ya sabían que les traería más sufrimiento. La pérdida de la fe, de la voluntad para resistir, es algo que pasa en
todas las guerras. También ocurre en tiempos de paz, sólo
que en menor proporción. Era impotencia, o, al menos, la
percepción de la impotencia. Yo entendía el sentimiento,
ya que me había pasado toda la vida dirigiendo películas;
me llamaban el niño prodigio, el *wunderkind* que no podía
fallar, aunque lo había hecho a menudo.

Y, de repente, era un don nadie, un F-6. El mundo se iba

al infierno y todo mi valioso talento no podía hacer nada por evitarlo. Cuando oí hablar del SFA, el gobierno intentaba mantenerlo en secreto, tuve que averiguarlo a través de un contacto en el Hospital Cedars-Sinai. Cuando lo supe, algo encajó en mi interior, como cuando hice mi primer corto en Súper 8 y se lo enseñé a mis padres. Me di cuenta de que era algo que podía hacer, ¡de un enemigo contra el que podía luchar!

Y el resto es historia.

[Se ríe.] Ojalá. Fui directamente al gobierno, pero me rechazaron.

¿De verdad? Creía que, teniendo en cuenta su carrera anterior...

¿Qué carrera? Querían soldados y granjeros, trabajos de verdad, ¿recuerda? Estuvieron en plan: «Oye, lo siento, *nasti de plasti*, pero ¿me das un autógrafo?». Sin embargo, no soy de los que se rinden. Cuando creo que puedo hacer algo para mí no existen las negativas, así que le expliqué al representante del DeStRes que al Tío Sam no le costaría ni un centavo, que utilizaría mi propio equipo, mi propia gente, que sólo necesitaba que me dieran acceso a los militares. «Deje que le enseñe a la gente lo que están haciendo para detener esto —le dije—. Deje que les dé algo en que creer.» Pero me rechazaron de nuevo. Los militares tenían cosas más importantes que hacer en ese momento que «posar para la cámara».

¿Pasó por encima de él?

¿Para llegar a quién? No había barcos a Hawai y Sinclair

estaba corriendo por la Costa Oeste. Todos los que estaban en posición de ayudarme se encontraban físicamente fuera de mi alcance o demasiado distraídos con asuntos «más importantes».

¿Y no podía haberse convertido en periodista free lance, *haber obtenido un pase de prensa del gobierno?*

Habría tardado demasiado. La mayoría de los medios de comunicación estaban desmantelados o federalizados. Lo que quedaba se dedicaba a repetir anuncios de seguridad pública para asegurarse de que todos los que acabasen de llegar supiesen qué hacer. Todo estaba hecho un desastre. Apenas teníamos carreteras pasables, así que mejor no hablar de la burocracia necesaria para que me concedieran un puesto de periodista a tiempo completo. No podía esperar, podría haber llevado meses; meses, con cien personas muriendo al día; no podía esperar, tenía que hacer algo de inmediato. Cogí una cámara DV, algunas baterías de recambio y un cargador solar. Mi hijo mayor vino conmigo como técnico de sonido y «ayudante de dirección». Estuvimos una semana en la carretera, los dos solos, con nuestras bicis de montaña, en busca de historias. No tuvimos que ir muy lejos.

Justo a las afueras de Greater Los Angeles, en un pueblo llamado Claremont, hay cinco facultades: Pomona, Pitzer, Scripps, Harvey Mudd y Claremont Mckenna. Cuando empezó el Gran Pánico, cuando todos los demás salían corriendo, literalmente, hacia las colinas, trescientos estudiantes decidieron resistir. Convirtieron la facultad femenina de Scripps en algo parecido a una ciudad medieval. Cogieron suministros de los demás campus y sus armas eran una mezcla de herramientas de jardinería y fusiles de práctica del cuerpo de entrenamiento de oficiales de la reserva. Cultivaron huertos, excavaron pozos, fortificaron el muro ya existente y, mientras las montañas ardían detrás de ellos y los barrios que los rodeaban sucumbían a la violencia, ¡aquellos trescientos chavales lograron rechazar a diez mil zombis! Diez mil a lo largo de cuatro meses, hasta que logramos pacificar el Inland Empire*. Tuvimos la suerte de llegar allí justo al final, justo a tiempo de ver cómo caía el último muerto viviente, mientras los estudiantes vitoreaban y los soldados se unían bajo una enorme bandera casera que ondeaba en el campanario de Pomona. ¡Qué historia! Noventa y seis horas de grabación sin editar en la lata. Me habría gustado grabar más, pero el tiempo era esencial; recuerde que perdíamos cien vidas al día.

Teníamos que sacar a la luz aquello lo antes posible. Llevé la grabación a casa y la corté en la mesa de edición. Mi esposa hizo la narración. Preparamos catorce copias, todas en distintos formatos, y las mostramos aquel sábado por la noche en diferentes campamentos y refugios de Los Ángeles. La titulé *Victoria en Avalón: La Batalla de las Cinco Facultades*.

El nombre, Avalón, lo saqué de lo que había grabado uno de los estudiantes durante el asedio. Era la noche anterior al último y peor ataque, cuando una horda entera del este se veía aparecer con claridad por el horizonte. Los chavales estaban trabajando a tope: afilando armas, reforzando defensas, haciendo guardias en los muros y las torres. Una canción empezó a sonar por todo el campus, a través del altavoz que no dejaba de emitir música, para mantener la moral alta. Una estudiante de Scripps que cantaba como los ángeles entonaba esa canción de Roxy Music. Era una interpretación preciosa y ofrecía un contraste muy marcado con la tormenta que se avecinaba, así que la utilicé para mi

---

* *El Inland Empire de California fue una de las últimas zonas que se declaró segura.*

montaje del momento de preparación de la batalla; todavía me emociono cuando la oigo.

¿Cómo funcionó con la audiencia?

¡Fue una bomba! No sólo la escena, sino toda la película; al menos, eso me pareció a mí, aunque esperaba una reacción más inmediata: vítores, aplausos, esas cosas. Nunca lo reconoceré ante nadie, ni siquiera ante mí, pero tenía una fantasía egoísta en la que la gente se acercaba a mí después, con lágrimas en los ojos, me cogía las manos y me daba las gracias por haberles mostrado la luz al final del túnel. Sin embargo, ni siquiera me miraban. Me quedé en la puerta como si fuese un héroe conquistador y ellos pasaron a mi lado con la mirada clavada en el suelo. Me fui a casa aquella noche pensando: «Bueno, era una idea bonita; quizá la granja de patatas de MacArthur Park necesite más personal».

¿Qué ocurrió?

Pasaron dos semanas. Conseguí un trabajo de verdad, ayudando a reabrir la carretera del cañón de Topanga. Entonces, un día, un hombre apareció en mi casa, a caballo, como recién salido de una vieja *peli* del Oeste de Cecil B. De Mille. Era un psiquiatra del centro médico del condado de Santa Bárbara. Habían oído hablar del éxito de mi película y quería saber si tenía más copias.

¿Éxito?

Eso mismo le dije yo. Al parecer, la misma noche del «estreno» de *Avalón*, ¡los casos de SFA descendieron un cinco por ciento en Los Ángeles! Al principio creyeron que se trataba de una anomalía estadística, hasta que un estudio más exhaustivo reveló que el descenso sólo era realmente obvio en las comunidades en que se había estrenado la película.

¿Y nadie se lo dijo a usted?

Nadie. [**Se rió.**] Ni los militares, ni las autoridades municipales, ni siquiera la gente que dirigía los refugios, donde seguían proyectándola sin mi conocimiento. No me importa, porque el caso es que funcionó. Marcó una diferencia y me dio trabajo para el resto de la guerra. Reuní a unos cuantos voluntarios, a todos los miembros de mi equipo que pude encontrar. El chico que había hecho aquellas grabaciones en Claremont, Malcolm Van Ryzin, sí, ese Malcolm*, se convirtió en mi director de fotografía. Requisamos una empresa de doblaje abandonada en West Hollywood y empezamos a sacar cientos de copias. Las metíamos en todos los trenes, caravanas y transbordadores de camino al norte. Las respuestas tardaron en llegar, pero, cuando lo hicieron...

[**Sonríe y levanta las manos en acción de gracias.**]

Un diez por ciento menos de casos en toda la zona segura occidental. Yo ya estaba en la carretera por aquel entonces, rodando más historias. *Anacapa* ya estaba terminada, y estábamos metidos con *Mission District*. El gobierno no se interesó por mí hasta que *Dos Palmos* llegó a las pantallas y el SFA se había reducido un veintitrés por ciento...

¿Recursos adicionales?

---

* *Malcolm Van Ryzin: Uno de los cinematógrafos con más éxito de Hollywood.*

[Se ríe.] No, nunca les pedí ayuda, y estaba claro que ellos no iban a darla. Pero conseguí por fin acceso a los militares, y eso me abrió la puerta a un mundo nuevo.

¿Fue entonces cuando hizo Fuego de los dioses?

[Asiente.] El ejército tenía dos programas activos de armas láser: Zeus y MTHEL. Originalmente, Zeus se diseñó para limpieza de municiones: se cargaba minas terrestres y bombas sin estallar. Era lo bastante pequeño y ligero para montarlo en un Humvee especializado; el artillero encontraba el objetivo a través de una cámara coaxial instalada en la torreta, apuntaba a la superficie elegida y disparaba un impulso a través de la misma abertura óptica. ¿Estoy siendo demasiado técnico?

En absoluto.

Lo siento, me metí mucho en el proyecto. El haz era una versión armamentística de los láser de estado sólido industriales, los que se utilizan para cortar acero en las fábricas. Podía quemar la carcasa exterior de una bomba o calentarla hasta que detonaba el paquete explosivo. El mismo principio se aplicaba a los zombis: cuando estaba al máximo, les atravesaba la frente; con menor potencia, les cocía, literalmente, el cerebro hasta que les salía por las orejas, la nariz y los ojos. Las grabaciones que hicimos eran deslumbrantes, pero Zeus no era más que una pistola de agua si lo comparábamos con el MTHEL.

El acrónimo significa Mobile Tactical High Energy Laser*, codiseñado por los Estados Unidos e Israel para destruir pequeños proyectiles. Cuando Israel se declaró en cuaren-

---

* *Mobile Tactical High Energy Laser: Láser móvil táctico de alta energía.*

tena y tantos grupos terroristas empezaron a lanzar morteros y cohetes por encima del muro de seguridad, el MTHEL fue lo que acabó con ellos. Tenía el mismo tamaño y la misma forma que un reflector de la Segunda Guerra Mundial, ya que, de hecho, se trataba de un láser de fluoruro de deuterio, mucho más potente que el de estado sólido del Zeus. Los efectos resultaban devastadores: hacía que la carne se desprendiera de los huesos, que después se ponían incandescentes antes de convertirse en polvo. Cuando lo pasabas a velocidad normal era magnífico, pero, a cámara lenta... era el fuego de los dioses.

¿Es cierto que el número de casos de SFA se redujo a la mitad en un mes después del estreno de la película?

Creo que eso podría ser algo exagerado, aunque la gente hacía cola para verla cuando salía del trabajo. Algunos la veían todas las noches. Los carteles publicitarios mostraban a un zombi atomizado; la imagen estaba sacada directamente de un fotograma de la película, esa imagen clásica en la que la niebla te permitía ver el haz del láser. El pie de la foto decía simplemente: «El futuro». Esa imagen, por sí sola, salvó el programa.

¿Su programa?

No, el de Zeus y MTHEL.

¿Corrían peligro?

MTHEL iba a cerrarse un mes después de la grabación. Zeus ya se había cortado. Tuvimos que suplicar, pedir prestado y robar, literalmente, para que lo reactivasen delante de nuestras cámaras. El DeStRes consideraba que los dos eran un despilfarro de recursos.

¿Y lo eran?

Sí, un despilfarro imperdonable. Cuando decían que era un láser «móvil», se referían a un convoy de vehículos especializados, todos delicados, nada de todoterrenos, y dependientes entre sí. El MTHEL también necesitaba una gran energía y copiosas cantidades de productos químicos muy inestables y tóxicos para el proceso del láser.

Zeus era un poco más económico, más fácil de enfriar, más fácil de mantener y, como se montaba en Humvees, podía ir a cualquier parte que se necesitara. El problema era: ¿para qué iban a necesitarlo? Incluso a alta potencia, el artillero tenía que mantener el haz en su sitio durante varios segundos, y recuerde que hablamos de un blanco en movimiento. Un buen tirador podría hacer el mismo trabajo en la mitad de tiempo, multiplicando por dos las bajas enemigas. Las características del láser descartaban la posibilidad de fuego rápido, que era justo lo que se necesitaba contra los ataques de los enjambres de zombis. De hecho, ambas unidades tenían asignado de forma permanente un pelotón de tiradores, gente destinada a proteger una máquina que está diseñada para proteger a la gente.

¿Tan malos eran?

No para su misión original. El MTHEL libró a los israelíes de los bombardeos terroristas, y Zeus al final salió de su retiro para limpiar la munición sin estallar que se había quedado atrás al avanzar el ejército. Eran estupendas como armas para ese propósito, pero, como asesinas de zombis, eran un desastre.

Entonces, ¿por qué las filmó?

Porque los estadounidenses adoran la tecnología. Es un rasgo inherente al espíritu nacional de nuestros tiempos. Nos demos cuenta o no, ni el ermitaño más infatigable puede negar la destreza técnica de nuestro país: dividimos el átomo, llegamos a la Luna, hemos llenado todas las casas y negocios de tantos aparatos y cacharros que ni siquiera los primeros escritores de ciencia ficción podrían haber soñado algo parecido. No sé si es algo bueno, no soy quién para juzgar, pero sé que, como todos esos antiguos ateos en las trincheras, la mayoría de los estadounidenses seguían rezando para que los salvara el Dios de la ciencia.

Pero no lo hizo.

Eso daba igual, porque la película tuvo tal éxito que me pidieron una serie entera. La llamé *Armas asombrosas*, siete películas sobre la tecnología de vanguardia de nuestro ejército. Era una tecnología que no aportaba ninguna diferencia estratégica, pero que ganaba la batalla psicológica.

¿No es eso...?

¿Una mentira? No pasa nada, puede decirlo. Sí, había mentiras, y, a veces, mentir no es algo malo. Las mentiras no son buenas ni malas; como un buen fuego, pueden mantenerte caliente o quemarte vivo, según cómo las uses. Las mentiras que nos contó nuestro gobierno antes de la guerra, las que se suponía que nos mantenían ciegos y felices, ésas eran de las que quemaban, porque nos impedían hacer lo que había que hacer. Sin embargo, cuando filmé *Avalón*, todo el mundo estaba ya haciendo lo que tenía que hacer para sobrevivir. Las mentiras del pasado habían desaparecido tiempo atrás y la verdad estaba en todas partes, arrastrándose por nuestras calles, atravesando nuestras puertas, desgarrándonos el cuello. La verdad era que daba igual lo que hiciéramos porque lo más seguro era que muchos o todos nosotros no viésemos un futuro. La verdad era que estábamos frente a lo que podría ser el crepúsculo de nuestra especie, y la verdad hacía que cien personas murieran de impotencia cada noche. Necesitaban algo que los calentase, así que mentí, igual que mintió el presidente, y todos los médicos, sacerdotes, jefes de pelotón y padres del mundo. «Todo saldrá bien», ése era nuestro mensaje. Era el mensaje que enviaron los demás cineastas durante la guerra. ¿Ha oído hablar de *La Ciudad de los Héroes*?

Por supuesto.

Una gran película, ¿verdad? Marty la rodó durante el Asedio, él sólo, con cualquier medio al que podía echar mano. Qué obra maestra: el valor, la decisión, la fuerza, la dignidad, la amabilidad y el honor. Realmente hace que tengas fe en la raza humana. Es mejor que cualquier cosa que haya hecho yo; debería verla.

Ya la he visto.

¿Qué versión?

¿Cómo dice?

¿Qué versión ha visto?

No sabía que...

¿Que hubiese dos? Tiene que hacer bien los deberes,

joven. Marty hizo una versión de *La Ciudad de los Héroes* antes de la guerra y otra después. ¿La versión que vio duraba noventa minutos?

Eso creo.

¿Mostraba el lado oscuro de los héroes de *La Ciudad de los Héroes*? ¿Mostraba la violencia y la traición, la crueldad, la depravación, la maldad sin límites que se escondía en los corazones de esos héroes? No, claro que no. ¿Por qué iba a hacerlo? Era nuestra realidad, y eso era lo que hacía que mucha gente se metiese en la cama, apagase las velas y respirase su último aliento. Marty decidió, en cambio, enseñar el otro lado, el que hace que la gente quiera levantarse por la mañana, que desee pelear con uñas y dientes por su vida, porque alguien les dice que todo va a salir bien. Existe una palabra que define ese tipo de mentira: esperanza.

BASE DE LA GUARDIA NACIONAL AÉREA DE PARNELL (TENNESSEE)

[Gavin Blaire me acompaña hasta la oficina de su comandante de escuadrón, la coronel Christina Eliopolis. A pesar de ser una leyenda tanto por su carácter como por su excepcional historial bélico, resulta difícil entender cómo tanta intensidad puede contenerse en una figura tan diminuta, casi infantil. Sus largos rizos negros y delicados rasgos faciales no hacen más que reforzar una imagen de eterna juventud. Entonces se quita las gafas de sol y veo el fuego que le arde en los ojos.]

Yo era piloto de Raptor, el FA-22. Se trataba, sin duda, de la mejor plataforma de superioridad aérea que se ha construido. Podía volar más deprisa y mejor que Dios y todos sus ángeles. Era un monumento a la destreza técnica de los Estados Unidos... y, en esta guerra, esa destreza no valía una mierda.

Tuvo que resultarle frustrante.

¿Frustrante? ¿Sabe qué se siente cuando, de repente, te dicen que el único objetivo que has tenido en tu vida, por el que has sufrido y lo has sacrificado todo, por el que te has esforzado hasta límites que ni siquiera conocías, se considera «estratégicamente inválido»?

¿Diría usted que se trataba de un sentimiento común?

Se lo diré de otra forma: el ejército ruso no fue el único servicio diezmado por su propio gobierno. El Decreto de reconstrucción de las fuerzas armadas básicamente neutralizó las fuerzas aéreas. Algunos «expertos» del DeStRes determinaron que nuestra relación recursos-muertes era la más desequilibrada de todas las ramas militares.

¿Podría darme algunos ejemplos?

¿Qué me dice de la JSOW, la Joint Standoff Weapon*? Era una bomba de gravedad, guiada por GPS y navegación

---

* *Joint Standoff Weapon: literalmente, arma conjunta a distancia, aunque se conoce por su nombre en inglés.*

inercial, que podía lanzarse desde una distancia máxima de sesenta y cinco kilómetros. La versión básica llevaba ciento cuarenta submuniciones BLU-97B, y cada bombita contaba con una carga hueca contra objetivos blindados, una carcasa de fragmentación contra infantería y un anillo de circonio para abrasar una zona de combate entera. Lo habían considerado un triunfo, hasta que llegó Yonkers.* Después de eso, nos dijeron que el precio de un equipo de JSOW (los materiales, la mano de obra, el tiempo y la energía, por no mencionar el combustible y el mantenimiento en tierra necesario para el avión que los liberaba) servía para pagar un pelotón de mierdecillas de infantería que podían cargarse a mil veces más zombis. No se aprovechaba bien la pasta, como les gustaba decir a nuestras antiguas joyas de la corona. Nos atravesaron como si fueran un láser industrial: los B-2 Spirits, fuera; los B-1 Lancers, fuera; incluso los viejos y gordos B-52, todos fuera. Si añadimos los Eagles, los Falcons, los Tomcats, los Hornets, los JSF y los Raptors, se perdieron más aviones de combate de un plumazo que luchando contra todos los SAM, Flak y cazas enemigos de la historia.** Al menos no desguazaron los recursos, gracias a Dios, sino que los guardaron en almacenes o en ese enorme cementerio del desierto, en el AMARC.*** Lo llamaron «inversión a largo plazo»; es algo en lo que siempre se puede confiar: mientras luchamos en una guerra nos preparamos para la siguiente. Nuestra capacidad aérea, al menos la organización, quedó casi intacta.

---

* Las Joint Standoff Weapons se utilizaron junto con otra artillería aérea en Yonkers.
** Una pequeña exageración. La cantidad de aviones de combate que se quedaron en tierra durante la Guerra Mundial Z no llega al número de aviones perdidos durante la Segunda Guerra Mundial.
*** AMARC: Aerospace Maintenance and Regeneration Center (Centro de mantenimiento y regeneración aeroespacial) en las afueras de Tucson, en Arizona.

¿Casi?

Los Globemasters tuvieron que desaparecer, al igual que todo lo demás que funcionase con un reactor que consumiese montones de combustible. Eso nos dejaba con los aviones propulsados por hélices. Pasé de pilotar lo más parecido a un caza X-Wing a pilotar lo más parecido a un camión de mudanzas.

¿Era ésa la tarea principal de las fuerzas aéreas?

Nuestro primer objetivo era el reabastecimiento aéreo, el único que realmente importaba.

[Señala un mapa amarillento que está en la pared.]

El comandante de la base dejó que me lo quedara después de lo que me pasó.

[Es un mapa de los Estados Unidos continentales durante la guerra. Todo el terreno al oeste de las Rocosas aparece sombreado en gris claro. En la zona gris se ven diferentes círculos de colores.]

Islas en el Mar de Zeta. Las verdes indican instalaciones militares activas; algunas se habían convertido en centros de refugiados, otras seguían contribuyendo a los esfuerzos bélicos, y otras estaban bien defendidas, pero no tenían importancia estratégica.

Las zonas rojas estaban etiquetadas como «ofensivas viables»: fábricas, minas, centrales eléctricas. El ejército había dejado equipos de vigilancia allí durante la gran retirada, con la misión de proteger y mantener las instalaciones para cuando llegase el momento, si llegaba, de sumarlas a los recursos bélicos globales. Las zonas azules eran áreas civiles en las que la gente había conseguido resistir, hacerse con parte del terreno y arreglárselas para vivir dentro de sus fronteras. Todas aquellas zonas necesitaban suministros, y de eso iba el «Puente Aéreo Continental».

Era una operación a gran escala, no sólo por la cantidad de aviones y combustible, sino también por la organización; en términos estadísticos, se trataba de la empresa de mayor envergadura de la historia de las fuerzas aéreas, porque había que seguir en contacto con todas las islas, procesar sus necesidades, coordinarse con el DeStRes e intentar suministrar y priorizar todo el material para cada lanzamiento.

Intentamos no utilizar productos consumibles que requerían lanzamientos regulares, como comida y medicinas. Se clasificaban como lanzamientos de dependencia y eran menos importantes que los lanzamientos de autonomía, como las herramientas, las piezas de repuesto y las herramientas para fabricar esos repuestos. «No necesitan pescado —decía Sinclair—, necesitan cañas de pescar.»

Sin embargo, todos los otoños lanzábamos un montón de pescado, trigo, sal, vegetales desecados, leche en polvo para bebés... Los inviernos eran duros, ¿lo recuerda? Ayudar a la gente a que se valga por sí misma es una gran teoría, pero, para eso, tienen que seguir vivos.

A veces teníamos que soltar a personas, a especialistas como médicos o ingenieros, profesionales con una formación que no se puede obtener de un manual. Las zonas azules recibieron muchos instructores de las fuerzas especiales, no sólo para enseñarlos a defenderse mejor, sino también para prepararlos para el día en que tuviesen que pasar a la ofensiva. Respeto mucho a esos tíos; la mayoría sabían que se quedarían allí hasta que todo acabase, porque muchas de las zonas azules no tenían puentes aéreos, así que tenían que lanzarse en paracaídas sin ninguna esperanza de que volviesen a recogerlos. Algunos de aquellos lugares acabaron cayendo y la gente que se lanzaba sabía los riesgos que corría. Unos valientes, todos ellos.

Eso también vale para los pilotos.

Oiga, no estoy minimizando los riesgos que corríamos nosotros. Todos los días teníamos que sobrevolar cientos, a veces miles, de kilómetros de territorio infestado. Por eso teníamos las zonas moradas. [**Se refiere al último color del mapa. Hay pocos círculos morados, y están a bastante distancia unos de otros.**] Los establecimos como instalaciones para reparaciones y repostar combustible. Muchos aviones no tenían la capacidad necesaria para llegar hasta zonas remotas de la Costa Este si no podían repostar en vuelo. Las zonas moradas ayudaron a reducir el número de aviones y tripulación perdidos en ruta y aumentaron hasta el noventa y dos por ciento la supervivencia de nuestra flota. Por desgracia, yo formaba parte del otro ocho por ciento.

Nunca sabré con certeza qué fue exactamente lo que nos derribó: una avería mecánica o la fatiga mental unida al mal tiempo. Puede que fuese un problema de etiquetado o manipulación de nuestra carga; aunque preferíamos no pensar en ello, pasaba a menudo. A veces, si no se empaquetaba bien un material peligroso o, Dios no lo quisiera, algún descerebrado inspector de calidad dejaba que su gente montase los detonadores antes de embalarlos para el viaje... Eso le pasó a un amigo mío en un viaje rutinario entre Palmdale y Vandenberg; ni siquiera estaba cruzando una zona infestada, pero llevaba doscientos detonadores de tipo 38 y, por accidente, todos tenían las baterías activadas y programadas para estallar con la misma frecuencia de nuestra radio.

[Chasquea los dedos.]

Puede que eso nos pasase a nosotros. Estábamos en un vuelo entre Phoenix y la zona azul de las afueras de Tallahassee, en Florida. Era finales de octubre, lo que entonces prácticamente equivalía a pleno invierno. Honolulú intentaba aprovechar todos los lanzamientos posibles antes de que el tiempo nos obligase a refugiarnos hasta marzo. Era nuestro noveno vuelo de la semana y estábamos tomando *tweeks**, esos pequeños estimulantes azules que te permitían seguir adelante sin fastidiarte los reflejos ni el juicio. Supongo que funcionaban, aunque me daban ganas de orinar como una loca cada veinte minutos. Mi tripulación, los chicos, solían meterse conmigo, ya sabe, diciendo que las chicas están todo el día meando. Sé que no lo hacían con mala intención, pero, aún así, intentaba aguantarme todo lo posible.

Después de dos horas dando tumbos por una turbulencia de las malas, no pude aguantarlo más y le pasé el mando al copiloto. Acababa de bajarme la cremallera cuando noté una gran sacudida, como si Dios acabase de darle una patada a nuestra cola... y, de repente, empezamos a caer en picado. Nuestro C-130 ni siquiera tenía un baño de verdad, sino tan sólo un váter químico portátil con una cortina de ducha de plástico grueso. Puede que eso me salvara la vida, porque, de haber estado atrapada en un compartimento de verdad, quizá inconsciente o sin poder llegar al pomo de la puerta... De repente oí un chirrido, noté una impresionante ráfaga de aire a alta presión y salí volando por la parte de atrás del

---

* Tweeks: *Juego de palabras entre* two *(dos) y* week *(semana).*

avión, pasando justo por donde tendría que haber estado la cola.

Empecé a bajar en espiral, sin control. Podía distinguir el avión, una masa gris que se encogía y humeaba en su descenso hacia el suelo. Me enderecé y tiré del paracaídas; todavía estaba mareada, intentando recuperar el aliento, y la cabeza me daba vueltas. Conseguí coger la radio y empecé a gritarle a mi tripulación que respondiera, sin obtener respuesta. Sólo podía ver otro paracaídas, la única persona que logró salir, aparte de mí.

Ése fue el peor momento, allí colgada, indefensa. Podía ver el otro paracaídas, por encima de mí, al norte, a unos tres kilómetros y medio. Busqué a los demás; probé de nuevo con la radio, pero no tenía señal, así que supuse que se habría estropeado durante mi «salida»; intenté orientarme: estaba en algún lugar del sudeste de Lousiana, en un desierto pantanoso que parecía no tener fin. En cualquier caso, no estaba segura, porque mi cerebro seguía dando palos de ciego. Al menos me quedaba el sentido común suficiente para comprobar lo esencial: podía mover las piernas y los brazos, no me dolía nada, ni tampoco sangraba; me aseguré de que mi equipo de supervivencia siguiera intacto, todavía atado con correas a mi muslo, y que mi arma, mi Meg*, siguiera clavándoseme en las costillas.

¿La habían preparado las fuerzas aéreas para situaciones como aquélla?

Todos teníamos que pasar por el «Programa de fuga y evasión» de Willow Creek, en las montañas Klamath de

---

* Meg: *El apodo que le da la piloto a su pistola automática estándar calibre .22. Se sospecha que el aspecto del arma (el gran silenciador, la culata plegable y la mira telescópica) hacen que se asemeje al viejo Transformer de la marca Hasbro, «Megatrón». Este dato no se ha confirmado.*

California. Incluso nos metían a unos cuantos zombis de verdad, marcados y controlados, y los colocaban en lugares específicos para que pareciese real. Es similar a lo que te enseñan en el manual para civiles: movimiento, sigilo, cómo acabar con los zetas antes de que puedan aullar y dar a conocer tu posición. Todos lo hicimos, es decir, todos sobrevivimos, aunque un par de pilotos acabaron licenciados por problemas mentales. Supongo que no pudieron aguantar tanto realismo. A mí nunca me preocupó estar sola en territorio enemigo, era lo mismo de siempre.

¿Siempre?

*¿*Quiere hablar sobre encontrarse solo en territorio hostil? Pues le hablo sobre mis cuatro años en Colorado Springs.

Pero había más mujeres...

Había más cadetes, más competidoras que, por pura casualidad, tenían los mismos genitales que yo. Créame, cuando empieza la presión, la hermandad femenina salé volando. No, estaba yo sola: independiente, autosuficiente y siempre, siempre segura de mí misma, sin vacilación. Fue la única manera de sobrevivir a aquellos cuatro años de infierno académico, y fue lo único con lo que contaba cuando caí en el barro, en pleno corazón del país de los emes.

Desenganché el paracaídas (nos enseñan a no perder tiempo en esconderlo) y fui en busca del otro. Me pasé un par de horas chapoteando por aquel cieno frío que me entumecía de rodilla para abajo. No pensaba con claridad y la cabeza todavía me daba vueltas; sé que no es excusa, sí, pero por eso no me di cuenta de que los pájaros, de repente, huían a toda prisa en dirección contraria. Aunque sí oí el grito, débil y lejano, y vi el paracaídas enganchado en los árboles. Empecé a correr, otro error imperdonable, haciendo un montón de ruido sin detenerme a comprobar si se oían zetas. No vi nada salvo ramas grises y peladas hasta que los tuve encima; de no ser por Rollins, mi copiloto, seguro que la habría palmado.

Lo encontré colgado de su arnés, muerto, retorciéndose. Le habían desgarrado el uniforme de vuelo* y tenía las tripas colgando... sobre cinco criaturas que se las comían bajo aquella lluvia de color marrón rojizo. Uno de ellos había conseguido enredarse el cuello en un trozo de intestino delgado. Cada vez que se movía, tiraba de Rollins, como si tocase una puta campana. No notaron mi presencia; estaban tan cerca que podía tocarlos y ni siquiera me miraron.

Al menos tuve la sensatez de colocar el silenciador. No tenía por qué haber gastado todo el cargador, fue otra cagada, pero estaba tan enfadada que me lie a patadas con los cadáveres. Sentía tanta vergüenza, tanto odio por mí misma...

¿Por usted?

¡La había cagado del todo! Mi avión, mi tripulación...

Pero había sido un accidente. No era culpa suya.

¿Cómo lo sabe? Usted no estaba allí. Mierda, ni siquiera yo estaba allí, así que no sé cómo pasó. No estaba haciendo mi trabajo, estaba en cuclillas sobre un cubo, ¡como si fuese una puta chica!

Tenía la cabeza a punto de estallar, me decía que era una enclenque de mierda, una perdedora de mierda. Empecé a

---

* *En este momento de la guerra, los nuevos uniformes de combate todavía no se fabricaban en serie.*

caer en picado, no sólo odiándome, sino odiándome por odiarme. ¿Tiene sentido? Seguro que me habría quedado allí mismo, temblorosa, indefensa, hasta que llegaran los zetas, pero, entonces, mi radio empezó a graznar: «¿Hola? ¿Hola? ¿Hay alguien ahí? ¿Ha saltado alguien de ese accidente?». Era una voz de mujer, sin duda una civil, por el lenguaje y el tono.

Respondí de inmediato, me identifiqué y le pedí que hiciese lo mismo. Ella me dijo que era una observadora aérea y que su apodo era Fan de los Mets o sólo Mets, para abreviar. El sistema de observación aérea era una red ad hoc de operadores de radio aislados; se suponía que debían informar sobre los tripulantes de los vuelos accidentados y hacer todo lo posible para ayudar en su rescate. Aunque no era un sistema muy eficaz, sobre todo porque había pocos operadores, parecía mi día de suerte. Me dijo que había visto el humo y cómo caían los restos de mi Herc, y que, a pesar de que probablemente estuviese a menos de un día a pie de mi posición, su cabaña estaba rodeada de enemigos. Antes de poder contestar nada, añadió que no me preocupase, que ya había informado de mi posición al equipo de rescate y que lo mejor que podía hacer era salir a campo abierto para poder reunirme con ellos.

Fui a coger el GPS, pero se me había caído del uniforme al salir volando del avión; aunque tenía un mapa de supervivencia, era grande y poco específico: mi viaje me llevaba sobre tantos estados que era casi un mapa de los EE.UU. Todavía tenía la mente nublada por culpa de la rabia y la duda, y le dije a la mujer que no sabía cuál era mi posición, que no sabía adónde ir...

Ella se rio: «¿Quieres decir que nunca has hecho este viaje? ¿Que no te sabes de memoria cada centímetro? ¿Que no viste dónde estabas mientras colgabas del paracaídas?». Aquella mujer tenía tanta confianza en mí que intentaba hacerme pensar en vez de darme las respuestas masticadas. Me di cuenta de que sí conocía bien la zona, que, efectivamente, había sobrevolado aquel territorio al menos veinte veces en los últimos tres meses y que tenía que estar en algún lugar de la cuenca del río Atchafalaya. «Piensa —me dijo—, ¿qué viste desde tu paracaídas? ¿Había algún río, alguna carretera?»

Al principio sólo recordaba los árboles, el interminable paisaje gris sin características distintivas, pero después, poco a poco, conforme se me aclaraba la mente, empecé a recordar ríos y una carretera. Miré en el mapa y me di cuenta de que, justo al norte de mi posición, estaba la autopista I-10. Mets me dijo que era el mejor lugar para una recogida del equipo de rescate y que no tardaría más de un día o dos en llegar, si empezaba a moverme y dejaba de malgastar lo que quedaba de día.

Cuando estaba a punto de marcharme, me detuvo para preguntarme si se me había olvidado hacer algo. Recuerdo ese momento con claridad; me volví hacia Rollins, que empezaba abrir de nuevo los ojos. Sentí que debía decir algo, quizá disculparme, y después le disparé a la cabeza.

Mets me aconsejó que no me culpara, que, pasara lo que pasara, no me distrajese del trabajo que tenía entre manos. Me dijo: «Sigue viva, sigue viva y haz tu trabajo. —Después añadió—: Y deja de gastar potencia».

Se refería a la radio, no se le escapaba una, así que corté y empecé a avanzar por el pantano hacia el norte. Ya tenía la mente puesta en el objetivo y recordé todo lo que había aprendido en Creek. Daba un paso, me detenía, escuchaba. Permanecía en tierra seca siempre que podía y me aseguraba de caminar con mucha precaución. Tuve que nadar un par de veces, y eso me ponía muy nerviosa; juro que en dos ocasiones sentí una mano que me rozaba la pierna. En cierto momento encontré una carretera pequeña, de apenas dos carriles y muy deteriorada, pero me pareció mejor que chapotear por el barro. Informé a Mets de lo que había encontrado y le pregunté si me llevaría directamente a la autopista. Ella me advirtió que me alejara de allí y de cualquier otra carretera que cruzase la cuenca: «En las carreteras hay coches —me dijo—, y en los coches hay emes». Se refería a los conductores humanos mordidos que habían muerto de sus heridas antes de salir del coche y, como aquellos monstruos no tenían la inteligencia suficiente para abrir una puerta o desabrochar un cinturón de seguridad, estaban condenados a pasarse el resto de su existencia atrapados en los coches.

Le pregunté qué tenía de malo: si no podían salir, mientras yo no dejase que me alcanzasen por la ventana, ¿qué más daba cuántos coches «abandonados» hubiese en la carretera? Mets me recordó que un eme atrapado todavía era capaz de gemir y llamar a los demás. Eso me dejó muy desconcertada: si iba a perder tanto tiempo esquivando unas cuantas carreteras secundarias con un par de coches llenos de zetas, ¿por qué me dirigía a una autopista que iba a estar abarrotada de ellos?

«Estarás por encima del pantano, ¿cómo van a llegar a ti los zombis?», me dijo ella. Como estaba construida varios niveles por encima del pantano, aquel tramo de la I-10 era el lugar más seguro de toda la cuenca. Confesé que no había pensado en eso, pero ella se rio y respondió: «No te preocupes, cielo, yo sí. Quédate conmigo y te llevaré a casa».

Eso hice: me alejé de cualquier cosa parecida a una carretera y avancé por los senderos más silvestres que encontré. Digo que lo intenté, porque resultaba imposible evitar todo rastro de humanidad o de lo que había sido humanidad hacía mucho tiempo. Había zapatos, ropa, basura, maletas destrozadas y equipos de excursionismo. Vi muchos huesos en los montículos de lodo, aunque no sabía decir si eran humanos o animales. En una de esas ocasiones, encontré un costillar, supongo que de un caimán, uno bien grande. No quise pararme a pensar en cuántos emes habrían hecho falta para derribar a aquella bestia.

El primer monstruo que vi era pequeño, probablemente una niña, no estoy segura. Tenía la cara comida: la piel, la nariz, los ojos, los labios, e incluso el pelo y las orejas... No del todo, le colgaban por algunas partes y otras se le habían quedado pegadas al cráneo, que estaba al aire. Quizá tuviese más heridas, no lo sé, porque estaba metida dentro de uno de esos macutos de excursionista, allí atrapada, con el cordón que cerraba la bolsa apretado en torno al cuello. Las correas se habían enredado en las raíces de un árbol y la cosa estaba chapoteando, medio sumergida. Debía de tener el cerebro intacto y también algunos de las fibras musculares que le sujetaban la mandíbula; empezó a lanzar dentelladas en cuanto me acerqué. No sé cómo sabía que yo estaba allí, quizá le siguiesen funcionando parte de las fosas nasales o quizá el conducto auditivo.

No podía gemir, tenía la garganta demasiado destrozada, pero el chapoteo podía llamar la atención, así que la libré de su desdicha, si es que la sentía, e intenté no pensar más en ello. Ésa es otra cosa importante que nos enseñaron en Willow Creek: no les escribas un panegírico, no intentes imaginarte cómo eran antes, ni cómo llegaron hasta donde están, ni cómo se convirtieron en lo que son. Lo sé, ¿quién no se lo pregunta, verdad? ¿Quién es capaz de mirar a una de esas cosas y no empezar a preguntarse, sin quererlo? Es como leer la última página de un libro..., tu imaginación empieza a dar vueltas, sin más. Y es entonces cuando te distraes, cuando te vuelves torpe, cuando bajas la guardia y acabas dejando que otro se pregunte qué te pasó a ti. Intenté quitarme a la niña, al zombi, de la cabeza, y entonces empecé a pensar en por qué era el único que había visto.

Era una pregunta de supervivencia práctica, no darle vueltas a la cabeza tontamente, y por eso cogí la radio y le pregunté a Mets si se me escapaba algo, si quizá había alguna zona que debiera esquivar. Me recordó que aquella área estaba, en su mayor parte, despoblada, porque las zonas azules de Baton Rouge y Lafayette atraían a los emes hacia ellas. Era un consuelo agridulce, porque estaba justo en medio de dos de los grupos más concurridos en varios kilómetros a la redonda. Se rio de nuevo: «No te preocupes por eso, no pasará nada».

Vi algo delante de mí, un bulto que era casi un arbusto, pero demasiado cuadrado y reluciente en algunas zonas. Se lo comenté a Mets y ella me advirtió que no me acercase, que siguiese avanzando y no apartase la vista del premio. Yo ya empezaba a sentirme bastante bien, un poco con mi personalidad de siempre.

Cuando me acerqué, comprobé que se trataba de un vehículo, de un Lexus híbrido todoterreno; estaba cubierto de barro y musgo, y sumergido en el agua hasta las puertas. Vi que las ventanas traseras estaban hasta arriba de equipo de supervivencia: tienda, saco de dormir, utensilios de cocina, fusil de caza con montones de cajas de munición, todo nuevo, algunas cosas todavía envueltas en plástico. Me acerqué a la ventana del conductor y vi el reflejo de una .357 que seguía en la mano marrón y arrugada del conductor. Estaba sentado muy recto, miraba hacia delante, y la luz le atravesaba el lateral del cráneo; no vi más heridas, ni mordiscos, nada. Eso me impactó mucho más que la niñita sin cara: aquel tío lo tenía todo para sobrevivir, todo salvo la voluntad de hacerlo. Sé que es una suposición; quizá tuviera alguna herida que no se veía, oculta bajo la ropa o disimulada por el avanzado estado de descomposición, pero yo lo sabía: estaba inclinada sobre el coche, con la cara pegada al cristal, contemplando un monumento a lo fácil que era rendirse.

Me quedé allí un instante, lo bastante para que Mets me preguntase qué pasaba. Le conté lo que veía y, sin pararse a respirar, me ordenó que siguiera avanzando.

Empecé a discutir, pensando que, al menos, tendría que registrar el vehículo y ver si había algo que necesitara. Ella me preguntó, severa, si veía algo que necesitara, no sólo algo que quisiera, y yo, tras meditarlo, reconocí que no. Aquel hombre tenía un equipo abundante, aunque de civil, por lo que era grande y voluminoso; la comida había que cocinarla y las armas no llevaban silenciador. Mi equipo de supervivencia era bastante completo y, si por alguna razón no me esperaba nadie en la I-10, siempre podía utilizar todo aquello como un almacén de suministros de emergencia.

Se me ocurrió la idea de utilizar el coche; Mets me preguntó si tenía un remolque y algunos cables para la batería. Como si fuese una niña, tuve que responderle que no, y, entonces, ella quiso saber qué me retenía, o algo así, empujándome a seguir avanzando. Le pedí que esperase un minuto, apoyé la cabeza en la ventana del conductor, suspiré y me sentí derrotada de nuevo, agotada. Mets se me echó encima y siguió presionando, así que yo le grité que cerrase la boca, que sólo necesitaba un minuto, un par de segundos para..., no sé para qué.

Tuve que dejar el pulgar en el botón de «transmisión» más segundos de la cuenta, porque Mets, de repente, me preguntó: «¿Qué ha sido eso?». «¿El qué?», respondí. Ella había oído algo, algo donde yo estaba.

¿Lo había oído antes que usted?

Supongo que sí, porque, un segundo después, cuando se me despejaron las ideas y abrí bien las orejas, empecé

246

a oírlo también: el gemido... fuerte y claro, seguido de un chapoteo.

Levanté la cabeza, miré a través de la ventanilla del coche, a través del agujero del cráneo y de la ventanilla del otro lado, y entonces vi al primero. Me volví y vi que venían cinco más, cada uno desde una dirección; y, detrás de ellos, había otros diez, quince. Disparé al primero y fallé.

Mets empezó a chillarme, a exigir un informe visual, y yo le dije cuántos eran; me pidió que me calmase, que no intentase huir, que me quedase donde estaba e hiciese lo que me habían enseñado en Willow Creek. Empecé a preguntarle cómo sabía lo de Willow Creek, justo cuando ella me gritó que me callase y luchara de una vez.

Me subí a lo alto del todoterreno (se supone que tienes que buscar la defensa física más cercana) y empecé a calcular mi alcance. Apunté a mi primer objetivo, respiré hondo y lo derribé. Ser un as de la guerra significa poder tomar decisiones tan deprisa como te lo permitan tus impulsos electroquímicos. Yo había perdido esa sincronización de nanosegundos al entrar en el barro, pero acababa de recuperarla: estaba tranquila, centrada, sin dudas ni debilidades. El combate me pareció durar diez horas, aunque supongo que no serían más de diez minutos; sesenta y uno en total, un círculo bien gordo de cadáveres sumergidos. Me tomé mi tiempo, comprobé la munición que me quedaba y esperé al siguiente grupo; no apareció ninguno.

Pasaron otros veinte minutos antes de que Mets me pidiera un informe. Le di el recuento de cadáveres y ella me dijo: «Recuérdame que no te cabree nunca». Yo me reí por primera vez desde el aterrizaje en el barro; volvía a sentirme bien, fuerte y segura. Mets me advirtió que todas aquellas distracciones habían hecho que perdiese la oportunidad de llegar a la I-10 antes del anochecer y que quizá debía empezar a pensar en dónde echar una cabezadita.

Me alejé todo lo posible del todoterreno antes de que el cielo empezase a oscurecerse y encontré un asiento bastante cómodo en las ramas de un árbol alto. Mi equipo tenía una hamaca de microfibras normal y corriente; un gran invento, ligero, fuerte y con correas para evitar que cayeses rodando. Se suponía que las correas también servían para calmarte, para que te durmieras más deprisa... ¡Sí, claro! Daba igual que llevase casi cuarenta y ocho horas despierta, que hubiese probado todos los ejercicios de respiración que nos enseñaron en Creek, y que incluso me hubiese tragado dos de mis Baby-L*. Se supone que sólo hay que tomar uno, pero me imaginé que eso era para los enclenques; recuerde que volvía a ser yo misma, así que pensé que podía aguantarlo y, bueno, necesitaba dormir.

Como no tenía nada que hacer ni en qué pensar, le pregunté a Mets si le parecía bien que hablásemos. ¿Quién era ella? ¿Cómo había acabado en aquella cabaña aislada en medio de territorio criollo? No tenía el acento de la zona, ni siquiera acento sureño. ¿Y por qué sabía tanto sobre el entrenamiento de los pilotos sin haber pasado por él? Yo empezaba a tener mis sospechas, empezaba a hacerme una idea general de quién era.

Mets me dijo de nuevo que más adelante tendríamos tiempo de sobra para una entrevista, pero que, en aquel momento, necesitaba dormir, que la llamase al amanecer. Noté que los L me hacían efecto entre «dormir» y «llamar»; cuando dijo «amanecer», yo ya estaba frita.

Dormí como una piedra, el cielo ya estaba iluminado cuando abrí los ojos. Había estado soñando con zetas, cómo no. Sus gemidos todavía me resonaban en el cerebro cuando me desperté y, al mirar abajo, me di cuenta de

* Baby-L: Oficialmente se trata de un analgésico, pero muchos militares lo utilizan como somnífero.

que no era un sueño: debía de haber al menos cien monstruos rodeando el árbol, levantando los brazos como locos
e intentando subirse unos encima de otros para llegar hasta
mí. Al menos no podían hacer eso, porque el suelo no era
lo bastante sólido. No tenía munición para cargármelos a
todos y, como un tiroteo habría durado lo suficiente para
que apareciesen más, decidí que lo mejor era recoger mi
equipo y llevar a cabo mi plan de huida.

¿Lo tenía planeado?

No del todo, pero nos habían entrenado para enfrentarnos a situaciones como aquélla. Es un poco como saltar
desde un avión: escoges una zona de aterrizaje aproximada,
te encoges y ruedas, te mantienes relajada y te levantas lo
más deprisa que puedas. El objetivo es poner mucha distancia entre tus atacantes y tú. Sales corriendo, a mayor o
menor velocidad, o incluso caminando deprisa; sí, nos llegaron a decir que lo considerásemos como una alternativa
de bajo impacto. La idea es alejarse lo suficiente para poder
pensar tu siguiente movimiento. Según el mapa, podía llegar corriendo hasta la I-10, que me localizase un helicóptero de rescate y salir de allí antes de que aquellos sacos
de mierda me alcanzasen. Encendí la radio, informé de mi
situación a Mets y le dije que le diese la orden a los de rescate para una recogida inmediata. Ella me pidió que tuviese
cuidado; yo me agaché, salté y me rompí un tobillo con una
roca sumergida.

Caí boca abajo al agua, y el frío fue lo único que evitó que
me desmayase de dolor. Me levanté escupiendo y medio
ahogada, y lo primero que vi fue a todo el enjambre, que iba
a por mí. Mets tuvo que darse cuenta de que algo iba mal
al no avisarla de que había tocado tierra a salvo; quizá me
preguntara si todo iba bien, aunque no me acuerdo. Sólo

recuerdo que empezó a gritar que me levantase y corriese. Intenté apoyar el tobillo roto y noté un latigazo que me recorrió la pierna y la columna. A pesar de todo, podía soportar mi peso... Grité tan fuerte que seguro que Mets me oyó por la ventana de su cabaña. «¡Sal de ahí! —me chillaba—. ¡Vamos!»

Empecé a cojear, chapoteando en dirección a la autopista con más de cien emes pegados a mi culo. Debíamos de tener una pinta graciosa, como una carrera frenética de lisiados.

Mets me gritó: «¡Si puedes apoyarte en él, puedes correr con él! ¡Ese hueso no es tan necesario! ¡Puedes hacerlo!».

«¡Pero me duele!» De verdad que lo dije, con la cara surcada de lágrimas, con los zetas detrás, corriendo detrás de su almuerzo. Llegué a la autopista, que se cernía sobre el cieno como las ruinas de un acueducto romano. Mets tenía razón al decir que era relativamente seguro; el problema era que ninguna de las dos habíamos contado ni con la herida, ni con el ejército de muertos que me perseguía. No había ninguna entrada cercana, así que tuve que avanzar cojeando hasta una de las pequeñas carreteras contiguas que Mets me había advertido que evitara. Cuando empecé a acercarme, comprendí el porqué de su aviso: había cientos de coches amontonados, destrozados y oxidados, y uno de cada diez tenía, al menos, un eme encerrado dentro. Me vieron y empezaron a gemir, de modo que el sonido se propagó por todas partes, en kilómetros a la redonda.

Mets me gritó: «¡No te preocupes por eso ahora! ¡Sube a la vía de acceso y ten cuidado con los putos pulpos!».

¿Pulpos?

Los que sacan los brazos por las ventanas rotas. En la carretera abierta al menos podía esquivarlos pero en la vía de acceso los tenía a ambos lados. Aquélla fue la peor parte, sin comparación: los minutos que pasé intentando subir a la autopista. Tenía que pasar entre los coches, mi tobillo no me permitía subirme encima. Las manos podridas de los zombis salían disparadas a cogerme, me agarraban del uniforme o de la muñeca, y cada bala a la cabeza me hacía perder unos segundos de los que no disponía. La pendiente de la rampa ya me estaba frenando; el tobillo me palpitaba, los pulmones me dolían y el enjambre empezaba a ganar terreno. De no haber sido por Mets...

Ella me estuvo gritando todo el tiempo: «¡Mueve el culo, puta zorra! —Empezaba a ponerse más bestia—. ¡Ni se te ocurra rendirte, ni se te ocurra joderme viva! —No se callaba, no me dejaba relajarme ni un segundo—. ¿Qué eres? ¿Una pobrecita víctima? —En aquel momento creía serlo, sabía que no podría lograrlo por culpa del cansancio, el dolor y, sobre todo, la rabia de haberla cagado de mala manera. Consideré seriamente la idea de apuntarme con la pistola, de castigarme por..., ya sabe. Y, entonces, Mets dio en el clavo; rugió—: ¿¡Acaso eres como tu madre, joder!?».

Eso lo consiguió: tiré de mi cuerpo hasta llegar a la interestatal.

Informé a Mets de que lo había conseguido y le pregunté: «¿Qué coño hago ahora?».

De repente su voz se volvió muy dulce y me dijo que mirase al cielo: un punto negro se acercaba desde el sol de la mañana, directo hacia mí, siguiendo la autopista; enseguida pude comprobar que se trataba de un UH-60. Dejé escapar un grito de alegría y solté mi bengala de emergencia.

Lo primero que vi cuando me subieron a bordo fue que era un helicóptero civil, no uno de los de rescate del gobierno. El jefe de la tripulación era un criollo grandote con una perilla tupida y gafas envolventes. Me preguntó: «¿De dónde coño has salido?». Perdón si no sé imitar bien el acento. Estuve a punto de llorar y le di un puñetazo amistoso en los bíceps, que tenían el tamaño de un muslo. Después me reí y le dije que trabajaban muy deprisa, a lo que él respondió con una mirada que dejaba muy claro que no sabía de qué le estaba hablando. Más tarde averigüé que no se trataba del equipo de rescate, sino de un puente aéreo rutinario entre Baton Rouge y Lafayette. En aquel momento no lo sabía, pero tampoco me importaba. Informé a Mets de que me habían recogido y estaba a salvo, le di las gracias por todo lo que había hecho por mí y... y para no empezar a sollozar de verdad, intenté disimular con una broma sobre que por fin íbamos a poder hacer aquella entrevista. Nunca llegó a responderme.

Parece que era una observadora aérea excepcional.

Era una mujer excepcional.

Antes ha dicho que empezaba a tener sus «sospechas».

Ningún civil, ni siquiera un observador aéreo veterano, podía saber tanto sobre lo que significa tener estas alas. Aquella mujer tenía demasiados conocimientos, estaba demasiado informada, sabía el tipo de cosas a las que sólo tenía acceso alguien que hubiese pasado por lo mismo.

Entonces, ¿cree que era piloto?

Sin duda; no de las fuerzas aéreas, porque la habría conocido, pero quizá de los marines o la armada. Ellos habían perdido tantos pilotos como las fuerzas aéreas en misiones de reabastecimiento, como la mía, y ocho de cada diez no habían aparecido. Seguro que ella se había enfrentado a una situación similar, había tenido que saltar de su avión, había perdido a su tripulación y puede que incluso se culpase por ello, como yo. De algún modo, había encontrado aquella cabaña y se había pasado el resto de la guerra convertida en una observadora de puta madre.

Eso tiene sentido.

¿A que sí?

[Se produce una pausa incómoda. La miro a la cara, esperando a que siga.]

¿Qué?

Nunca la encontraron.

No.

Ni la cabaña.

No.

Y en Honolulú no consta ningún observador aéreo con el apodo de Fan de los Mets.

Ha hecho los deberes.

Pues...

Seguramente también habrá leído mi informe de seguimiento, ¿verdad?

Sí.

Y la evaluación psíquica que añadieron después de mi parte oficial.

Bueno...

Bueno, pues es una mierda, ¿vale? ¿Qué más da que todo lo que me dijera fuera información que yo ya sabía? ¿Qué más da que el equipo psiquiátrico «afirme» que mi radio estaba rota antes de caer al barro? ¿Y qué coño importa que Mets sea diminuto de Metis, la madre de Atenea, la diosa griega de los tempestuosos ojos grises? Sí, los loqueros se lo pasaron bomba con eso, sobre todo cuando «descubrieron» que mi madre creció en el Bronx.

¿Y ese comentario que hizo Mets sobre su madre?

¿Quién coño no tiene problemas con su madre? Si Mets era piloto, le gustaría arriesgar por naturaleza. Sabía que había muchas probabilidades de acertar si mencionaba a «mamá»; conocía el riesgo y probó suerte... Mire, si pensaban que había sufrido una crisis nerviosa, ¿por qué me permitieron seguir volando? ¿Por qué me dejaron conservar este trabajo? Puede que Mets no fuese piloto, quizá hubiese estado casada con uno, quizá había querido serlo pero nunca llegó tan lejos como yo. Quizá no fuese más que una voz asustada y solitaria que hizo todo lo que pudo por ayudar a otra voz asustada y solitaria, para evitar que acabase como ella. ¿A quién le importa quién era o quién es? Estaba allí cuando la necesitaba y seguirá estando conmigo durante el resto de mi vida.

En el resto del mundo y por encima de él

Provincia de Bohemia (Unión Europea)

[Se llama Kost, «el hueso», y lo que le falta de belleza lo compensa más que de sobra con su fuerza. Este *hrad* gótico del siglo catorce parece surgir de sus cimientos de roca sólida y proyecta una sombra intimidatoria sobre el valle Plakanek, una imagen que David Allen Forbes está desando capturar con lápiz y papel para su segundo libro, *Castillos de la Guerra Zombi: El continente*. El ilustrador inglés está sentado bajo un árbol, y su ropa de retales, junto con la larga espada escocesa que porta, se suman al aire artúrico del paisaje. Cambia abruptamente de personalidad cuando llego: de artista sereno pasa a ser un narrador muy nervioso.]

Cuando digo que el nuevo mundo no tiene nuestra historia de fortificaciones fijas, sólo me refiero a Norteamérica. Naturalmente, a lo largo del Caribe tenemos las fortalezas costeras de los españoles y las que los franceses construyeron en las Antillas Menores. También están las ruinas incas en los Andes, aunque nunca sufrieron asedios directos*. Además, cuando digo Norteamérica, no incluyo las

---

* Aunque el Machu Picchu se mantuvo tranquilo durante la guerra, los supervivientes de Vilcabamba sí sufrieron un brote interno de poca importancia.

ruinas mayas y aztecas de México..., el tema de la batalla de Kukulcán, aunque supongo que ahora eso es Toltec, ¿no?, donde unos tíos lograron retener a un montón de zetas en los escalones de esa pirámide gigantesca. Así que, cuando digo nuevo mundo, en realidad me refiero a los Estados Unidos y Canadá.

Eso no es un insulto, entiéndame; no lo tome como tal, por favor. Tanto su país como Canadá son naciones jóvenes, no tienen la historia de anarquía institucional que sufrimos los europeos después de la caída de Roma. Siempre han tenido gobiernos nacionales estables con el poder necesario para hacer cumplir la ley y el orden.

Sé que no fue así durante su expansión hacia el Oeste o durante la Guerra Civil, y, por favor, no crea que descarto las fortalezas anteriores a esa guerra o las experiencias de quienes las defendieron. Me gustaría visitar algún día el Fuerte Jefferson; he oído que los supervivientes pasaron por toda una experiencia. Sólo digo que, en la historia de Europa, hemos tenido casi un milenio de caos en el que, a veces, el concepto de seguridad física se acababa en las almenas del castillo de tu señor. ¿Tiene sentido? Creo que no me explico bien, ¿podemos empezar de nuevo?

No, no, va bien. Continúe, por favor.

Quitará todas mis chifladuras, ¿verdad?

Eso es.

Pues vale. Castillos. Bueno... No quiero exagerar su importancia en el conjunto de la guerra ni por un segundo. De hecho, si los compara con otro tipo de fortificaciones fijas, las modernas, modificadas y demás, su contribución parece insignificante, a no ser que sea usted como yo y siga vivo gracias a dicha contribución.

Eso no quiere decir que una fortaleza poderosa fuese por naturaleza nuestra salvación. Para empezar, tiene que entender la diferencia fundamental entre un castillo y un palacio. Muchos de los llamados castillos no eran en realidad más que hogares enormes e impresionantes, o se habían convertido en eso después de que su valor defensivo quedase obsoleto. Lo que antes fueran bastiones inexpugnables, ahora tenían tantas ventanas en la planta baja que se habría tardado un siglo en tapiarlas de nuevo. Se estaba más seguro en un edificio de pisos moderno, si se le quitaban las escaleras. En cuanto a esos palacios que se construyeron como símbolos de estatus social, lugares como Chateau Ussé o el «Castillo» de Praga, no eran más que trampas mortales.

Mire Versalles: fue una pifia monumental. No es de extrañar que el gobierno francés decidiese construir el monumento conmemorativo nacional sobre sus cenizas. ¿Ha leído ese poema de Renard, el de las rosas silvestres que crecen en el jardín del recuerdo, con los pétalos manchados de rojo por la sangre de los malditos?

Tampoco es que bastase tener un muro alto para sobrevivir a largo plazo. Como cualquier defensa estática, los castillos tienen tantos peligros internos como externos; fíjese en Muiderslot, en Holanda: sólo hizo falta un caso de neumonía. Si a eso se le añade un otoño húmedo y frío, la mala alimentación y la falta de medicinas de verdad... Imagine cómo debió ser estar atrapado detrás de aquellos altos muros de piedra, rodeado de personas enfermas de muerte, sabiendo que se acerca tu hora y que tu única posibilidad es escapar... Los diarios escritos por algunos de los moribundos hablan de gente que se volvía loca de desesperación y saltaba al foso plagado de zetas.

Después estaban los incendios, como los de Braubach y

Pierrefonds; cientos de personas atrapadas sin poder huir, esperando a morir achicharradas por las llamas o asfixiadas por el humo. También se produjeron explosiones accidentales; civiles que, de algún modo, lograron obtener bombas, sin tener ni idea de cómo manejarlas o almacenarlas. En Miskolc Diosgyor, en Hungría, según me han contado, alguien dio con un zulo de explosivos militares con base de sodio. No me pregunte qué era exactamente ni por qué lo tenían, pero nadie parecía saber que el agente catalizador era el agua, no el fuego. Se dice que alguien estaba fumando en el arsenal, que provocó un pequeño incendio o algo así. Los muy estúpidos creyeron que evitarían el estallido si empapaban de agua las cajas. Voló en pedazos parte del muro, lo que permitió que los muertos entraran en tropel, como cuando el agua sale disparada de una presa rota.

Al menos fue un error nacido de la ignorancia; lo que es realmente imperdonable es lo que pasó en el Chateau de Fougeres. Se quedaban sin provisiones y pensaron que podían excavar un túnel que pasase por debajo de los zombis que los asediaban. ¿Qué creían que era aquello: *La gran evasión*? ¿Tenían a algún profesional que los supervisara? ¿Es que dominaban los rudimentos básicos de la trigonometría? La salida del puto túnel se quedó medio kilómetro corta y salieron justo en medio de un nido de los malditos monstruos. A esos capullos idiotas ni siquiera se les había ocurrido equipar el túnel con cargas de demolición.

Sí, hubo un montón de pifias, aunque también algunos triunfos notables. Muchos sufrieron asedios cortos, gracias a la suerte de estar en el lado correcto de la línea. Algunas fortificaciones de España, Bavaria o Escocia (por encima de la Muralla de Antonino*) sólo tuvieron que aguantar unas

* *La principal línea de defensa británica se estableció a lo largo de la antigua Muralla de Antonino, de la época romana.*

semanas, a veces incluso días. En algunos sitios, como Kisimul, fue cuestión de sobrevivir a una noche muy peligrosa. Pero también hubo verdaderas victorias, como Chenonceau, en Francia, un extraño castillito estilo Disney construido en un puente sobre el río Cher: cortaron ambas vías de conexión a tierra firme y, con la cantidad correcta de previsión estratégica, consiguieron resistir durante años.

¿Tenían suficientes provisiones para varios años?

Oh, Dios, claro que no. Simplemente esperaron a que cayese la nieve y saquearon todo lo que los rodeaba. Imagino que era el procedimiento estándar para todos los que estaban asediados, fuese o no en un castillo. Seguro que las personas que estaban en las zonas azules estratégicas de los EE.UU., al menos los que estaban por encima de la cota de nieve, funcionaban de forma parecida. Tuvimos la suerte de que gran parte de Europa se helase en invierno. Muchos de los defensores con los que he hablado coinciden en que la inevitable llegada del invierno, por muy largo y brutal que fuese, era lo que les salvaba la vida: mientras no muriesen de frío, aprovechaban la oportunidad que les ofrecían los muertos congelados para registrar los lugares vecinos en busca de todo lo que necesitasen para los meses cálidos.

No es de extrañar que tantos defensores decidiesen permanecer en sus fortalezas, incluso teniendo la posibilidad de escapar, ya fuese en Bouillon (Bélgica), en Spis (Eslovaquia) o incluso en mi país, como en Beaumaris (Gales). Antes de la guerra, aquel lugar no era más que una pieza de museo, un cascarón vacío de habitaciones sin techo y altos muros concéntricos. El ayuntamiento se merece una condecoración por sus logros: recogieron provisiones, organizaron a los ciudadanos y restauraron las ruinas para devolverlas a su antigua gloria; sólo tuvieron unos cuantos meses antes de que la crisis se adueñase de su parte de Gran Bretaña. Aún más impresionante fue la historia de Conwy, un castillo y una muralla medievales que protegían a todo el pueblo. Los habitantes no sólo vivieron a salvo y relativamente cómodos durante los años en los que estuvimos en punto muerto, sino que su acceso al mar permitió que Conwy se convirtiese en un trampolín para nuestras fuerzas una vez que comenzamos la liberación del país. ¿Ha leído *Mi Camelot*?

[Sacudo la cabeza.]

Tiene que conseguir un ejemplar. Es una novela estupenda basada en la experiencia personal del autor, uno de los defensores de Caerphilly. Empieza con la crisis en la segunda planta de su piso de Ludlow, en Gales. Cuando se quedó sin provisiones y cayó la primera nevada, decidió salir en busca de un alojamiento más permanente. Llegó a unas ruinas abandonadas que ya habían sido testigos de una defensa poco entusiasta y, al final, inútil. El hombre enterró los cadáveres, aplastó las cabezas de los zetas congelados y se dedicó a restaurar el castillo él solo. Trabajó sin descanso durante el invierno más brutal de la historia, y, en mayo, Caerphilly estaba preparada para el asedio del verano; al invierno siguiente, se convirtió en el refugio de varios cientos de supervivientes.

[Me enseña uno de sus bocetos.]

Una obra de arte, ¿verdad? El segundo en tamaño de todo el Reino Unido.

¿Cuál es el primero?

[Vacila.]

Windsor.

Windsor fue su castillo.

Bueno, no era de mi propiedad.

Quiero decir que usted estuvo allí.

[Otra pausa.]

Desde un punto de vista defensivo era lo más parecido a la perfección. Antes de la guerra era el castillo habitado más grande de Europa, con casi cincuenta y tres mil metros cuadrados. Tenía su propio pozo de agua y el suficiente espacio de almacenaje para guardar raciones para una década. El incendio de 1992 hizo que instalaran un sistema de extinción puntero y las posteriores amenazas terroristas consiguieron que modernizasen las medidas de seguridad hasta que estuvieron entre las mejores del Reino Unido. No era de dominio público lo que se pagaba con los impuestos: cristales antibalas, paredes reforzadas, barrotes retráctiles y persianas de acero escondidas con mucha astucia en alféizares y marcos de puertas.

Sin embargo, de todos nuestros logros en Windsor, nada puede compararse con la extracción de crudo y gas natural del yacimiento que se encuentra varios kilómetros por debajo de los cimientos del castillo. El yacimiento se descubrió en los noventa, aunque no se explotó por numerosas razones políticas y medioambientales. Eso sí, le aseguro que nosotros lo aprovechamos al máximo. Nuestro contingente de ingenieros reales montó un andamiaje por encima del muro y lo llevó hasta el lugar de la perforación. Fue toda una victoria, y seguro que entiende por qué se convirtió en precursora de nuestras autopistas fortificadas. En el ámbito personal me sentía agradecido de poder disfrutar de la calefacción, la comida caliente y, en caso de necesidad..., de los Molotov y el foso en llamas. No es la forma más eficaz de detener a un zeta, lo sé, pero, mientras los tengas bloqueados y se queden en el fuego... Además, ¿qué otra cosa podíamos hacer cuando se agotaron las balas y nos quedamos con un puñado de armas de mano medievales?

De ésas teníamos bastantes: en museos, en colecciones personales...; y no eran porquerías decorativas, sino instrumentos reales, duros y probados. Se volvieron a convertir en parte de la vida británica; veías a ciudadanos de a pie arrastrando mazas, alabardas o hachas de batalla de doble hoja. Yo adquirí bastante habilidad con una enorme espada escocesa que se cogía a dos manos, aunque cualquiera lo diría, teniendo en cuenta mi aspecto.

[Hace un gesto, casi avergonzado, para señalar el arma, que es casi tan alta como él.]

En realidad, no es lo ideal, requiere mucha destreza, pero, al final, aprendes lo que eres capaz de hacer, cosas que nunca habrías imaginado, y lo que pueden hacer los que te rodean.

[David vacila antes de seguir hablando. Está claro que se encuentra incómodo, así que le ofrezco la mano.]

Muchas gracias por recibirme...

Hay... más...

Si no se siente cómodo...

No, por favor, no pasa nada.

[**Respira profundamente.**] Ella... ella no quería irse, ¿sabe? A pesar de las objeciones del Parlamento, insistió en quedarse en Windsor «hasta que terminase», como dijo ella. Yo creía que se trataba de un sentimiento de nobleza mal entendido o quizá de una parálisis producida por el miedo. Intenté hacerla entrar en razón, le supliqué hasta casi hincarme de rodillas. ¿Acaso no había hecho bastante con el Decreto de Balmoral, que convertía todas sus posesiones en zonas protegidas para los que pudieran llegar hasta ellas y defenderlas? ¿Por qué no se reunía con su familia en Irlanda o en la Isla de Man? O, al menos, si se empeñaba en quedarse en Gran Bretaña, ¿por qué no se desplazaba al cuartel general del alto mando, al norte de la Muralla de Antonino?

¿Qué respondió ella?

«La mayor distinción es servir a los demás.» [**Se aclara la garganta y el labio superior le tiembla durante un segundo.**] Lo había dicho su padre; por eso aquel hombre no había huido a Canadá durante la Segunda Guerra Mundial, por eso su esposa había pasado el bombardeo aéreo visitando a los civiles que se protegían en las estaciones de metro de Londres, y por eso, a día de hoy, seguimos siendo un reino. Su misión, su mandato, consiste en personificar toda la grandeza de nuestro espíritu nacional. Ellos deben ser siempre un ejemplo para el resto de nosotros, ser los más fuertes, los más valientes y los mejores, sin lugar a dudas. En cierto sentido son ellos los que están a nuestras órdenes, no al revés, y deben sacrificarlo todo, absolutamente todo, para cargar con ese peso divino. ¿Para qué narices están, si no? De otro modo, tendríamos que olvidarnos de la maldita tradición, sacar la puñetera guillotina y acabar con todo de una vez. Los veíamos casi como si fueran castillos, supongo: reliquias cochambrosas y obsoletas sin ninguna función moderna, salvo ejercer de reclamo turístico. Pero, cuando los cielos se oscurecieron y la nación los llamó, tanto los castillos como la reina despertaron para recuperar la razón de su existencia: los primeros protegieron nuestros cuerpos y, la segunda, nuestras almas.

Atolón de Ulithi (Estados Federales de Micronesia)

[Durante la Segunda Guerra Mundial, este enorme atolón de coral sirvió de principal base avanzada de la flota del Pacífico de los Estados Unidos. Durante la Guerra Mundial Z no sólo protegió los barcos de la armada estadounidense sino también cientos de barcos civiles. Uno de ellos era el UNS Ural, el primer centro de emisiones de Radio Free Earth. Ahora se ha convertido en un museo que recoge los logros del proyecto, y es el protagonista del documental británico *Palabras en tiempo de guerra*. Una de las personas entrevistadas en el documental es Barati Palshigar.]

El enemigo era la ignorancia; las mentiras, las supersticiones, la mala información y la desinformación. A veces no había información alguna. La ignorancia mató a miles de millones de personas y provocó la Guerra Zombi. Imagínese qué habría pasado de haber sabido entonces lo que sabemos ahora, si se hubiese comprendido el virus de los muertos como, por ejemplo, el de la tuberculosis. Imagínese qué habría pasado si los ciudadanos del mundo o, al menos, los encargados de protegerlos, hubiesen sabido exactamente a qué se enfrentaban. La ignorancia era el verdadero enemigo, y los hechos puros y duros eran nuestra arma.

Cuando me uní a Radio Free Earth, todavía lo llamaban Programa Internacional sobre Salud y Seguridad. El nombre de Radio Free Earth, la radio de la Tierra libre, fue idea de las personas y comunidades que supervisaban nuestras emisiones.

Era la primera organización internacional de verdad, apenas unos meses después del Plan Sudafricano y años antes de la conferencia de Honolulú. Igual que el resto del mundo basó sus estrategias de supervivencia en Redeker, nuestra génesis se gestó en Radio Ubunye*.

¿Qué era Radio Ubunye?

Las emisiones de Sudáfrica para sus ciudadanos aislados. Como no tenían recursos para ofrecer ayuda material, la única asistencia que podía proporcionar el gobierno era la información. Fueron los primeros, al menos que yo sepa, en comenzar estas emisiones multilingües regulares. No sólo daban consejos prácticos de supervivencia, sino que llegaban a recoger y tratar todas y cada una de las falsedades que circulaban entre sus ciudadanos. Lo que hicimos nosotros fue coger la plantilla de Radio Ubunye y adaptarla a la comunidad internacional.

Yo subí a bordo, literalmente, al principio, cuando los reactores del Ural acababan de ponerse de nuevo en funcio-

---

* Ubunye: *Palabra de origen zulú que significa unidad.*

namiento. El Ural había sido un barco soviético y después de la Armada Federal Rusa. Por aquel entonces, el SSV-33 se había utilizado para muchas cosas: como barco de mando y control, como plataforma de seguimiento de misiles y como barco de vigilancia electrónica. Por desgracia, también era un elefante blanco, porque sus sistemas, según me dicen, eran demasiado complicados para su propia tripulación. Se había pasado la mayor parte de su carrera atado a un muelle de la base naval de Vladivostok, proporcionando electricidad adicional a las instalaciones. No soy ingeniero, así que no sé cómo sustituyeron las barras de combustible gastado, ni cómo convirtieron sus enormes instalaciones de comunicaciones para que pudieran interactuar con la red global de satélites. Mi especialidad son los idiomas, en concreto los del subcontinente indio; el señor Verma y yo, nosotros dos solos, para atender a mil millones de personas..., bueno, en aquel momento seguían siendo mil millones.

El señor Verma me había encontrado en un campo de refugiados de Sri Lanka. Él era traductor y yo intérprete, y habíamos trabajado juntos hacía algunos años en la embajada de nuestro país en Londres. Entonces pensábamos que hacíamos un trabajo duro; no teníamos ni idea. La radio era una rutina enloquecedora, dieciocho o a veces veinte horas de trabajo al día; no sé cuándo dormíamos, porque había muchísima información en bruto, muchísimos partes que llegaban cada hora. Casi todo tenía que ver con técnicas básicas de supervivencia: cómo purificar agua, crear un invernadero de interior, cultivar y procesar esporas de moho para conseguir penicilina... Aquellos informes abrumadores a menudo estaban salpicados de datos y términos de los que no había oído hablar antes; nunca había escuchado el término *quisling* o niño salvaje; no sabía qué era un lobo, ni la falsa cura milagrosa del Phalanx. Sólo sabía que, de repente, tenía a un hombre uniformado poniéndome un montón de palabras delante de los ojos y diciéndome: «Necesitamos esto en *marathi* y listo para grabar en quince minutos».

¿Qué clase de mala información pretendían combatir?

¿Por dónde quiere que empiece? ¿Por la médica? ¿La científica? ¿La militar? ¿La espiritual? ¿La psicológica? El aspecto psicológico era el que me ponía más furioso. La gente estaba desesperada por dotar de cualidades humanas a la plaga andante. En la guerra, es decir, en una guerra convencional, nos pasamos mucho tiempo intentando deshumanizar al enemigo para crear una distancia emocional; podíamos inventarnos historias o nombres despectivos... Cuando pienso en lo que mi padre solía llamar a los musulmanes... Sin embargo, en esta guerra, todo el mundo parecía estar deseando encontrar cualquier vínculo con el enemigo, por diminuto que fuese; querían ponerle cara humana a algo que era, sin lugar a dudas, inhumano.

¿Me puede dar algunos ejemplos?

Había multitud de conceptos erróneos: que los zombis, de algún modo, eran inteligentes; que podían sentir y adaptarse, utilizar herramientas e incluso armas humanas; que conservaban recuerdos de su anterior existencia; o que era posible comunicarse con ellos y adiestrarlos, como si fuesen mascotas. Era descorazonador tener que desacreditar un mito falso tras otro. La guía de supervivencia para civiles ayudaba, pero tenía muchas limitaciones.

¿Ah, sí?

Claro que sí. Estaba claro que la había redactado un estadounidense, por las referencias a los todoterrenos y las armas de fuego. No se tenían en cuenta las diferencias culturales..., las distintas soluciones indígenas en las que algunos confiaban para salvarse de los muertos vivientes.

¿Por ejemplo?

Preferiría no dar muchos detalles, porque con eso condenaría de forma tácita a todo el grupo de gente del que surgió la solución. Como indio tengo que tratar con muchos aspectos de mi propia cultura que se han vuelto autodestructivos. Estaba Varanasi, una de las ciudades más antiguas de la Tierra, cerca del lugar donde se supone que Buda dio su primer sermón y a donde miles de hindúes van de peregrinación todos los años para morir allí. En condiciones normales, antes de la guerra, la carretera estaba atestada de cadáveres. Durante la plaga, los cadáveres empezaron a levantarse para atacar. Varanasi era una de las zonas blancas más activas, un nudo de muerte viviente. Este nudo abarcaba casi todo el largo del Ganges, cuyos poderes curativos se habían evaluado por métodos científicos décadas antes de la guerra; tenía algo que ver con el alto índice de oxigenación de sus aguas*. Trágico. Millones de personas acudieron a sus orillas, lo que sólo sirvió para alimentar el fuego. Incluso después de que el gobierno se retirase al Himalaya, cuando más del noventa por ciento de la población estaba oficialmente invadida, continuaron las peregrinaciones al Ganges. Todos los países tienen una historia similar. Todos los miembros de nuestra tripulación internacional se habían enfrentado, como mínimo, a un ejemplo de ignorancia suicida. Un estadounidense nos contó que una secta religiosa

---

* Aunque las opiniones están divididas en este tema, muchos estudios científicos anteriores a la guerra han probado que la alta retención de oxígeno del Ganges es la fuente de sus reverenciadas curas «milagrosas».

conocida como «Corderos de Dios» creía que por fin había llegado el juicio final y que, cuanto antes se infectaran, antes subirían al Cielo. Otra mujer, no diré de qué país, hizo todo lo que pudo por acabar con la idea de que mantener relaciones sexuales con una virgen podía «limpiar» la «maldición». No sé a cuántas mujeres y niñas violaron por culpa de esa limpieza. Mis compañeros estaban furiosos con su propia gente y se sentían avergonzados; un belga lo comparó con el oscurecimiento del cielo, decía que era «la maldad de nuestra alma colectiva».

Supongo que yo no tenía derecho a quejarme; mi vida nunca había corrido peligro, siempre tenía la barriga llena; puede que no durmiese a menudo, pero, al menos, podía dormir sin miedo; y, lo más importante, nunca tuve que trabajar en el departamento de RI del Ural.

¿RI?

Recepción de información. Los datos que emitíamos no se originaban a bordo del Ural, sino que llegaban de todo el mundo, de especialistas y grupos de expertos de varias zonas seguras gubernamentales. Transmitían sus descubrimientos a nuestros operadores de RI, quienes, a su vez, nos los pasaban a nosotros. Muchos de aquellos datos nos llegaban a través de bandas civiles abiertas convencionales, y muchas de esas bandas estaban atestadas de los gritos de ayuda de personas normales. Había millones de desgraciados repartidos por el planeta, todos gritando en sus aparatos de radio privados, mientras sus hijos morían de hambre, sus fortalezas temporales ardían o los muertos vivientes atravesaban sus defensas. Aunque no entendiesen su idioma, como les pasaba a muchos de los operadores, la voz humana de la angustia era inconfundible. Además, no se les permitía responder, no había tiempo, porque las transmisiones tenían que dedicarse a cosas oficiales. Prefiero no saber cómo lo pasaban los operadores de RI.

Cuando llegó la última emisión desde Buenos Aires, cuando aquel famoso cantante latino interpretó una canción de cuna española, uno de nuestros operadores no pudo aguantarlo más. No era de Buenos Aires, ni siquiera era de Sudamérica; no era más que un marinero ruso de dieciocho años que se voló la tapa de los sesos encima de sus instrumentos. Fue el primero, y, desde el final de la guerra, el resto de los operadores de RI han seguido su ejemplo; no queda ni uno vivo. El último fue mi amigo belga. «Llevas esas voces contigo —me dijo una mañana que estábamos en cubierta, observando la niebla marrón, esperando un amanecer que sabíamos que nunca veríamos—. Esos gritos me acompañarán durante el resto de mi vida, nunca pararán, nunca dejarán de llamarme para que me una a ellos.»

ZONA DESMILITARIZADA: COREA DEL SUR

[Hyungchol Choi, subdirector de la Agencia Central de Inteligencia Coreana, hace un gesto hacia el paisaje seco, montañoso y mediocre que se encuentra al norte de nosotros. Podría pensarse que es el sur de California, de no ser por los fortines vacíos, las banderas descoloridas y las vallas de alambre de espino oxidado que recorren el horizonte.]

¿Qué pasó? Nadie lo sabe. No había ningún país tan preparado como Corea del Norte para repeler la plaga: ríos al norte, océanos al este y al oeste, y, al sur [hace un gesto hacia la Zona Desmilitarizada], la frontera más fortificada de la Tierra. Ya ve lo montañoso que es el terreno, lo fácil que resulta defenderlo, pero lo que no ve es que esas montañas son un laberinto de titánicas infraestructuras militares e industriales. El gobierno de Corea del Norte aprendió unas lecciones muy duras después de la campaña de bombardeos estadounidenses de los cincuenta y había estado trabajando desde entonces para crear un sistema subterráneo que permitiera a su gente luchar desde un lugar seguro.

Su población estaba muy militarizada, adiestrada hasta tal punto que hacía que Israel pareciese Islandia. Había más de un millón de hombres y mujeres armados de forma activa y otros cinco millones se encontraban en la reserva. Es más de un cuarto del total de la población, por no mencionar que casi todos sus habitantes habían pasado por entrenamiento militar en algún momento de sus vidas. En cualquier caso, más importante que ese entrenamiento, sobre todo para este tipo de guerra, era el grado prácticamente sobrehumano de disciplina nacional. Los norcoreanos eran adoctrinados desde pequeños para creer que sus vidas no valían nada, que sólo existían para servir al estado, a la revolución y al Gran Líder.

Podría decirse que es el polo opuesto de lo que experimentamos en Corea del Sur. Nosotros éramos una sociedad abierta, no nos quedaba más remedio, porque el comercio internacional era nuestra vida; éramos individualistas, quizá no tanto como ustedes, los estadounidenses, pero también teníamos protestas y disturbios públicos más que de sobra. Se trataba de una sociedad tan libre y fracturada que apenas conseguimos poner en acción la Doctrina Chang* durante el Gran Pánico. Aquel tipo de crisis interna habría sido inconcebible en el Norte. Nuestros vecinos eran personas que,

---

* La Doctrina Chang es la versión surcoreana del Plan Redeker.

incluso cuando su gobierno provocó una hambruna casi genocida, prefirieron comerse a los niños* antes que alzar sus voces por encima de un susurro. Era la clase de servilismo con el que Adolf Hitler habría soñado. Podías coger a un ciudadano, dejarlo desarmado, o darle una pistola o una roca, señalarle a los zombis que se acercaban y ordenarle que luchase; lo haría sin rechistar, ya fuese la mujer más anciana o el bebé más pequeño. Era un país creado para la guerra, organizado, preparado y a la espera desde el veintisiete de julio de 1953. Si uno quisiera inventarse un país capaz no sólo de sobrevivir, sino de triunfar sobre el apocalipsis al que nos enfrentábamos, ése sería la República Democrática Popular de Corea.

Entonces, ¿qué pasó? Más o menos un mes antes de que empezasen nuestros problemas, antes de que se informase de los primeros brotes en Pusan, el Norte, de repente y sin razón alguna, cortó todas las relaciones diplomáticas. No nos explicaron por qué la línea de ferrocarril, la única conexión terrestre entre nuestros dos lados, se había cerrado de improviso, ni por qué los ciudadanos de nuestro país que llevaban décadas esperando para ver a sus parientes largo tiempo perdidos del Norte vieron sus sueños truncados por un sello de caucho. No se ofreció motivo alguno, sólo nos llegó su excusa de siempre: que era un asunto de seguridad nacional.

Aunque muchos estaban convencidos de que era el preludio a la guerra, yo no. Siempre que el Norte había amenazado con violencia habían sonado las mismas alarmas, pero, en aquel caso, ni los datos de nuestros satélites ni los de los satélites estadounidenses mostraban intenciones hostiles. No había movimientos de tropas, los aviones no reposta-

---

* Existen denuncias sobre supuestos casos de canibalismo durante la hambruna de 1992, y se dice que algunas de las víctimas eran niños.

ban, no se desplegaban barcos ni submarinos. Lo único que notaron las fuerzas que teníamos apostadas a lo largo de la Zona Desmilitarizada era que los surcoreanos empezaban a desaparecer. Conocíamos a todos los que formaban las tropas fronterizas, los habíamos fotografiado a todos a lo largo de los años y les habíamos puesto motes como Ojos de Serpiente o Bulldog, e incluso compilábamos expedientes en los que incluíamos la edad, la historia y las vidas personales que les suponíamos. En aquel momento, no había nadie, habían desaparecido detrás de trincheras blindadas y refugios subterráneos.

Nuestros indicadores sísmicos también guardaban silencio. Si el Norte hubiese empezado trabajos de tunelaje o si hubiesen acumulado vehículos al otro lado de los zetas, lo habríamos oído mejor que a la Compañía Nacional de Ópera.

Panmunjom es la única zona que bordea la Zona Desmilitarizada en la que ambos lados pueden encontrarse para las negociaciones cara a cara. Compartimos la custodia de las salas de conferencias y nuestras tropas formaban unas frente a otras a lo largo de varios metros de patio. Los guardias hacían turnos. Una noche, cuando el destacamento norcoreano entró en sus barracones, no salió ninguna unidad a sustituirlo; se cerraron las puertas, se apagaron las luces y no volvimos a verlos.

También cesaron por completo los intentos de infiltración. Los espías del Norte eran casi tan regulares y predecibles como las estaciones: casi siempre eran fáciles de localizar, porque llevaban trajes pasados de moda y preguntaban el precio de cosas que todo el mundo conocía. Nos encontrábamos con ellos todo el tiempo, pero, desde el comienzo de los brotes, su número empezó a reducirse.

¿Y qué pasó con sus espías en el Norte?

Desaparecidos, todos ellos, más o menos cuando nuestros sistemas de vigilancia electrónica se apagaron. Eso no quiere decir que no captásemos emisiones de radio inquietantes, sino que no había emisiones de ningún tipo. Todos los canales civiles y militares se apagaron uno a uno. Las imágenes por satélite nos decían que había menos granjeros en los campos, menos peatones en las ciudades, aun menos trabajadores «voluntarios» en los proyectos de obras públicas, y eso era algo que no había ocurrido nunca. Antes de darnos cuenta, no quedaba ni un alma viva desde Yalu hasta la Zona. Desde el punto de vista de la inteligencia, era como si todo el país, todos los hombres, mujeres y niños de Corea del Norte se hubiesen esfumado.

Aquel misterio no hacía más que agravar nuestro creciente nerviosismo sobre lo que teníamos que arreglar en casa. Ya había brotes en Seúl, Pohang y Taejon. Teníamos la evacuación de Mokpo, el aislamiento de Kangnung y, por supuesto, nuestra versión de Yonkers en Inchon, y todo sumado a la necesidad de mantener al menos la mitad de nuestras divisiones activas a lo largo de la frontera del Norte. Había demasiadas personas en el Ministerio de Defensa Nacional convencidas de que Pyongyang estaba deseando entrar en guerra, que sólo esperaba ansioso a que estuviésemos en nuestro peor momento para entrar en tropel por el paralelo treinta y ocho. Nosotros, la comunidad de inteligencia, no estábamos de acuerdo en absoluto. Les repetíamos que, si esperaban a ese momento, estaba claro que había llegado hacía tiempo.

Daehan Minguk estaba al borde del colapso y se habían elaborado planes secretos para un reasentamiento al estilo japonés. Unos equipos encubiertos ya estaban buscando ubicaciones en Kamchatka. Si la Doctrina de Chang no hubiese funcionado..., si hubiésemos perdido algunas unidades más, si hubiesen fracasado unas cuantas zonas seguras más...

Quizá le debamos nuestra supervivencia al Norte, o, al menos, al miedo que le teníamos. Mi generación nunca lo vio realmente como una amenaza; estoy hablando de los civiles, claro, de las personas de mi edad que lo consideraban una nación retrasada, muerta de hambre y fracasada. Mi generación había crecido en paz y prosperidad, lo único que temían era que se produjese una reunificación como la alemana que nos trajese a millones de ex comunistas sin hogar en busca de limosna.

No era el caso de las generaciones que nos precedían..., nuestros padres y abuelos..., los que vivieron con el fantasma de una invasión real, sabiendo que la alarmas podían sonar en cualquier momento, que las luces podían apagarse, y que, entonces, los banqueros, maestros y taxistas tendrían que coger las armas y luchar para defender su hogar. Sus corazones y mentes siempre estaban vigilantes, y, al final, fueron ellos, no nosotros, los que levantaron el espíritu nacional.

Sigo insistiendo en hacer una expedición al Norte, pero siempre me rechazan diciendo que todavía queda mucho por hacer en casa. El país sigue en un estado desastroso. También tenemos nuestros compromisos internacionales, sobre todo la repatriación de nuestros refugiados a Kyushu... [Suelta un bufido.] Esos japos nos deben una muy gorda.

No estoy pidiendo un reconocimiento completo, sólo pido un helicóptero, un bote de pesca; sólo pido que abran las puertas de Panmunjom y me dejen entrar a pie. Sin embargo, me ponen pegas: «¿Qué pasa si activas una trampa explosiva? ¿Y si es nuclear? ¿Y si abres la puerta de una ciudad subterránea y veintitrés millones de zombis salen en estampida?». No niego el mérito de sus argumentos, porque sé que la Zona está llena de minas. El mes pasado, un avión de carga que se acercaba a su espacio aéreo fue derribado por un misil tierra-aire. Lo había lanzado un modelo automático, de ésos diseñados como arma de venganza en caso de que ya no quede nadie vivo.

La opinión mayoritaria es que evacuaron a la población y la llevaron a sus complejos subterráneos. Si eso es cierto, nuestras estimaciones sobre el tamaño y la profundidad de esos complejos eran muy poco precisas. Quizá todos los habitantes estén bajo tierra, preparando interminables proyectos bélicos, mientras su Gran Líder sigue anestesiándose con licor occidental y pornografía estadounidense. ¿Sabrán al menos que ya ha acabado la guerra? ¿Les han mentido sus líderes, otra vez, diciéndoles que el mundo que conocían ha desaparecido? Puede que el alzamiento de los muertos fuese algo bueno para ellos, una excusa para apretar más el yugo en una sociedad construida sobre la obediencia ciega. El Gran Líder siempre quiso ser un dios viviente y, ahora, como señor no sólo de la comida de la que se alimenta su gente y del aire que respira, sino también de la mismísima luz de sus soles artificiales, quizá su retorcida fantasía se haya hecho por fin realidad. A lo mejor ése era el plan original, y algo salió muy mal. Mire lo que pasó con la «ciudad de los topos» en los subterráneos de París. ¿Y si eso fue lo que ocurrió en Corea del Norte, pero en todo el país? Quizá esas cavernas contengan veintitrés millones de zombis, autómatas escuálidos aullando en la oscuridad y esperando a que los suelten.

KYOTO (JAPÓN)

[La vieja foto de Kondo Tatsumi muestra a un adolescente delgaducho de ojos rojos y apagados, con acné y unas mechas rubias que le surcan el pelo sucio. El hombre con el que hablo no tiene pelo. Está afeitado, bronceado y musculoso, y su mirada clara y penetrante no se aparta en ningún momento de mis ojos. Aunque sus modales son cordiales y está de buen humor, este monje guerrero conserva la compostura de un depredador en reposo.]

Yo era un *otaku*. Sé que el término ha llegado a significar muchas cosas distintas para mucha gente, pero para mí simplemente significaba forastero. Muchos estadounidenses, sobre todo los jóvenes, debían de sentirse atrapados por la presión social, como le pasa a todos los humanos. Sin embargo, si he entendido bien su cultura, ustedes alientan el individualismo; veneran al «rebelde», al «pícaro», a los que se mantienen a una distancia orgullosa de las masas. Para ustedes, el individualismo es motivo de honor; para nosotros, es la marca de la vergüenza. Vivíamos, sobre todo antes de la guerra, en un laberinto complejo de juicios externos que nos parecía infinito. Tu apariencia, tu forma de hablar, todo desde tu profesión a la forma en que estornudabas, tenía que planificarse y orquestarse para seguir la rígida doctrina de Confucio. Algunos tenían la fuerza, o la falta de fuerza, suficiente para aceptar esa doctrina. Otros, como yo, decidíamos exiliarnos a un mundo mejor; ese mundo era el ciberespacio, y estaba diseñado para el *otaku* japonés.

No puedo opinar sobre el sistema educativo estadounidense, ni sobre ningún otro sistema educativo del mundo, pero el nuestro se basaba casi por completo en la memorización de datos. Desde el primer día que entraban en un aula, los niños japoneses recibían toneladas de datos y cifras que no tenían aplicación práctica en la vida diaria. Esos datos carecían de componente moral, contexto social o vínculo humano con el mundo exterior; cuando los dominabas, ascendías, y ésa era su única razón de ser. A los niños japoneses del periodo anterior a la guerra no se les enseñaba a pensar, sino a memorizar.

Seguro que entiende por qué esta educación se prestaba fácilmente a la existencia en el ciberespacio. En un mundo de información sin contexto, donde la posición social se determinaba en función de quién lograba y poseía los datos, los de mi generación podíamos gobernar como dioses. Yo era *sensei*, dominaba cualquier búsqueda, ya fuese descubrir el grupo sanguíneo del gabinete del primer ministro, los recibos fiscales de Matsumoto y Hamada*, o la ubicación y condiciones de todas las espadas *shin-gunto* de la Guerra del Pacífico. No tenía que preocuparme por mi aspecto, ni por la etiqueta social, ni por mis notas, ni por mis perspectivas de futuro. Nadie podía juzgarme, nadie podía hacerme daño. En aquel mundo yo era poderoso y, lo que es más importante, ¡estaba a salvo!

Cuando la crisis llegó a Japón, mi camarilla, como todas las demás, se olvidó de sus obsesiones anteriores y dedicó todas sus energías a los muertos vivientes; estudiamos su fisiología, su comportamiento, sus debilidades y la respuesta global a su ataque contra la humanidad. Este último tema era la especialidad de mi camarilla: la posibilidad de contención dentro de las islas japonesas. Recogí estadísticas sobre población, redes de transporte y doctrina policial, y lo

---

* Antes de la guerra, Hitoshi Matsumoto y Masatoshi Hamada eran los humoristas japoneses más famosos dentro del campo de la improvisación.

memoricé todo, desde el tamaño de la flota mercante japonesa a cuántas balas podía llevar el fusil de asalto tipo 89 del ejército; ningún dato era lo bastante insignificante o secreto. Teníamos una misión y apenas dormíamos. Cuando por fin suspendieron las clases, tuvimos la oportunidad de estar conectados prácticamente las veinticuatro horas del día. Yo fui el primero en entrar en el disco duro personal del doctor Komatsu y leer los datos sin editar, una semana antes de que presentase sus descubrimientos al Diet. Fue un éxito; sirvió para elevar mi estatus entre unas personas que ya de por sí me adoraban.

¿Fue el doctor Komatsu el primero que recomendó la evacuación?

Sí. Había estado compilando los mismos datos que nosotros. Sin embargo, mientras nosotros los memorizábamos, él los analizaba. Japón era una nación superpoblada: ciento veintiocho millones de personas metidas en menos de trescientos setenta mil kilómetros cuadrados de islas montañosas o urbanizadas en exceso. El bajo índice de criminalidad japonés hacía que tuviésemos una de las fuerzas policiales relativamente más pequeñas y menos armadas del mundo industrializado. Japón era, además, un estado casi desmilitarizado. A causa del «protectorado» estadounidense, nuestras fuerzas militares defensivas no habían entrado en combate desde 1945. Ni siquiera las tropas simbólicas que se desplegaron en el Golfo llegaron a ver acción de verdad y se pasaron casi toda la ocupación detrás de los muros de su recinto aislado. Teníamos acceso a toda aquella información, pero no los medios para ver hacia dónde señalaba, así que nos cogió por sorpresa que el doctor Komatsu declarase públicamente que la situación no tenía remedio y que teníamos que evacuar Japón de inmediato.

Debió de ser aterrador.

¡En absoluto! Disparó un estallido de actividad frenética, una carrera para descubrir dónde se reasentaría la población. ¿Sería en el sur, en los atolones de coral del centro y el sur del Pacífico, o iríamos al norte para colonizar las Kuriles, Sajalín o incluso a algún lugar de Siberia? El que averiguase la respuesta sería el *otaku* más importante de la historia.

¿Y no le preocupaba su seguridad personal?

Claro que no. Japón estaba condenado, pero yo no vivía en Japón, sino en un mundo de información libre. Los *siafu**, porque así es como llamábamos a los infectados, no eran algo que temer, eran algo que estudiar. Ni se imagina lo desconectado que estaba. Todo se combinaba para aislarme por completo: mi cultura, mi educación y, después, el estilo de vida *otaku*. Aunque evacuasen Japón, aunque destruyesen Japón, yo estaría a salvo contemplándolo todo desde la cima de mi montaña digital.

¿Y sus padres?

¿Y mis padres? Aunque vivíamos en el mismo piso, nunca había charlado de verdad con ellos. Seguro que creían que estaba estudiando; incluso después de cancelar las clases, les decía que tenía que preparar exámenes, y ellos nunca lo pusieron en duda. Mi padre y yo rara vez hablábamos. Mi madre me dejaba todas las mañanas una bandeja con el desayuno delante de la puerta y, por las noches, me dejaba

---

* *Siafu es el apodo de la hormiga africana. El término lo empleó por primera vez el doctor Komatsu cuando se presentó ante el Diet.*

la cena. La primera vez que no me dejó la bandeja, no me preocupé. Me desperté esa mañana, como siempre; me masturbé, como siempre; me conecté a Internet, como siempre. No empecé a tener hambre hasta mediodía. Odiaba tener aquellas sensaciones, hambre, fatiga o, lo que es peor, deseo sexual, porque no eran más que distracciones físicas que me molestaban. Me aparté a regañadientes del ordenador y abrí la puerta del dormitorio, pero no había comida. Llamé a mi madre; no hubo respuesta. Fui hacia la zona de la cocina, cogí un poco de ramen crudo y volví corriendo a mi escritorio. Por la noche hice lo mismo, y también a la mañana siguiente.

¿Nunca se preguntó dónde estarían sus padres?

Sólo me importaba por los preciados minutos que perdía alimentándome solo. En mi mundo estaban pasando demasiadas cosas emocionantes.

¿Y los otros otaku*? ¿No hablaban sobre sus miedos?*

Compartíamos datos, no sentimientos, ni siquiera cuando empezaron a desaparecer. Me daba cuenta de que alguien había dejado de responder a los correos o que otro no había publicado ninguna entrada desde hacía tiempo. Veía que no se habían conectado en todo el día o que sus servidores ya no estaban activos.

¿Y eso no lo asustaba?

Me fastidiaba: no sólo estaba perdiendo una fuente de información, estaba perdiendo a alguien que, más adelante, podría elogiar la mía. Publicar una nueva trivialidad sobre los puertos de evacuación japoneses y tener cincuenta respuestas en vez de sesenta me resultaba ofensivo; después, esas cincuenta respuestas se convirtieron en cuarenta y cinco, después en treinta...

¿Cuánto tiempo duró eso?

Unos tres días. La última entrada, de otro *otaku* de Sendai, decía que los muertos salían del Hospital Universitario de Tokohu, en el mismo *cho* que su apartamento.

¿Y eso no le preocupó?

¿Por qué? Yo estaba demasiado ocupado intentando averiguarlo todo sobre el proceso de evacuación. ¿Cómo lo iban a llevar a cabo? ¿Qué organizaciones del gobierno participaban? ¿Estarían los campamentos en Kamchatka, en Sajalín o en ambos sitios? ¿Y qué era aquello de la ola de suicidios que barría el país?* Tantas preguntas y tantos datos que recoger... Me maldije por tener que dormir aquella noche.

Cuando me desperté, la pantalla estaba en blanco. Intenté conectarme; nada. Intenté reiniciar; nada. Me di cuenta de que estaba con la batería de reserva. No me suponía un problema, porque tenía energía suficiente para diez horas de uso continuado. También vi que mi señal estaba a cero, y eso ya no me lo podía creer. Kokura, como el resto de Japón, tenía una red inalámbrica de última generación que, en teoría, era a prueba de fallos. Podía caerse un servidor, quizá incluso unos cuantos, pero ¿toda la red? Pensé que tenía que ser mi ordenador, no quedaba más remedio. Saqué mi portátil e intenté conectarme, pero no había señal. Solté una imprecación y me levanté para decirles a mis padres que

---

* Se ha probado que Japón sufrió el porcentaje más alto de suicidios durante el Gran Pánico.

tenía que usar su ordenador; entonces vi que no estaban en casa. Frustrado, intenté llamar por teléfono al móvil de mi madre; como era un teléfono inalámbrico, dependía de la red eléctrica. Probé con mi móvil; no daba señal.

¿Sabe qué les pasó?

No, ni siquiera ahora; no tengo ni idea. Sé que no me abandonaron, de eso estoy seguro. Quizá cogieran a mi padre en el trabajo, y mi madre quedase atrapada cuando iba a comprar comida. Puede que los perdiera juntos, cuando iban o venían de la oficina de reubicación. Les pudo pasar cualquier cosa. No había ninguna nota, nada. He estado intentando averiguar qué les sucedió desde entonces.

Regresé al dormitorio de mis padres, sólo para asegurarme de que no estaban allí, y probé de nuevo los teléfonos. Todavía no me había asustado, lo tenía todo bajo control. Intenté conectarme a Internet otra vez. ¿No es curioso? Sólo podía pensar en volver a escaparme, en regresar a mi mundo y sentirme a salvo. Nada. Ahí comenzó el pánico. «Ahora —grité, con la esperanza de hacer funcionar el ordenador por pura fuerza de voluntad—. ¡Ahora, ahora, ahora! ¡Ahora! ¡Ahora!»

Aporreé el monitor, me desgarré los nudillos, y la visión de mi sangre me aterró. Nunca había hecho deporte de pequeño, nunca me había herido; aquello me superaba, así que cogí el monitor y lo tiré contra la pared. Estaba llorando como un bebé, gritando, hiperventilándome. Empecé a volverme loco y a vomitar por el suelo; después me levanté y caminé tambaleándome hasta la puerta principal. No sé qué buscaba, sólo que tenía que salir; abrí la puerta y contemplé la oscuridad.

¿Intentó llamar a la puerta de algún vecino?

No, ¿no es extraño? Mi ansiedad social era tan enorme que, incluso en el momento cumbre de mi crisis nerviosa, arriesgarme al contacto personal seguía pareciéndome tabú. Di unos pasos, resbalé y caí en algo blando. Estaba frío y resbaladizo, y lo tenía por las manos y la ropa; apestaba, todo el pasillo apestaba. De repente oí un ruido bajo y regular, como arañazos, como si algo se arrastrase por el pasillo hacia mí.

Grité preguntando si había alguien, y oí un gruñido débil y gorgoteante. Mis ojos por fin se adaptaban a la oscuridad; empecé a distinguir una forma grande y humanoide que se arrastraba sobre la barriga. Me quedé paralizado; quería correr, pero, a la vez, quería..., no estoy seguro. Mi puerta proyectaba un estrecho rectángulo de tenue luz gris en la pared, y, cuando la cosa se acercó lo suficiente a la luz, conseguí verle la cara, completamente intacta, completamente humana salvo por el ojo derecho, que le colgaba del nervio. El izquierdo estaba clavado en los míos, y su gemido gorgoteante se convirtió en un jadeo ahogado. Salí corriendo de vuelta al piso y cerré la puerta de golpe.

Quizá por primera vez en muchos años mi mente estaba clara y, de repente, me di cuenta de que olía a humo y oía gritos a lo lejos. Me acerqué a la ventana y abrí las cortinas.

Kobura era un infierno: incendios, escombros..., los *siafu* estaban por todas partes. Vi cómo entraban rompiendo puertas, cómo invadían los apartamentos y devoraban a la gente que se escondía en los rincones o en las terrazas. Vi a algunas personas saltar por las ventanas y matarse, o romperse las piernas y la columna. Se quedaban tiradas en la acera, incapaces de moverse, y gemían de dolor hasta que los muertos las cercaban. Un hombre que estaba en un apartamento justo delante del mío intentó luchar contra ellos con un palo de golf, pero el instrumento se dobló sobre la cabeza de un zombi sin hacerle nada, y los otros cinco lo derribaron.

Entonces..., un golpe en la puerta. En mi puerta. Así... [agita el puño], pum, pumpum, pum..., en la parte de abajo de la puerta, cerca del suelo. Estaba oyendo a la cosa gruñir en el pasillo; también me llegaban ruidos de otros pisos. Eran mis vecinos, las personas a las que siempre intentaba evitar, cuyos nombres y caras apenas recordaba. Estaban gritando, suplicando, luchando y sollozando. Escuché una voz, una mujer joven o una niña, que estaba en el suelo, sobre mi piso, llamando a alguien por su nombre, suplicándole que parase; la voz quedó ahogada en un coro de gemidos. Los golpes de la puerta se hicieron más violentos, porque habían aparecido más *siafu*. Perdí tiempo y fuerzas intentando apilar los muebles del salón junto a la entrada, ya que, en términos estadounidenses, nuestro piso estaba bastante vacío. La puerta empezó a crujir; podía ver cómo sufrían las bisagras y calculé que apenas me quedaban unos cuantos minutos para escapar.

¿Escapar? Pero si la puerta estaba atrancada...

Por la ventana, al balcón del piso inferior. Pensé que podía atar las sábanas para hacer una cuerda... [sonríe, avergonzado]... Se lo había oído a un *otaku* que estudiaba fugas de las prisiones estadounidenses. Era la primera vez que le daba una aplicación práctica a mis conocimientos teóricos.

Por suerte, la tela resistió. Bajé por ella hacia el piso que tenía debajo. De inmediato, empecé a notar calambres en los músculos, ya que, como nunca les había prestado atención, se estaban vengando de mí. Hice lo que pude por controlar mis movimientos y no pensar en que estaba a diecinueve plantas del suelo. El viento era terrible, caliente y seco por culpa de los incendios; una ráfaga me cogió y me golpeó contra el lateral del edificio, de modo que reboté en el hormigón y solté la tela. Mis pies se dieron contra la barandilla del balcón de abajo, y tuve que reunir todo mi valor para relajarme y bajar los pocos centímetros que me quedaban. Aterricé de culo, jadeando y tosiendo por el humo. Oía ruidos arriba, en mi piso, porque los muertos habían derribado la puerta principal. Miré hacia mi balcón y vi una cabeza, la del *siafu* de un solo ojo, que se metía por la abertura entre la barandilla y el suelo. Se quedó allí colgado un instante, medio fuera, medio dentro, intentó lanzarse a por mí y cayó al vacío. Nunca olvidaré que seguía intentando agarrarme mientras caía, ni la imagen de pesadilla de aquella criatura suspendida en el aire, con los brazos extendidos y el ojo suelto volando sobre la frente.

Oí los gemidos de los otros *siafu* en el balcón y me volví para ver si había alguno en el apartamento en el que me encontraba. Por suerte, comprobé que alguien había montado una barricada en la puerta principal, como había hecho yo. Sin embargo, no me llegaban gemidos desde el otro lado, y también me tranquilizó ver la capa de cenizas sobre la alfombra. Era una capa gruesa y sin marcas, lo que me decía que nadie pisaba aquel suelo desde hacía un par de días. Durante un instante creí estar solo, y entonces noté el olor.

Abrí la puerta del baño y me echó para atrás una nube invisible y putrefacta. La mujer estaba en la bañera, se había cortado las venas haciéndose unos trazos largos y verticales, para asegurarse de terminar el trabajo. Se llamaba Reiko, era la única vecina que me había esforzado por conocer, ya que trabajaba en un club muy caro para hombres de negocio extranjeros, y siempre me había preguntado qué aspecto tendría desnuda. Acababa de averiguarlo.

Curiosamente, lo que más me preocupaba era no saber ninguna oración que dedicar a los muertos. Se me había olvidado lo que mis abuelos intentaron enseñarme de pequeño, lo había rechazado, considerándolo un dato obsoleto. Resultaba vergonzoso lo despegado que me encontraba de mi herencia cultural. Sólo pude quedarme allí de pie como un idiota y susurrar una incómoda disculpa por llevarme parte de sus sábanas.

¿Sus sábanas?

Para hacer más cuerda. Sabía que no podía quedarme mucho tiempo; aparte del riesgo para la salud que suponía el cadáver, no había forma de saber cuándo notarían mi presencia los *siafu* de aquella planta y procederían a atacar la barricada. Tenía que salir del edificio, de la ciudad y, con suerte, encontrar la forma de salir de Japón. Todavía no tenía un plan bien pensado, sólo sabía que tenía que seguir adelante, planta por planta, hasta llegar a la calle. Supuse que detenerme en algunos de los pisos me daría la oportunidad de recoger suministros, y, aunque mi método de bajar por la cuerda de sábanas resultase peligroso, no podía ser peor que los *siafu* que, sin duda, acechaban en los pasillos y escaleras del edificio.

¿No sería aún más peligroso cuando llegase a la calle?

No, era más seguro. [**Nota mi extrañeza.**] No, de verdad. Era una de las cosas que había aprendido en Internet: los muertos son lentos y resulta fácil correr o incluso caminar más deprisa que ellos. En el interior corría el riesgo de quedar atrapado en algún cuello de botella, pero, al aire libre, tenía infinitas opciones. Lo que es mejor, gracias a los informes que los supervivientes habían colgado en la red, había aprendido que el caos de un brote a gran escala podía jugar en mi beneficio. Con tantos humanos asustados y desorganizados para distraer a los *siafu*, ¿por qué se iban a fijar en mí? Mientras mirase por dónde iba, avanzase a paso ligero y no tuviese la mala suerte de acabar atropellado por un motorista desquiciado o alcanzado por una bala perdida, tenía una buena probabilidad de abrirme paso entre el desastre de la ciudad. El verdadero problema era llegar hasta allí.

Tardé tres días en bajar hasta la planta baja. En parte, se debía a mi lamentable estado físico; para un atleta bien entrenado, mi numerito con la cuerda improvisada habría sido todo un reto, así que imagínese lo que significaba para mí. En retrospectiva, fue un milagro que no cayese al vacío ni sucumbiese a una infección, teniendo en cuenta todos los arañazos y roces que me hice. Mi cuerpo se mantenía a base de adrenalina y analgésicos; estaba exhausto, nervioso y terriblemente falto de sueño, porque no podía descansar en el sentido convencional. Cuando oscurecía, apoyaba todo lo que podía contra la puerta, me sentaba en un rincón, lloraba, me curaba las heridas y maldecía mi fragilidad, hasta que el cielo se iluminaba de nuevo. Una noche conseguí cerrar los ojos e incluso adormecerme unos minutos, pero, entonces, los golpes de un *siafu* en la puerta hicieron que saliese corriendo hacia la ventana. Me pasé el resto de aquella noche acurrucado en el balcón del piso de al lado; las puertas correderas estaban cerradas con llave, y a mí no me quedaban fuerzas para romperlas de una patada.

Mi segundo retraso fue psicológico, no físico; en concreto, al ser *otaku*, se trataba de mi necesidad obsesivo compulsiva de encontrar el equipo de supervivencia perfecto, tardara lo que tardara en lograrlo. Gracias a mis búsquedas en la red, sabía cuáles eran las armas, la ropa, la comida y las medicinas ideales. El problema era encontrarlas en un edificio de pisos de oficinistas urbanos.

[Se ríe.]

Era para verme, arrastrándome por aquella cuerda hecha de sábanas, con un impermeable de hombre de negocios y la mochila *vintage* de Hello Kitty, de color rosa chillón, que le había cogido a Reiko. Me había llevado mi tiempo, pero, al tercer día, ya tenía casi todo lo que necesitaba, salvo un arma fiable.

¿No había encontrado nada?

[Sonríe.] No estaba en los Estados Unidos, donde había más armas de fuego que habitantes. Es un dato verídico: un *otaku* de Kobe robó esa información directamente de la Asociación Nacional del Rifle de su país.

Me refería a una herramienta de mano, un martillo o una palanca...

¿Qué oficinista se encarga de sus propias reparaciones? Pensé en un palo de golf, porque de esos sí había muchos, hasta que me acordé de lo que había intentado hacer el hombre del edificio de enfrente. Sí que encontré un bate de béisbol de aluminio, pero lo habían usado tanto que estaba demasiado doblado para resultar útil. Miré por todas partes, de verdad, sin encontrar nada lo bastante fuerte o afilado para defenderme. También razoné que, una vez llegase a la calle, podría tener más suerte: una porra de un policía muerto o, incluso, el arma de fuego de un soldado.

Ese tipo de pensamientos fue lo que estuvo a punto de matarme. Estaba a cuatro plantas del suelo, casi, literalmente, al final de mi cuerda. Cada tramo que fabricaba me daba para varias plantas, la suficiente longitud para poder recoger más sábanas. Sabía que aquella parada sería la última, y ya tenía preparado todo mi plan de huida: aterrizaría en el balcón de la cuarta planta, entraría en el piso para coger las sábanas (había perdido la esperanza de encontrar un arma), me deslizaría hasta la acera, robaría la moto más adecuada (aunque no tenía ni idea de cómo conducirla), saldría a toda pastilla como un antiguo *bosozoku** y, quizá, podría recoger a un par de chicas por el camino. [Se ríe.] En aquellos momentos, mi mente era apenas funcional. Si la primera parte de mi plan hubiese funcionado y hubiese conseguido llegar al suelo en esas condiciones... Bueno, lo que importa es que no lo hice.

Aterricé en el balcón de la cuarta planta, fui a abrir la puerta corredera y me di de bruces contra un *siafu*. Era un joven de veintitantos con un traje desgarrado. Le habían arrancado la nariz a mordiscos y arrastraba su rostro ensangrentado por la superficie del cristal. Di un salto hacia atrás, me agarré a la cuerda e intenté subir de nuevo, pero no me respondían los brazos; no me dolían ni me ardían, simplemente habían llegado a su límite. El *siafu* empezó a aullar y a aporrear el cristal, mientras yo, desesperado, intentaba balancearme, con la esperanza de hacer rápel por la fachada del edificio y aterrizar en el balcón de al lado. El cristal se rompió y el *siafu* se abalanzó sobre mis piernas. Yo me impulsé para apartarme del edificio, solté la cuerda, me lancé con todas mis fuerzas... y fallé.

La única razón por la que estoy hablando con usted en estos momentos fue que mi caída en diagonal me llevó hasta el balcón que estaba debajo del que yo había elegido para aterrizar. Caí de pie, me tambaleé hacia delante y estuve a punto de caer por el otro lado de la barandilla. Entré en el piso a trompicones y miré rápidamente a mi alrededor en

---

* Bosozoku: *Bandas de motoristas juveniles que alcanzaron la cima de su popularidad en los ochenta y los noventa.*

busca de *siafu*. El salón estaba vacío, y el único mueble, una mesita tradicional, estaba apoyada contra la puerta. El ocupante debía de haberse suicidado, como los otros. No olí nada raro, así que supuse que se habría tirado por la ventana. Razoné que estaba solo y me permití el grado de alivio justo para dejar que mis piernas cediesen. Me apoyé en la pared del salón, con el cansancio a punto de hacerme delirar, y contemplé la colección de fotografías que decoraban la pared que tenía delante. El propietario del piso era un anciano, y las fotografías mostraban una vida muy plena: había tenido una gran familia, muchos amigos, y, al parecer, había viajado a todos los lugares emocionantes y exóticos del mundo. Yo nunca me había imaginado saliendo de mi dormitorio, por no hablar de llevar un tipo de vida semejante, pero me prometí que, si salía de aquella pesadilla, no me limitaría a sobrevivir, ¡viviría!

Mis ojos repararon en el otro mueble que quedaba en la habitación, una Kami Dana o altar sintoísta tradicional. Debajo de él, en el suelo, había algo, supuse que una nota de suicidio que el viento habría llevado hasta allí cuando entré. Como no me pareció bien dejarla tirada, atravesé el cuarto cojeando y me agaché para recogerla. Muchos Kami Dana tienen un espejito en el centro y, reflejado en ese espejo, vi algo que salía del dormitorio arrastrando los pies.

La adrenalina entró en acción justo cuando me volví. El anciano seguía allí, y la venda que llevaba en la cara me decía que no hacía mucho que se había reanimado. Se lanzó sobre mí; yo lo esquivé. Todavía notaba las piernas temblorosas, y él consiguió cogerme por el pelo, pero me retorcí, intentando soltarme. El *siafu* me pegó un tirón para acercarme a él. Estaba en una forma física sorprendente para alguien de su edad, con una musculatura igual, si no superior, a la mía; sin embargo, tenía los huesos frágiles y oí cómo se le rompían cuando le agarré el brazo con el que me tenía sujeto. Le di una patada en el pecho, él salió volando hacia atrás y su brazo roto se me quedó enganchado al pelo. Se dio contra la pared y las fotografías cayeron, bañándolo en una lluvia de cristales. Gruñó y se lanzó de nuevo contra mí. Retrocedí, me tensé y lo agarré por el brazo que le quedaba, retorciéndoselo para ponérselo a la espalda, mientras, con la otra mano, le rodeaba el cuello y, con un rugido que no me sabía capaz de producir, lo empujé hacia el balcón y lo tiré al vacío. Aterrizó boca arriba en el pavimento, y su cabeza siguió gruñéndome desde aquel cuerpo roto.

De repente empezaron los golpes en la puerta principal, más *siafu* que habían oído nuestra refriega. Yo me dejaba llevar por el instinto; corrí al dormitorio del anciano y empecé a rajar las sábanas de la cama. Me imaginé que no me harían falta muchas, sólo tres más y, entonces... entonces me detuve, helado, tan inmóvil como una foto. Eso era lo que me había llamado la atención, otra fotografía que estaba colgada en la pared desnuda del dormitorio, en blanco y negro, granulosa, en la que se veía a una familia tradicional: una madre, un padre, un niño y un adolescente, seguramente el anciano, vestido de uniforme. Tenía algo en la mano, algo que hizo que el corazón estuviese a punto de parárseme. Me incliné ante la fotografía y dije, casi entre lágrimas: «Arigato».

¿Qué tenía en la mano?

La encontré en el fondo de una cómoda del dormitorio, bajo un fajo de papeles y los restos del uniforme de la foto. La vaina era de aluminio verde desconchado, típico del ejército, y un mango de cuero improvisado había sustituido la zapa original, pero el acero... era brillante como la plata y doblado, no estampado a máquina... con una suave curvatura *tori* de punta larga y recta. Unas crestas planas y anchas decoradas con el *kiku-sui*, el crisantemo imperial, y un río auténtico, no coloreado al ácido, bordeando el filo templado. Una artesanía exquisita, sin duda forjada para la batalla.

[Me acerco a la espada que tiene a su lado. Tatsumi sonríe.]

KYOTO (JAPÓN)

[Sensei Tomonaga Ijiro sabe bien quién soy unos segundos antes de que entre en la habitación. Al parecer, camino, huelo e incluso respiro como un estadounidense. El fundador de los Tatenokai de Japón, o Sociedad del Escudo, me saluda con una inclinación y un apretón de manos, y me invita a sentarme frente a él, como si fuese su alumno. Kondo Tatsumi, el segundo de Tomonaga, nos sirve el té y se sienta junto al anciano maestro. Tomonaga empieza la entrevista disculpándose por cualquier incomodidad que me pueda producir su aspecto; los ojos sin vida del *sensei* no ven nada desde su adolescencia.]

Soy *hibakusha*. Perdí la vista a las 11:02 de la mañana del nueve de agosto de 1945, según su calendario occidental. Estaba de pie en el monte Kompira, trabajando en la estación de aviso de ataques aéreos junto con otros chicos de mi clase. Aquel día estaba nublado, así que, más que verlo, oí el B-29 que volaba bajo sobre nosotros. Era un solo B-san, seguramente un vuelo de reconocimiento, y ni siquiera merecía la pena informar sobre él, así que estuve a punto de reírme cuando mis compañeros de clase se lanzaron al interior de nuestra trinchera. Yo mantuve los ojos fijos sobre el valle Urakami, con la esperanza de poder echarle un vistazo al bombardero americano. En vez de eso, vi el relámpago, lo último que vería en mi vida.

En Japón, los *hibakusha*, los supervivientes de la bomba, ocupaban un escalafón único en nuestra escala social: nos trataban con compasión y lástima, éramos víctimas, héroes nacionales y símbolos de todas las agendas políticas; sin embargo, como seres humanos, nos trataban como poco más que parias. Ninguna familia permitía que sus hijos se casaran con nosotros. Los *hikabusha* éramos sucios, una mancha en el puro *onsen** genético de Japón. Yo notaba esa vergüenza a un nivel personal muy profundo; no sólo era *hikabusha*, sino que mi ceguera me convertía en una carga.

Por las ventanas del sanatorio podía oír a nuestra nación luchar por reconstruirse, y ¿qué podía hacer yo para contribuir? ¡Nada!

Pregunté muchas veces por algún tipo de trabajo que pudiera desarrollar, nada me parecía demasiado insignificante o degradante, pero nadie me quería. Seguía siendo un *hikabusha*, y descubrí que existían muchas formas de rechazar a alguien amablemente. Mi hermano me suplicó que fuese a vivir con él, insistía en que su mujer y él se ocuparían de mí y me encontrarían alguna «tarea» útil en la casa. Para mí, aquello era peor que el sanatorio. Él acababa de regresar del ejército, y estaban intentando tener otro bebé; abusar de su amabilidad en aquellos momentos me resultaba impensable. Aunque, por supuesto, pensé en acabar

---

* Onsen: *Una fuente natural de aguas termales que a menudo se usa como baño comunitario.*

con mi vida y llegué a intentarlo en varias ocasiones, algo me lo impedía, frenaba mi mano cuando iba a coger las pastillas o el cristal roto. Creía que era debilidad, ¿qué otra cosa si no? Un *hibakusha*, un parásito y, encima, un cobarde deshonroso. En aquellos días, mi vergüenza no conocía límites; como había dicho el emperador en su discurso de rendición ante nuestra gente, estaba «soportando lo insoportable».

Dejé el sanatorio sin informar a mi hermano y sin saber adónde me dirigía; sólo quería alejarme todo lo posible de mi vida, de mis recuerdos y de mí mismo. Viajé, me dediqué principalmente a mendigar... No me quedaba ningún honor que proteger..., hasta que me instalé en Sapporo, en la isla de Hokkaido. Aquellas tierras frías del norte siempre habían sido la prefectura menos poblada de Japón y, con la pérdida de Sajalín y los Kuriles, se convirtió, como suele decirse, en el final del camino.

En Sapporo conocí a un jardinero *ainu*, Ota Hideki. Los *ainus* son el grupo indígena más antiguo de nuestro país y se encuentran en una posición social aún más baja que los coreanos.

Quizá por eso sintiese lástima de mí, otro paria rechazado por la tribu de Yamato; quizá fuese porque no tenía a nadie a quien pasarle sus conocimientos, ya que su hijo no regresó con vida de Manchuria. Ota-san trabajaba en el Akakaze, un antiguo hotel de lujo que se había convertido en centro de repatriación para los colonos japoneses que venían de China. Al principio, la administración se quejó de que no tenían fondos para contratar a otro jardinero. Ota-san me pagaba de su bolsillo; fue mi maestro y mi único amigo, y, cuando murió, consideré seriamente la posibilidad de irme con él. Sin embargo, como era un cobarde, no conseguí hacerlo y seguí con mi existencia, trabajando en silencio la tierra, mientras el Akakaze pasaba de ser un centro de repatriación a un hotel de lujo, y Japón dejaba atrás los escombros de la conquista para despertar como superpotencia económica.

Seguía trabajando en el Akakaze cuando oí hablar del primer brote dentro de nuestras fronteras. Estaba cortando los setos de estilo occidental que estaban cerca del restaurante, y oí a algunos de los huéspedes comentando los asesinatos de Nagumo. Por lo que decían, un hombre había matado a su esposa y después había destrozado el cadáver como si fuese un perro salvaje. Fue la primera vez que oí el término rabia africana. Intenté no hacer caso y continuar mi trabajo, pero, al día siguiente, surgieron más conversaciones, más personas que hablaban en voz baja en el patio o junto a la piscina. Nagumo no era nada comparado con el importante brote del Hospital Sumitomo, de Osaka; y al día siguiente fue Nagoya, después Sendai y Kyoto. Intenté apartar sus conversaciones de mi cabeza, porque había ido a Hokkaido a escapar del mundo, a vivir hasta el fin de mis días sumido en la vergüenza y la ignominia.

La voz que por fin me convenció del peligro fue la del director del hotel, un sensato oficinista que tenía una forma de hablar muy ceremoniosa. Después del brote de Hirosaki, convocó una reunión de personal para intentar desacreditar de una vez por todas aquellos demenciales rumores sobre cadáveres que volvían a la vida. Sólo podía confiar en su voz, y se puede saber todo sobre una persona atendiendo a lo que sucede cuando abre la boca. El señor Sugawara pronunciaba las palabras con demasiado cuidado, sobre todo sus intensas y duras consonantes. Estaba compensando en exceso un defecto del habla ya superado, una condición que sólo amenazaba con resurgir en momentos de gran ansiedad. Yo ya había notado antes el mecanismo de defensa verbal del, en apariencia, imperturbable Sugawara-san, primero en el terremoto del noventa y cinco, y después en el noventa y ocho, cuando Corea del Norte lanzó un «misil de prueba» de largo alcance con capacidad nuclear por encima de nuestro país. En aquellas dos ocasiones, el defecto de Sugawara-san había resultado casi imperceptible, mientras que, en la reunión de personal, rechinaba más que las sirenas que avisaban de los ataques aéreos en mi juventud.

De este modo, por segunda vez en mi vida, huí. Pensé en avisar a mi hermano, pero había pasado demasiado tiempo y no tenía ni idea de cómo ponerme en contacto con él; ni siquiera sabía si seguía vivo. Ése fue el último y probablemente el peor de mis actos de traición, el peso que con más dolor me llevaré a la tumba.

¿Por qué huyó? ¿Temía por su vida?

¡Claro que no! ¡Si acaso, agradecía que me librasen de ella! Poder morir finalmente y acabar con la miseria de mi vida era demasiado bueno para ser cierto... Lo que temía era, de nuevo, convertirme en una carga para los que me rodeaban, frenar a alguien, ocupar un espacio valioso, poner otras vidas en peligro si intentaban salvar a un viejo ciego que no merecía vivir... ¿Y si los rumores sobre los muertos vivientes eran ciertos? ¿Y si me infectaban y volvía a la vida para amenazar a mis compatriotas? No, aquél no sería el destino de este deshonroso *hibakusha*. Si iba a morir, lo haría como había vivido: olvidado, aislado y solo.

Me fui por la noche y me encaminé al sur por la autopista de la región DOO, en Hokkaido. Sólo llevaba una botella de agua, una muda de ropa y mi *ikupasuy**, una pala larga y plana parecida a una espada *shaolin*, pero que tam-

---

* Ikupasuy: *Término técnico para un pequeño bastón de oraciones* ainu. *Cuando se le preguntó al señor Tomonaga por esta discrepancia, él respondió que fue su maestro, el señor Ota, quien le dio ese nombre. Nunca sabremos si Ota pretendía establecer alguna conexión espiritual con su herramienta de jardinería o si, simplemente, estaba muy desconectado de su cultura (como les ocurría a muchos* ainus *de su generación).*

bién me había servido de bastón durante muchos años. Por aquel entonces todavía había mucho tráfico en las carreteras (todavía nos llegaba petróleo de Indonesia y el Golfo), y algunos camioneros y motoristas tuvieron la amabilidad de llevarme durante unos kilómetros. Con todos ellos, la conversación siempre derivaba hacia la crisis: «¿Ha oído que se han movilizado las fuerzas de seguridad nacional?»; «El gobierno va a tener que declarar el estado de emergencia»; «¿Ha oído que anoche hubo un brote aquí mismo, en Sapporo?». Nadie sabía lo que nos depararía el día siguiente, ni lo lejos que llegaría aquella calamidad, ni quién sería la siguiente víctima; sin embargo, hablara con quien hablara, estuviesen más o menos asustados, todas las conversaciones acababan igual: «Seguro que las autoridades nos dirán qué hacer». Un camionero me dijo: «Ya lo verá, nos lo dirán un día de éstos, sólo hay que ser paciente y no armar un escándalo». Fue la última voz humana que oí, el día antes de dejar la civilización y subir a las montañas Hiddaka.

Estaba bastante familiarizado con aquel parque nacional, porque Ota-san me llevaba todos los años para recoger *sansai*, unos vegetales silvestres que atraían a botánicos, excursionistas y jefes de cocina de todas las islas japonesas. Igual que un hombre que se despierta a medianoche sabe exactamente dónde están todos los objetos de su dormitorio, yo conocía todos los ríos, rocas, árboles y zonas con musgo del lugar. Incluso conocía los *onsen* que salían a la superficie y, por tanto, nunca me faltó un baño mineral caliente para limpiarme. Todos los días me decía: «Éste es el lugar perfecto para morir; pronto tendré un accidente, una caída de algún tipo, o quizá enferme, contraiga una enfermedad o me coma una raíz envenenada, o quizá haga por fin lo más honorable y deje de comer». A pesar de eso, todos los días me alimentaba y me bañaba, me vestía con ropa de invierno y caminaba con precaución. Aunque deseara la muerte, seguí tomando todas las medidas necesarias para evitarla.

No tenía forma de saber qué sucedía en el resto del país. Oía sonidos distantes: helicópteros, cazas y el constante silbido de los aviones de pasajeros a gran altitud. Por lo que sabía, era posible que las autoridades hubiesen vencido y que el peligro se estuviese convirtiendo en un recuerdo. Quizá mi huida alarmista no había hecho más que crear un celebrado puesto de trabajo en el Akakaze, y, quizá, una mañana me despertasen los gritos de unos guardabosques enfadados, o las risas y los susurros de unos niños que iban de excursión al campo. Una mañana me despertó algo, pero no se trataban de las risillas de los niños, y no, tampoco era uno de ellos.

Era un oso, uno de esos *higuma* grandes y marrones que vagan por los bosques de Hokkaido. El *higuma* provenía originalmente de la Península de Kamchatka y mostraba la misma ferocidad y fuerza bruta de sus primos siberianos. El que tenía delante era enorme, lo notaba por la profundidad y resonancia de su respiración; calculé que lo tenía a unos cuatro o cinco metros. Me levanté lentamente y sin miedo; tenía el *ikupasuy* al lado, que era lo más parecido a un arma con lo que contaba. Supongo que, de haberlo usado como tal, podría haberme defendido con eficacia.

¿No lo usó?

No quería hacerlo. El animal era mucho más que un depredador hambriento cualquiera: era el destino, o eso creí. Aquel encuentro sólo podía ser la voluntad del *kami*.

¿Quién es Kami?

La pregunta correcta sería: ¿qué es *kami*? Los *kami* son

los espíritus que habitan todas y cada una de las facetas de nuestra existencia. Les rezamos, los honramos, esperamos agradarlos y ganarnos su favor. Son los mismos espíritus que empujan a las empresas japonesas a bendecir los emplazamientos de las fábricas que van a construir, y a los japoneses de mi generación a venerar al emperador como si fuese un dios. Los *kami* son la base del sintoísmo, ya que *shinto* significa, literalmente, «el camino de los dioses», y la adoración de la naturaleza es uno de sus principios más antiguos y sagrados.

Por eso creía que se estaba cumpliendo su voluntad. Al exiliarme al bosque, había contaminado su pureza. Después de deshonrarme, de deshonrar a mi familia y a mi país, por fin había dado el último paso: deshonrar a los dioses. Y por eso habían decidido enviar a un asesino a hacer el trabajo que yo no había sido capaz de completar, a eliminar mi hedor. Agradecí a los dioses su piedad y lloré, preparado para el golpe definitivo.

Pero nunca llegó. El oso dejó de jadear y emitió un gemido agudo, casi infantil. «¿Qué te pasa? —le pregunté a un carnívoro de trescientos kilos—. ¡Venga, acaba conmigo!» El oso siguió gimiendo como un perro asustado y después se alejó de mí a la velocidad de una presa perseguida. Entonces oí aquel otro gemido. Me volví e intenté captar su origen. Por la altura de la boca, sabía que era más alto que yo; oí un pie que se arrastraba por la tierra blanda y húmeda, y el aire que salía a borbotones por una herida abierta en el pecho.

Sabía que avanzaba hacia mí, gruñendo y lanzando zarpazos al aire vacío. Conseguí esquivar su torpe intento de herirme y cogí el *ikupasuy*; concentré mi ataque en la fuente del gemido de la criatura, golpeé rápidamente y noté la vibración del crujido en los brazos. La criatura cayó de espaldas en la tierra, mientras yo lanzaba un grito triunfante: «¡Banzai!».

Me resulta difícil describir mis sentimientos en aquellos instantes. La furia había estallado en mi corazón, creando una fuerza y un valor que alejaban mi antigua vergüenza como el sol aleja a la noche del cielo. De repente, supe que los dioses me aprobaban, que no habían enviado al oso para matarme, sino para avisarme. Entonces no entendí el motivo, pero sabía que debía sobrevivir hasta el día en que por fin se me revelase.

Y eso hice durante los siguientes meses: sobreviví. Dividí mentalmente la sierra de Hiddaka en una serie de varios cientos de chi-tai*. Cada chi-tai tenía algún objeto que ofrecía protección (un árbol o una roca alta) y un lugar para dormir en paz sin temor a un ataque inmediato. Siempre dormía durante el día, y sólo viajaba, buscaba comida o cazaba por la noche. No sabía si las criaturas dependían de la visión tanto como los seres humanos, pero no quería darles ni siquiera esa pequeña ventaja.**

Perder la vista me había preparado para estar siempre alerta cuando me movía. Los que pueden ver suelen dar por sentado el acto de caminar; ¿cómo si no iban a tropezarse con algo que han visto con claridad? El fallo no está en los ojos, sino en la mente, un proceso metal perezoso consentido por toda una vida de dependencia en el nervio óptico. A mí no me ocurría; siempre había tenido que estar en guardia frente a peligros potenciales, estar centrado, alerta y vigilando cada paso, por decirlo de alguna forma. No me molestaba añadir una amenaza más. Caminaba unos cien pasos, me paraba, escuchaba y olía el viento, a veces incluso me agachaba para pegar la oreja al suelo. Ese método no me

---

* Chi-tai: *Zona.*
** *A día de hoy, se desconoce hasta qué punto los muertos vivientes se guían por la vista.*

fallaba, y nunca me sorprendieron, ni me descubrieron con la guardia baja.

¿Alguna vez tuvo problemas por no ser capaz de detectarlos a larga distancia? ¿Por no ver al atacante cuando estaba a varios kilómetros?

Mi actividad nocturna evitaba el uso de una visión sana, y cualquier criatura que estuviese a varios kilómetros suponía la misma amenaza para mí que yo para ella. No hacía falta estar en guardia hasta que entraban en lo que podríamos llamar mi «perímetro de seguridad sensorial», el alcance máximo de mis oídos, nariz, dedos y pies. En el mejor de los días, cuando las condiciones eran óptimas y Haya-ji* estaba de buen humor, ese perímetro podía alcanzar hasta medio kilómetro. En el peor de los días, podía bajar hasta unos treinta o incluso quince pasos. Esos incidentes eran poco habituales, sólo sucedían cuando había hecho algo que enfurecía de verdad a los *kami*, aunque me resulta imposible saber qué era. Además, las criaturas eran de gran ayuda, porque siempre tenían la amabilidad de avisar antes de atacar.

Aquel aullido de alarma que se activa cuando descubren a una presa no sólo me avisaba de la presencia de una criatura, sino también de la dirección, alcance y posición exacta del ataque. Oía el gemido sobre las colinas y los campos, y sabía que, al cabo de una media hora, uno de los muertos vivientes me haría una visita. En momentos como ésos me detenía y me preparaba pacientemente para el ataque: soltaba la mochila, estiraba las extremidades, y a veces encontraba un sitio para sentarme en silencio a meditar. Siempre sabía cuándo se acercaban lo suficiente para golpearme, y

---

* *Haya-ji: El dios del viento.*

siempre dedicaba un momento a inclinarme y agradecerles su amabilidad al avisarme. Casi sentía pena por aquellos desgraciados autómatas, que habían recorrido tanta distancia, lenta y metódicamente, para acabar su viaje con el cráneo abierto o el cuello cortado.

¿Siempre mataba a su enemigo del primer golpe?
Siempre.

[Hace un gesto con un *ikupasuy* imaginario.]

Golpear hacia delante, nunca balancear. Al principio apuntaba a la base del cuello, pero después, cuando mis habilidades mejoraron con el tiempo y la experiencia, aprendí a golpear aquí...

[Coloca una mano en posición horizontal en el hueco entre la frente y la nariz.]

Aunque era un poco más duro que una simple decapitación, por la grosura del hueso, servía para destrozar el cerebro, mientras que, con la decapitación, había que darle un segundo golpe a la cabeza viviente.

¿Y si se trataba de varios atacantes? ¿Le resultaba más problemático?

Sí, al principio. Cuando aumentaron de número, también lo hicieron las ocasiones en las que me veía rodeado. Aquellas primeras batallas fueron... «sucias». Debo reconocer que dejé que mis emociones me gobernaran: era el tifón, no el rayo. Durante una melé en Tokachi-dake tardé cuarenta y un minutos en acabar con otras tantas criaturas. Estuve quince días limpiando los fluidos corporales que me manchaban la ropa. Después, cuando empecé a desarrollar mi creatividad táctica, permití que los dioses se unieran a mí en el campo de batalla; conducía a grupos de criaturas hasta la base de una roca alta, donde podía aplastarles el cráneo desde arriba. Incluso encontraba rocas que les permitían subir a por mí, pero no todas a la vez, claro, sino de una en una, de modo que podía tirarlas contra los afilados afloramientos rocosos de abajo. Me aseguraba de agradecerle su ayuda al espíritu de cada roca, acantilado o cascada que las dejaba caer más de mil metros. Lo de la cascada no fue algo que me gustase repetir, porque recuperar el cuerpo supuso un trabajo largo y difícil.

¿Fue a recoger el cadáver?

Para enterrarlo. No podía dejarlo allí, profanando el arroyo. No habría sido... «correcto».

¿Recogía todos los cadáveres?

Todos y cada uno. Aquella vez, después de lo de Tokachi-dake, estuve tres días cavando. Separé las cabezas; casi siempre las quemaba, pero, en Tokachi-dake las tiré al cráter volcánico, donde la furia de Oyamatsumi* pudiera purgar su hedor. No entendía del todo por qué lo hacía así; me parecía que lo más adecuado era separar el origen de la maldad.

La respuesta me llegó la víspera de mi segundo invierno en el exilio. Era mi última noche en las ramas de un árbol alto, ya que, cuando cayesen las nieves, pensaba regresar a la cueva en la que había pasado el invierno anterior. Me acababa de acomodar y estaba esperando a que el calor

---

* Oyamatsumi: *Soberano de montañas y volcanes.*

del alba me durmiese, cuando oí unas pisadas, demasiado rápidas y enérgicas para ser de una criatura. Haya-ji había decidido serme favorable aquella noche, porque me había traído el olor de lo que sólo podía ser un humano. Había llegado a darme cuenta de que los muertos vivientes eran bastante inodoros. Sí, tenían un sutil aroma a descomposición, que era algo más fuerte si el cadáver llevaba despierto algún tiempo o si la carne masticada le había salido de las tripas y formaba un bulto podrido en su ropa interior. Sin embargo, aparte de eso, los muertos vivientes tenían lo que yo llamo un «hedor sin olor»; no producían sudor, ni orina, ni heces convencionales; ni siquiera llevaban las bacterias del estómago o los dientes que, en los seres humanos, generaban el mal aliento. No podía decirse lo mismo del animal de dos patas que se acercaba rápidamente a mi posición: su aliento, su cuerpo, su ropa..., todo llevaba sin lavarse bastante tiempo.

Todavía estaba oscuro, así que no se percató de mi presencia. Calculé que su camino lo llevaría directamente bajo las ramas de mi árbol, así que me agazapé poco a poco, en silencio. No sabía si era hostil, si estaba loco o si lo habrían mordido recientemente. No quería correr riesgos.

[En este punto, Kondo interviene.]

KONDO: Lo tenía encima antes de darme cuenta. Mi espada salió volando y las piernas me cedieron.

TOMONAGA: Aterricé sobre sus omóplatos con la fuerza suficiente para dejar sin aliento a aquella figura tan débil y desnutrida, pero procurando no causarle ningún daño permanente.

KONDO: Me puso boca abajo, de cara a la tierra, y me apretó el cuello con la punta de esa extraña pala que llevaba.

TOMONAGA: Le dije que se quedase quieto, que lo mataría si se movía.

KONDO: Intenté hablar, explicarle entre toses que no era hostil, que ni siquiera sabía que él estuviese allí, que sólo quería atravesar aquella zona y seguir mi camino.

TOMONAGA: Le pregunté adónde iba.

KONDO: Le dije que a Nemuro, el principal puerto de evacuación de Hokkaido, porque quizá quedase allí un último transporte, un barco de pesca o... cualquier cosa que pudiera llevarme a Kamchatka.

TOMONAGA: Yo no entendía nada, así que le ordené que se explicase.

KONDO: Y yo se lo expliqué todo sobre la plaga y la evacuación, y lloré cuando le dije que Japón había sido completamente abandonado, que Japón estaba *nai*.

TOMONAGA: Y, de repente, lo supe, supe por qué los dioses se habían llevado mi vista, por qué me habían enviado a Hokkaido para aprender a cuidar de la tierra y por qué habían enviado al oso para avisarme.

KONDO: Empezó a reírse mientras me soltaba y me ayudaba a limpiarme de tierra.

TOMONAGA: Le dije que Japón no estaba abandonado, que allí seguían los elegidos por los dioses para ser sus jardineros.

KONDO: Al principio no lo entendí...

TOMONAGA: Así que le expliqué que, como cualquier jardín, Japón no podía dejarse marchitar y morir, que nosotros cuidaríamos de él, que lo conservaríamos, que aniquilaríamos a la plaga andante que lo infestaba y manchaba, y que restauraríamos su belleza y pureza para el día en que sus hijos regresaran.

KONDO: Creí que estaba loco y se lo dije a la cara. ¿Nosotros dos contra millones de *siafu*?

TOMONAGA: Yo le devolví la espada; su peso y su equilibrio

me resultaban familiares. Le dije que quizá nos enfrentáramos a cincuenta millones de monstruos, pero que esos monstruos se estarían enfrentando a los dioses.

Cienfuegos (Cuba)

[Seryosha García Álvarez me sugiere que nos reunamos en su despacho. «La vista es impresionante —promete—. No se arrepentirá.» En la planta sesenta y nueve del edificio Malpica Savings and Loans, el segundo edificio más alto de Cuba después de las Torres José Martí de La Habana, el despacho en esquina del señor Álvarez da a la reluciente metrópolis y al bullicioso puerto de abajo. Es la «hora mágica» para los edificios que generan la energía que consumen, como el Malpica, el momento del día en que sus ventanas fotovoltaicas, con su casi imperceptible tono magenta, capturan la luz de la puesta de sol. El señor Álvarez tiene razón: no me arrepentí de estar allí para verlo.]

Cuba ganó la Guerra Zombi; quizá no sea una afirmación muy humilde teniendo en cuenta lo que sucedió en tantos otros países, pero mire dónde estábamos hace veinte años y compárelo con lo que tenemos en la actualidad.

Antes de la guerra vivíamos en un estado de aislamiento casi total, peor que durante el apogeo de la guerra fría. Durante la época de mi padre, al menos contábamos con lo que la Unión Soviética y sus marionetas del COMECON consideraban «asistencia económica». Sin embargo, después de la caída del bloque comunista, nuestra existencia era una continua privación: comida racionada, combustible racionado... La única comparación que se me ocurre es la de Gran Bretaña durante el bombardeo aéreo; como cualquier otra isla asediada, nosotros también vivíamos bajo la oscura nube de un enemigo siempre presente.

Aunque el bloqueo estadounidense no era tan opresivo como durante la guerra fría, su objetivo era ahogar nuestra vida económica castigando a cualquier nación que intentase comerciar libremente con nosotros. A pesar de que la estrategia de los EE.UU. tenía éxito, su triunfo más notable fue permitir que Fidel utilizase a nuestro opresor del norte como excusa para mantenerse en el poder. «¿Ven lo dura que es nuestra vida —decía—, pues es culpa del bloqueo, culpa de los yanquis. ¡Sin mí los tendríamos invadiendo nuestras playas!» Era un genio, el pupilo más aplicado de Maquiavelo. Sabía que nunca lo apartaríamos del poder mientras tuviésemos al enemigo a las puertas, así que soportamos las dificultades y la opresión, las largas colas y los susurros ahogados. Ésa era la Cuba en la que crecí, la única Cuba que me imaginaba... hasta que los muertos empezaron a levantarse.

Hubo pocos casos y se contuvieron de inmediato; sobre todo se trataba de refugiados chinos y unos cuantos hombres de negocios europeos. Casi todos los viajes desde los Estados Unidos seguían estando prohibidos, así que nos libramos del golpe inicial de la primera oleada en masa de inmigrantes. La naturaleza represiva de nuestra sociedad amurallada permitió que el gobierno tomase medidas para asegurarse de que la infección no se extendiera. Se suspendieron los viajes por el interior del país y se movilizaron tanto el ejército regular como las milicias territoriales.

Como Cuba tenía un alto porcentaje de médicos per cápita, nuestro líder supo de la verdadera naturaleza de la infección semanas antes de la aparición del primer brote.

Para cuando empezó el Gran Pánico, cuando el mundo por fin reaccionó ante la pesadilla que derribaba las puertas de sus ciudadanos, Cuba ya se había preparado para la guerra.

El simple hecho de la geografía nos libró del peligro de los enjambres por tierra a gran escala. Nuestros invasores venían del mar, sobre todo de una armada de pateras; no sólo nos traían el contagio, como habíamos visto en todo el mundo, sino que había algunos que pretendían erigir sus nuevos hogares cual conquistadores modernos.

Mire lo que pasó en Islandia, un paraíso antes de la guerra, tan seguro y a salvo que nunca sintieron la necesidad de mantener un ejército permanente. ¿Qué opciones les quedaban cuando se retiró el ejército estadounidense? ¿Cómo iban a frenar la avalancha de refugiados de Europa y el oeste de Rusia? No es ningún misterio que el antes idílico ártico acabó siendo un caldero de sangre helada. Además, ¿por qué hoy en día sigue tan infestada la zona blanca del planeta? Podríamos haber sido nosotros, de no ser por el ejemplo que nos dieron nuestros hermanos de las islas de Barlovento y Sotavento.

Aquellos hombres y mujeres, desde Anguilla a Trinidad, pueden ocupar con orgullo su lugar entre los héroes más importantes de la guerra. Primero erradicaron múltiples brotes en su archipiélago, y después, sin apenas pararse a descansar, repelieron no sólo a los zombis del agua, sino también al inagotable flujo de invasores humanos. Derramaron su sangre para que nosotros no tuviésemos que hacerlo. Los que pretendían convertirse en nuestros latifundistas se vieron obligados a reconsiderar sus planes de conquista, ya que, si unos cuantos civiles con pequeñas armas y machetes podían defender sus hogares de forma tan tenaz, ¿qué se encontrarían en las orillas de un país con todo tipo de armamento, desde tanques a misiles antibuque guiados por radar?

Naturalmente, los habitantes de las Antillas Menores no luchaban por los intereses de los cubanos, pero su sacrificio nos permitió el lujo de establecer nuestros términos. Todo el que buscaba asilo era recibido con un dicho muy común entre los padres norteamericanos: «Mientras vivas bajo mi techo, obedecerás mis normas».

Los refugiados no eran sólo yanquis; también tuvimos nuestro cupo de latinoamericanos del interior, africanos y europeos occidentales, sobre todo españoles... Muchos españoles y canadienses habían visitado ya Cuba por vacaciones o negocios. Yo llegué a conocer a algunos antes de la guerra, gente agradable, educada, muy distintos de los alemanes orientales de mi juventud, que tiraban puñados de caramelos al aire y se reían cuando los niños nos arrastrábamos como ratas para cogerlos.

Sin embargo, la mayoría de nuestros espaldas mojadas eran de los Estados Unidos. Cada día llegaban más, ya fuera en barcos grandes, en embarcaciones privadas o incluso en balsas caseras que hacían que esbozásemos sonrisas irónicas. Muchos de ellos, un total de cinco millones, casi la mitad de nuestra población indígena, junto con las demás nacionalidades, entraron dentro de la jurisdicción del «Programa de reasentamiento de cuarentena» del gobierno.

No diré que los centros de reasentamiento fuesen campos de prisioneros, porque no podían compararse con lo que sufrían nuestros disidentes políticos, los escritores y profesores... Tenía un «amigo» al que acusaron de homosexual; sus historias de la prisión eran mucho peores que el centro de reasentamiento más duro.

Sin embargo, tampoco era una vida fácil. Aquella gente,

independientemente de su profesión o posición social anterior, empezó trabajando en el campo de doce a catorce horas diarias, cultivando verduras en lo que antes fueran nuestras plantaciones estatales de azúcar. Al menos, el clima estaba de su parte; las temperaturas bajaban y los cielos se oscurecían: la madre naturaleza les era propicia..., aunque no ocurría lo mismo con los guardias. «Alegraos de estar vivos —gritaban después de cada bofetada o patada—. ¡Si seguís protestando, os tiramos a los zombis!»

En todos los campamentos existía el rumor de los temidos «pozos de zombis», un agujero en el que tiraban a los alborotadores. La DGI [la Dirección General de Inteligencia] había llegado a introducir prisioneros falsos entre la población para propagar historias en las que eran testigos de cómo metían a la gente, con la cabeza por delante, en el hirviente lago de monstruos. Era para mantenerlos a todos controlados, ¿entiende? No había nada cierto..., aunque..., se oían cosas sobre los «blancos de Miami». La mayor parte de los cubanos estadounidenses eran recibidos con los brazos abiertos. Yo mismo tenía algunos parientes en Daytona que escaparon vivos a duras penas. Las lágrimas de todos los reencuentros de aquellos frenéticos primeros días podrían haber llenado el Mar del Caribe. Sin embargo, la primera oleada de inmigrantes posrevolucionarios, la élite rica que había florecido en el antiguo régimen y se había pasado el resto de su vida intentando destruir lo que tanto trabajo nos había costado construir..., en cuanto a esos aristos... No digo que haya pruebas de que cogiesen sus gordos culos reaccionarios empapados en Bacardi y los tirasen a los monstruos..., pero, si lo hicieron, por mí pueden dedicarse a chuparle las pelotas a Batista en el infierno.

[Esboza una ligera sonrisa de satisfacción.]

Por supuesto, no podríamos haber intentado semejante castigo con los estadounidenses. Los rumores y las amenazas no tienen nada que ver con la acción física; si presionas demasiado a un pueblo, te arriesgas a una revuelta. ¿Cinco millones de yanquis alzándose en una revolución? Impensable. Ya necesitábamos demasiadas tropas para mantener los campos, y ése fue el éxito inicial de la invasión yanqui de Cuba.

Sencillamente, no teníamos suficiente personal para vigilar a cinco millones de detenidos y casi cuatro mil kilómetros de costa; no podíamos luchar en una guerra con dos frentes, así que se tomó la decisión de disolver los centros y permitir que el diez por ciento de los detenidos yanquis trabajase fuera en un programa de libertad provisional especializado. Aquellos detenidos harían los trabajos que los cubanos ya no querían (cuidadores de día, lavaplatos y basureros) y, aunque sus sueldos eran casi insignificantes, sus horas de trabajo iban a un sistema de puntos que les permitía comprar la libertad de otros detenidos.

Era una idea ingeniosa que se le ocurrió a un cubano de Florida, y los campos se vaciaron en seis meses. Al principio, el gobierno intentó realizar un seguimiento de todos ellos, pero pronto se vio que era imposible. Al cabo de un año, los nortecubanos se habían integrado por completo, introduciéndose en todos los aspectos de nuestra sociedad.

Oficialmente, los campos se habían creado para evitar que se propagase la «infección», aunque no se trataba de la infección que transmitían los muertos.

Al principio era algo invisible, porque estábamos todavía sitiados. Se escondía tras las puertas cerradas y se hablaba en susurros. Con el paso de los años, lo que ocurrió no fue tanto una revolución como una evolución, una reforma económica por aquí, un periódico legalizado y privado por allá. La gente empezó a pensar con más audacia, a hablar con más audacia, y, poco a poco, en silencio, la semillas echaron raíces. Estoy seguro de que Fidel habría estado encantado de aplastar con su puño de hierro nuestras incipientes libertades, y quizá lo habría hecho si los acontecimientos mundiales no hubiesen jugado a nuestro favor. Todo cambió para siempre cuando los gobiernos del planeta decidieron pasar al ataque.

De repente, nos convertimos en el «Arsenal de la Victoria». Éramos la despensa, la fábrica, el campo de entrenamiento y el trampolín. Nos convertimos en el centro aéreo de América del Norte y del Sur, el gran dique seco de diez mil barcos.* Teníamos dinero, montones de dinero, un dinero que creó una clase media de la noche a la mañana, y una próspera economía capitalista a la que le hacían falta la especialización y la experiencia práctica de los nortecubanos.

Compartimos un vínculo, y dudo que pueda romperse; los ayudamos a reclamar su país, y ellos nos ayudaron a reclamar el nuestro. Nos enseñaron el significado de la democracia..., de la libertad, no sólo en términos abstractos y vagos, sino a un nivel humano individual y muy real. La libertad no es algo que tengas por tener: primero debes desear algo y después querer la libertad para luchar por ello. Esa lección la aprendimos de los nortecubanos. Todos tenían grandes sueños y habrían dado la vida por conseguir la libertad necesaria para hacerlos realidad. Si no, ¿por qué iba a tenerles tanto miedo El Jefe?

No me sorprende que Fidel supiera que los aires de libertad se acercaban para barrerlo del poder; lo que me sorprende es lo bien que mantuvo el equilibrio.

---

* Sigue sin saberse el número exacto de barcos aliados y neutrales que anclaron en los puertos cubanos durante la guerra.

[Se ríe y hace un gesto hacia la foto que tiene en la pared, en la que aparece un Castro anciano hablando en el Parque Central.]

¿Se imagina los cojones que tenía el muy hijo de puta? No sólo abrazó la nueva democracia del país, si no que consiguió adjudicarse el mérito. Era un genio; presidir personalmente las primeras elecciones libres de Cuba, en las que su último acto oficial fue votar a favor de apartarse a sí mismo del poder... Por eso su legado es una estatua y no una mancha de sangre en un muro. Obviamente, nuestra nueva superpotencia latina no es nada idílica: tenemos cientos de partidos políticos y más grupos de interés especial que arena en las playas; tenemos huelgas, revueltas y protestas casi todos los días. Ahora podrá entender por qué el Che se largó justo después de la revolución: es mucho más fácil reventar trenes que conseguir que lleguen a tiempo. ¿Qué era lo que decía el señor Churchill?: «La democracia es la peor forma de gobierno, a excepción de todas las demás». [Se ríe.]

Monumento a los Patriotas (La Ciudad Prohibida, China)

[Sospecho que el almirante Xu Zhicai ha escogido este sitio en concreto con la vaga esperanza de que hubiese un fotógrafo. Aunque, desde la guerra, a nadie se le ha ocurrido cuestionar ni su patriotismo ni el de su tripulación, no quiere correr riesgos ante los ojos de los «lectores extranjeros». Al principio se muestra a la defensiva, y sólo consiente la entrevista con la condición de que escuche de manera objetiva su versión de la historia, una exigencia a la que se aferra incluso después de explicarle que no existe ninguna otra versión.]

[Nota: Por razones de claridad, se han sustituido las designaciones navales chinas auténticas por unas más generales.]

No éramos traidores. Lo digo antes de seguir hablando. Amábamos a nuestro país, amábamos a nuestra gente y, aunque puede que no amáramos a los que nos gobernaban, éramos completamente leales a nuestros líderes.

De no haber sido la situación tan desesperada, nunca se nos habría ocurrido hacer lo que hicimos. Cuando el capitán Chen comentó por primera vez su propuesta, ya estábamos al borde del abismo; había muertos en todas las ciudades y aldeas. En los nueve millones y medio de kilómetros cuadrados del país, no quedaba ni un centímetro de paz.

Los cabrones arrogantes del ejército insistían en que tenían el problema bajo control, que todos los días eran el momento decisivo y que, cuando llegase la nieve, tendrían pacificado todo el país. Típica mentalidad del ejército: exceso de agresividad y exceso de confianza. Sólo necesitaban un grupo de hombres o de mujeres, ropa a juego, unas cuantas horas de entrenamiento, algo que pareciese un arma, y ya tenían un ejército; no el mejor del mundo, pero un ejército.

Eso no puede pasar en ninguna armada. Hace falta una cantidad considerable de energía y materiales para crear un barco, cualquier tipo de barco. El ejército puede sustituir su carne de cañón en pocas horas, mientras, para nosotros, podía ser cuestión de años. Eso hace que, normalmente, seamos más pragmáticos que nuestros compatriotas de verde. Examinamos las situaciones con un poco más de..., no quiero llamarlo precaución, aunque quizá sí con unas estrategias más conservadoras. Retirarse, reunirse y racionar los recursos. Es la misma filosofía del Plan Redeker, salvo que, por supuesto, el ejército no quiso escucharnos.

¿Rechazaron el Plan Redeker?

Sin tan siquiera tenerlo en cuenta o debatirlo. ¿Cómo iba a perder el ejército? Con sus vastas reservas de armamento convencional, con su pozo sin fondo de recursos humanos... Un pozo sin fondo, qué ocurrencia. ¿Sabe por qué tuvimos aquella explosión demográfica en los cincuenta? Porque Mao creía que era la única forma de ganar una guerra nuclear. Es la verdad, nada de propaganda: todos sabían que, cuando por fin se asentase el polvo atómico, sólo unos cuantos miles de estadounidenses o soviéticos sobrevivirían, de modo que nuestras decenas de millones de chinos los aplastarían. Números, ésa era la filosofía de la generación de mis abuelos, y ésa era la estrategia que el ejército adoptó a toda prisa en cuanto nuestras tropas experimentadas y profesionales fueron devoradas en las primeras etapas de la epidemia. Aquellos generales, viejos criminales enfermos y retorcidos, se sentaban a salvo en sus refugios y enviaban una oleada tras otra de reclutas adolescentes a la batalla. ¿Es que ni siquiera se les ocurrió pensar que cada soldado muerto era un zombi vivo? ¿No se daban cuenta de que, en vez de ahogarlos en un pozo sin fondo, éramos nosotros los que nos ahogábamos? ¿Que, por primera vez en la historia, la nación más poblada de la Tierra estaba en peligro de verse superada en número de manera catastrófica?

Eso fue lo que empujó al capitán Chen. Sabía qué pasaría

si la guerra seguía su curso y cuáles eran nuestras posibilidades de sobrevivir. De haber creído que había esperanza, habría cogido un fusil para lanzarse sobre los muertos vivientes. Estaba convencido de que pronto no quedarían chinos vivos y que, quizá, al final, no quedaría gente viva en ninguna parte. Por eso informó sobre sus intenciones a sus oficiales de alto rango y afirmó que podíamos ser la única posibilidad de conservar parte de nuestra civilización.

¿Aceptó su propuesta?

Al principio no me lo creía; ¿escapar en el barco, en nuestro submarino nuclear? No era sólo deserción, escabullirse en plena noche para salvar nuestros miserables pellejos, sino robar uno de los bienes más valiosos de nuestra patria. El Almirante Zheng He era uno de los tres submarinos con misiles balísticos y el más nuevo de los que los occidentales llamaban el Tipo 94. Era el hijo de cuatro padres: la ayuda rusa, la tecnología del mercado negro, los frutos del espionaje antiamericano y, por supuesto, la culminación de casi cinco mil años de historia China. Era la máquina más cara, avanzada y poderosa que había construido nuestra nación. Robarla sin más, como si fuese un bote salvavidas del hundimiento de China, era algo inconcebible. Sólo la fuerte personalidad del capitán Chen, su patriotismo profundo y fanático, logró convencernos de que era la única alternativa.

¿Cuánto tardaron en prepararlo?

Tres meses de infierno. Qingdao, nuestro puerto, estaba en un continuo estado de asedio. Cada vez llamaban a más unidades del ejército para mantener el orden, y las unidades cada vez estaban peor entrenadas, peor equipadas y eran más jóvenes o más mayores. Algunos de los capitanes de los barcos de superficie tuvieron que donar la tripulación «prescindible» para reforzar las defensas de la base. Atacaban nuestro perímetro casi todos los días y, mientras pasaba todo eso, teníamos que prepararnos y reunir provisiones para salir al mar. Se suponía que era una patrulla rutinaria, así que teníamos que meter a escondidas tanto suministros de emergencia como familiares.

¿Familiares?

Oh, sí, era la piedra angular del plan: el capitán Chen sabía que la tripulación no dejaría el puerto si sus familias no iban con ellos.

¿Cómo lo consiguieron?

¿Encontrarlos o subirlos a bordo?

Las dos cosas.

Encontrarlos fue difícil. La mayoría de nosotros tenía familiares repartidos por todo el país. Hicimos lo que pudimos por comunicarnos con ellos, por hacer funcionar una línea telefónica o enviarles una nota con una unidad del ejército que se dirigiese hacia allí. El mensaje siempre era el mismo: íbamos a salir pronto de patrulla y se requería su presencia en la ceremonia. A veces intentábamos que fuese algo más urgente, como si alguien se estuviese muriendo y necesitase verlos. No podíamos hacer más; nadie tenía permiso para ir en persona a por ellos, porque era demasiado arriesgado. No teníamos varias tripulaciones, como los estadounidenses en sus barcos lanzamisiles, así que, una vez en el mar, echaríamos en falta a cada marinero perdido. Me daban pena mis compañeros, la angustia de su espera; yo tenía suerte de que mi mujer y mis hijas...

¿Hijas? Creía que...

¿Que sólo se nos permitía tener uno? Esa ley se modificó años antes de la guerra, una solución práctica al problema que suponía una nación desequilibrada, habitada sólo por hijos únicos varones. Yo tenía gemelas, y era afortunado, porque mi mujer y mis hijas ya estaban en la base cuando empezaron los problemas.

¿Y el capitán? ¿Tenía familia?

Su esposa lo había abandonado a principios de los ochenta. Había sido un gran escándalo en aquellos días; todavía me asombra cómo consiguió salvar su carrera y criar a su hijo.

¿Tenía un hijo? ¿Se unió a ustedes?

[Xu evita la pregunta.]

Lo peor para muchos era la espera, saber que, aunque consiguieran llegar a Qingdao, era muy probable que nosotros ya hubiésemos partido. Imagínese el sentimiento de culpa: le pides a tu familia que vaya a verte, puede que arriesgando la seguridad relativa de su escondite, y, al llegar, se encuentra abandonada en el muelle.

¿Aparecieron muchos familiares?

Más de los que nos imaginábamos. Los metimos a escondidas en el submarino por la noche, vestidos de uniforme.

A algunos, los niños y los ancianos, los llevábamos dentro de cajas de suministros.

¿Sabían las familias qué estaba pasando? ¿Lo que ustedes pretendían hacer?

Creo que no. Todos los miembros de nuestra tripulación tenían órdenes estrictas de guardar silencio. Si el Ministerio de Seguridad del Estado tenía la más ligera sospecha de lo que tramábamos, los muertos vivientes habrían sido el menor de nuestros problemas. Ese secretismo también nos obligó a partir siguiendo nuestro programa de patrullas rutinarias. El capitán Chen deseaba con todas sus fuerzas esperar a los rezagados, a los familiares que podían estar a tan sólo unos días o unas horas de distancia. Sin embargo, sabía que eso habría puesto en peligro todo y, de mala gana, dio la orden de partir. Intentó ocultar sus sentimientos y creo que lo consiguió delante de la mayoría, pero yo se lo veía en los ojos, en los que se reflejaban los incendios cada vez más lejanos de Qingdao.

¿Adónde se dirigían?

Primero al sector de patrulla asignado, sólo para que, al principio, todo pareciese normal. Después de eso, nadie lo sabía.

Era imposible buscar un nuevo hogar, al menos de momento. Por aquel entonces, la plaga se había extendido por todos los rincones del planeta. No quedaba ningún país neutral que pudiera garantizarnos la seguridad, daba igual lo lejos que se encontrase.

¿Y pasar a nuestro lado, a los Estados Unidos, o a otro país occidental?

[Me lanza una mirada dura y fría.]

¿Lo habría hecho usted? El Zheng llevaba dieciséis misiles balísticos JL-2; todos excepto uno estaban preparados con cuatro ojivas de reentrada múltiple, con una potencia de noventa kilotones. Eso lo ponía a la misma altura de uno de los países más fuertes del mundo, lo bastante para asesinar ciudades enteras con sólo girar una llave. ¿Entregaría usted ese poder a otro país, al único país que, hasta aquel momento, había utilizado armas nucleares en un acto de guerra? Le repetiré por última vez que no éramos traidores. No importa que nuestros líderes pudieran haber sido unos criminales dementes: nosotros seguíamos siendo marineros chinos.

Así que estaban solos.

Por completo. Sin hogar, sin amigos, sin ningún puerto seguro para refugiarnos de la tormenta. El Almirante Zheng He era nuestro universo: cielo, tierra, sol y luna.

Tuvo que ser muy difícil.

Los primeros meses se pasaron como si fuesen una patrulla normal. Los submarinos lanzamisiles están diseñados para esconderse, y eso hicimos, nos sumergimos en las profundidades y guardamos silencio. No sabíamos con certeza si nuestros otros submarinos de combate nos buscaban, aunque era bastante probable que el gobierno tuviese otras cosas en qué pensar. En cualquier caso, hacíamos simulacros normales de combate y entrenamos a los civiles en el arte de la disciplina del silencio. El jefe de la tripulación insonorizó el comedor para que pudiese funcionar tanto de colegio como de zona de juegos para los niños. Los niños, sobre todo los más pequeños, no tenían ni idea de qué pasaba. Muchos habían llegado a cruzar áreas infestadas con su familia, y algunos habían escapado con vida a duras penas. Sólo sabían que los monstruos habían desaparecido y que sólo surgían de vez en cuando en sus pesadillas. Estaban a salvo, y eso era lo único importante. Supongo que así nos sentíamos todos durante los primeros meses: estábamos vivos, estábamos juntos, estábamos a salvo. Teniendo en cuenta lo que pasaba en el resto del planeta, ¿qué más se podía pedir?

¿Tenían alguna forma de monitorizar la crisis?

Al principio, no. Nuestro objetivo era resistir, evitar las rutas marítimas comerciales y los sectores de patrulla de los submarinos..., tanto los nuestros como los occidentales. Eso sí, especulábamos mucho: ¿hasta dónde se habría propagado? ¿Qué países estaban más afectados? ¿Habría empleado alguien la solución nuclear? De ser así, era el fin para todos nosotros. En un planeta irradiado, los muertos vivientes podrían llegar a ser los únicos seres «vivos». No estábamos seguros de qué harían las altas dosis de radiación en el cerebro de un zombi: ¿Lo mataría llenando la materia gris de múltiples tumores en expansión? Eso pasaría con un cerebro humano normal, pero, como los muertos vivientes contradecían todas las demás leyes de la naturaleza, ¿por qué iba aquello a ser distinto? Algunas noches, en la sala de oficiales, hablando en susurros sobre nuestro té, nos imaginábamos a unos zombis tan rápidos como guepardos y tan ágiles como monos, unos zombis con cerebros mutados que crecían, palpitaban y estallaban dentro de los confines de sus cráneos. El capitán de corbeta Song, nuestro oficial de reactores, había subido a bordo sus acuarelas y había pintado con ellas el paisaje de una ciudad en ruinas.

Intentó decir que no era ninguna ciudad en concreto, aunque todos reconocimos los restos retorcidos del horizonte de Pudong. Song había crecido en Shanghai. El perfil roto brillaba con un tono magenta apagado sobre el cielo negro del invierno nuclear. Una lluvia de cenizas salpicaba las islas de escombros que surgían de lagos de cristal fundido, y un río cruzaba el centro de aquel fondo apocalíptico, una serpiente marrón verdoso que se erguía hasta convertirse en una cabeza de mil cuerpos entrelazados: piel agrietada, cerebros expuestos, carne que caía de unos brazos huesudos que salían de bocas abiertas y caras de relucientes ojos rojos. No sé cuándo empezó su proyecto el capitán Song, sólo que se lo enseñó en secreto a unos cuantos de nosotros después de nuestro tercer mes en el mar. Nunca pretendió que Cheng lo supiera, no era tan tonto; sin embargo, alguien debió contárselo, y el viejo lo frenó en seco.

Song recibió órdenes de pintar algo alegre encima de su cuadro, una puesta de sol veraniega sobre el lago Dian. Después pintó otros murales «positivos» en cualquier trocito vacío de mamparo. El capitán Chen también ordenó que cesaran las especulaciones fuera de las horas de servicio, porque eran «perjudiciales para la moral de la tripulación». En cualquier caso, creo que eso lo empujó a reestablecer algún tipo de contacto con el mundo exterior.

¿Se refiere a comunicación activa o a vigilancia pasiva?

A lo último. Sabía que el cuadro de Song y nuestras conversaciones apocalípticas eran producto del aislamiento a largo plazo. La única forma de sofocar los «pensamientos peligrosos» era sustituir la especulación por los hechos puros y duros. Llevábamos casi cien días con sus noches de apagón total, y necesitábamos saber qué estaba pasando, aunque fuese algo tan oscuro y desesperado como el cuadro de Song.

Hasta aquel momento, nuestro oficial de sónar y su equipo eran los únicos que sabían qué pasaba más allá del casco del submarino. Aquellos hombres escuchaban el mar: las corrientes; la «biología», como los peces y las ballenas; y el ruido distante de los propulsores más cercanos. Antes he dicho que nuestro rumbo nos había llevado hasta los huecos más remotos de los océanos del mundo. Habíamos escogido zonas en las que normalmente no se detectaría ningún barco. Sin embargo, en los meses anteriores, el equipo de Liu había estado recogiendo un número cada vez mayor de contactos aleatorios; había miles de barcos en la superficie, muchos de ellos con firmas que no encontrábamos en el archivo de nuestro ordenador.

El capitán ordenó subir a altura de periscopio. Se elevó la antena de medidas electrónicas de apoyo, y nos vimos inundados de cientos de firmas de radar; la antena de radio sufrió un diluvio similar. Finalmente, los periscopios, tanto el de exploración como el de ataque principal, salieron a la superficie. No es como se ve en las películas, un hombre que baja unas asas y mira por un ocular telescópico. Estos periscopios no penetran el casco interno, y cada uno tiene una videocámara que envía la señal a varios monitores de la embarcación. No podíamos creernos lo que veíamos: era como si la humanidad se echase al mar con todas sus posesiones. Divisamos petroleros, buques de carga, barcos de crucero, remolcadores tirando de barcazas, aerodeslizadores, gánguiles, buques de pesca con rastra..., y todo eso la primera hora.

En las siguientes semanas vimos también docenas de barcos militares, y cualquiera de ellos podría habernos detectado, pero no parecía importarles. ¿Conoce el USS Saratoga? Observamos cómo lo arrastraban por el Atlántico Sur;

habían convertido su cubierta en una ciudad de tiendas de campaña. Vimos un barco que tenía que ser el HMS Victory, subiendo y bajando con las olas bajo un bosque de velas improvisadas. Divisamos el Aurora, el auténtico crucero de la Primera Guerra Mundial cuyo motín había hecho saltar la chispa de la Revolución Bolchevique. No sé cómo lo sacaron de San Petersburgo, ni cómo encontraron el carbón suficiente para mantener encendidas las calderas.

Había un montón de cascarones destartalados que tendrían que haberse retirado hacía años: esquifes, transbordadores y chalanas que se habían pasado la vida en lagos tranquilos o en ríos de interior, embarcaciones de costa que nunca deberían haber salido del puerto para el que habían sido diseñadas. Contemplamos un dique seco flotante del tamaño de un rascacielos volcado, con la cubierta llena de andamios de construcción que servían de apartamentos; iba a la deriva, sin remolque ni barco de apoyo a la vista. No sé cómo sobrevivían aquellas personas, ni siquiera si, de hecho, sobrevivían. Había muchos barcos a la deriva con los depósitos vacíos y sin forma de generar energía.

Vimos muchas embarcaciones pequeñas privadas y barcos de crucero que se habían unido para formar gigantescas balsas sin rumbo. También había bastantes balsas improvisadas hechas con troncos o neumáticos.

Incluso dimos con un barrio de chabolas náutico construido sobre cientos de bolsas de basura llenas de bolitas de poliestireno. Nos recordó a la «Armada de Ping-Pong», los refugiados que, en la Revolución Cultural, intentaron huir a Hong Kong en sacos llenos de pelotas de *ping-pong*.

Sentíamos lástima de aquella gente y del futuro que les esperaba; estar a la deriva en medio del océano, presa del hambre, la sed, la insolación o el mismo mar... Song lo llamó «la gran regresión de la humanidad»: «Surgimos del mar —decía— y ahora nos lanzamos a sus brazos». Lanzarse era el término correcto, porque estaba claro que aquellas personas no habían pensado en qué harían una vez llegasen a la «seguridad» de las olas. Sólo supusieron que sería mejor que acabar destrozados en tierra. Por culpa del pánico, seguramente no se habían dado cuenta de que no hacían más que prolongar lo inevitable.

¿Alguna vez intentaron ayudarlos? ¿Darles comida, agua o quizá remolcarlos?

¿Adónde? Incluso de haber sabido dónde estaban los puertos seguros, el capitán no se habría arriesgado a que nos detectasen. No sabíamos quién podía tener una radio, quién podría estar escuchando esa señal; ni siquiera sabíamos si nos buscaban. Además, existía otro peligro: la amenaza inmediata de los muertos vivientes. Vimos muchos barcos infestados; en algunos, la tripulación seguía luchando por su vida, mientras que, en otros, los muertos eran los únicos que quedaban. En una ocasión, junto a Dakar, en Senegal, nos cruzamos con un trasatlántico de lujo de cuarenta y cinco mil toneladas llamado Nordic Express. La óptica de nuestro periscopio de exploración era lo bastante potente para enseñarnos todas las huellas ensangrentadas de las ventanas del salón de baile, todas las moscas que se posaban en los huesos y la carne de la cubierta. Los zombis caían al mar, uno cada par de minutos; veían algo a lo lejos, un avión volando bajo o incluso la estela que dejaba nuestro periscopio, creo, e intentaban cogerlo. Me dio una idea: si emergíamos a unos cientos de metros y hacíamos todo lo posible por atraerlos para que cayesen por la borda, quizá fuésemos capaces de limpiar un barco sin tener que disparar ni un tiro. ¿Quién sabía lo que llevarían a bordo los refugiados? El *Nordic Empress* podría resultar ser un almacén de provisiones flotante. Le expliqué mi propuesta al encargado del armamento, y juntos se la presentamos al capitán.

¿Qué dijo?

«De ninguna manera.» No había forma de saber cuántos zombis había a bordo del trasatlántico muerto, y, lo que es peor, señaló a la pantalla de vídeo y, refiriéndose a los zombis que caían por la borda, dijo: «Miren, no se hunden todos». Tenía razón: algunos se habían reanimado con los chalecos salvavidas puestos, mientras que otros empezaban a hincharse por culpa de los gases de la descomposición. Era la primera vez que había visto una criatura flotante; tendría que haberme dado cuenta de que se convertirían en algo habitual. Contando con que tan sólo el diez por ciento de los barcos de refugiados estuviese infectado, estábamos hablando del diez por ciento de varios miles de barcos. Había millones de zombis cayendo al mar de forma aleatoria o entrando a cientos cuando uno de aquellos viejos cascarones se volcaba con el mal tiempo. Después de una tormenta, cubrían toda la superficie hasta donde alcanzaba la vista, olas con cabezas y brazos en movimiento. Una vez levantamos el periscopio de exploración y nos encontramos con una niebla deformada y verdosa. Al principio creímos que se trataba de un problema óptico, como si hubiésemos chocado contra algún resto flotante, pero, entonces, el periscopio de ataque confirmó que habíamos atravesado a uno de los zombis justo bajo el tórax. La criatura seguía moviéndose, y probablemente siguiera haciéndolo después de bajar el periscopio. Aquella vez sí que sentimos la amenaza cerca...

Pero ustedes estaban bajo el agua, ¿cómo podían...?

Si emergíamos y uno de ellos quedaba atrapado en cubierta o en el puente... La primera vez que abrí la escotilla, una garra fétida y empapada se lanzó sobre mí y me cogió por la manga. Perdí el equilibrio, caí en el puesto de observación que tenía debajo y aterricé en cubierta con el brazo cortado del monstruo todavía agarrado a mi uniforme. Sobre mí, recortado sobre el disco reluciente de la escotilla abierta, vi al propietario del brazo. Fui a coger el arma que llevaba al costado y disparé directamente, sin pensar. Nos cayó encima una lluvia de huesos y trozos de cerebro. Tuvimos suerte... Si uno de nosotros hubiese tenido una herida abierta... Me merecía la reprimenda que recibí, e incluso algo peor. Desde aquel momento, siempre hacíamos un barrido completo con el periscopio antes de emerger. Calculo que una de cada tres veces nos encontramos con algún que otro zombi arrastrándose por el casco.

Esos eran los días de observación, cuando lo único que hacíamos era mirar y escuchar el mundo que nos rodeaba. Además de los periscopios, podíamos vigilar las transmisiones de radio civiles y algunas retransmisiones de televisión por satélite. No dibujaban una imagen agradable: ciudades, países enteros muriendo. Escuchamos el último informe desde Buenos Aires y la evacuación de las islas japonesas. Nos llegó alguna información poco completa sobre los motines en el ejército ruso y los informes posteriores al «intercambio nuclear limitado» entre Irán y Paquistán, y nos maravillamos, comentando con interés mórbido que siempre habíamos creído que serían ustedes o los rusos los que pulsaran el botón. No había noticias de China, nada de retransmisiones, ni gubernamentales ni ilegales. Todavía detectábamos transmisiones navales, pero todos los códigos habían cambiado desde nuestra huida. Aunque aquello suponía una especie de amenaza personal, puesto que no sabíamos si nuestra flota tenía orden de perseguirnos y hundirnos, al menos probaba que no todo el país había desaparecido dentro de los estómagos de los muertos. En aquel momento, cualquier noticia era bienvenida en nuestro exilio.

La comida se empezaba a convertir en un problema, no inmediato, aunque lo bastante cercano para pensar en posibles soluciones. Las medicinas también eran un problema importante; tanto las occidentales como los distintos remedios tradicionales de hierbas se agotaban por la presencia de los civiles. Muchos de ellos tenían necesidades especiales.

La señora Pei, la madre de uno de los hombres de los torpedos, sufría problemas bronquiales crónicos, una reacción alérgica a algo del submarino, la pintura o quizá el aceite de máquinas, cosas que no podían eliminarse de su entorno. Estaba consumiendo nuestros descongestionantes a una velocidad alarmante. El teniente Chin, encargado del armamento, sugirió con aire práctico que le practicásemos una eutanasia a la anciana, a lo que el capitán respondió confinándolo en su alojamiento durante una semana, con media ración y sin recibir ningún tratamiento médico, a no ser que se tratase de una cuestión de vida o muerte. Chin era un cabrón frío, pero, al menos, su sugerencia sacó a la luz nuestras opciones: teníamos que prolongar el suministro de productos consumibles o encontrar la manera de reciclarlos.

Saquear los barcos abandonados seguía estando estrictamente prohibido. Incluso cuando divisábamos uno que parecía vacío, siempre oíamos a unos cuantos zombis dando bandazos bajo la cubierta. Pescar era una posibilidad, aunque no teníamos el material necesario para montar una red, ni estábamos dispuestos a pasar varias horas en la superficie soltando anzuelos y cuerdas por la borda.

La solución la propuso uno de los civiles, no la tripulación. Algunos habían sido granjeros o herbolarios antes de la crisis, y unos cuantos se habían traído bolsitas con semillas. Si podíamos proporcionarles el equipo necesario, ellos intentarían cultivar la comida suficiente para que las provisiones nos durasen años. Era un plan audaz, pero no le faltaba mérito. La sala de misiles tenía bastante espacio para preparar un huerto. Se podían fabricar maceteros y canales con el material que ya teníamos, y las lámparas ultravioleta que utilizábamos para los tratamientos de vitamina D de la tripulación podían servir como luz artificial.

El único problema era la tierra. Ninguno de nosotros sabía nada sobre hidroponía, aeroponía, ni ningún otro método agrícola alternativo. Necesitábamos tierra, y sólo había una forma de conseguirla. El capitán se lo pensó detenidamente; intentar enviar una partida a tierra era tan peligroso o más que subir a bordo de un barco infestado. Antes de la guerra, más de la mitad de la civilización humana vivía en o cerca de las costas del mundo. La plaga no había hecho más que aumentar aquel número, puesto que los refugiados pretendían huir por mar.

Empezamos a buscar en la costa del Atlántico Central, en Sudamérica, desde Georgetown, en Guyana, bajando por las costas de Surinam y la Guayana francesa. Encontramos algunas zonas de jungla deshabitada y, al menos a través del periscopio, la costa parecía vacía. Salimos a la superficie y realizamos un segundo barrido visual desde el puente. De nuevo, nada. Solicité permiso para llevarme a una partida a tierra, pero el capitán seguía sin estar convencido; ordenó tocar la sirena de niebla... fuerte y prolongada..., y aparecieron.

Al principio sólo eran unos cuantos muertos hechos jirones y con miradas salvajes. No parecían percatarse de que estaban en la playa, porque las olas los derribaban y los tiraban de nuevo en la arena o los metían en el mar. Uno se dio contra una roca, se le aplastó el pecho y las costillas rotas le asomaron a través de la carne; una espuma negra le salió por la boca al aullarnos y, aun así, seguía intentando caminar o arrastrarse en nuestra dirección. Llegaron más, de docena en docena; en pocos minutos teníamos más de cien tirándose al agua. Eso pasó en todos los sitios a los que nos acercábamos: todos los refugiados que no habían tenido la suerte de salir al océano, formaban una barrera letal en todos los tramos de costa que visitábamos.

¿Llegaron a intentar enviar un grupo a tierra?

[Sacude la cabeza.] Era demasiado peligroso, incluso peor que los barcos infestados. Decidimos que nuestra única posibilidad era encontrar tierra en una isla cercana a la costa.

Pero debían de saber lo que estaba pasando en las islas del mundo, ¿no?

Le sorprendería. Después de dejar el puesto de patrulla en el Pacífico, restringíamos nuestros movimientos al Atlántico o al Océano Índico. Habíamos oído transmisiones o realizado observaciones visuales de muchos de aquellos trocitos de tierra, y sabíamos lo de la superpoblación, la violencia... Vimos los destellos de los disparos de las Islas de Barlovento. Aquella noche, en la superficie, se olía el humo que flotaba al este del Caribe. También oíamos lo que pasaba en las islas que no tenían tanta suerte: nos llegaron los gemidos de Cabo Verde, junto a la costa de Senegal, antes de ver las islas. Demasiados refugiados y poca disciplina: sólo hace falta una persona infectada. ¿Cuántas islas siguieron en cuarentena después de la guerra? ¿Cuántas rocas heladas del norte siguen siendo muy peligrosas?

Regresar al Pacífico era la mejor opción, aunque eso nos llevaba de vuelta a la puerta principal de nuestro país.

Como ya he dicho, no sabíamos si la armada china nos

perseguía, ni siquiera si seguía existiendo una armada china. Sólo sabíamos que necesitábamos provisiones y que anhelábamos el contacto directo con otros seres humanos. Tardamos en convencer al capitán, que lo que menos deseaba era una confrontación con nuestros compatriotas.

¿Seguía leal al gobierno?

Sí, y, además, había un... tema personal.

¿Personal? ¿Por qué?

[Esquiva la pregunta.]

¿Alguna vez ha estado en Manihi?

[Sacudo la cabeza.]

No se puede imaginar una postal más idílica del paraíso tropical anterior a la guerra: islotes llanos y abarrotadas de palmeras, llamados *motus*, que forman un círculo alrededor de una laguna poco profunda de aguas cristalinas. Era uno de los pocos lugares de la Tierra en el que se cultivaban perlas negras auténticas. Yo le había comprado un par a mi mujer cuando visitamos Tuamotus en nuestro viaje de novios, así que mi conocimiento de primera mano convirtió aquel atolón en nuestro destino más probable.

Manihi había cambiado completamente desde mis tiempos de alférez recién casado: las perlas habían desaparecido, se habían comido las ostras, y la laguna estaba llena de cientos de barquitos privados. Los motus en sí estaban cubiertos de tiendas de campaña o cabañas destartaladas. Docenas de canoas improvisadas iban y venían, con remos o con velas, entre el arrecife exterior y la docena de barcos que estaban anclados en aguas profundas. La escena era típica de lo que, supongo, los historiadores de la posguerra llaman «el Continente del Pacífico», la cultura de islas de refugiados que se extendía desde Palau hasta la Polinesia Francesa. Era una sociedad nueva, una nación nueva, en la que refugiados de todo el mundo se unían bajo la bandera común de la supervivencia.

¿Cómo se integraron en esa sociedad?

Mediante el comercio. El comercio era el pilar central del Continente del Pacífico. Si tu barco tenía una gran destilería, vendías agua dulce; si tenía un taller de máquinas, te convertías en mecánico. El Madrid Spirit, un carguero que transportaba gas natural licuado, vendía su carga como combustible para cocinar. Eso le dio al señor Song la idea de cuál podía ser nuestro «nicho de mercado»; era el padre del capitán de corbeta Song, un corredor de bolsa especializado en fondos de alto riesgo que trabajaba en Shenzhen. Se le ocurrió tender líneas eléctricas flotantes hacia la laguna y vender la electricidad de nuestro reactor.

[Sonríe.]

Nos hicimos millonarios o, al menos, el equivalente de millonarios en el sistema de trueque: comida, medicinas, todas las piezas de repuesto que necesitábamos y las materias primas para fabricarlos. Conseguimos el invernadero, además de una diminuta planta de recuperación de residuos para convertir los excrementos en un valioso fertilizante. «Compramos» equipos para montar un gimnasio, un bar completo y sistemas audiovisuales para el comedor y la sala de oficiales. Cubrimos a los niños de juguetes y caramelos, todos los que quedaban y, sobre todo, pudimos seguir educándolos en las barcazas que se habían convertido en colegios internacionales. Nos daban la bienvenida en todos los hogares y barcos. Nuestros soldados rasos, e incluso algunos de los oficiales, recibieron crédito ilimitado en cualquiera de los barcos de «ocio» anclados en la laguna. ¿Por qué no? Iluminábamos sus noches, alimentábamos sus máquinas; les habíamos devuelto lujos olvidados, como el aire acondicionado y los frigoríficos; los ordenadores volvían a estar conectados y, después de muchos meses, por fin disfrutaron de una ducha con agua caliente. Teníamos tanto éxito que el consejo de la isla nos ofreció la posibilidad de librarnos de formar parte de la vigilancia del perímetro de la isla, aunque lo rechazamos con educación.

¿Para protegerse de los zombis del agua?

Siempre eran un peligro. Todas las noches se acercaban a los *motus* o intentaban arrastrarse por los cables de anclaje de un bote bajo. Parte de los deberes de los ciudadanos que se quedaban en Manihi consistían en colaborar en las patrullas de playas y barcos en busca de zombis.

Ha mencionado los cables de anclaje. Creía que los zombis eran malos trepadores.

No cuando el agua contrarresta la gravedad. La mayoría sólo tenía que seguir la cadena del ancla hasta la superficie. Si la cadena daba a un barco cuya cubierta estuviese a pocos centímetros del agua... Había tantos ataques en la laguna como en la playa, y lo peor eran las noches. Ésa era otra de las razones por la que nos habían recibido tan bien: podíamos librarlos de la oscuridad, tanto por encima como por debajo de la superficie. Daba escalofríos apuntar con una linterna al agua y ver el contorno azul verdoso de un zombi subiendo por un cable de anclaje.

¿No atraía la luz a más muertos?

Sí, sin duda. Los ataques nocturnos se multiplicaron por dos cuando los marineros empezaron a dejar las luces encendidas. Sin embargo los civiles nunca se quejaron, ni tampoco el consejo de la isla, porque creo que la mayoría prefería enfrentarse a la luz de un enemigo real que a la oscuridad de sus miedos imaginarios.

¿Cuánto tiempo se quedaron en Manihi?

Varios meses. No sé si podríamos considerarlos los mejores meses de nuestras vidas, pero, en aquel momento, lo parecían. Empezamos a bajar la guardia, a dejar de considerarnos fugitivos. Incluso nos encontramos con algunas familias chinas, no de la diáspora, ni taiwanesas, sino ciudadanos de verdad de la República Popular. Nos dijeron que la situación había empeorado tanto que el gobierno apenas podía mantener el país. Con más de la mitad de la población infectada y las reservas del ejército evaporándose, no creían que a los dirigentes les quedase el tiempo ni recursos necesarios para dedicarse a buscar un submarino perdido. Durante un corto espacio de tiempo, era como si pudiéramos convertir aquella comunidad en nuestro hogar, residir allí hasta el fin de la crisis o, quizá, hasta el fin del mundo.

[Levanta la mirada hacia el monumento que tenemos al lado, construido en el lugar donde, en teoría, se destruyó el último zombi de Pekín.]

A Song y a mí nos tocaba patrullar la orilla la noche que sucedió. Nos detuvimos junto a una hoguera para oír la radio de los isleños, en la que se hablaba de un misterioso desastre natural en China. Nadie sabía de qué se trataba todavía, y había rumores más que de sobra para empezar a hacer suposiciones. Yo estaba mirando la radio, de espaldas a la laguna, cuando el mar que teníamos delante empezó a brillar. Me volví a tiempo de ver cómo estallaba el Madrid Spirit. No sé cuánto gas natural transportaba, pero la bola de fuego subió alto en el cielo nocturno, propagándose e incinerando a todos los que se encontraban en los dos *motus* más cercanos. Lo primero que pensé fue que se trataba de un accidente, de una válvula corroída, de un marinero de cubierta descuidado. Sin embargo, el capitán de corbeta Song lo había estado mirando de frente y había visto la estela de un misil. Medio segundo después sonó la sirena de niebla del Almirante Zheng.

Mientras corríamos de vuelta al submarino, mi fachada de calma y mi sensación de seguridad se hicieron añicos a mi alrededor. Sabía que el misil provenía de uno de nuestros submarinos y la única razón por la que había dado en el Madrid Spirit era que estaba más alto y presentaba un perfil más visible en el radar. ¿Cuántas personas había a bordo? ¿Y en los *motus*? De repente me di cuenta de que cada segundo que siguiésemos allí representaría un peligro mayor de ataque para los isleños civiles. El capitán Chen tuvo que haber pensado lo mismo, porque, cuando subimos a cubierta, las órdenes de partir resonaban en el puente. Cortamos los cables eléctricos, pasamos lista y cerramos escotillas. Nos dirigimos a mar abierto y nos colocamos en los puestos de combate.

A los noventa metros de profundidad desplegamos el sistema de exploración por sónar remolcado y, de inmediato, detectamos el ruido de la carga de profundidad de otro submarino. No se trataba del ruido típico del acero, sino del rápido pop-pop-pop del frágil titanio. Sólo dos países del mundo utilizaban cascos de titanio para sus barcos de ataque: la Federación Rusa y nosotros. Al contar los álabes, confirmamos que se trataba de uno de los nuestros, un nuevo Tipo 95 «Hunter-Killer». Dos estaban en servicio cuando zarpamos, pero no podíamos saber cuál era.

¿Era importante saberlo?

[De nuevo, no responde.]

Al principio, el capitán no quería luchar; decidió bajar al fondo y colocarnos sobre una meseta arenosa justo al límite de nuestra profundidad de inmersión máxima. El Tipo 95 pasó a búsqueda pasiva y utilizó su potente batería de hidrófonos para intentar oír el ruido que hacíamos. Redujimos el reactor hasta dejarlo con una potencia marginal, apagamos todas las máquinas innecesarias y detuvimos todo movimiento de la tripulación dentro del submarino. Como el sónar pasivo no envía señales al exterior, no había forma de saber dónde estaba el Tipo 95, ni siquiera si seguía por allí. Intentamos escuchar sus propulsores, pero se había quedado tan silencioso como nosotros. Esperamos media hora sin movernos, conteniendo el aliento.

Yo estaba junto al recinto del sónar, con los ojos pegados al visor, cuando el teniente Liu me dio un golpecito en el hombro: tenía algo en el sistema montado en el casco, aunque no se trataba del otro submarino, sino de algo que estaba más cerca, por todas partes. Me puse unos auriculares y oí ruidos de arañazos, como ratas. Le hice un gesto silencioso al capitán para que lo escuchase. No lográbamos descifrar qué era: no era flujo submarino, porque la corriente era demasiado apacible; si era vida marina, cangrejos u otro contacto biológico, tenía que haber miles. Empecé a sospechar algo... Pedí una observación por el periscopio, sabiendo que el ruido transitorio podía alertar a nuestro perseguidor, y el capitán accedió. Apretamos los dientes mientras el tubo subía; entonces tuvimos la imagen.

Zombis, cientos de zombis subiendo por el casco. Llegaban más cada segundo que pasaba, dado bandazos por la arena del fondo y trepando unos encima de otros para arañar, raspar y hasta morder el acero del Zheng.

¿Podrían haber entrado? ¿Abrir una escotilla o...?

No, las escotillas están selladas desde el interior, y los tubos de los torpedos se protegen mediante las tapas de cierre de proa exteriores. Sin embargo, lo que nos preocupaba era el reactor, refrigerado por agua de mar en circulación. Aunque los orificios de admisión no eran lo bastante grandes para que entrase un hombre, sí que podrían quedar bloqueados, y, en efecto, una de nuestras luces de emergencia empezó a parpadear en silencio encima del orificio número cuatro. Una de las criaturas había arrancado la protección y estaba atascada en el conducto, de modo que la temperatura del reactor empezó a subir. Apagarlo nos habría dejado indefensos, así que el capitán Chen decidió que teníamos que movernos.

Nos apartamos del fondo e intentamos ir lo más lenta y silenciosamente que nos era posible. No funcionó: detectamos el sonido del propulsor del 95, que nos había descubierto y se preparaba para el ataque. Lo oímos inundar los conductos de los torpedos y abrir las compuertas exteriores. El capitán Chen ordenó activar nuestro sónar, lo que suponía desvelar nuestra posición exacta, aunque nos daba un blanco perfecto del 95.

Disparamos a la vez. Nuestros torpedos se rozaron, mientras los submarinos intentaban apartarse. El 95 era un poco más rápido y manejable, pero no tuvieron en cuenta quién era nuestro capitán. Él sabía cómo evitar el «pez» que se nos acercaba, y lo logró, justo cuando nuestro torpedo alcanzaba su objetivo.

Oímos rechinar el casco del 95, como si fuese una ballena moribunda, oímos cómo se derrumbaban los mamparos y los compartimentos hacían implosión uno a uno. Te dicen que pasa demasiado deprisa para que la tripulación se entere, que el choque del cambio de presión la deja inconsciente o que la explosión puede hacer que el aire arda; la tripulación muere rápidamente, sin sentir dolor, o, al menos, eso esperábamos nosotros. Lo que sí producía dolor era ver cómo moría el brillo de los ojos de mi capitán al oír los ruidos que provenían del submarino condenado.

[Sabe cuál va a ser mi siguiente pregunta, así que aprieta el puño y exhala lentamente por la nariz.]

El capitán Chen crio a su hijo él solo, lo educó para ser un buen marino, para amar y servir al estado, para no cuestionar nunca las órdenes, y para ser el mejor oficial de la historia de la armada china. El día más feliz de su vida fue cuando el comandante Chen Zhi Xiao recibió su primer mando, un Tipo 95 «Hunter-Killer» nuevo.

¿Como el que les había atacado?

[Asiente.] Por eso el capitán Chen habría hecho lo que fuese por evitar a nuestra flota. Por eso era tan importante saber qué submarino nos había atacado; saberlo siempre es mejor, al margen de la respuesta. Él ya había traicionado su juramento y a su patria, y, en aquel momento, pensar que esas traiciones podían haberlo empujado a matar a su propio hijo...

A la mañana siguiente, cuando el capitán Chen no apareció para la primera guardia, fui a su camarote a ver cómo estaba. Había poca luz, así que lo llamé y, con gran alivio, recibí su respuesta. Sin embargo, cuando le dio la luz... su pelo había perdido el color, estaba tan blanco como la nieve de antes de la guerra; tenía la piel cetrina y los ojos hundidos. De repente se había convertido en un anciano deshecho y marchito. Los monstruos que salían de sus tumbas no son nada comparados con los que llevamos dentro del corazón.

A partir de aquel día rompimos todo contacto con el mundo exterior. Nos dirigimos al hielo ártico, al vacío más lejano, oscuro y desierto que pudiéramos encontrar. Intentamos seguir con nuestra rutina diaria: mantener el submarino, cultivar comida, y enseñar, criar y consolar a los niños de la mejor forma posible. Al desaparecer el buen ánimo del capitán, también lo hizo el de la tripulación del Almirante Zheng. Yo era el único que lo veía aquellos días: le llevaba la comida, recogía su ropa sucia, lo informaba sobre las condiciones de la embarcación y llevaba sus órdenes al resto del personal. Era la misma historia todos los días.

Nuestra monotonía sólo se vio interrumpida el día que el sónar detectó la firma de otro submarino de clase 95 que se acercaba. Nos colocamos en nuestros puestos de combate y, por primera vez, vimos que el capitán salía de su camarote. Se colocó en su puesto del centro de ataque, ordenó preparar un plan de disparo y cargar los tubos uno y dos. El sónar nos informó de que el enemigo no había respondido y el capitán Chen consideró que eso nos daba ventaja. Aquella vez, no cabía ninguna duda en su mente: el enemigo moriría antes de poder dispararnos. Justo antes de dar la orden, detectamos una señal en el *gertrude*, el nombre que le daban los estadounidenses al teléfono submarino: era el comandante Chen, el hijo del capitán, proclamando que tenían intenciones pacíficas y solicitando que abandonásemos nuestras posiciones de combate. Nos contó lo de la Presa de las Tres Gargantas, el origen de los rumores sobre el desastre natural que habíamos oído en Manihi, y nos explicó que nuestra batalla con el otro 95 había formado parte de una guerra civil iniciada después de la destrucción de la presa. El submarino que nos había atacado pertenecía a las fuerzas leales, mientras que el comandante Chen se había unido a los rebeldes. Su misión era encontrarnos y acompañarnos a casa. Los vítores de nuestra tripulación eran tan fuertes que me parecieron capaces de lanzarnos a la superficie. Cuando atravesamos el hielo y las dos tripulaciones corrieron a encontrarse bajo el crepúsculo ártico, pensé: «Por fin podemos volver a casa, podemos reclamar nuestro país y echar a los muertos vivientes. Por fin se ha acabado».

Pero no fue así.

Todavía nos quedaba una misión que completar. El Politburó, esos odiosos ancianos que habían causado ya tanta desdicha, seguía agazapado en su refugio de Xilinhot, controlando al menos la mitad de las menguadas tropas terrestres del país. Nunca se rendirían, eso lo sabía todo el mundo; mantendrían sus demenciales ansias de poder y desperdiciarían lo que quedaba del ejército. Si la guerra civil se prolongaba, en China sólo quedarían los muertos vivientes.

Así que decidieron terminar la batalla.

Éramos los únicos que podíamos. Nuestro silos en tierra estaban invadidos por los muertos, la fuerza aérea no podía volar, los otros dos submarinos con misiles no habían podido salir de los muelles antes de la invasión, esperando sus órdenes como hacen los buenos soldados, mientras los muertos entraban a cientos por las escotillas. El comandante Chen nos dijo que teníamos las únicas armas nucleares que quedaban en el arsenal de la rebelión. Cada segundo que nos retrasábamos suponía perder cien vidas más, cien balas más que podríamos haber usado contra los monstruos.

Entonces, ¿dispararon a su patria para poder salvarla?

Otra carga más sobre nuestras espaldas. El capitán tuvo que darse cuenta de cómo me temblaban las manos antes de disparar. «Es mi orden y mi responsabilidad», me dijo. El misil llevaba una sola cabeza armada de varios megatones. Era un prototipo diseñado para penetrar la superficie endurecida de las instalaciones NORAD en las montañas Cheyenne, de Colorado. Irónicamente, el refugio del Politburó se había diseñado para imitar aquellas instalaciones en cada detalle. Mientras nos preparábamos para sumergirnos, el comandante Chen nos informó de que Xilinhot había recibido un impacto directo. Al entrar en el agua, oímos que las fuerzas leales se habían rendido y reunido con los rebeldes para luchar contra el verdadero enemigo.

¿Sabían ustedes que habían empezado a instituir su propia versión del Plan Sudafricano?

Lo oímos el día que salimos de la capa de hielo. Aquella mañana me tocaba guardia y me encontré al capitán Chen en el centro de ataque, en su silla de mando, con una taza de té junto a la mano. Parecía muy cansado mientras observaba en silencio a la tripulación que lo rodeaba y sonreía como un padre ante la felicidad de sus hijos. Me di cuenta de que se le había enfriado el té y le pregunté si quería otra taza. Él me miró, sin dejar de sonreír, y sacudió la cabeza lentamente. «Muy bien, señor», respondí, preparado para volver a mi puesto, pero él me cogió la mano, me miró y no me reconoció. Su susurro fue tan débil que apenas pude oírlo.

¿Qué dijo?

«Buen chico, Zhi Xiao, un chico estupendo.» Todavía sostenía mi mano cuando cerró los ojos para siempre.

Sydney (Australia)

[El Clearwater Memorial es el último hospital construido en Australia, el más grande desde el final de la guerra. La habitación de Terry Knox está en la planta diecisiete, la «*suite* presidencial». El lujo del lugar, y las medicinas caras y casi inasequibles de las que disfruta, son lo menos que puede hacer su gobierno en agradecimiento por ser el primer y, hasta la fecha, único comandante australiano de la Estación Espacial Internacional. Como él dice: «No está mal para el hijo de un minero de Andamooka».

Su cuerpo marchito parece revivir durante nuestra conversación, y se le ve un poco más de color en la cara.]

Ojalá algunas de las historias que se cuentan sobre nosotros fuesen ciertas, porque nos hacen parecer más heroicos. [Sonríe.] Lo cierto es que no estábamos «abandonados», al menos si se tiene en cuenta que no nos habíamos quedado atrapados allí de repente. Nadie veía mejor lo que pasaba que nosotros, y nadie se sorprendió cuando la tripulación de reemplazo de Baikonur no despegó, ni cuando Houston nos ordenó que nos metiésemos en el X-38* para la evacuación. Me gustaría poder decir que incumplimos órdenes o que luchamos físicamente entre nosotros para decidir quién se quedaba, pero lo que realmente pasó fue mucho más mundano y razonable: ordené que el equipo científico y todo el personal no esencial volviese a la Tierra, y después le di al resto de la tripulación la oportunidad de quedarse. Una vez nos quedáramos sin el X-38, no tendríamos forma de volver, aunque, si piensa en lo que se cocía entonces, no creo que ninguno de nosotros quisiera hacerlo.

La EEI es una de las grandes maravillas de la ingeniería humana. Estamos hablando de una plataforma orbital tan enorme que se veía desde la Tierra a simple vista. Habían hecho falta dieciséis países, diez años y unos doscientos paseos espaciales para terminarla. ¿Qué haría falta para construir una nueva, si alguna vez fuera posible?

Más importante que la estación era el valor incalculable y también insustituible de la red de satélites del planeta. Por aquel entonces, teníamos más de tres mil en órbita y la humanidad dependía de ellos para todo, desde las comunicaciones a la navegación, desde la vigilancia hasta algo tan mundano y vital como una predicción meteorológica fiable y regular. Aquella red era tan importante para el mundo moderno como las carreteras en tiempos antiguos o las vías férreas durante la era industrial. ¿Qué sería de la humani-

---

* Los «botes salvavidas» de reentrada de la estación.

dad si todos aquellos vínculos tan importantes empezaban a caer del cielo?

Nuestro plan no era salvarlos a todos, lo que habría sido una idea poco realista e innecesaria, sino concentrarnos en los sistemas más esenciales para la guerra, sólo una docena de satélites de comunicaciones que tenían que mantenerse en vuelo. La misión compensaba el riesgo de quedarse.

¿Alguna vez les prometieron un rescate?

No, y no lo esperábamos. El problema no era cómo regresar a la Tierra, sino cómo permanecer vivos allí arriba. Con todos los tanques de O2 y las velas de perclorato para emergencias* y con nuestro sistema de reciclaje de agua** funcionado al máximo, sólo teníamos comida suficiente para unos veintisiete meses, y eso incluía los animales de los laboratorios. No los habíamos utilizado para probar vacunas, así que su carne seguía siendo comestible. Todavía oigo sus chillidos, todavía veo las manchas de sangre flotando en la microgravedad. Ni siquiera allí arriba podíamos escaparnos de la sangre. Intenté razonarlo de forma científica, calcular el valor nutricional de cada glóbulo rojo flotante mientras los chupaba al vuelo. No dejaba de decirme que era por el bien de la misión y no porque me moría de hambre.

Cuénteme más sobre la misión. Si estaban atrapados en la estación, ¿cómo conseguían mantener los satélites en órbita?

Utilizábamos el ATV*** Jules Verne Three, el último vehí-

---

* La EEI dejó de utilizar la electrólisis para generar oxígeno como forma de conservar el agua.
** Según las especificaciones anteriores a la guerra, la capacidad de reciclaje de agua de la EEI era del 95 por ciento.
*** ATV: Automated Transfer Vehicle (vehículo de transporte automático).

culo de suministro lanzado antes de que se invadiese la Guayana Francesa. En principio, estaba diseñado para ser un transporte de uso único, que podía llenarse de basura después de vaciar su carga y enviarse de vuelta a la Tierra para que ardiese en la atmósfera*. Lo modificamos con controles de vuelo manuales y un asiento para pilotarlo. Ojalá hubiésemos añadido una ventana apropiada, porque navegar por vídeo no era divertido, ni tampoco tener que hacer mis actividades en el exterior, mis paseos espaciales, en un traje de reentrada, porque no cabía un equipo EVA completo.

Casi todas mis excursiones eran a la ASTRO** que, básicamente, era una gasolinera espacial. A veces los satélites de vigilancia militar tienen que cambiar de órbita para localizar blancos nuevos, y lo hacían maniobrando propulsores y gastando la pequeña cantidad de hidracina que poseen. Antes de la guerra, el ejército estadounidense se dio cuenta de que resultaba más rentable tener una estación en la que repostar en órbita, que enviar un montón de misiones tripuladas. Ahí fue donde entró la ASTRO. La modificamos para que algunos de los otros satélites también pudiesen repostar, los modelos civiles que sólo necesitaban una recarga ocasional para recuperar su órbita. Era una máquina maravillosa que suponía un verdadero ahorro de tiempo. Teníamos mucha tecnología como aquélla; estaba el Candarm, una oruga robótica de quince metros que realizaba tareas de mantenimiento en la superficie exterior de la estación; y el Boba, el robonauta dirigido mediante realidad virtual al que acoplamos una mochila propulsora para que trabajase alrededor de la estación y lejos de ella, en un satélite. Ade-

---

* Una tarea secundaria del ATV desechable era utilizar su propulsor para mantener la órbita de la estación.

** ASTRO: Autonomous Space Transfer and Robotic Orbiter (sonda orbital autónoma robótica de transferencia espacial).

más, teníamos un pequeño escuadrón de PSA*, esos robots flotantes del tamaño y la forma de un pomelo. Toda aquella tecnología fantástica estaba pensada para hacernos el trabajo más fácil, aunque ojalá no hubiesen funcionado tan bien.

Teníamos como una hora al día, quizá dos, en las que no había nada que hacer. Podíamos dormir, hacer ejercicio, volver a leer los mismos libros y escuchar Radio Free Earth o la música que habíamos llevado con nosotros (una y otra vez). No sé cuántas veces escuché esa canción de Redgum, «God help me, I was only nineteen»; era la favorita de mi padre, porque le recordaba el tiempo que pasó en Vietnam. Rezaba porque su entrenamiento militar lo hubiese ayudado a mantenerse vivo y a mantener viva a mi madre. No sabía nada de él ni de nadie más desde que el gobierno se había trasladado a Tasmania. Quería creer que estaban bien pero, viendo lo que ocurría en la Tierra, como hacíamos casi todos cuando no había trabajo, resultaba casi imposible conservar la esperanza.

Dicen que, durante la guerra fría, los satélites espía estadounidenses podían leer el ejemplar de Pravda que llevaba un ciudadano soviético. No sé si será del todo cierto; no conozco las especificaciones técnicas de aquella generación de *hardware*. Lo que sí puedo decirle es que los modernos, cuyas señales pirateábamos de sus satélites de retransmisión, podían enseñarte cómo se rompían músculos y huesos. Éramos capaces de leer los labios de las víctimas que suplicaban piedad, ver el color de sus ojos cuando se hinchaban con el último aliento, saber en qué momento la sangre roja empezaba a volverse marrón y el aspecto que tenía aquella sangre sobre el gris cemento de Londres, comparado con la arena blanca de Cape Cod.

---

* PSA: *Personal Satellite Assistance (asistente personal satélite).*

No teníamos control sobre lo que decidían observar los satélites espía, porque el ejército estadounidense elegía sus blancos. Vimos muchas batallas: Chongqing, Yonkers...; observamos cómo una compañía de tropas indias intentaba rescatar a los civiles atrapados en el estadio de Ambedkar, en Delhi, para después quedar atrapados y batirse en retirada hasta el parque Gandhi. Vi cómo su comandante formaba a sus hombres en un cuadrado, como los que los ingleses usaban en la época colonial. Funcionó, al menos durante un rato; eso era lo más frustrante de la vigilancia por satélite: sólo podías ver, no escuchar. No sabíamos que los indios se quedaban sin munición, sólo que los zetas empezaban a cercarlos. Un helicóptero los sobrevolaba y el comandante discutía con sus subordinados. Tampoco sabíamos que se trataba del general Raj-Singh, ni siquiera sabíamos quién era. No haga caso de lo que digan los críticos sobre aquel hombre, que se largó cuando las cosas se pusieron complicadas, porque nosotros lo vimos todo: es cierto que forcejeó para que no lo evacuaran y que uno de sus hombretones le dio en la cara con la culata de un fusil. Estaba inconsciente cuando se lo llevaron en el helicóptero. Estar tan cerca y no poder hacer nada por ellos era una sensación horrible.

Teníamos nuestro propio equipo de observación, tanto los satélites civiles de investigación como los instrumentos de la estación en sí. Las imágenes que nos daban no eran ni la mitad de potentes que las de sus homólogos militares, pero eran lo bastante claras para aterrarnos. Nos ofrecieron el primer panorama de los enjambres gigantescos de Asia central y las Grandes Llanuras estadounidenses; se trataba de grupos realmente enormes que abarcaban varios kilómetros, como tuvieron que ser las manadas de búfalos americanos.

Contemplamos la evacuación de Japón y no nos quedó más remedio que maravillarnos ante su escala: cientos de barcos, miles de barcas; perdimos la cuenta del número de helicópteros que volaban de los tejados a la armada, y de cuántos aviones hicieron el tramo final del norte hacia Kamchatka.

Fuimos los primeros en descubrir los agujeros de los zombis, los pozos que los muertos cavan cuando persiguen a los animales por sus madrigueras. Al principio creíamos que eran incidentes aislados, hasta que nos dimos cuenta de que los había por todo el mundo; a veces se encontraban varios muy juntos. Había un campo al sur de Inglaterra (supongo que con una alta concentración de conejos) que estaba atestado de agujeros, todos de distintos tamaños y profundidades. Muchos tenían grandes manchas oscuras alrededor, y, aunque no podíamos acercar la imagen lo suficiente para confirmarlo, estábamos bastante seguros de que era sangre. Para mí fue el ejemplo más aterrador del empuje del enemigo: no mostraban pensamiento consciente, sólo puro instinto biológico. Una vez fui testigo de cómo un zeta iba detrás de algo, quizá un topo dorado, en el Desierto del Namib; el topo se había metido en lo más profundo de la pendiente de una duna, y, como el monstruo lo perseguía, la arena no dejaba de caer y tapar el agujero. Lo observé durante cinco días, una imagen borrosa de un zeta cavando, cavando y cavando, hasta que, de repente, una mañana dejó de hacerlo, se levantó y se alejó arrastrando los pies, como si nada. Tuvo que perder el rastro del topo; bien por el animal.

A pesar de todos nuestros avanzados aparatos ópticos, nada producía el mismo impacto que la observación directa: contemplar nuestra frágil biosfera por la ventana de observación. Ver tal devastación ecológica nos hizo comprender por qué el movimiento medioambiental de hoy en día empezó con el programa espacial americano. Había multitud de incendios, y no me refiero sólo a los edificios o a los bosques, ni siquiera a las instalaciones petrolíferas que ardían sin control (los puñeteros saudíes al final lo hicieron)*, sino también a las hogueras; debía de haber al menos mil millones de diminutas motas naranjas que cubrían la Tierra, en vez de las luces eléctricas de las que antes disfrutábamos. Era como si el planeta entero ardiese todas las noches. No podíamos ni calcular la cantidad de cenizas, aunque estimábamos que sería el equivalente a un intercambio nuclear de baja intensidad entre los Estados Unidos y la antigua Unión Soviética, y eso sin contar el intercambio nuclear real entre Irán y Paquistán. También observamos y grabamos eso, los relámpagos y fuegos que hacían que vieses puntos brillantes durante varios días. Se iniciaba el otoño nuclear y la mortaja marrón grisáceo se espesaba día a día.

Era como mirar un planeta extraño o una Tierra durante la última gran extinción. Al final, los aparatos ópticos resultaron inútiles por culpa de la nube gris, lo que nos dejó con tan sólo los sensores térmicos y de radar. La superficie natural del planeta se desvaneció bajo una caricatura de colores primarios. A través de uno de esos sistemas, el sensor Aster a bordo del satélite Terra, pudimos ver cómo se derrumbaba la Presa de las Tres Gargantas.

¡Casi cuarenta mil millones de litros de agua que arrastraban escombros, sedimentos, rocas, árboles, coches, casas y trozos de la presa tan grandes como casas! Era algo vivo, un dragón marrón y blanco que corría hacia el Mar de China Oriental. Cuando pienso en la gente que estaba en su camino..., personas atrapadas en edificios sitiados, sin modo de huir del *tsunami* por culpa de los zetas que tenían al otro lado de sus puertas. Nadie sabe cuánta gente murió aquella noche; todavía siguen encontrando cadáveres.

---

* A día de hoy, nadie sabe por qué la familia real saudí ordenó quemar los campos de petróleo de su reino.

[Una de sus esqueléticas manos se cierra formando un puño, mientras la otra pulsa el botón con el que se administra la medicación.]

Cuando pienso en cómo los líderes chinos intentaron explicarlo todo... ¿Ha leído la transcripción del discurso del presidente chino? Nosotros vimos la retransmisión en directo, desde una señal pirateada a su Sinosat II. Lo llamó una «tragedia imprevisible». ¿Ah, sí? ¿Imprevisible? ¿Era imprevisible que la presa se hubiese construido sobre una falla activa? ¿Era imprevisible que el aumento del peso de un embalse gigantesco hubiese provocado terremotos anteriormente y que se hubiesen detectado grietas en los cimientos meses antes de terminar la presa?*

Lo llamó «accidente inevitable». Menudo cabrón. ¿Tenían las tropas necesarias para librar una guerra abierta en casi todas las ciudades importantes, pero no podían dedicar un par de guardias de tráfico para evitar una catástrofe que se veía venir? ¿Nadie se imaginaba las repercusiones de abandonar las estaciones de alarma sísmica y los controles del aliviadero de emergencia? Y después tuvieron el valor de cambiar la historia a medio camino, para decir que, en realidad, habían hecho todo lo posible para proteger la presa, que, en el momento del desastre, unas valerosas tropas del ejército chino habían dado la vida por defenderla. Bueno, cuando ocurrió el desastre, yo llevaba un año observando en persona la Presa de las Tres Gargantas, y los únicos soldados que había visto habían dado la vida hacía mucho, mucho tiempo. ¿De verdad esperaban que su propia gente

---

* Se sabe que el embalse de la presa Katse de Lesoto provocó numerosas perturbaciones sísmicas cuando se terminó su construcción, en 1995.

se tragase semejante mentira? ¿De verdad esperaban que no se produjera una rebelión en toda regla?

Dos semanas después del inicio de la revolución, recibimos nuestra primera y única señal desde la estación espacial china, Yang Liwei. Era la otra instalación tripulada que había en órbita, pero no podía compararse con nuestra obra maestra. Más bien se trataba de un trabajo chapucero, módulos de Shenzhou y depósitos de combustible Long March pegados como si fuese una versión gigante del viejo Skylab estadounidense.

Llevábamos varios meses intentando ponernos en contacto con ellos; ni siquiera estábamos seguros de que hubiese una tripulación, porque sólo nos llegó un mensaje grabado en perfecto inglés de Hong Kong en el que se nos pedía que mantuviésemos las distancias si no queríamos que recurriesen al uso de la fuerza. ¡Qué desperdicio tan demencial! Podríamos haber trabajado juntos e intercambiado suministros y conocimientos técnicos. Quién sabe lo que podríamos haber logrado si hubiésemos mandado a paseo la política para unirnos como seres humanos de verdad.

Nos convencimos de que la estación no estaba habitada, que su advertencia de usar la fuerza no era más que un ardid; por eso nos sorprendió tanto recibir la señal a través de nuestra radio de aficionados. Era una voz humana viva, cansada y asustada, que cortó después de pocos segundos; fue lo único que necesité para subir al Verne y dirigirme a la Yang.

En cuanto la vi a lo lejos, supe que la órbita había cambiado de forma radical. Al acercarme, vi por qué: el vehículo de emergencia había estallado dentro de la escotilla y, como seguía acoplado a la esclusa principal, toda la estación se había despresurizado en cuestión de segundos. Como precaución, pedí que despejaran la zona de atraque, pero no obtuve respuesta. Cuando subí a bordo, comprobé que, aunque la estación era lo bastante grande para una tripulación de siete u ocho personas, sólo había alojamiento y equipos personales para dos. Encontré la Yang llena de suministros de emergencia, y suficiente comida, agua y velas de O2 para al menos cinco años. Lo que no me explicaba era el porqué. No había equipo científico a bordo, ni instrumentos de recogida de información. Era como si el gobierno chino hubiese enviado a aquellos dos hombres al espacio con el mero propósito de existir. Después de quince minutos flotando por allí, encontré la primera de varias cargas explosivas. Aquella estación espacial era poco más que un vehículo de rechazo orbital gigantesco: si se detonaban las cargas, los escombros producidos por la estación espacial de cuatrocientas toneladas métricas dañarían o destrozarían cualquier otra plataforma espacial orbital y, además, impedirían cualquier otro lanzamiento espacial durante varios años. La política era fastidiar el espacio: «Si no puede ser nuestro, no será de nadie».

Todos los sistemas de la estación seguían operativos; no se había producido ningún incendio, ni daños estructurales, ni encontraba razones visibles que explicasen el accidente de la escotilla del vehículo de emergencia. Encontré el cadáver de un solo *taikonauta* con la mano todavía agarrada al mando de apertura de la escotilla. Llevaba uno de los trajes presurizados de emergencia, aunque le habían destrozado el visor de un balazo. Supongo que el asesino acabó disparado al espacio. Me gusta pensar que la revolución china no se limitó a la Tierra, que el hombre que había volado la escotilla era el mismo que nos había enviado la señal. Su compañero debía de ser de la vieja guardia y quizá había ordenado activar las cargas explosivas. Zhai (ése era el nombre que ponía en sus efectos personales) había intentado mandar a su compatriota al espacio, pero había recibido una bala en el proceso. Me parece una buena historia, y así es como lo voy a recordar.

¿Así fue como consiguieron alargar su estancia? ¿Utilizando los suministros de la Yang?

[**Me hace un gesto afirmativo levantando el pulgar.**] Nos quedamos con cada centímetro de repuestos y materiales. Nos habría gustado unir las dos plataformas, pero no teníamos ni las herramientas ni los hombres necesarios para semejante empresa. Podíamos haber utilizado el vehículo de emergencia para regresar a la Tierra, ya que tenía blindaje térmico y espacio para tres. Aunque resultaba tentador, la órbita de la estación caía rápidamente, y teníamos que elegir en aquel preciso momento: o escapábamos a la Tierra, o reabastecíamos la EEI. Ya sabe cuál fue la decisión.

Antes de abandonar la estación china, le dimos el último adiós a Zhai: atamos el cadáver a su camastro, nos llevamos su equipo personal a la EEI y dijimos algunas palabras en su honor mientras la Yang ardía en la atmósfera de la Tierra. Por lo que sabíamos, puede que él fuese el leal, no el rebelde; en cualquier caso, sus acciones nos permitieron seguir vivos. Permanecimos tres años más en órbita, tres años más que no habrían sido posibles sin las provisiones chinas.

Todavía pienso que una de las mayores ironías de la guerra es que nuestra tripulación de reemplazo llegase en un vehículo civil privado. Spacecraft Three, la nave diseñada originalmente para el turismo orbital de antes de la guerra. El piloto, con su sombrero de *cowboy* y una típica sonrisa yanqui de autosuficiencia, dijo [**Pone su mejor acento tejano.**]: «¿Alguien ha pedido *pizza*?». [**Se ríe, pero hace una mueca y vuelve a medicarse.**]

A veces me preguntan si lamento la decisión de quedarme a bordo. No puedo hablar por mis compañeros, aunque los dos dijeron en su lecho de muerte que volverían a hacerlo todo otra vez. ¿Cómo no voy a estar de acuerdo? No lamento la terapia física que necesité para ayudarme a utilizar de nuevo mis huesos y a recordar por qué Dios nos había creado con piernas. No lamento la exposición prolongada a la radiación cósmica, todos esos EVA sin proteger, todo ese tiempo con un blindaje poco adecuado en la EEI. No lamento esto. [Hace un gesto que abarca la habitación de hospital y la maquinaria conectada a su cuerpo.] Tomamos una decisión, y me gusta pensar que, al final, eso supuso una diferencia. No está mal para el hijo de un minero de Andamooka.

[Terry Knox murió tres días después de esta entrevista.]

ANCUD
(ISLA GRANDE DE CHILOÉ, CHILE)

[Aunque la capital oficial vuelve a ser Santiago, esta antigua base de refugiados continúa siendo el centro económico y cultural del país. La casa de la playa de la Península de Lacuy es el hogar de Ernesto Olguin, aunque sus deberes como capitán de barco mercante lo mantienen en el mar casi todo el año.]

Los libros de historia lo llaman «Conferencia de Honolulú», pero, en realidad, debería llamarse «Conferencia de Saratoga», porque eso fue lo único que pudimos ver los allí reunidos. Pasamos catorce días entre compartimentos abarrotados y pasillos húmedos y mal ventilados. El USS Saratoga: primero portaaviones, después cascarón clausurado, más tarde barcaza de transporte de evacuados y, finalmente, cuartel general flotante de las Naciones Unidas.

Tampoco tendría que llamarse conferencia. Si acaso, fue más bien una encerrona; se suponía que íbamos a intercambiar tácticas bélicas y tecnología. Todos estaban deseando ver el método británico de autopistas fortificadas, que era casi tan emocionante como la demostración en directo de Mkunga Lalem*. También se suponía que intentaríamos volver a introducir algunas leyes de comercio internacional. Ésa en concreto era mi labor: integrar los restos de nuestra armada en la nueva estructura de convoyes internacionales. En realidad, no estaba muy seguro de qué debía esperar de mi estancia en el Supersara, ni creo que nadie se imaginase lo que sucedió de verdad.

El primer día de la conferencia, nos reunimos para las presentaciones. Yo tenía calor, estaba cansado y deseaba de corazón que pudiésemos empezar sin tener que pasar por los interminables discursos; entonces, el embajador estadounidense se levantó y el mundo entero se paró en seco.

Dijo que había llegado el momento de pasar al ataque, de salir todos de nuestras líneas defensivas y empezar a recuperar el territorio infestado. Al principio creí que se refería tan sólo a operaciones aisladas: asegurar más islas habitables o, quizá, reabrir las zonas del Canal de Suez/Panamá. Mis suposiciones no duraron mucho, porque aquel hombre dejó muy claro que no se trataría de una serie de incursiones tácticas menores, sino que los Estados Unidos pretendían estar permanentemente a la ofensiva, avanzar todos los

---

* *Mkunga Lalem: Quiere decir «La anguila y la espada», el primer arte marcial antizombi del mundo.*

días hasta que, según dijo él: «Cada rastro de los monstruos en la Tierra fuese limpiado, purgado y, en caso necesario, volado en pedazos». A lo mejor pensó que fusilar las palabras de Churchill serviría para establecer algún tipo de vínculo emocional, pero no fue así. Todo lo contrario: la habitación estalló en una serie de discusiones espontáneas.

Un lado preguntaba por qué demonios teníamos que arriesgar más vidas y sufrir aún más muertes innecesarias cuando podíamos permanecer quietos y seguros, esperando a que nuestro enemigo se pudriese. ¿Acaso no estaba pasando ya? ¿No era cierto que los primeros casos empezaban a mostrar signos de descomposición avanzada? El tiempo estaba de nuestro lado, no del suyo. ¿Por qué no dejar que la naturaleza nos hiciese el trabajo?

El otro lado contraatacaba diciendo que no todos los muertos vivientes se pudrían. ¿Qué pasaba con los últimos casos, los que seguían estando fuertes y sanos? Sólo hacía falta uno de ellos para dar comienzo de nuevo a la plaga. ¿Y qué pasaba con los que merodeaban por los países que estaban sobre la cota de nieve? ¿Cuánto tiempo tendríamos que esperar a que desaparecieran? ¿Décadas? ¿Siglos? ¿Tendrían los refugiados de aquellos países la oportunidad de volver a casa alguna vez?

Y ahí se puso fea la cosa. Muchos de los países más fríos pertenecían a lo que se solía llamar el Primer Mundo. Uno de los delegados de uno de los antiguos países «en desarrollo» sugirió, bastante airado, que quizá era su justo castigo por violar y saquear a las «naciones explotadas del sur», que quizá, al mantener a la «hegemonía blanca» distraída con sus problemas, la invasión zombi podría permitir al resto del mundo desarrollarse «sin la intervención imperialista». Pensaba que quizá los muertos habían aportado algo más que devastación, que, a lo mejor, al final, significarían un futuro justo. En fin, mi gente siente poca simpatía por los gringos del norte y mi familia sufrió lo bastante bajo el régimen de Pinochet para convertir ese rencor en algo personal, pero llega un momento en que las emociones particulares no deben pasar por alto los hechos objetivos. ¿Cómo podía haber una «hegemonía blanca» cuando las economías más dinámicas del periodo anterior a la guerra eran las de China y la India, y, durante la guerra, la economía más pujante, sin lugar a dudas, era la de Cuba? ¿Cómo podía decir que los países fríos eran un problema del norte, cuando había tanta gente que apenas lograba sobrevivir en el Himalaya o en los Andes, en mi propio país? No, aquel hombre y los que estaban de acuerdo con él no hablaban de justicia para el futuro, sino de venganza por el pasado.

[Suspira.] Después de todo lo que habíamos pasado, seguíamos metiendo la cabeza en un hoyo y lanzándonos al cuello de los demás.

Estaba de pie junto a la delegada rusa, intentando evitar que se subiese al asiento, cuando oí otra voz estadounidense: era su presidente. El hombre no gritó, no intentó restaurar el orden; simplemente siguió hablando en ese tono tranquilo y firme que no creo haberle oído a ningún otro líder mundial. Incluso agradeció a sus «colegas delegados» las «valiosas opiniones» y reconoció que, desde un punto de vista meramente militar, no había razón para «tentar a la suerte». Habíamos luchado contra los muertos hasta quedar en tablas y, al final, quizá las generaciones futuras lograsen volver a habitar el planeta con poco o ningún peligro físico. Sí, nuestras estrategias de defensa habían salvado a la raza humana, pero ¿qué pasaba con el espíritu humano?

Los muertos vivientes nos habían quitado algo más que tierra y seres queridos; nos habían robado la confianza como forma de vida predominante del planeta. Éramos una especie destrozada y hundida, llevada hasta el borde de la extinción, agradecida por tener un mañana en el que hubiese un poco menos de sufrimiento. ¿Era aquél el legado que queríamos dejarle a nuestros hijos? ¿Un grado de ansiedad y duda nunca visto desde que nuestros ancestros simios se escondieron en los árboles más altos? ¿Qué clase de mundo iban a reconstruir? ¿Reconstruirían algo? ¿Podían seguir progresando, sabiendo que no habían podido hacer nada para reclamar su futuro? ¿Y si en ese futuro se producía otra plaga de zombis? ¿Estarían nuestros descendientes listos para la batalla o se limitarían a rendirse rápidamente y aceptar lo que para ellos sería una extinción inevitable? Sólo por esa razón, teníamos que reclamar el planeta. Teníamos que demostrarnos que podíamos hacerlo, y que aquella prueba fuese el mayor monumento de la guerra. El largo y duro camino de vuelta a la humanidad o el hastío regresivo de los que fueran los primates más orgullosos de la Tierra. Ésa era la decisión, y teníamos que tomarla allí mismo.

Era algo típicamente yanqui: intentar atrapar las estrellas cuando todavía estaban metidos en el barro. Supongo que, de ser una *peli* gringa, habría algún idiota que se levantase y aplaudiese, después se le unirían los otros y veríamos que alguien derramaba una lágrima o alguna mierda por el estilo. Lo cierto es que todos guardaron silencio; nadie se movió. El presidente anunció que nos retiraríamos para considerar la propuesta durante el resto de la tarde y después reunirnos al anochecer para una votación general.

Como agregado naval, no se me permitía participar con mi voto; mientras el embajador decidía el futuro de nuestra amada Chile, yo sólo podía disfrutar de la puesta de sol del Pacífico. Me senté en la cubierta de vuelo, entre los molinos de viento y las placas solares, para matar el rato con mis homólogos de Francia y Sudáfrica. Intentamos no hablar del trabajo y encontrar algún tema común que tuviese que ver lo menos posible con la guerra. Creíamos estar a salvo con el vino, pero, por pura coincidencia, los tres habíamos vivido o trabajado en un viñedo, o teníamos algún familiar relacionado con uno: Aconcagua, Stellenboch y Burdeos. Aquellos eran nuestros nexos de unión y, como todo lo demás, nos conducían directamente a la guerra.

Aconcagua estaba destruida, se había quemado hasta los cimientos durante los desastrosos experimentos del país con napalm. Stellenboch se dedicaba a cultivos de primera necesidad; las uvas se consideraban un lujo cuando la población se moría de hambre. Burdeos estaba invadido, los muertos pisoteaban su tierra, como ocurría en casi toda la Francia continental. El comandante Emile Renard tenía un optimismo morboso: «¿Quién sabe lo que harán los nutrientes de los cadáveres en la tierra? —decía—. Quizá mejoren el sabor cuando volvamos a tomar Burdeos, si es que lo volvemos a tomar». Cuando el sol comenzó a ponerse, Renard sacó algo de su mochila, una botella de Chateau Latour, cosecha de 1964. No nos lo podíamos creer; el sesenta y cuatro había sido una cosecha excepcional, ya que, por cosas del azar, el viñedo había tenido una cosecha abundante aquella temporada y se había decidido recolectar las uvas a finales de agosto, en vez de a principios de septiembre. Aquel septiembre quedó marcado por unas lluvias tempranas y devastadoras que inundaron los otros viñedos y elevaron el Chateau Latour a un nivel semejante al del Santo Grial. La botella que Renard tenía en la mano podría ser la última de su clase, el símbolo perfecto de un mundo que quizá no volveríamos a ver. Era el único objeto personal que había conseguido salvar durante la evacuación y lo llevaba a todas partes; planeaba guardarlo para... siempre, seguramente, ya que daba la impresión de que no volvería a hacerse vino de ningún tipo. Pero, en aquel momento, después del discurso del presidente yanqui...

[Se humedece los labios de manera inconsciente, saboreando el recuerdo.]

No le había sentado bien el viaje, y las tazas de plástico
no ayudaban. Sin embargo, no nos importó; saboreamos
cada trago.

¿Estaba seguro del resultado de la votación?

No de que fuese unánime, y en eso tuve razón: diecisiete
votos negativos y treinta y una abstenciones. Los que votaron en contra estaban dispuestos, al menos, a sufrir las consecuencias a largo plazo de su decisión..., y lo hicieron. Si
se piensa que la nueva ONU sólo tenía setenta y dos delegados, el apoyo fue bastante escaso. A mí no me importaba, ni tampoco a los otros dos sumilleres aficionados; para
nosotros, nuestros países y nuestros hijos, la decisión estaba
tomada: atacar.

GUERRA TOTAL

A BORDO DEL MAURO ALTIERI, A MIL METROS DE ALTURA SOBRE VAALAJARVI (FINLANDIA)

[Estoy al lado del general D'Ambrosia en el CIC, el Centro de Información de Combate, dentro de la respuesta europea al enorme dirigible de mando y control estadounidense D-29. La tripulación trabaja en silencio en sus relucientes monitores. De vez en cuando, uno de ellos habla por sus cascos, una contestación rápida en francés, alemán, español o italiano. El general está apoyado en la pantalla cartográfica, observando toda la operación desde lo más parecido al ojo de Dios.]

«Atacar». Cuando oí por primera vez la palabra, mi primera reacción fue decir: «Mierda». ¿Le sorprende?

[Antes de que pueda responder...]

Seguro que sí. Probablemente suponía que los jefazos estábamos dando brincos de impaciencia, con el ansia de sangre y las agallas que nos caracterizan, toda esa mierda de «vamos a cogerlos por el cuello mientras les pateamos el culo».

[Sacude la cabeza.] No sé quién se inventó el estereotipo de oficial al estilo entrenador de fútbol de instituto, duro y con pocas luces. Puede que fuese Hollywood o la prensa civil, o quizá lo hicimos nosotros mismos al permitir que esos payasos insípidos y egocéntricos (los MacArthur, Halsey y Curtis E. LeMay) definieran nuestra imagen para el resto del país. La cuestión es que ésa es la imagen de los que llevamos uniforme, y nada más lejos de la realidad. Me moría de miedo cuando pensaba en que las fuerzas armadas iban a pasar a la ofensiva, sobre todo porque no era mi culo lo que estaba en juego: yo sólo enviaría a otros a morir, y ellos tenían que enfrentarse a esto.

[Se vuelve hacia otra pantalla, en la pared opuesta, le hace un gesto con la cabeza a un operador, y la imagen se disuelve para mostrar un mapa de los Estados Unidos continentales en tiempo de guerra.]

Doscientos millones de zombis.* ¿Acaso alguien es capaz de visualizar ese número, por no hablar ya de combatirlo? Al menos esta vez sabíamos contra qué luchábamos, aunque, después de toda la experiencia, todos los datos reunidos sobre su origen, su fisiología, sus puntos fuertes y débiles, sus motivos y su mentalidad, seguíamos teniendo unas perspectivas poco halagüeñas.

El libro de la guerra, el que llevamos escribiendo desde que un mono le pegó una bofetada a otro, no servía para nada en aquella situación; teníamos que escribir uno nuevo desde cero.

Todos los ejércitos, ya sean mecanizados o tipo guerrilla de montaña, tienen que atenerse a tres restricciones básicas: calor, alimento y guía. Calor: necesitas cuerpos calien-

---

* Se ha confirmado que al menos veinticinco de esos millones eran refugiados reanimados de Latinoamérica, que habían muerto al intentar llegar al norte canadiense.

tes, si no, no tienes ejército; alimento: una vez tienes ese ejército, hay que abastecerlo; y guía: por muy descentralizada que esté la fuerza de ataque, debe haber alguien entre sus miembros que tenga la autoridad necesaria para decir: «Seguidme». Calor, alimento y guía; y los muertos vivientes no tenían ninguna de esas tres limitaciones.

¿Ha leído *Sin novedad en el frente*? Remarque dibuja un retrato muy vívido de cómo Alemania se quedó «vacía»; es decir, que, hacia el final de la guerra, simplemente se estaban quedando sin soldados. Aunque emborrones los números, y envíes a ancianos y niños, al final llegarás a tu techo..., a no ser que cada vez que mates a un enemigo, ese enemigo vuelva a la vida de tu lado. Así funcionaban los zetas, ¡aumentaban sus filas al acabar con las nuestras! Y sólo funcionaba en esa dirección: si infectas a un humano, se convierte en zombi; si matas a un zombi, se convierte en un cadáver. Nosotros sólo podíamos debilitarnos, mientras que ellos podían fortalecerse.

Todos los ejércitos humanos necesitan suministros, pero aquel ejército no; ni comida, ni munición, ni combustible, ¡ni siquiera agua para beber y aire para respirar! No había líneas logísticas que cortar, ni almacenes que destruir. No podíamos rodearlos y dejarlos morir de hambre, ni dejarlos pudrirse en el árbol. Si encerrabas a cien zombis en una habitación y volvías tres años después, seguían siendo igual de mortíferos.

Resulta irónico que la única forma de matar a un zeta sea destruirle el cerebro, porque, como grupo, no tienen nada parecido a un cerebro colectivo. No había liderazgo, ni cadena de mando, ni comunicaciones, ni cooperación de ningún tipo. No tenían un presidente al que asesinar, ni un cuartel general blindado que poder destruir con precisión quirúrgica. Cada zombi era una unidad autónoma y automatizada, y esa última ventaja era lo que de verdad resumía todo el conflicto.

Habrá escuchado la expresión «guerra total»; es bastante común en la historia humana: cada generación, más o menos, surge algún saco de mierda que suelta que su gente ha declarado la «guerra total» a un enemigo, lo que significa que todos los hombres, mujeres y niños de su país dedican cada segundo de sus vidas a conseguir la victoria. Eso es una chorrada por dos razones elementales. La primera: que ningún país o grupo está siempre dedicado a la guerra al cien por cien, porque no es físicamente posible; puedes tener un alto porcentaje de gente trabajando duro durante determinado tiempo, pero ¿toda la gente, todo el tiempo? ¿Y los que fingen enfermedades o los objetores de conciencia? ¿Qué me dice de los enfermos, los heridos, los ancianos y los bebés? ¿Qué pasa cuando estás durmiendo, comiendo, dándote una ducha o cagando? ¿Acaso es una cagada en pro de la victoria? Es la primera razón por la que una guerra total resulta imposible para los humanos. La segunda es que todas las naciones tienen sus límites. Puede que haya individuos en ellas que estén dispuestos a sacrificar sus vidas y puede que se trate de una gran parte de la población; sin embargo, esa población en su conjunto alcanzará en algún momento su límite emocional y físico. Los japoneses lo alcanzaron después de un par de bombas atómicas estadounidenses. Los vietnamitas podrían haberlo alcanzado de haberles soltado un par de bombas más, pero, gracias a Dios, nuestro espíritu se quebró antes de llegar a ese punto.* Ésa es la naturaleza de la guerra humana: dos lados que se empujan hasta que uno sobrepasa su límite de resistencia; por mucho que nos guste hablar de guerra total,

---

* Algunos sostienen que varios miembros del estamento militar estadounidense apoyaban abiertamente el uso de armas termonucleares durante el conflicto de Vietnam.

ese límite siempre está ahí..., a no ser que seas un muerto viviente.

Por primera vez en la historia, nos enfrentábamos a un enemigo que de verdad libraba una guerra total: no tenía límite de resistencia; no negociaba nunca; no se rendía nunca; lucharía hasta el fin porque, a diferencia de nosotros, todos ellos estaban dedicados cada segundo del día a consumir la vida de la Tierra. Ése era el enemigo que nos esperaba más allá de las Rocosas; ésa era la guerra en la que teníamos que luchar.

Denver (Colorado, EE.UU.)

[Acabamos de cenar en casa de los Wainio. Allison, la mujer de Todd, está arriba, ayudando a su hija Addison con los deberes. Todd y yo estamos abajo, en la cocina, lavando los platos.]

Era como volver atrás en el tiempo, me refiero al nuevo ejército. No tenía nada que ver con el ejército con el que había luchado y casi muerto en Yonkers. Ya no estábamos mecanizados, no había tanques, ni artillería, ni orugas*, ni siquiera Bradleys. Esos cacharros seguían en la reserva, los modificaban para cuando tuviésemos que tomar las ciudades. No, los únicos vehículos rodados que teníamos, los Humvees y unos cuantos ASV M-trip-Seven**, se usaban para llevar munición y esas cosas. Íbamos siempre a pata, marchando

---

* Orugas: Vehículos que rodaban sobre cadenas.
** ASV M-trip-Seven: Vehículo blindado Cadillac Gauge M1117.

en columnas, como se ve en los cuadros de la Guerra Civil americana. Había muchas referencias a los «azules» contra los «grises», sobre todo por el tono de piel de los zetas y el color de nuestros nuevos uniformes de combate. Ya no se molestaban con los patrones de camuflaje; de todos modos, ¿para qué? Además, supongo que el tinte azul era el más barato por aquel entonces. El traje en sí tenía cierto parecido con los monos de los equipos de la SWAT; era ligero, cómodo y entretejido con Kevlar, creo que era Kevlar, hilos antimordiscos.* Podías ponerte guantes y una capucha que te cubría toda la cara. Más adelante, en los enfrentamientos directos urbanos, esa posibilidad salvó muchas vidas.

Todo tenía un aspecto retro o algo así. Nuestros lobos parecían algo sacado de, no sé, *El señor de los anillos*. Las órdenes eran utilizarlos sólo en caso de necesidad, pero te aseguro que fue necesario un montón de veces. La verdad es que te hacía sentir bien, ya sabes, blandir un buen cacho de acero; lo convertía todo en algo personal, te daba una sensación de poder. Notabas cómo se rompía el cráneo, y eso era un chute de adrenalina, como si recuperases tu vida, ¿entiendes? Aunque tampoco me importaba pegarles un tiro.

Nuestra arma principal era el SIR**, el fusil de infantería estándar. La culata de madera hacía que pareciese una pistola de la Segunda Guerra Mundial; supongo que los materiales compuestos eran difíciles de producir en serie. No sé bien de dónde salieron los SIR, aunque he oído que era una copia modificada de la AK; también que era una versión básica del XM 8, que el ejército ya preparaba como arma de asalto de última generación. Incluso oí que se inventó,

---

* *La composición química del uniforme de combate del ejército (BDU, por sus siglas en inglés) sigue siendo información clasificada.*
** *SIR: Standard Infantry Rifle.*

probó y fabricó por primera vez durante el sitio de la Ciudad de los Héroes, y que los planos se transmitieron a Honolulú. Si te soy sincero, no tengo ni idea, ni tampoco me importa gran cosa. Puede que tuviese mucho retroceso y que sólo disparase en modo semiautomático, pero era superpreciso ¡y nunca, nunca se encasquillaba! Podías arrastrarlo por el barro, dejarlo en la arena, soltarlo en agua de mar y dejarlo allí varios días. Daba igual lo que le hicieses a esa preciosidad, nunca te decepcionaba. La única monería que llevaba era un equipo de conversión con repuestos, culatas y cañones adicionales de distintas longitudes. Podías elegir un fusil de francotirador a larga distancia, uno de alcance medio o una carabina de corto alcance, todo en la misma hora y con sólo meter la mano en la mochila. También tenía un pincho, una cosa de unos veinte centímetros de largo que se podía desplegar en un segundo si tu lobo no estaba a mano. Teníamos una bromita, «cuidado, que le vas a sacar el ojo a alguien», cosa que hacíamos mucho, claro. El SIR era un arma estupenda para el combate cuerpo a cuerpo, incluso sin el pincho, y, si se suma todo lo bueno que tenía, está claro por qué siempre nos referíamos a él, respetuosamente, como *Sir*.

Nuestra munición básica era PIE NATO 5.56. PIE son las siglas de *pirotechnically initiated explosive**. Un diseño excepcional. Estallaban al entrar en el cráneo del zeta y los fragmentos le freían los sesos. No se corría el peligro de entrar en contacto con materia gris infectada y no hacía falta perder el tiempo encendiendo hogueras. Cuando tocaba limpieza de campo no tenías que decapitarlos antes de enterrarlos, sólo excavar la zanja y meter dentro el cadáver.

Sí, era un ejército nuevo, tanto las armas como la gente. El reclutamiento había cambiado, y ser soldado raso era una

---

* Pirotechnically initiated explosive: *Explosivos pirotécnicos*.

cosa muy distinta. Seguían con los requisitos de siempre: resistencia física, competencia mental, motivación y disciplina para superar retos difíciles en condiciones extremas; pero todo eso no valía una mierda si no podías soportar la conmoción zeta a largo plazo. Vi a muchos amigos caer por la presión: algunos se derrumbaban, otros se disparaban con sus armas y otros disparaban a sus compañeros. No tenía que ver con la valentía ni nada por el estilo. Una vez leí una guía de supervivencia de la aviación británica que hablaba sobre la personalidad del «guerrero»: se suponía que tu familia tenía que ser estable tanto económica como emocionalmente y que ni siquiera debían atraerte las chicas cuando eras muy joven. [Gruñe.] Guías de supervivencia... [Agita la mano fingiendo que se masturba.]

En cuanto a las caras nuevas..., podrían haber sido de cualquier parte: tu vecino, tu tía, ese pobre *profe* sustituto o ese patán gordo y vago de Tráfico. Desde un antiguo vendedor de seguros a un tío que seguro que era Michael Stipe, aunque nunca conseguí que lo reconociera. Supongo que tenía sentido; cualquiera que hubiese llegado vivo hasta aquel punto, estaba capacitado, porque, en cierto sentido, todos eran veteranos. Mi colega, la hermana Montoya, de cincuenta y dos años, había sido monja; supongo que todavía lo era. A pesar de medir metro sesenta y estar escuchimizada, había protegido a toda su clase de los domingos durante nueve días, armada tan sólo con un candelabro de hierro de dos metros. No sé cómo conseguía cargar con su mochila, pero lo hizo, y sin quejarse, desde nuestra zona de reunión de Needles hasta nuestro lugar de contacto, a las afueras de Hope, en Nuevo México.

Hope, sí, esperanza. En serio, así se llamaba la ciudad.

Dicen que los jefazos la escogieron por el terreno llano y despejado, con desierto delante y montañas detrás. Al parecer, era perfecto para un combate abierto, y el nombre no tenía nada que ver. Sí, ya.

Estaba claro que los jefes querían que aquella operación de prueba saliese como la seda. Era el primer combate importante en tierra que habíamos librado desde Yonkers; uno de esos momentos en los que se juntan muchas cosas distintas, ya sabes.

¿Un momento crítico?

Sí, eso creo. La gente nueva, las cosas nuevas, el entrenamiento nuevo, el plan nuevo... Se suponía que todo tenía que combinarse para aquel enorme lanzamiento inicial.

Nos habíamos encontrado con un par de docenas de emes por el camino. Los perros los localizaban y sus cuidadores los derribaban usando armas con silenciador, porque no queríamos atraer a demasiados antes de estar listos. Queríamos que la pelea siguiese nuestras reglas.

Empezamos a planificar nuestro «huerto»: estacas de protección con cinta fluorescente en filas, cada diez metros. Nos servían para marcar el alcance, para saber exactamente dónde apuntar. Algunos también realizábamos tareas sencillas, como limpiar el terreno o disponer las cajas de munición.

Los demás tenían que limitarse a esperar sin hacer nada, salvo picar algo, recargar las mochilas de hidratación o incluso echar un sueñecito, si es que conseguíamos dormirnos. Habíamos aprendido mucho desde Yonkers, y los jefes nos querían descansados; el problema era que eso nos daba mucho tiempo para pensar.

¿Has visto la *peli* que hizo Elliot sobre nosotros? La escena de la fogata, con los soldados venga soltar frases ingeniosas, las historias y los sueños para el futuro, incluso ese tío con la armónica... Chaval, no tenía nada que ver. En primer lugar, era mediodía, así que no había ni fogatas ni armónicas bajo las estrellas, y todos estaban muy callados. Sabías que todos pensaban lo mismo: «¿Qué coño hacemos aquí?». Estábamos en zombilandia, y, por nosotros, podían quedársela. Nos habían dado muchas charlas sobre «el futuro del espíritu humano», habíamos visto el discurso del presidente Dios sabe cuántas veces, pero el *presi* no estaba allí, delante de los zetas. Las cosas nos iban bien al otro lado de las Rocosas, ¿qué coño hacíamos allí fuera?

Sobre las trece horas, las radios empezaron a graznar; eran los cuidadores de los perros que habían establecido contacto. Nos preparamos, cargamos y ocupamos nuestros puestos en la línea de tiro.

Era la base de la nueva doctrina de batalla, una vuelta al pasado, como todo lo demás: nos colocábamos formando una línea recta en dos filas: una activa y otra de reserva. La reserva era para que cuando alguien de la primera fila necesitase recargar, no se perdiese su aportación a la línea. En teoría, si todo el mundo estaba disparando o recargando, frenaríamos a los zetas mientras durase la munición.

Oímos los ladridos, los perros traían a la horda. Empezamos a ver zetas en el horizonte, cientos de ellos, y me tembló todo el cuerpo, a pesar de que no era la primera vez que tenía que enfrentarme a ellos desde Yonkers. Había estado en las operaciones de limpieza de Los Ángeles y participado en los trabajos de las Rocosas, cuando el verano derritió los pasos; siempre temblaba como un flan.

Llamaron a los perros, que corrieron a colocarse detrás de nuestras líneas. Pasamos al mecanismo de reclamo primario, porque cada ejército tenía ya uno: los británicos usaban gaitas, los chinos usaban cornetas, los sudafricanos golpeaban los fusiles con los *assegais* y entonaban cánticos zulúes a grito pelado. Nosotros teníamos a los duros de Iron Maiden. Bueno, yo, personalmente, nunca he sido un entusiasta del *heavy metal*, lo mío es el *rock* clásico sin más, y «Driving South», de Hendrix, es lo más fuerte que escucho; pero lo reconozco, lo entendí perfectamente mientras esperaba allí, envuelto en el aire del desierto, notando el ritmo de The Trooper en el pecho: en realidad, el mecanismo de reclamo no era para los zetas, sino para levantarnos el ánimo, para llevarse parte del mal rollo que daban los zombis, para cachondearse de ellos, como dirían los españoles. Cuando Dickinson chilló «*as you plunge into a certain death*»*, yo ya estaba a tope; el SIR cargado y listo, los ojos fijos en la aullante horda que se acercaba. Estaba en plan: «Venga, zetas, ¡venid de una puta vez!».

Justo antes de que llegasen a la primera marca, la música empezó a apagarse. Los jefes de escuadrón gritaron «¡primera fila, lista!», y la primera fila se arrodilló. Después llegó la orden de apuntar, y entonces, mientras conteníamos el aliento y la música se apagaba del todo, oímos la orden de disparar.

La primer fila entró en acción, petardeando como una metralleta SAW en modo automático y derribando a todos los emes que cruzaban las primeras marcas. Teníamos órdenes estrictas de disparar tan sólo a los monstruos que cruzaran la línea y esperar a los demás. Llevábamos varios meses entrenándonos así, y ya lo hacíamos por puro instinto. La hermana Montoya levantó el arma por encima de la cabeza, señal de que tenía el cargador vacío, así que nos cambiamos. Quité el seguro y apunté a mi primer blanco; era una ene**, no llevaría muerta más de un año; la melena rubia sólo le cubría parte del cuero cabelludo, que se veía tenso y curtido; la barriga hinchada le asomaba a través de una camiseta negra desteñida que decía «Z de zorra». Apunté

---

* *As you plunge into a certain death: Mientras te lanzas a una muerte segura.*
** *Ene: Inicial de «nuevos», zombis que se reanimaron después del Gran Pánico.*

entre los lechosos ojillos azules..., ya sabes que, en realidad, no son los ojos lo que les da ese aspecto empañado, sino los miles de diminutos arañazos que hace el polvo en la superficie, porque los zetas no producen lágrimas. Aquellos arañados ojos azul celeste estaban fijos en mí cuando apreté el gatillo. La bala la tiró de espaldas y le salió humo por el agujero de la frente. Respiré profundamente, apunté al siguiente y no necesité más, ya estaba concentrado.

Nuestra doctrina decía que había que hacer un disparo por segundo, de forma lenta, regular y metódica.

[Empieza a chasquear los dedos.]

En las montañas habíamos practicado con metrónomos, mientras los instructores repetían: «Ellos no tienen prisa, ¿por qué tú sí?». Era una forma de mantener la calma y el ritmo; teníamos que ser tan robóticos como ellos. «Sed más zombis que los zombis», nos decían.

[Chasquea los dedos con un ritmo perfecto.]

Disparar, cambiar, recargar, beber un poco de la mochila, coger los cargadores que te daban los Sandlers.

¿Sandlers?

Sí, los equipos de recarga, una unidad especial de reserva que estaba dedicaba exclusivamente a asegurarse de que no nos quedáramos sin munición. Sólo llevabas encima cierto número de cargadores y recargar cada uno de ellos suponía mucho tiempo. Los Sandlers corrían por la línea recogiendo cargadores vacíos, recargándolos con la munición de las cajas y llevándoselos a todo el que les hiciese una señal. El tema es que, cuando el ejército empezó a entrenarse con estos equipos, uno de los chicos empezó a imitar a Adam Sandler, ya sabe, en la *peli El aguador*; era lo mismo, salvo que ellos repartían munición. A los oficiales no les hacía mucha gracia el mote, pero a los equipos de recarga les encantaba. Los Sandlers eran nuestros salvavidas, estaban coordinados como un puto ballet. No creo que a nadie le faltase una bala en todo el día y la noche.

¿La noche?

No dejaban de llegar, un enjambre en cadena de los buenos.

¿Eso es un ataque a gran escala?

Más que eso: si un eme te ve y va detrás de ti, gime. A un kilómetro de allí, otro eme oye el gemido, lo sigue y gime, y eso lo oye otro, un kilómetro más allá, y después otro. Tío, si la zona está lo bastante llena, si no se rompe la cadena, vete a saber desde qué distancia pueden llegar. Y eso si es de uno en uno; si calculas diez por kilómetro, o cien, o mil...

Empezaron a amontonarse, formando una empalizada artificial en la primera marca, una cresta de cadáveres que aumentaba de altura con cada minuto que pasaba. Estábamos construyendo una fortificación de zombis, creando una situación en la que sólo teníamos que disparar a las cabezas que se asomasen por encima. Los jefazos lo tenían planeado: habían preparado un cacharro periscópico que permitía a los oficiales ver por encima del muro.* Además, recibían imágenes en tiempo real de los satélites y aviones teledirigidos de reconocimiento, aunque nosotros, los soldados rasos, no teníamos ni idea de qué estaban viendo. Land

---

* *Dispositivo de ayuda a la observación en combate M43.*

Warrior había desaparecido, por el momento, así que nos limitábamos a concentrarnos en lo que teníamos delante.

Empezamos a recibir contactos por todos los frentes, zetas que rodeaban el muro, que se acercaban por los flancos o incluso por detrás. Los jefes también lo tenían pensado y ordenaron que formásemos un cuadrado.

Un cuadrado de refuerzo.

O un «Raj-Singh», supongo que en homenaje al tipo que se lo inventó. Formamos un cuadrado apretado, manteniendo las dos filas, con los vehículos y demás en el centro. Era una apuesta arriesgada, porque nos dejaba aislados. Es decir, sí, el único motivo por el que no había funcionado en la India era que se habían quedado sin munición, pero no teníamos ninguna garantía de que no sucediese de nuevo. ¿Y si los jefazos la habían cagado? ¿Y si no habían preparado suficientes balas o habían subestimado lo fuertes que podían ser los zetas aquel día? Podíamos estar en otro Yonkers; o peor, porque de allí no saldría nadie vivo.

Pero sí que tuvisteis munición suficiente.

De sobra. Los vehículos estaban llenos hasta el techo. Teníamos agua y teníamos gente de reemplazo. Si necesitabas descansar cinco minutos, levantabas el arma, y uno de los Sandlers ocupaba tu puesto en la línea de fuego; mientras, podías darle un bocado a las Raciones I*, echarte agua en la cara, estirarte y cambiarle el agua al canario. Nadie pedía tiempo muerto, pero teníamos unos equipos K.O.**,

---

* *Raciones I: Forma abreviada de Raciones Inteligentes, diseñadas para ofrecer un aporte nutricional máximo.*

** *Equipos K.O.: K.O. se refiere al término de boxeo* knock out, *fuera de combate.*

loqueros de combate que examinaban el rendimiento de los soldados. Llevaban con nosotros desde los primeros días en las montañas, conocían caras y nombres, y sabían, no me preguntes cómo, cuándo la tensión de la batalla empezaba a afectar a nuestro rendimiento. Nosotros no nos dábamos cuenta, por lo menos, yo no. A veces fallaba un tiro o tardaba medio segundo en disparar, en vez de un segundo completo; de repente, alguien me daba en el hombro y entonces sabía que tenía que parar cinco minutos. Funcionaba. Antes de darme cuenta, estaba de vuelta en la línea con la vejiga vacía, el estómago satisfecho, más tranquilo y con menos tirones. Suponía una enorme diferencia, y el que crea que podría haber aguantado sin eso debería intentar acertar en el centro de una diana móvil cada segundo durante quince horas.

¿Y la noche?

Utilizábamos reflectores en los vehículos, unos focos potentes y cubiertos de rojo para que no nos estropeasen la visión nocturna. Lo único que resultaba espeluznante cuando luchabas de noche, aparte de que las luces fuesen rojas, era el brillo que emitía la bala cuando se introducía en la cabeza. Por eso las llamábamos cerezas, porque, si el compuesto químico de la bala no se había mezclado bien, ardía tanto que les iluminaba los ojos de rojo. Era una cura segura para el estreñimiento, sobre todo más adelante, las noches que te tocaba guardia, cuando uno se te acercaba en la oscuridad. Esos ojos rojos brillantes, inmóviles durante un segundo antes de caer... [Se estremece.]

¿Cómo supisteis que se había acabado la batalla?

¿Porque dejamos de disparar? [Se ríe.] No, la verdad es

que es una buena pregunta. Más o menos a las cuatro de la mañana, la cosa empezó a tranquilizarse. Ya no asomaban tantas cabezas, el gemido agonizaba. Los oficiales no nos dijeron que el ataque estaba terminando, pero los veíamos mirando por los periscopios y hablando por la radio, y su expresión de alivio resultaba evidente. Creo que el último disparo fue justo antes del alba. Después de eso, nos limitamos a esperar a que amaneciese.

Daba un poco de miedo ver el sol salir por encima de aquella torre de cadáveres que nos rodeaba. Estábamos completamente encerrados, con pilas de al menos seis metros de alto y más de treinta metros de ancho por todas partes. No sé bien a cuántos matamos aquel día, porque las estadísticas dependen de quién te las dé.

Los Humvees equipados con palas tuvieron que abrir un camino entre los cuerpos para que pudiésemos salir. Todavía quedaban algunos vivos, los más lentos que llegaron tarde a la fiesta o que habían intentado trepar sobre sus amigos muertos, para caer de nuevo en el montón. Cuando empezamos a enterrar los cadáveres, salieron dando bandazos; fue el único momento en que el señor Lobo entró en acción.

Al menos no tuvimos que quedarnos para la limpieza, porque había otra unidad esperando en la reserva para eso. Supongo que los jefazos consideraron que ya habíamos hecho bastante por un día. Marchamos dieciséis kilómetros hacia el este, y montamos un vivac con torres de vigilancia y paredes de Concertainer*. Estaba hecho polvo, no recuerdo la ducha química, ni entregar mi equipo para la desinfección, ni entregar mi arma para la inspección: no se había encasquillado ni una vez, y lo mismo le había pasado

---

* *Concertainer: Una barrera prefabricada y hueca hecha de Kevlar que se rellena de tierra o escombros.*

al resto de la unidad. Ni siquiera recuerdo meterme en el saco.

Nos dejaron dormir todo lo que quisimos, lo que fue genial. Al final me despertaron las voces; todos estaban parloteando, riendo, contándose historias. Se notaba un rollo distinto, un giro de ciento ochenta grados con respecto a hacía dos días. Sabía que nuestra campaña por Estados Unidos acababa de empezar, pero, bueno, como dijo el *presi* después de aquella primera noche, ya estábamos en el principio del fin.

AINSWORTH (NEBRASKA, EE.UU.)

[Darnell Hackworth es un hombre tímido y de voz suave. Su mujer y él dirigen una granja para los veteranos de cuatro patas de los Cuerpos K-9 del ejército. Hace diez años, se podían encontrar este tipo de granjas en casi todos los estados de la unión, pero, en la actualidad, es la única que queda.]

Creo que nunca se les reconoció el mérito suficiente. Está esa historia, Dax, un bonito cuento para niños, pero es bastante simplista y sólo habla de un dálmata en concreto que logró poner a salvo a un niño huérfano. Dax ni siquiera era un perro del ejército, y ayudar a niños perdidos es sólo un ejemplo insignificante de lo que hicieron los perros en la guerra.

Primero los utilizaron para la detección: olían a la gente y averiguaban quién estaba infectado. Casi todos los países copiaron el método israelí de hacer que la gente pasara junto a unas jaulas llenas de perros. Había que tenerlos en jaulas para que no atacasen a la persona en cuestión, se peleasen entre ellos o mordiesen al cuidador. Eran cosas que solían pasar al principio de la guerra, porque los perros se volvían locos. Daba igual que fuesen policías o militares, era el instinto, un terror involuntario y casi genético. Entre huir y luchar, a aquellos canes los habían criado para luchar, así que muchos cuidadores perdieron manos y brazos, y muchos cuellos acabaron desgarrados. No se puede culpar a los animales; de hecho, los israelíes contaban con ese instinto, y probablemente sirvió para salvar millones de vidas.

Era un gran programa, pero, como he dicho, un ejemplo insignificante de lo que podían hacer los perros. Mientras que los israelíes y, más tarde, muchos otros países, sólo explotaban su miedo instintivo, a nosotros se nos ocurrió integrar ese miedo en su adiestramiento normal. ¿Por qué no? Los humanos habíamos aprendido a hacerlo y ¿acaso hay tanta diferencia?

Todo se reducía al adiestramiento. Tenías que empezar cuando eran pequeños, ya que incluso los veteranos más disciplinados del periodo anterior a la guerra perdían los estribos. Los cachorros nacidos después de la crisis salían del vientre oliendo a los muertos, literalmente. Estaba en el aire; nosotros no podíamos detectarlo, no eran más que unas cuantas moléculas que se introducían a nivel subconsciente. Eso no quiere decir que se convirtiesen en guerreros de forma automática. La inducción inicial era la primera fase, la más importante; cogías un grupo de cachorros, un grupo al azar o incluso una camada entera, y los metías en una habitación dividida por una malla metálica: ellos a un lado, los zetas al otro. No había que esperar mucho tiempo a la reacción. El primer grupo eran los B, los que empezaban a aullar o a gemir; se hundían. No tenían nada que ver con los A; esos cachorros podían mirar a los zetas a los ojos, y ahí estaba la clave. Se mantenían en su sitio, enseñaban los dientes y gruñían en tono bajo, como diciendo: «¡No os mováis ni un pelo!». Podían controlarse, y en eso se basaba nuestro programa.

En fin, que pudieran controlarse no significaba que nosotros pudiésemos controlarlos a ellos. El adiestramiento básico era más o menos como el del programa normal de antes de la guerra. ¿Podían aguantar el entrenamiento físico? ¿Podían seguir órdenes? ¿Tenían la inteligencia y la disciplina necesarias para convertirse en soldados? Era duro, y teníamos una tasa de fracaso del sesenta por ciento. No era raro que un recluta resultase herido o incluso que muriese. Mucha gente de hoy en día dice que era inhumano, aunque no parecen sentir la misma simpatía por los cuidadores. Sí, teníamos que adiestrarlos a ellos también, junto con los perros, desde el primer día de formación básica hasta que terminaban las diez semanas de AIT*. Era un entrenamiento duro, sobre todo los ejercicios con enemigos vivos. ¿Sabe que fuimos los primeros que usamos zetas en el campo de entrenamiento? Lo hicimos antes que la infantería, las fuerzas especiales y los alados de Willow Creek. Era la única forma de saber realmente si podías lograrlo, tanto como individuo como en equipo.

Si no, ¿cómo íbamos a mandarlos en tantas misiones? Eran cebos, como los que se hicieron famosos en la batalla de Hope. La idea era sencilla: tu compañero busca al zeta y lo lleva hasta la línea de tiro. Los K de las primeras misiones eran rápidos, corrían, ladraban y salían echando leches hacia la zona de combate. Después se sintieron más cómodos y aprendieron a quedarse unos metros por delante, retrocediendo lentamente para asegurarse de que condu-

---

* AIT: Advanced Individual Training (adiestramiento avanzado individual).

cían a la mayor cantidad posible de blancos. De ese modo, eran ellos los que decidían los objetivos.

También estaban los señuelos. Digamos que estás montando una línea de tiro, pero que no quieres que los zetas se presenten antes de tiempo. Tu compañero da vueltas alrededor de la zona infestada y empieza a ladrar en la otra punta. Eso funcionó en muchas batallas y abrió la puerta de la táctica de los *lemmings*.

Durante el ataque de Denver, había un edificio alto en el que doscientos refugiados se habían quedado atrapados con la infección ya dentro; todos ellos se reanimaron. Antes de que nuestros chicos entraran a lo bestia, a uno de los K se le ocurrió correr hasta el tejado de un edificio del otro lado de la calle y empezar a ladrar para atraer a los zetas a los pisos más altos. Funcionó como la seda: los emes llegaron al tejado, vieron su presa, corrieron hacia ella y cayeron al vacío. Después de Denver, la técnica *lemming* entró en el manual; incluso la infantería empezó a usarla cuando no había perros disponibles. No resultaba extraño ver a un tío de pie en el tejado de un edificio llamando a los habitantes de un edificio infestado cercano.

En cualquier caso, la misión principal y más común de los equipos K era el reconocimiento del terreno, tanto en equipos de barrido y limpieza como en patrullas de largo alcance. Los equipos de barrido y limpieza estaban integrados en una unidad normal, como en una guerra de las de siempre. Entonces era cuando se notaba el adiestramiento: no sólo podían oler a los zetas cuando estaban a kilómetros de nosotros, sino que los sonidos que hacían nos avisaban de qué nos esperaba exactamente. Podías averiguar todo lo necesario gracias al tono del gruñido y la frecuencia del ladrido. A veces, cuando había que guardar silencio, el lenguaje corporal funcionaba igual de bien: sólo había que ver el arco del lomo del K y la forma en que se le erizaba el pelo.

Al cabo de unas cuantas misiones, cualquier cuidador competente, y no había de otro tipo, podía leer todas las señales de su compañero. Los exploradores que encontraban criaturas medio sumergidas en lodo o monstruos sin piernas entre la hierba salvaron muchas vidas. Perdí la cuenta de las veces que se nos acercaron los soldados a darnos las gracias por haber descubierto un eme escondido que podría haberles arrancado un pie.

Las patrullas de largo alcance eran aquéllas en las que tu compañero se alejaba mucho de las líneas, a veces durante días, para reconocer una zona infestada. Llevaban puesto un arnés especial con un enlace ascendente de vídeo y un sistema GPS, para saber en tiempo real el número exacto de objetivos y dónde se encontraban. Se podía superponer la posición de los zetas en un mapa preexistente y coordinar lo que veía tu compañero con su posición en el GPS. Desde un punto de vista técnico, supongo que era asombroso, una información completa en tiempo real, como la que teníamos antes de la guerra. A los jefazos les encantaba, pero a mí no; siempre me preocupaba demasiado por mi compañero. Ni se imagina lo estresante que era estar en una sala con aire acondicionado y un montón de ordenadores: seguro, cómodo y sin poder hacer nada. Más adelante, los modelos de arnés incorporaron enlaces de radio para que los cuidadores pudieran dar órdenes o, al menos, abortar la misión. Nunca los utilicé, porque había que entrenar a los equipos desde el principio para que los supieran usar. No se podía dar media vuelta y volver a adiestrar a un K ya preparado; un perro viejo no aprende trucos nuevos. Lo siento, no tiene gracia. Los capullos de inteligencia hacían muchos chistes malos de ese tipo; me ponía detrás de ellos mientras observaban el puto monitor, corriéndose mentalmente por las maravillas de su nuevo «Instrumento de orientación de datos». Se creían muy graciosos; se partían llamándonos DOA*.

[Sacude la cabeza].

Y yo tenía que quedarme allí parado, aguantándome la rabia mientras observaba la señal de vídeo que enviaba mi compañera mientras se arrastraba por un bosque, un pantano o un pueblo. Pueblos y ciudades, eso era lo peor, la especialidad de mi equipo. Ciudad Sabueso. ¿Ha oído hablar de ella?

¿La Escuela de Adiestramiento Urbano K-9?

Exactamente, era una ciudad de verdad: Mitchell, en Oregón. Sellada, abandonada y todavía llena de emes activos. Ciudad Sabueso. En realidad deberían haberla llamado Ciudad Terrier, porque la mayoría de las razas de Mitchell eran terriers pequeños. Había cairn terriers, terriers de Norwich y Jack Russell terriers, buenos para los escombros y los cuellos de botella. Personalmente, el Sabueso me venía bien, porque trabajaba con un perro salchicha. Sin duda, eran los guerrilleros urbanos por excelencia: duros, listos y cómodos en los lugares cerrados, sobre todo los pequeños. De hecho, para eso se criaron en un primer momento; su nombre en alemán, *dachshund*, significa precisamente «perro tejonero»; por eso tienen ese aspecto alargado, para poder cazar dentro de las largas madrigueras de los tejones. Seguro que entiende por qué ese tipo de crianza los hacía tan adecuados para los conductos y espacios estrechos de un campo de batalla urbano. La habilidad de recorrer una tubería o un conducto de aire, de pasar por el interior de las

---

* DOA: *Dead on Arrival (ingresar cadáver en un hospital)*.

paredes o lo que fuese sin perder la calma, era una ventaja importante para sobrevivir.

[Nos interrumpe un perro que, como si esperase su pie, se acerca cojeando a Darnell. Es una perrita vieja; tiene el hocico blanco, y el pelo de las orejas y el rabo se ha desgastado tanto que parece de cuero.]

[A la perra.] Hola, señorita.

[Darnell la coloca con cuidado sobre su regazo. La perra es pequeña, no pesará más de tres o cuatro kilos. Aunque tiene cierto parecido con un perro salchicha en miniatura, el lomo es más corto de lo normal en la raza.]

[A la perra.] ¿Estás bien, Maze? ¿Cómo lo llevas? [A mí.] Su nombre completo es Maisey, pero nunca lo hemos usado. Maze es bastante adecuado, ¿no le parece?*

[Con una mano le acaricia las patas traseras, mientras utiliza la otra para rascarle debajo del cuello. Ella lo mira con ojos lechosos y le lame la palma.]

Los perros de raza eran un fracaso, demasiado neuróticos y enfermizos, todo lo que cabe esperar de criar a un animal tan sólo por su valor estético. La nueva generación [señala al chucho que tiene en el regazo] siempre era una mezcla, cualquier cosa que aumentase la constitución física y la estabilidad mental.

---

* Maze: Laberinto.

[La perra se ha dormido, y Darnell baja la voz.]

Eran duros; nos costó mucho adiestramiento, no sólo individualmente, sino también en grupo para misiones de largo alcance. Las de largo alcance, especialmente en terreno silvestre, eran arriesgadas, no sólo por los zetas, sino también por los K salvajes. ¿Recuerda lo peligrosos que eran? Todas esas mascotas y perros callejeros que degeneraron hasta convertirse en jaurías asesinas. Eran un motivo de preocupación, sobre todo cuando atravesábamos zonas poco infestadas, porque siempre estaban en busca de comida. Muchas misiones de largo alcance se abortaron nada más empezar, antes de desplegar a nuestros perros escolta.

[Se refiere a la perra dormida.]

Ella tenía dos escoltas, un par de perras muy feroces: Anson, que era una mezcla de pit y rot, y Howe..., que no sé bien qué era, mitad perro pastor, mitad estegosaurio. No habría dejado que Maze se acercase a ellas de no haber pasado el entrenamiento básico con sus cuidadores. Resultaron ser unas escoltas de primera clase; ahuyentaron jaurías de perros salvajes catorce veces, y dos de esas veces se emplearon a fondo. Vi cómo Anson iba detrás de un mastín de noventa kilos, le agarraba la cabeza con las mandíbulas y le rompía el cráneo; oí el crujido por el micrófono de supervisión del arnés.

La parte más dura era asegurarme de que Maze se ceñía a la misión, porque siempre quería pelear. [Sonríe, mirando a la perrita dormida.] Eran buenas escoltas, siempre se aseguraban de que llegase a los objetivos planeados, la esperaban y la traían de vuelta a casa, sana y salva. Incluso acabaron con algunos emes de camino.

¿No es tóxica la carne de los zombis?

Oh, sí..., no, no, no, nunca los mordieron. Eso habría sido mortal. Al principio de la guerra veíamos a muchos perros muertos, tirados, sin heridas, y así sabíamos que habían mordido carne infectada. Es una de las razones por las que el adiestramiento era tan importante: tenían que saber cómo defenderse. Los zombis tenían muchas ventajas físicas, pero el equilibrio no era una de ellas. Los K más grandes golpeaban entre los omóplatos o en los riñones, y los zetas caían de boca. Los pequeños tenían la opción de hacerlos tropezar metiéndose entre los pies, o la de lanzarse contra la corva. Eso era lo que prefería Maze; ¡se caían de culo!

[La perra se agita.]

[A Maze.] Oh, lo siento, señorita. [Le acaricia el cuello.]
[A mí.] Para cuando el zeta se levantaba, ya habías ganado cinco, diez o incluso quince segundos.

Tuvimos nuestras bajas. Algunos K se caían, se rompían un hueso... Si estaban cerca de fuerzas amigas, su cuidador podía recogerlos fácilmente y ponerlos a salvo; casi todas las veces volvían al servicio activo.

¿Y las otras veces?

Si estaban demasiado lejos o en una patrulla de largo alcance..., demasiado lejos para el rescate y demasiado cerca de los zombis... Solicitamos cargas compasivas, pequeños paquetes explosivos atados al arnés, de modo que pudiéramos detonarlos si no había esperanza de rescate. Nunca nos los concedieron: «Una pérdida de recursos valiosos». Gilipollas. Librar de su sufrimiento a un soldado herido era una pérdida de recursos, pero convertirlos en *fragmuts*, ¡eso sí les convenía!

¿Cómo dice?

Fragmuts. Era el nombre oficioso del programa que estuvo a punto, a punto de obtener luz verde. Algún capullo del gabinete del presidente leyó que lo rusos habían utilizado «perros mina» durante la Segunda Guerra Mundial, atándoles explosivos a los lomos y entrenándolos para meterse debajo de los tanques nazis. La única razón por la que los rojos abandonaron el programa fue la misma por la que nunca empezamos el nuestro: la situación ya no era tan desesperada. Joder, ¿se puede estar más desesperado?

Aunque nunca lo reconocerán, creo que les daba miedo la amenaza de otro incidente Eckhart. Eso los espabiló. Habrá oído hablar de eso, ¿no? La sargento Eckhart, Dios la bendiga. Era una cuidadora experta, trabajaba con el Grupo Norte del ejército. No la conocí. Su compañero estaba en una misión de cebo en las afueras de Little Rock, se cayó en una zanja y se rompió una pata. El enjambre estaba a pocos pasos, así que Eckhart cogió un fusil e intentó ir a buscarlo, pero un oficial se le puso delante, y empezó a soltarle reglamentos y justificaciones poco convincentes. Ella le vació medio cargador en la boca. La policía militar la tiró al suelo y la sujetó; la mujer pudo oír cómo los muertos rodeaban a su compañero.

¿Qué pasó?

La colgaron, ejecución pública, mucha publicidad. Lo entiendo; no, de verdad, lo entiendo: la disciplina lo era todo, el imperio de la ley, era lo único que teníamos. Pero, coño, hicieron cambios: los cuidadores obtuvieron permiso para ir detrás de sus compañeros, incluso a riesgo de sus vidas. Ya no se nos consideraba instrumentos, sino la mitad de un instrumento; por primera vez nos veían como equipos y entendían que el perro no era una pieza de maquinaria que podía sustituirse si se rompía. Empezaron a examinar las estadísticas de cuidadores que se mataban después de perder a un compañero, y ya sabe que teníamos el mayor índice de suicidios de todas las ramas del ejército, más que las fuerzas especiales, más que el servicio de localización y transporte de víctimas, incluso más que esos capullos pirados de China Lake*. En Ciudad Sabueso conocí a cuidadores de trece países distintos, y todos decían lo mismo: daba igual de dónde fueras, tu cultura o tu educación, porque los sentimientos siempre eran los mismos. ¿Quién es capaz de soportar una pérdida así y seguir de una pieza? Pues cualquiera que, en primer lugar, no fuese capaz de ser cuidador. Eso era lo que nos hacía únicos, esa capacidad para establecer unos lazos tan fuertes con algo que ni siquiera pertenecía a nuestra especie. Lo que hacía que tantos de mis amigos se metiesen una bala en la cabeza era lo mismo que nos había convertido en uno de los grupos más eficaces de todo el puto ejército estadounidense.

El ejército se dio cuenta de mi potencial hace tiempo, en una carretera vacía en algún punto de las Rocosas de Colorado. Había escapado a pie de mi piso de Atlanta, y llevaba tres meses corriendo, escondiéndome y buscando comida como podía; tenía raquitismo, fiebre, y sólo pesaba cuarenta y tres kilos. Encontré a dos tipos debajo de un árbol, haciendo una fogata. Detrás de ellos había un chuchito con las patas y el hocico atados con cordones de zapatos, y la cara manchada de sangre seca; estaba allí tirado, con los ojos vidriosos, gimiendo.

---

* *Instalaciones de investigación armamentística de China Lake.*

¿Qué pasó?

La verdad es que no me acuerdo. Parece ser que golpeé a uno con mi bate, porque lo vieron roto sobre su hombro. A mí me encontraron encima del otro tipo, machacándole la cara. Cuarenta y tres kilos, medio muerto, y estuve a punto de matarlo a golpes. Los soldados tuvieron que apartarme, esposarme a un coche y darme un par de bofetadas para que recuperase la razón. Eso sí lo recuerdo. Uno de los tíos a los que había atacado se estaba sujetando el brazo, y el otro sangraba en el suelo. «Joder, cálmate —me dijo el teniente, intentando interrogarme—. ¿Qué te pasa? ¿Por qué les has hecho eso a tus amigos?» «¡No es amigo nuestro! —gritó el del brazo roto—. ¡Está como una puta cabra!» Y yo no dejaba de repetir: «¡No le hagáis daño al perro! ¡No le hagáis daño al perro!». Recuerdo que los soldados se rieron. «Santo cielo», dijo uno, mirando a los dos tipos. El teniente asintió y me miró: «Amigo —me dijo—, creo que tenemos un trabajo para ti». Y así me reclutaron. A veces encuentras tu camino, y, a veces, el camino te encuentra a ti.

[Darnell acaricia a Maze, y ella entreabre un ojo y empieza a mover el curtido rabo.]

¿Qué le pasó al perro?

Ojalá pudiera darle un final de Disney, que se convirtió en mi compañero o que acabó salvando un orfanato entero del fuego, algo así. Lo cierto es que lo habían golpeado con una roca para noquearlo. Se le había acumulado fluido en los oídos, y se quedó sordo de uno y parcialmente sordo del otro. Sin embargo, le seguía funcionando la nariz, así que se convirtió en un buen cazarratas cuando le encontramos un hogar. Cazaba tanto que consiguió alimentar a aquella familia todo el invierno. Supongo que es una especie de final de Disney, pero con estofado de Mickey. [Se ríe sin hacer ruido.] ¿Quiere saber algo extraño? Antes odiaba a los perros.

¿En serio?

A muerte; para mí eran unas bolsas de gérmenes sucias y apestosas que se tiraban sobre tus piernas y hacían que la alfombra oliese a meados. Dios, cómo los odiaba. Era el típico tío que se negaba a acariciar al perro de su amigo cuando iba de visita, el que siempre se reía de la gente que tenía fotos de perros en la mesa del trabajo. ¿Conoce al típico tío que siempre amenazaba con llamar al servicio de control de animales cuando tu chucho ladraba?

[Se señala.]

Vivía a una manzana de una tienda de animales, pasaba por delante todos los días con el coche, de camino al trabajo, y me dejaban perplejo aquellos perdedores sentimentales y socialmente incompetentes que se gastaban tanto dinero en unos hámsteres gigantes ladradores. Durante el Pánico, los muertos empezaron a reunirse alrededor de la tienda. No sé quién era el dueño, pero había bajado las persianas y había dejado dentro a los animales. Podía oírlos desde la ventana de mi dormitorio, todo el día y toda la noche. No eran más que cachorros, ya sabe, de un par de semanas; unos bebés asustados que lloraban llamando a sus mamás, a quien fuera, para que fuese a salvarlos.

Los oí morir uno a uno conforme se les acababa el agua. Los muertos nunca llegaron a entrar, seguían arremolinados junto a la puerta cuando me escapé y pasé junto a ellos sin detenerme a mirar. ¿Qué podía haber hecho? No tenía entrenamiento y no estaba armado, no podría haberme ocupado de ellos, porque apenas erá capaz de cuidar de mí. ¿Qué podía haber hecho?... Algo.

[Maze suspira en sueños, y Darnell le da unas palmaditas cariñosas.]

Podía haber hecho algo.

SIBERIA (SAGRADO IMPERIO RUSO)

[En este barrio de chabolas, la gente vive en unas condiciones primitivas; no hay electricidad, ni agua corriente. Las cabañas se agrupan detrás de un muro fabricado con los árboles que las rodean. La casucha más pequeña pertenece al padre Sergei Ryzhkov. Es un milagro que el anciano clérigo siga valiéndose por sí mismo: su forma de andar da fe de las numerosas heridas sufridas durante y después de la guerra; las manos temblorosas demuestran que se rompió todos los dedos; su intento de sonreír deja constancia de que los pocos dientes que le quedan están negros y podridos.]

Para entender cómo nos convertimos en un estado religioso y cómo ese estado empezó con un hombre como yo, debe comprender la naturaleza de nuestra guerra contra los muertos vivientes.

Como en tantos otros conflictos, nuestro mayor aliado era el General Invierno. El frío intenso, que se alargaba y endurecía por culpa del oscurecimiento de los cielos del planeta, nos dio el tiempo que necesitábamos para preparar a nuestra patria para la liberación. Por el contrario que los Estados Unidos, estábamos luchando una guerra en dos frentes: teníamos la barrera de los Urales al oeste y los enjambres asiáticos al sudeste. Siberia estaba controlada, por fin, aunque eso no quería decir que fuese completamente segura. Teníamos muchos refugiados que venían de la India y China, y multitud de monstruos helados que seguían despertando al descongelarse cada primavera. Necesitábamos esos meses de invierno para reorganizar las tropas, formar a la población, hacer inventario y distribuir nuestro enorme arsenal militar.

No teníamos la producción bélica de otros países, ni departamento de recursos estratégicos: la única industria era encontrar comida para mantener viva a nuestra gente. Lo que sí teníamos era la herencia dejada por un estado industrial militar. Sé que en occidente siempre lo han considerado una locura y se han reído de nosotros por eso. «Esos rojos paranoicos que construyen tanques y pistolas, mientras sus ciudadanos piden pan y coches.» Sí, la Unión Soviética era atrasada y poco eficaz, y sí, dejó nuestra economía en bancarrota por su empeño de convertirse en potencia militar, pero, cuando la madre patria lo necesitó, fue esa potencia militar lo que salvó a sus hijos.

[Señala el cartel descolorido que cuelga de la pared, detrás de él. Se ve la imagen fantasmal de un antiguo soldado soviético que extiende las manos desde el cielo para entregar una basta metralleta a un joven ruso muy agradecido. Debajo se lee: «*Dedushka, spasiba*» (Gracias, abuelo).]

Yo era capellán de la división treinta y dos de infantería motorizada. Éramos una unidad de categoría D: equipo de cuarta clase, el más viejo del arsenal. Parecíamos extras de una película sobre la Gran Guerra Patriótica, con las metralletas PPSH y los rifles de cerrojo Mosin-Nagant. Nosotros no contábamos con los modernos uniformes de combate de los estadounidenses; llevábamos las túnicas de nuestros abuelos: lana tosca, enmohecida y comida por las polillas que apenas lograba guarecernos del frío y que no servía para protegernos de los mordiscos.

Teníamos un índice de bajas muy alto, sobre todo en combate urbano y, en su mayoría, por culpa de munición defectuosa. Aquellas balas eran más viejas que nosotros; algunas habían estado guardadas en cajas, a merced de los elementos, desde antes de la muerte de Stalin. Nunca sabías cuándo saldría un *cugov*, cuándo haría clic tu arma teniendo a un zombi encima. Eso pasaba mucho en la división treinta y dos de infantería motorizada.

No estábamos tan organizados como ustedes, no teníamos sus limpios cuadraditos Raj-Singh, ni su frugal doctrina de combate: «un disparo, una muerte». Nuestras batallas eran torpes y brutales. Bañábamos al enemigo en fuego de ametralladora pesada DShK, lo ahogábamo con lanzallamas y cohetes Katyusha, y lo aplastábamos bajo las cadenas de nuestros prehistóricos tanques T-34. Era poco eficaz, poco económico y causaba demasiadas muertes innecesarias.

Ufa fue la primera gran batalla de la ofensiva, y se convirtió en la razón por la que dejamos de entrar en las ciudades y empezamos a amurallarlas durante el invierno. Aprendimos muchas lecciones aquellos primeros meses en los que entrábamos a la carga en los escombros después de horas de artillería despiadada, luchando manzana a manzana, casa a casa, habitación a habitación. Siempre había demasiados zombis, demasiados fallos al disparar y demasiados chicos infectados.

No teníamos píldoras L*, como en su ejército. La única forma de tratar una infección era una bala, pero ¿quién iba a apretar el gatillo? Obviamente, los otros soldados no iban a hacerlo, porque matar a su camarada, aunque fuese por piedad, les recordaba demasiado a los diezmos. Ésa era la gran ironía: los diezmos habían proporcionado a nuestras fuerzas armadas la fuerza y la disciplina suficientes para hacer lo que les pidiéramos, todo salvo eso. Pedirle u ordenarle a un soldado que matase a otro era cruzar una línea que podría haber hecho saltar la chispa de otro motín.

Durante un tiempo, la responsabilidad recayó en el mando, los oficiales y los sargentos. Aquello fue una decisión nefasta: tener que mirar a aquellos hombres a la cara, aquellos chicos de los que eran responsables, con los que habían luchado hombro con hombro, compartido el pan y la manta, a los que habían salvado la vida o que se la habían salvado a ellos... ¿Quién puede centrarse en la monumental carga del liderazgo después de cometer semejante acto?

Empezamos a notar una degradación evidente entre nuestros comandantes de campo: abandono de funciones, alcoholismo, suicidio...; el suicidio se convirtió casi en epidemia entre los oficiales. Nuestra división perdió a cuatro líderes experimentados, tres tenientes segundos y un comandante, todo ello durante la primera semana de la primera campaña. Dos de los tenientes se pegaron un tiro, uno justo después de acabar con un infectado, y los otros más tarde, aquella misma noche. El tercer líder de pelotón escogió un método más pasivo, lo que llegó a conocerse como «suicidio en combate». Se ofrecía voluntario para misiones cada

_____

* *Píldora L (Letal): Término empleado para describir cualquier cápsula de veneno, y una de las opciones disponibles para los combatientes del ejército de los EE.UU. durante la Guerra Mundial Z.*

vez más peligrosas y actuaba como un soldado raso imprudente, en vez de como un líder responsable. Murió intentando acabar con una docena de monstruos, armado con una bayoneta.

El comandante Kovpak desapareció, nadie sabe exactamente cuándo fue. Estábamos seguros de que no podían habérselo llevado, porque la zona estaba bien barrida y nadie, absolutamente nadie, abandonaba el perímetro sin un escolta. Sabíamos la causa más probable de su desaparición. El coronel Savichev hizo una declaración oficial que decía que habían enviado al comandante a una misión de reconocimiento de largo alcance y que no había regresado. Incluso llegó a recomendarlo para una Orden de la Rodina de primera clase. No se pueden detener los rumores, y no hay nada peor para la moral de una unidad que saber que uno de sus oficiales ha desertado. No culpaba al coronel, y sigo sin poder hacerlo; Kovpak era un buen hombre, un líder fuerte. Antes de la crisis había hecho tres viajes a Chechenia y uno a Dagestán. Cuando los muertos empezaron a levantarse, no sólo evitó que su compañía se rebelara, sino que los condujo a pie, cargando suministros y heridos, desde Curta, en las montañas Salib, hasta Manaskent, en el Mar Caspio. Sesenta y cinco días, treinta y siete batallas importantes. ¡Treinta y siete! Podría haberse convertido en instructor (se había ganado ese derecho más que de sobra), e incluso le habían ofrecido incorporarse al STAVKA, debido a su amplia experiencia en combate. Sin embargo, se ofreció voluntario para regresar inmediatamente a la acción, y, después de todo eso, acabó siendo desertor. Solían referirse a aquel fenómeno como «el Segundo Diezmo»: prácticamente uno de cada diez oficiales se mataba por aquellos días, una sangría que estuvo a punto de destruirnos.

La alternativa lógica, por tanto, era dejar que los chicos se matasen solos. Todavía recuerdo sus rostros sucios y llenos de espinillas, los ojos rojos muy abiertos cuando se metían el fusil en la boca. ¿Qué otra cosa podíamos hacer? Pasó mucho tiempo antes de que empezaran a matarse en grupos: todos los que habían recibido mordiscos en una batalla se reunían en el hospital de campo para sincronizar el momento de apretar el gatillo. Supongo que los consolaba saber que no morían solos. Probablemente era el único consuelo que podían esperar; estaba claro que de mí no sacaban ninguno.

Yo era un hombre religioso en un país que había perdido la fe hacía tiempo. Décadas de comunismo seguidas de una democracia materialista habían dejado a aquella generación de rusos sin saber lo que era «el opio de las masas» y sin necesitarlo. Como capellán, mis deberes se reducían, básicamente, a recoger las cartas que los condenados escribían a sus familias, y distribuir el vodka que lograba encontrar. Era una existencia casi inútil, lo sabía, y, tal como iba el país, dudaba que fuese a cambiar.

Todo ocurrió justo después de la batalla de Kostroma, unas pocas semanas antes del asalto oficial a Moscú. Había ido al hospital de campo para dar la extremaunción a los infectados, que estaban aparte de los demás, algunos gravemente heridos, otros todavía sanos y lúcidos. El primer chico no tenía más de diecisiete años; no le habían mordido, no había tenido esa suerte. Las cadenas de un cañón autopropulsado SU-152 le habían arrancado los antebrazos a un zombi, de modo que sólo le quedaba carne colgando y los huesos del húmero rotos, irregulares y afilados como lanzas. De haber tenido manos, el zombi le habría tocado la túnica; con los huesos al aire, se la atravesó. Estaba tumbado en un camastro, sangrando por la barriga, con la cara cenicienta y un fusil temblándole en la mano. Junto a él había una fila de cinco soldados infectados. Hice lo de siempre, les dije que rezaría por sus almas, y ellos se encogieron de hombros o asintieron por educación. Recogí las cartas, como siempre había hecho, les di de beber e incluso les pasé algunos cigarrillos de parte de su oficial al mando. Aunque lo había hecho en innumerables ocasiones, había algo extraño, algo que se agitaba en mi interior, un cosquilleo tenso que empezaba a subirme por el corazón y los pulmones. Sentí que el cuerpo me temblaba mientras los soldados se colocaban los cañones de las armas bajo la barbilla. «A la de tres —dijo el mayor—. Una..., dos...» No llegaron más lejos, porque el chico de diecisiete años salió volando hacia atrás y cayó al suelo. Los otros se quedaron mirando el agujero de bala de su cabeza, pasmados, y después contemplaron la pistola que yo llevaba en la mano, en la mano de Dios.

Dios me hablaba, podía sentir sus palabras en la cabeza: «Se acabaron los pecados —me dijo—, no quiero más almas condenadas al infierno.» Estaba tan claro, era tan sencillo... Que los oficiales matasen a los soldados nos había costado demasiados hombres buenos, y que los soldados se suicidasen había hecho que el Señor perdiese muchas almas buenas. El suicidio era pecado y nosotros, sus siervos, los que habíamos elegido ser sus siervos en la tierra, éramos los únicos que podíamos soportar el peso de liberar aquella almas atrapadas en sus cuerpos infectados. Eso le dije al comandante de la división cuando descubrió lo que había hecho, y ése es el mensaje que se propagó, en primer lugar, entre los capellanes del campo de batalla y, en segundo lugar, entre todos los sacerdotes civiles de la Madre Rusia.

Lo que después se conoció como la «Purificación Final» no fue más que el primer paso de un fervor religioso que superaría incluso a la revolución iraní de los ochenta. Dios sabía que sus hijos habían sido privados de su amor durante demasiado tiempo, ¡que necesitaban orientación, valor y esperanza! Podría decirse que por eso surgimos de la guerra como una nación de fe y por eso hemos seguido reconstruyendo nuestro estado sobre los cimientos de esa fe.

¿Son ciertos los rumores sobre la perversión de esa filosofía por motivos políticos?

[Pausa.] No lo entiendo.

El presidente se declaró jefe de la Iglesia...

¿Es que un líder nacional no puede sentir amor por Dios?

Pero ¿y la idea de organizar a los sacerdotes en «escuadrones de la muerte» y asesinar a la gente con la excusa de «purificar a las víctimas infectadas»?

[Pausa.] No sé de qué me habla.

¿No fue ésa la razón de su caída en desgracia con Moscú? ¿No es la razón de que esté aquí?

[Se produce una larga pausa. Oímos pisadas que se acercan, y alguien llama a la puerta. El padre Sergei la abre, y aparece un niño desharrapado y asustado, con la cara manchada de lodo. Habla en un frenético dialecto local, gritando y apuntando a la carretera. El viejo sacerdote asiente con solemnidad, le da una palmadita en el hombro y se vuelve hacia mí.]

Gracias por venir. ¿Me perdona, por favor?

[Cuando me levanto para marcharme, él abre un gran baúl de madera que tiene al pie de la cama y saca una Biblia y una pistola de la Segunda Guerra Mundial.]

A BORDO DEL USS TRACY BOWDEN, JUNTO A LA COSTA DE LAS ISLAS HAWAIANAS

[Deep Gilder 7 parece más un avión de fuselaje doble que un minisubmarino. Estoy tumbado bocabajo en el casco de estribor, mirando a través de un morro grueso y transparente. Mi piloto, el subteniente Michael Choi, me hace una señal desde el casco de babor. Choi es uno de los «veteranos», posiblemente el buceador más experimentado de los Cuerpos de Combate a Gran Profundidad de la Armada de los EE.UU (DSCC, por sus siglas en inglés). Las sienes grises y las patas de gallo desentonan con su entusiasmo casi adolescente. Mientras el buque nodriza nos introduce en el agitado Pacífico, detecto un rastro de jerga surfera en el acento de Choi, por lo demás neutro.]

Mi guerra no terminó nunca. Si acaso, podría decirse que sigue intensificándose. Cada mes extendemos nuestras operaciones, y mejoramos nuestros recursos materiales y humanos. Dicen que todavía quedan entre veinte y treinta millones de zombis que siguen apareciendo en las playas o en las redes de los pescadores. No se puede trabajar en las plataformas petrolíferas junto a la costa, ni reparar un cable transantlántico sin encontrarte con un enjambre, de eso va este equipo: de intentar encontrarlos, seguirlos y predecir sus movimientos, de modo que podamos estar avisados con antelación.

[Tocamos las olas con un golpe ensordecedor. Choi sonríe, comprueba los instrumentos y cambia los canales de su radio para hablar con el buque nodriza, en vez de conmigo. El agua que tengo delante de mi cúpula de observación se llena de espuma blanca durante un segundo, y pasa a ser celeste conforme nos sumergimos.]

No me va a preguntar por el equipo de buceo o los trajes de titanio contra tiburones, ¿verdad?, porque esa mierda no tiene nada que ver con mi guerra. Fusiles de arpones, armas de fuego submarinas y redes de río para zombis... No le puedo ayudar con eso; si quiere civiles, hable con civiles.

¿No utilizaban los militares esos métodos?

Sólo para operaciones en agua dulce, y eran capullos del ejército en su gran mayoría. Personalmente, nunca he llevado un traje de malla ni un equipo de submarinismo..., bueno, al menos no en combate. Mi guerra se limitaba al ADS, Atmospheric Diving Suit*, una especie de mezcla de traje espacial y armadura. La tecnología se remonta a unos doscientos años atrás, cuando un tío** inventó un barril con una placa de cristal y agujeros para los brazos. Después salieron cosas como el Tritonia y el Neufeldt-Kuhnke.

---

* *Atmospheric Diving Suit: Equipo de buceo atmosférico.*
** *John Lethbridge, circa 1715.*

Parecían sacados de una vieja *peli* de ciencia ficción de los cincuenta, *Robby el Robot* o algo así. Todo se fue al garete cuando... ¿De verdad le interesa esto?

Sí, por favor...

Bueno, ese tipo de tecnología se fue al garete cuando se inventó el buceo. Sólo regresó cuando los buceadores tuvieron que bajar a mucha profundidad para trabajar en las plataformas petrolíferas costeras. Verá, cuanto más bajas, mayor es la presión; cuanto mayor es la presión, más peligroso es para el buceo o el uso de equipos similares con mezcla de gases. Tienes que pasarte varios días, a veces semanas, en una cámara de descompresión, y si, por algún motivo, sales disparado hacia la superficie... te da la apoplejía, burbujas de gas en la sangre, en el cerebro... Por no hablar de los riesgos a largo plazo para la salud, como la osteonecrosis, que llenan tu cuerpo de porquerías que no le corresponden.

[Hace una pausa para comprobar sus instrumentos.]

La forma más segura de bucear, de bajar más y durante más tiempo, era rodear todo el cuerpo de una burbuja de presión superficial.

[Hace un gesto que abarca el compartimento en el que nos encontramos.]

Como ahora: seguros y protegidos; nuestros cuerpos siguen creyendo que estamos en la superficie. Eso es lo que hace el ADS; los límites de profundidad y duración sólo los establece el blindaje y el soporte vital.

Entonces, ¿es como un submarino personal?

Un sumergible. Los submarinos pueden estar varios años bajo el agua, generando la electricidad y el aire que necesitan. Un sumergible sólo aguanta inmersiones de poca duración, como los *subs* de la Segunda Guerra Mundial y el cacharro en el que estamos ahora.

[El agua empieza a oscurecerse hasta adquirir
un tono similar al de la tinta morada.]

La misma naturaleza del ADS, el hecho de que sólo sea un traje blindado, lo convierte en la opción ideal para el combate en agua salada o sin visibilidad. No es que descarte los trajes blandos, ya sabe, los trajes para tiburones u otro tipo de mallas. Tienen diez veces más maniobralidad, velocidad y agilidad, pero son para aguas poco profundas, como mucho, y si, por algún motivo, te pillan un par de esos cabrones... He visto a buceadores con brazos, costillas y cuellos rotos; ahogados..., si se te perfora el tubo de aire o te arrancan el regulador. Incluso con un casco duro o un traje seco con forro de malla, sólo tienen que agarrarte, mantenerte bajo agua y esperar a que te quedes sin aire. He visto a demasiados tíos morir así o intentar huir a la superficie y dejar que un embolismo acabe con lo que empezaron los zetas.

¿Les pasaba eso mucho a los buceadores con traje?

A veces, sobre todo al principio; a nosotros no nos pasó nunca, no corríamos peligro físico; tanto el cuerpo como el soporte vital están dentro de una carcasa de aluminio fundido o compuesto de alta resistencia. Las juntas de casi todos los modelos son de acero o de titanio, así que daba igual hacia donde tirasen los zetas de tus brazos, porque era físicamente imposible que te arrancasen una extremidad; y eso suponiendo que consiguieran cogerte bien, cosa que no era nada fácil con esta superficie tan lisa y redonda. Para subir a toda prisa sólo tenías que soltar el lastre o la mochila propulsora, si tenías una... todos los trajes tienen flotabilidad positiva y saltan como un corcho. El único riesgo sería que el zeta estuviese agarrado a ti durante el ascenso. Un par de veces he visto a compañeros llegar a la superficie con pasajeros indeseables agarrados a ellos como si les fuera la vida en el empeño... o la no vida. [Se ríe.]

Los ascensos por globo casi nunca ocurren en combate. Casi todos los modelos de ADS tienen un soporte vital de emergencia que dura cuarenta y ocho horas. Da igual cuántos emes se te echen encima, da igual que te bloqueen unos escombros o que se te enganche la pierna en un cable submarino: sólo tienes que sentarte cómodamente y a salvo hasta que llegue la caballería. Nadie baja sin apoyo, y creo que nunca hemos tenido que esperar más de seis horas. Algunas veces, más de las que puedo contar con los dedos de la mano, uno se quedaba enganchado, informaba, y después decía que no estaba en peligro inmediato y que el resto del equipo lo ayudara sólo después de terminar su misión.

Ha hablado de modelos de ADS, en plural. ¿Había más de uno?

Teníamos unos cuantos: civiles, militares, viejos, nuevos..., bueno, relativamente nuevos. No podíamos fabricar modelos de antes de la guerra, así que teníamos que trabajar con lo que había. Algunos de los más antiguos eran de los setenta, los JIM y SAM. Me alegro de no haber tenido que trabajar nunca con ellos, sólo tenían juntas y portillas universales, en vez de una cúpula, al menos en los primeros

JIM. Conocí a un tío del Escuadrón Especial Anfibio Británico que tenía unas gigantescas ampollas de sangre en la cara interior de los muslos, porque las juntas de las piernas del JIM le pellizcaban la piel. Los del SBS eran unos buceadores cojonudos, pero no me habría cambiado por ellos.

Nosotros teníamos tres modelos básicos de la armada de los EE.UU.: el Hardsuit 1200, el 2000 y el Mark 1 Exosuit. Ése era mi colega, el *exo*. Hablando de ciencia ficción, aquel cacharro parecía fabricado para luchar contra termitas gigantes del espacio; era mucho más fino que los otros dos y lo suficientemente ligero para poder nadar. Era la principal ventaja comparado con el Hardsuit, y, en realidad, comparado con cualquier otro sistema de ADS: poder moverte por encima del enemigo, incluso sin trineo de buceo ni mochila propulsora, compensaba más que de sobra el hecho de no poder rascarse. Los Hardsuit eran más grandes y te permitían meter los brazos en la cavidad central para poder manipular el equipo secundario.

¿Qué clase de equipo?

Luces, vídeo, sónar de exploración lateral. Los Hardsuit eran unidades de servicio completas, mientras que los exos pertenecían al departamento de saldos. No tenías que preocuparte mucho por lecturas y maquinaria, ni tenías las distracciones y las múltiples tareas de los Hardsuit. El exo era elegante y sencillo, te permitía concentrarte en tu arma y en lo que tenías delante.

¿Qué tipo de arma utilizaba?

Al principio teníamos la M-9, una especie de copia modificada del APS ruso. Digo que estaba «modificada» porque los ADS no tenían nada que fuese remotamente parecido a unas manos. O llevaban pinzas con cuatro dientes, o pinzas industriales normales. Las dos cosas servían de armas cuerpo a cuerpo (cogías la cabeza de un eme y la apretabas), pero hacían que disparar un arma resultase imposible. La M-9 se fijaba al antebrazo y tenía disparo eléctrico; llevaba un puntero láser para aportarle precisión y unos cartuchos envueltos en aire que disparaban unas barras de acero de diez centímetros de largo. El problema era que estaban diseñadas para operaciones en aguas poco profundas; en las profundidades que necesitábamos, hacían implosión como si fuesen cáscaras de huevo. Al cabo de un año conseguimos un modelo mucho más eficaz, la M-11, inventada en realidad por el mismo tío que creó el Hardsuit y el *exo*. Espero que ese canadiense chiflado haya recibido un montón de medallas por lo que ha hecho por nosotros. La única pega era que el DeStRes creía que la producción resultaba demasiado cara y nos repetía que, entre nuestras pinzas y las herramientas de construcción ya existentes, teníamos más que suficiente para combatir contra los zetas.

¿Qué los hizo cambiar de idea?

Troll. Estábamos en el Mar del Norte reparando aquella plataforma de gas natural noruega, y, de repente, allí estaban... Esperábamos algún tipo de ataque, porque el ruido y la luz de las obras siempre atraían a unos cuantos; lo que no sabíamos es que había un enjambre por allí cerca. Uno de nuestros centinelas dio la alarma, fuimos hacia su faro y, en un segundo, nos vimos inundados. Es horrible luchar cuerpo a cuerpo bajo el agua: el fondo se agita, pierdes la visibilidad..., es como pelear dentro de un vaso de leche. Los zombis no se mueren cuando los golpeas, sino que, casi siempre, se desintegran, y tienes fragmentos de músculos, órganos y materia gris mezclados con los sedimentos y formando remolinos a tu alrededor. Los chicos de hoy en día... joder, sueno como mi padre, pero es cierto, los chicos de hoy en día, los nuevos buceadores de ADS que llevan Marks 3 y 4, tienen un equipo de detección para visibilidad cero, con sónar de imágenes en color y óptica de baja luminosidad. La imagen se muestra en una pantalla de visualización frontal delante de la cara, como en un caza. Si sumamos los dos hidrófonos estéreo, cuentan con una verdadera ventaja sensorial frente a los zetas. Las cosas no eran así cuando empecé a utilizar el exo: no veíamos, no oíamos, ni siquiera podíamos notar que un eme intentaba agarrarnos por la espalda.

¿Y eso?

Porque un defecto esencial del ADS es que te impide cualquier sensación táctil. Como el traje es duro, no puedes sentir nada del mundo exterior, ni siquiera que un monstruo te tiene cogido. A no ser que esté tirando de ti, intentando hacerte caer hacia atrás o darte la vuelta, puede que no sepas que está ahí hasta tenerlo delante de la cara. Aquella noche en Troll... La luces de los cascos no hacían más que empeorar el problema, porque lanzaban una luz deslumbrante que sólo se rompía con la visión de la mano o la cara de un muerto. Es la única vez que he sentido escalofríos de verdad..., no miedo, entiéndame, sólo escalofríos: moverte por aquella tiza líquida y, de repente, ver una cara podrida pegada al visor...

Los trabajadores civiles de la plataforma no querían volver al trabajo, ni siquiera bajo amenaza de represalias, hasta que nosotros, sus escoltas, estuviésemos mejor armados. Ya habían perdido a mucha gente por culpa de emboscadas en la oscuridad. Ni me imagino cómo debió de ser aquello. Estás en un traje seco, trabajando en una oscuridad casi absoluta, con los ojos doloridos por la luz del soplete de soldar y el cuerpo entumecido por el frío o, todo lo contrario, asado por el agua caliente que se bombea por el sistema. De repente, sientes unas manos o unos dientes; te revuelves, pides ayuda e intentas luchar o nadar, mientras ellos te arrastran al fondo. Quizá algunas extremidades emerjan a la superficie, o quizá sólo encuentren un cabo salvavidas cortado. Por eso apareció el DSCC como organización oficial; nuestra primera misión fue proteger a los buceadores de las plataformas y mantener el suministro de petróleo. Después pasamos también a la limpieza de cabezas de playa y puertos.

¿Qué es la limpieza de cabezas de playa?

Consiste, básicamente, en ayudar a los cabezabuques a llegar a tierra. Lo que aprendimos en las Bermudas, nuestro primer desembarco anfibio, fue que la cabeza de playa estaba bajo ataque constante de los emes que salían de las olas. Teníamos que establecer un perímetro, una red semicircular alrededor de la zona de desembarco propuesta, que fuese lo bastante profunda para que los barcos pasaran por encima, pero lo bastante alta para mantener fuera a los zombis.

Ahí entrábamos nosotros. Dos semanas antes del desembarco, un barco anclaba a varios kilómetros de la costa y empezaba a hacer ruido con su sónar activo para atraer a los zetas y alejarlos de la playa.

¿No atraería también el sónar a los zombis de aguas profundas?

Los jefazos nos dijeron que era un «riesgo aceptable». No creo que tuvieran nada mejor, por eso era una operación de ADS, porque era demasiado arriesgada para los buceadores con traje de malla. Sabíamos que las masas se reunían debajo del ruidoso barco, y que, cuando el barco se callase, nosotros seríamos el objetivo más visible. En realidad, resultó ser lo más facilón que habíamos hecho: la frecuencia del ataque era más baja que nunca, y, cuando levantaron las redes, tuvieron una tasa de efectividad casi perfecta. Sólo hacía falta una fuerza reducida para mantener una vigilancia constante y, quizá, disparar de lejos a los pocos emes que conseguían trepar la valla. La verdad es que no nos necesitaban para una operación como aquélla y, después de los tres primeros desembarcos, volvieron a emplear buceadores.

¿Y la limpieza de puertos?

Eso sí que no era facilón. Fue en las etapas finales de la guerra, cuando ya no sólo había que abrir una cabeza de playa, sino reabrir los puertos para los buques de aguas profundas. Se trataba de una operación enorme y conjunta: buceadores con traje de malla, unidades de ADS, incluso voluntarios civiles con un equipo de buceo y un fusil de arpones. Ayudé en la limpieza de Charleston, Norfolk, el puñetero Boston y la madre de todas las pesadillas submarinas: la Ciudad de los Héroes. Sé que a los soldados les gusta quejarse sobre cómo tuvieron que luchar para limpiar las ciudades, pero imagínese una ciudad bajo el agua, una ciudad hundida de barcos, coches, aviones y todo tipo de escombros imaginables. Durante la evacuación, muchos buques portacontenedores intentaban hacer sitio para meter gente, y gran parte de ellos tiró su carga por la borda: sofás, hornos eléctricos, montañas y más montañas de ropa; las teles de plasma crujían cuando las pisabas. Me parecía ver a un zombi escondido detrás de cada lavadora y secadora, trepando sobre cada pila de aparatos de aire acondicionado

rotos. A veces no era más que mi imaginación, pero, otras...
Lo peor... lo peor era limpiar un barco hundido. Siempre
había unos cuantos dentro de los límites del puerto. Un par
de ellos, como el Frank Cable, un buque auxiliar de submarinos convertido en barco de refugiados, se habían hundido justo a la entrada del puerto. Antes de poder izarlo,
teníamos que barrerlo compartimento a compartimento.
Fue la única vez que el exo me pareció voluminoso y difícil
de manejar; no me golpeaba la cabeza con todos los pasillos, aunque ésa era la impresión que tenía. Muchas de las
compuertas estaban atrancadas con los escombros y teníamos que cortarlas para pasar, o cortar cubiertas y mamparos. A veces la cubierta estaba debilitada por los daños o la
erosión. Cuando estaba cortando un mamparo por encima
de la sala de motores del Cable, de repente, la cubierta se
derrumbó bajo mis pies. Antes de poder nadar, antes de
poder pensar... Había cientos de monstruos en la sala de
motores. Me rodearon, me ahogaron en piernas, brazos y
trozos de carne. Si alguna vez tuviese una pesadilla recu-
rrente, y no estoy diciendo que la tenga, porque no es así,
pero, si la tuviese, sería allí, sólo que me encuentro completamente desnudo..., quiero decir, me encontraría completamente desnudo.

[Me sorprende lo deprisa que llegamos al
fondo. Parece un páramo vacío, tiene un res-
plandor blanco que contrasta con la oscuridad
permanente. Veo los tocones de coral látigo,
rotos y pisoteados por los muertos vivientes.]

Aquí están.

[Levanto la mirada para ver el enjambre: está

compuesto por unos sesenta miembros que caminan por la noche desierta.]

Y allá vamos.

[Choi maniobra para colocarnos sobre ellos. Los zombis, con los ojos abiertos y las mandíbulas caídas, levantan los brazos para intentar coger los reflectores. Veo el tenue haz rojo del láser que se coloca sobre el primer objetivo. Un segundo después, un pequeño dardo sale disparado hacia su pecho.]

Uno...

[Apunta con el haz al segundo objetivo.]

Dos...

[Se mueve sobre el enjambre y dispara un proyectil no letal a cada individuo.]

Me mata no matarlos. Es decir, sé que es para estudiar sus movimientos y establecer una red de alerta, sé que, si tuviéramos los recursos para matarlos a todos, lo haríamos. Sin embargo...

[Apunta al sexto objetivo, que, como los otros, no se da cuenta del agujerito que le hemos abierto en el esternón.]

¿Cómo lo hacen? ¿Cómo siguen enteros? No hay nada en este mundo más corrosivo que el agua de mar. Estos emes tendrían que haber desaparecido antes que los de tierra.

Está claro que sus ropas ya se han desintegrado, cualquier cosa orgánica, como la tela y el cuero.

[Las figuras que tenemos debajo están prácticamente desnudas.]

Entonces, ¿por qué ellos no? ¿Es la temperatura? ¿La presión? ¿Y, ya puestos, por qué resisten tanto la presión? A estas profundidades, el sistema nervioso humano tendría que haberse hecho gelatina; no deberían poder levantarse y, por supuesto, nada de andar, ni «pensar», o lo que sea que hacen. ¿Cómo lo consiguen? Estoy seguro de que hay algún pez gordo que sabe todas las respuestas y que la única razón por la que no me lo dicen es...

[De repente, se distrae con una luz en el cuadro de mandos.]

Vaya, vaya, vaya, mire esto.

[Miro mi cuadro: las lecturas son incomprensibles.]

Tenemos uno bueno, bastante radiación. Debe de venir del Océano Índico, Irán o Paquistán, puede que del buque de guerra de los comunistas chinos que se hundió en Manihi. ¿Qué le parece?

[Dispara otro dardo.]

Ha tenido suerte, ésta es una de las últimas inmersiones de reconocimiento tripuladas. El mes que viene será todo por control remoto, cien por cien.

Ha habido mucha controversia por el uso de vehículos por control remoto en combate.

No pasará. Su Majestad* tiene demasiado poder mediático, no dejará que el Congreso nos machaque con robots.

¿Tiene alguna validez el argumento del Congreso?

¿Cuál? ¿Que los robots son luchadores más eficaces que los buceadores de ADS? Claro que no. Todo eso de «limitar las bajas humanas» es un montón de mierda. ¡No hemos perdido ni un solo hombre en combate! Ese tipo del que hablan todo el rato, Chernov, murió después de la guerra, en tierra, un día que se puso pedo y se desmayó delante de un tranvía. Putos políticos.

Quizá los vehículos por control remoto sean más rentables, pero le aseguro que no son mejores. No estoy hablando de la inteligencia artificial, sino del corazón, el instinto, la iniciativa, todo lo que nos hace ser como somos. Por eso sigo aquí, igual que Su Majestad, igual que casi todos los otros veteranos que se metieron en esto durante la guerra. La mayoría seguimos metidos porque tenemos que estarlo, porque todavía no han encontrado un grupo de chips y bits que pueda reemplazarnos. Créame, cuando lo hagan, no sólo no volveré a mirar un *exotraje* en la vida, sino que dejaré la armada y me pondré en modo Alfa-Alfa-noviembre.

¿Qué es eso?

Acción en el Atlántico Norte, una *peli* de guerra antigua, en blanco y negro. Sale un tío, ya sabe, el Skipper de *La isla de*

---

* *Su Majestad de las Profundidades: Uno de los antiguos apodos de la actual comandante del DSCC, también conocida como Sturgeon General.*

Gilligan, el padre*. Tiene una frase...: «Cogeré uno de los remos y me iré tierra adentro. Cuando alguien me pregunte qué es lo que llevo al hombro, me pararé y me quedaré allí para siempre».

Quebec (Canadá)

[La granjita no tiene pared, ni barrotes en las ventanas, ni pestillo en la puerta. Cuando le pregunto al propietario por su vulnerabilidad, él se ríe entre dientes y sigue comiendo. Andre Renard, hermano del legendario héroe de guerra Emil Renard, me ha pedido que mantenga en secreto su ubicación exacta. «No me importa que los muertos me encuentren —dice, sin emoción—, pero no quiero saber nada de los vivos.» El antes ciudadano francés emigró a este lugar tras el fin oficial de las hostilidades en Europa occidental. A pesar de haber recibido numerosas invitaciones del gobierno francés, no ha regresado.]

Todos mienten, todos los que afirman que su campaña fue «la más dura de toda la guerra». Esos presumidos ignorantes que se golpean el pecho y alardean de sus batallas en la montaña, en la jungla o en las ciudades. Las ciudades, sí. ¡Cómo les gusta presumir de las ciudades! «¡No hay nada más aterrador que luchar en una ciudad!» ¿Ah, sí? Pues probad a luchar debajo de una.

---

* Alan Hale, padre.

¿Sabe por qué el horizonte de París no tenía rascacielos? Me refiero a antes de la guerra, al horizonte del verdadero París. ¿Sabe por qué metieron todas esas monstruosidades de cristal y acero en La Defense, tan lejos del centro de la ciudad? Sí, en parte fue por estética, por un sentido de la continuidad y el orgullo cívico..., no como esa mezcolanza arquitectónica llamada Londres. Pero lo cierto, la razón lógica y práctica por la que no construyeron en París esos monolitos de estilo americano, es que la tierra que los sustenta tiene demasiados túneles para soportarlos.

Hay tumbas romanas, canteras que suministraban piedra caliza a parte de la ciudad, incluso refugios de la Segunda Guerra Mundial utilizados por la Resistencia, y, sí, ¡existía una Resistencia! Después estaba el metro moderno, las líneas telefónicas, las tuberías de gas, las de agua... y, además, estaban las catacumbas. Más o menos seis millones de cadáveres estaban enterrados allí, sacados de los cementerios prerrevolucionarios, dónde tiraban a los muertos como si fuesen basura. Las catacumbas tenían paredes enteras de calaveras y huesos que formaban diseños macabros. Incluso resultaba funcional en algunas partes, donde los huesos entrecruzados sostenían los montones de restos sueltos que había detrás. Las calaveras siempre parecían reírse de mí.

Creo que no puedo culpar a los civiles que intentaron sobrevivir en aquel mundo subterráneo. Por aquel entonces no tenían el manual de supervivencia civil, ni la Radio Free Earth. Era el Gran Pánico. Quizá algunos que creían conocer los túneles decidieron intentarlo, unos cuantos los siguieron, después otros más... Se corrió la voz: «Se está a salvo bajo tierra». Un cuarto de millón en total, eso han determinado los que cuentan los huesos, doscientos cincuenta mil refugiados. A lo mejor si se hubieran organizado, si hubiesen pensado en llevar comida y herramientas, si hubiesen tenido el sentido común suficiente para sellar las entradas y asegurarse bien de que los que se metían no estuviesen infectados...

¿Cómo puede decir nadie que su experiencia es comparable con lo que soportamos nosotros? La oscuridad y el hedor..., apenas teníamos gafas de visión nocturna, sólo un par por pelotón, y eso si había suerte. Las baterías de repuesto para las linternas también escaseaban. A veces sólo había una unidad en funcionamiento para un escuadrón entero, sólo para el hombre que iba delante, cortando la oscuridad con un haz cubierto de rojo.

El aire era tóxico por culpa de las aguas residuales, los productos químicos, la carne podrida... Las máscaras de gas eran de chiste, la mayoría de los filtros había caducado. Llevábamos lo que encontrábamos, viejos modelos militares o cascos de bombero que te cubrían toda la cabeza y te hacían parecer un cerdo, aparte de impedirte oír y ver. Nunca sabías dónde estabas, tenías que mirar por un visor empañado, y oír las voces amortiguadas de tus compañeros de escuadrón y el crujido de la radio.

Utilizábamos equipos con cables, ¿sabe?, porque las transmisiones inalámbricas eran poco fiables. Teníamos cables telefónicos antiguos, de cobre, no de fibra óptica; los sacábamos de los conductos y nos llevábamos rollos enormes para aumentar nuestro alcance. Era la única forma de mantener el contacto y, la mayor parte del tiempo, la única forma de no perderse.

Perderse era muy fácil, porque todos los mapas eran anteriores a la guerra y no tenían en cuenta las modificaciones realizadas por los supervivientes: los túneles de conexión, los huecos, los agujeros del suelo que, de repente se abrían delante de ti... Te equivocabas de camino al menos una vez al día, a veces más, y tenías que volver sobre tus pasos por el cable de comunicaciones, comprobar la posición en el mapa e intentar imaginar qué habías hecho mal. A veces eran pocos minutos, otras horas o incluso días.

Cuando atacaban a otro escuadrón, oías los gritos por la radio o rebotando en los túneles. La acústica era malvada, se reía de ti; los gritos y gemidos parecían venir de todas partes, nunca se sabía de dónde. Con la radio, al menos, podías intentar averiguar la posición de tus compañeros. Si no estaban aterrados, si sabían dónde estaban, si tú sabías dónde estabas...

Las carreras: corrías por los pasadizos, te dabas en la cabeza con el techo, te arrastrabas a cuatro patas rezando a la Virgen con todas tus fuerzas para que aguantasen un poco más. Llegabas a su posición, descubrías que te habías equivocado, que era una cámara vacía, y los gritos pidiendo ayuda seguían estando muy lejos.

Y, cuando llegabas, a lo mejor no encontrabas más que sangre y huesos. Puede que, como mucho, tuvieras la suerte de encontrar allí a los zombis, una oportunidad de vengarte..., si habías tardado mucho en llegar, la venganza podía incluir a tus amigos reanimados. Combate cuerpo a cuerpo, tan cerca como esto...

[Se inclina sobre la mesa y coloca la cara a centímetros de la mía.]

Sin equipo estándar, con lo que cada uno creía más apropiado. Verá, no teníamos armas de fuego, porque el aire, el gas, era demasiado inflamable. El disparo de una pistola...

[Imita el ruido de una explosión.]

Teníamos la Beretta-Grechio, la carabina de aire italiana. Era un modelo creado en la guerra, basado en una escopeta infantil de dióxido de carbono que disparaba perdigones.

Tenías cinco disparos, puede que seis o siete si se la pegabas a la cabeza. Una buena arma, pero nunca teníamos suficientes. ¡Y había que tener cuidado! Si fallabas, si la bola daba en la piedra, si la piedra estaba seca, si saltaba una chispa..., todo el túnel podía arder provocando explosiones que enterraban a los hombres vivos o bolas de fuego que les derretían las máscaras sobre la cara. A mano siempre es mejor. Mire...

[Se levanta de la mesa para enseñarme algo que tiene en la repisa de la chimenea. El mango del arma está envuelto en una bola de acero semicircular, de la que sobresalen pinchos de veinte centímetros de largo, colocados en ángulo recto entre sí.]

¿Entiende por qué? No había sitio para blandir una espada. Rápido, en un ojo o en lo alto de la cabeza.

[Me lo demuestra con una rápida combinación de puñetazo y puñalada.]

Diseño propio, una versión moderna de la de mi bisabuelo en Verdún, ¿eh? Ya sabe, Verdún, «On ne passé pas», ¡no pasarán!

[Vuelve a su comida.]

No había sitio, ni advertencia; de repente, los tenías encima, puede que delante de ti o saliendo de un pasadizo lateral que ni siquiera habías visto. Todos llevábamos algún tipo de blindaje, ya fuese de malla metálica o de cuero... Casi siempre resultaba demasiado pesado y asfixiante; chaquetas y pantalones de cuero mojado, y camisetas de metal.

Cuando intentabas luchar, ya estabas exhausto; los hombres se arrancaban las máscaras en busca de aire e inhalaban la peste. Muchos murieron antes de poder sacarlos a la superficie.

Yo usaba grebas, protección aquí [se señala los antebrazos] y guantes, cuero cubierto de malla, fácil de quitar cuando no estás combatiendo. Eran diseño propio; no teníamos los uniformes de combate estadounidenses, aunque sí la protección para pantanos, esas botas impermeables de caña alta con fibras a prueba de mordiscos entretejidas. Las necesitábamos.

Aquel verano, el nivel del agua estaba alto; había llovido con ganas, y el Sena era un torrente furioso. Siempre estábamos mojados: notabas la putrefacción entre los dedos, en los pies y en la entrepierna. El agua nos llegaba hasta los tobillos la mayor parte del tiempo, y, a veces, hasta las rodillas o la cintura. Estabas en un punto, caminando o arrastrándote (a veces teníamos que arrastrarnos por aquel fluido apestoso, metidos hasta los codos) y, de repente, el suelo se caía y te metías de cabeza por uno de esos agujeros que no estaban en los mapas, con unos pocos segundos para enderezarte antes de que se te inundase la máscara. Dabas patadas y te retorcías, tus compañeros te cogían y te subían a toda prisa. Ahogarse era el menor de los problemas, porque, mientras los hombres hacían lo que podían para mantenerse a flote con todo aquel equipo tan pesado, de repente veías que se les abrían mucho los ojos y oías sus gritos amortiguados. Puede que incluso sintieras el momento del ataque: un golpe o un desgarro, y, de repente, caías con el pobre cabrón encima. Si no llevabas las botas..., perdías un pie o la pierna entera; si ibas arrastrándote y caías con la cara por delante..., a veces te quedabas sin ella.

Había ocasiones en las que anunciábamos la retirada a una posición defensiva y esperábamos a los Cousteaus, los buceadores entrenados para trabajar y luchar en aquellos túneles inundados. Con tan sólo un reflector y un traje para cazar tiburones, si es que tenían la suerte de conseguir uno, y, como mucho, dos horas de aire. Se suponía que debían llevar un cabo salvavidas, sin embargo, la mayoría se negaba, porque los cabos solían enredarse y ralentizar el avance. Aquellos hombres y mujeres tenían una probabilidad de sobrevivir de uno contra veinte, el índice más bajo de todas las ramas del ejército, digan lo que digan.* No resulta sorprendente que les dieran una Legión de Honor automática.

¿Y para qué? Quince mil muertos o desaparecidos. No sólo los Cousteaus, sino todos nosotros, todo el grupo. Quince mil almas perdidas en sólo tres meses. Quince mil personas en un momento en el que la guerra empezaba a concluir en todo el mundo. «¡Adelante, adelante! ¡Luchad, luchad!» No tenía que haber sido así. ¿Cuánto tardaron los británicos en limpiar todo Londres? ¿Cinco años, tres años después del final oficial de la guerra? Fueron despacio y con seguridad, sección a sección, lentamente, poca intensidad, con un bajo índice de fallecidos. Lento y seguro, como casi todas las ciudades importantes. ¿Por qué nosotros no? Ese general inglés, eso que dijo de «ya tenemos suficientes héroes muertos para el resto de nuestros días»...

Eso éramos, héroes, eso querían nuestros líderes, eso creía necesitar la gente. Después de todo lo sucedido, no sólo en esta guerra, sino en tantas otras guerras anteriores: Argelia, Indochina, los nazis... ¿Entiende lo que le digo? ¿Entiende la tristeza? Comprendíamos qué quería decir el presidente de Estados Unidos cuando aseguró que teníamos que «recuperar la confianza», lo comprendíamos mejor que la mayo-

---

* Todavía se debate acaloradamente quién sufrió el índice de mortalidad más elevado de todas las fuerzas aliadas.

ría. Necesitábamos héroes, nombres y lugares nuevos para restablecer nuestro orgullo.

El Osario, la cantera de Port-Mahon, el Hospital... Ése fue nuestro momento de gloria, el Hospital. Los nazis lo habían construido para meter a los enfermos mentales y dejarlos morir de hambre detrás de aquellos muros de hormigón, o eso dice la leyenda. Durante la guerra, se había convertido en un sanatorio para los infectados recientes. Más adelante, cuando cada vez había más reanimados y la humanidad de los supervivientes se iba apagando al ritmo de sus lámparas eléctricas, empezaron a tirar a los infectados y a quién sabe cuántos más a esa cripta de zombis. Un equipo avanzado entró sin darse cuenta de lo que había al otro lado; podrían haberse retirado, podrían haber volado el túnel y volverlo a sellar... Un escuadrón frente a trescientos zombis, un escuadrón liderado por mi hermano pequeño. Su voz fue lo último que oímos antes de que su radio quedase en silencio. Sus últimas palabras fueron: «¡*On ne passé pas!*».

Denver (Colorado, EE.UU.)

[Hace un tiempo perfecto para el *picnic* vecinal en Victory Park. No se ha registrado ni un solo avistamiento en toda la primavera, lo que supone otro motivo para la celebración. Todd Wainio está en la zona exterior del campo de béisbol, esperando una bola alta que, según dice, «no va a llegar nunca». Quizá tenga razón, porque a nadie parece molestarle que me ponga a su lado.]

La llamaban «el camino a Nueva York» y era una carretera muy, muy larga. Teníamos tres grupos principales del ejército: Norte, Centro y Sur. La estrategia global consistía en avanzar todos a una por las Grandes Llanuras y el Medio Oeste, y dividirnos en las Apalaches; los grupos Norte y Sur se dirigieron a Maine y Florida, para después barrer la costa y reunirse con el grupo Centro, que subía por las montañas. Tardamos tres años.

¿Por qué tanto?

Tío, tú verás: transporte a pie, terreno, condiciones meteorológicas, enemigos, doctrina de batalla... La doctrina era avanzar como dos líneas continuas, una detrás de la otra, que se extendían de Canadá a Aztlan... No, México; todavía no era Aztlan. ¿Ha visto cómo todos esos bomberos o lo que sean comprueban un campo en busca de fragmentos cuando se estrella un avión? Forman una línea, muy lenta, para asegurarse de repasar cada centímetro. Así íbamos nosotros. No nos saltamos ni un puñetero centímetro entre las Rocosas y el Atlántico. Siempre que veíamos un zeta, ya fuese en grupo o solo, una unidad FAR se detenía...

¿FAR?

Force Appropriate Response.* No podías parar todo el grupo del ejército por un par de zombis. Muchos de los emes más antiguos, los infectados al principio de la guerra, empezaban a ponerse realmente asquerosos: desinflados, con trozos del cráneo a la vista y algunos huesos asomándoles por la piel. Algunos ni siquiera podían seguir en pie, y ésos eran los más peligrosos, porque se arrastraban bocabajo

---

* *Force Appropriate Response: Respuesta bélica apropiada.*

hacia ti o se limitaban a agitar los brazos, con la cara metida en el barro. Tenías que detener una sección, un pelotón o incluso una compañía entera, según lo que encontraras, lo suficiente para abatirlos y limpiar el campo de batalla. El agujero que dejase tu unidad FAR en la línea de combate lo rellenaba una fuerza equivalente de la segunda línea, que se encontraba a un kilómetro y medio de la primera. Así nunca se rompía el frente. Avanzamos de esa forma, a saltitos, por todo el país. Funcionaba, no cabe duda, pero, tío, llevaba su tiempo. Por la noche había que echar el freno, y, una vez se iba el sol, por muy a salvo que te sintieras o por muy segura que pareciese la zona, el espectáculo terminaba hasta el alba.

Luego estaba la niebla. No sabía que la niebla pudiese ser tan espesa en el interior. Siempre quise consultárselo a un experto en clima o lo que sea. Teníamos que detener todo el frente, a veces durante varios días; mientras estábamos allí sentados con visibilidad cero, a veces uno de los K empezaba a ladrar, o un hombre de otra parte de la línea gritaba: «¡Contacto!». Después oías el gemido, y, poco a poco, aparecían las figuras. Era muy duro quedarse quietos, esperándolos. Una vez vi una *peli**, un documental de la BBC en el que decía que, como el Reino Unido tenía tantos días de niebla, su ejército no se detenía. Había una escena en la que las cámaras captaron fuego real, sólo las chispas de las armas y las siluetas borrosas que caían. No hacía falta que le pusieran esa banda sonora** tan espeluznante, porque las imágenes por sí solas ya me ponía los pelos de punta.

También nos frenaba tener que mantener el mismo ritmo de otros países: México y Canadá. Ningún de sus dos ejércitos tenía los hombres suficientes para liberar un país entero,

---

* Lion's Roar, *producida por Foreman Films para la BBC.*
** *Versión instrumental de* How Soon Is Now, *compuesta originalmente por Morrissey y Johnny Marr, y grabada por The Smiths.*

así que el trato era que ellos mantenían sus fronteras limpias mientras nosotros limpiábamos nuestra casa. Una vez asegurados los Estados Unidos, les daríamos todo lo que necesitaran. Fue el inicio de la fuerza multinacional de la ONU, aunque a mí me licenciaron antes de esos días. A mí siempre me parecía que corríamos y después esperábamos, arrastrándonos por terreno abrupto o zonas urbanizadas. Oh, y, hablando de baches en el camino, lo peor eran los combates urbanos.

La estrategia siempre consistía en rodear la zona objetivo. Establecíamos defensas semipermanentes; reconocíamos el terreno con todo lo que teníamos, desde satélites a perros K; hacíamos lo que podíamos por atraer a los zetas; y sólo entrábamos cuando estábamos seguros de que no venían más. Astuto, seguro y relativamente fácil... ¡Sí, claro!

En cuanto a rodear la «zona», ¿me puede decir alguien dónde empieza realmente esa zona? Las ciudades ya no eran sólo ciudades, ya sabes, sino que crecían de forma descontrolada en barrios de las afueras. La señora Ruiz, una de nuestros médicos, lo llamaba «relleno». Antes de la guerra trabajaba en el sector inmobiliario, y nos explicó que las propiedades más apetecibles estaban en los terrenos entre dos ciudades. El maldito relleno, todos llegamos a odiarlo, porque significaba limpiar los barrios manzana a manzana antes de empezar a pensar en establecer un perímetro de cuarentena. Sitios de comida rápida, centros comerciales, kilómetros y kilómetros de casas baratas, todas iguales.

Incluso en invierno, no es que todo fuese seguro y cómodo. Estaba en el grupo Norte del ejército, y, al principio, creía que éramos lo mejor, ya sabes: seis meses del año en los que no tendría que ver a un eme activo; en realidad, ocho meses, teniendo en cuenta cómo era el clima durante la guerra. Pensé: «Oye, cuando baje la temperatura, seremos poco más que basureros: encontrarlos, lobotomizarlos, marcarlos para que los entierren cuando se derrita el suelo; pan comido». Tendrían que haberme lobotomizado a mí por pensar que sólo nos enfrentábamos a los zombis.

Teníamos *quislings*, que eran como los de verdad, pero resistentes al invierno. Las unidades de reclamación humana, como una versión mejorada del servicio de control de animales, hacían lo que podían por lanzar dardos tranquilizantes a los *quislings* que nos encontrábamos. Después los ataban y los enviaban a clínicas de rehabilitación, ya que entonces todavía creíamos que podían rehabilitarse.

Los salvajes eran mucho más peligrosos. Muchos habían dejado de ser niños, algunos eran adolescentes o adultos del todo, y eran veloces, listos y, si decidían luchar en vez de huir, podían fastidiarte bien el día. Por supuesto, las unidades de reclamación siempre intentaban sedarlos y, por supuesto, no siempre funcionaba. Cuando un toro salvaje de noventa kilos carga contra ti a toda leche, un par de cm³ de tranquilizantes no van a derribarlo antes de que te dé de lleno. Muchos colegas de reclamación acabaron machacados, unos cuantos volvieron a casa con una etiqueta en el pie, metidos en una bolsa. Los jefazos tuvieron que intervenir y asignar un escuadrón de soldados a modo de escolta. Si un dardo no detenía al salvaje, nosotros sí. No hay nada que grite más que un salvaje con un PIE ardiéndole en las tripas. Los capullos de reclamación lo pasaban fatal con eso, porque eran voluntarios que se atenían a su código de que merecía la pena salvar cualquier vida humana. Supongo que ahora la historia les da la razón, ya sabes, con toda esa gente a la que han logrado rehabilitar, los que nosotros habríamos matado de un tiro sin pensarlo. De haber tenido los recursos necesarios, puede que hubieran podido hacer lo mismo con los animales.

Tío, las jaurías salvajes me daban más miedo que todo lo demás. No me refiero tan sólo a los perros, porque con esos sabías a qué atenerte: siempre telegrafiaban sus ataques. Me refiero a los «sónicos»*: leones salvajes, unos gatos que eran mitad leones y mitad putos dientes de sable de la edad del hielo. Quizá fuesen pumas, algunos lo parecían, o quizá no fuesen más que los hijos de los gatos domésticos, que habían tenido que volverse unos cabrones para sobrevivir. He oído que se hicieron más grandes en el norte, algo así como la ley de la naturaleza o la evolución.** No entiendo mucho el rollo ése de la ecología, aparte de los pocos documentales que vi antes de la guerra. He oído que era porque las ratas se habían convertido en las nuevas vacas, o algo así; rápidas y lo bastante listas para huir de los zetas, alimentarse de los cadáveres, y multiplicarse hasta ser varios millones de seres que vivían en árboles y ruinas. Ellas también se habían vuelto bastante cabronas, así que cualquier cosa que quisiera cazarlas tenía que hacer lo mismo. Eso es un león salvaje, una bola de pelo el doble de grande que los de toda la vida, con dientes, garras y una sed de sangre brutal.

Tenían que ser un peligro para los perros K.

¿Estás de coña? A los perros les encantaban, incluso a los pequeños salchicha, porque hacían que se sintieran de nuevo como perros de verdad. Los que corríamos peligro éramos nosotros; podían saltarnos encima desde un árbol o un tejado. No cargaban como los perros salvajes, sino que esperaban y se tomaban su tiempo hasta que estabas demasiado cerca para levantar un arma.

A las afueras de Minneapolis, mi escuadrón estaba limpiando un centro comercial vacío. Entré por la ventana de

---

* *Término empleado porque, cuando atacaban, daba la impresión de que estaban volando a gran velocidad.*
** *En la actualidad no existen datos científicos que prueben la aplicación de la Regla de Bergmann durante la guerra.*

un Starbucks y, de repente, tres de ellos me saltaron encima desde el otro lado del mostrador. Me derribaron, y empezaron a arañarme los brazos y la cara. ¿Cómo crees que me hice esto?

[Se señala la cicatriz de la mejilla.]

Supongo que aquel día la única víctima real fueron mis calzoncillos. Entre los uniformes a prueba de mordiscos, el chaleco antibalas que habíamos empezado a llevar y el casco... Llevaba mucho tiempo sin utilizar una protección dura, y se me había olvidado lo incómoda que era cuando te acostumbras a lo blandito.

¿Es que los salvajes, las personas salvajes, sabían utilizar armas de fuego?

No sabían como utilizar nada humano, por eso eran salvajes. No, el chaleco era para protegernos de la gente normal con la que nos encontrábamos. No me refiero a los rebeldes organizados, sino a los que iban en plan «Soy Leyenda». Siempre había un par de ellos en todas las ciudades, un tío o una tía que había logrado sobrevivir. Leí en alguna parte que los Estados Unidos era el país con mayor número de estos individuos, por nuestra naturaleza individualista o algo así. Llevaban mucho tiempo sin ver humanos de verdad, y, casi siempre, los primeros disparos eran accidentales o reflejos. A la mayoría lográbamos calmarlos; a esos los llamábamos RC, Robinson Crusoe..., era el término educado para los que se portaban bien.

Los otros, los «Soy Leyenda», estaban demasiado acostumbrados a ser los reyes. No sé de qué, de los emes, los *quislings* y los animales salvajes dementes, aunque supongo que, en su cabeza, creían estar viviendo la buena vida, y nosotros íbamos a arrebatársela. Así me derribaron a mí.

Estábamos cerca de la Torre Sears, en Chicago. Chicago nos regaló suficientes pesadillas para tres vidas enteras. Estábamos en pleno invierno, el viento se levantaba del lago con tanta fuerza que apenas podíamos permanecer en pie, y, de repente, sentí que el martillo de Thor me golpeaba en la cabeza. Un proyectil de un fusil de caza de gran potencia. Después de eso no volví a quejarme de los chalecos antibalas. La banda de la torre tenía su propio reino y no estaba dispuesta a entregárselo a nadie. Fue una de las pocas veces que utilizamos a toda la peña: SAW y granadas. También supuso el regreso de los Bradleys.

Una vez terminamos con Chicago, los jefes supieron que nos encontrábamos en un entorno con múltiples amenazas, y tuvimos que llevar puestas las protecciones rígidas, incluso en verano. Gracias, ciudad del viento. Todos los escuadrones recibieron unos folletos con la «pirámide de amenazas».

Estaba ordenada por probabilidad, no por letalidad. Los zetas estaban en el primer escalón, después los animales salvajes, los niños salvajes, los quislings y, en primer lugar, los «Soy Leyenda». Conozco a muchos tipos del grupo Sur que se quejaban de que siempre lo tenían más difícil porque, en nuestro caso, el invierno se encargaba de todo el nivel de amenaza de los zetas. Sí, claro, y lo reemplazaba por otro: ¡el invierno!

¿Qué dicen, que la bajada media de las temperaturas fue de diez grados, quince en algunas zonas?* Sí, lo teníamos fácil, metidos hasta el culo en nieve gris, sabiendo que, por cada cinco polos de zombi que rompieras, tendrías al

---

* Las cifras sobre los patrones climáticos durante la guerra todavía no se han determinado oficialmente.

menos otros cinco que se levantarían al fundirse el hielo. Al menos los del sur sabían que, una vez limpia la zona, estaba limpia, y no tenían que preocuparse por ataques desde la retaguardia. Barríamos cada zona tres veces, como mínimo. Utilizábamos de todo, desde palos y perros hasta radares terrestres de última generación, dale que te pego, y todo eso en pleno invierno. Perdimos más hombres por culpa de la congelación que por lo demás, y, encima, sabías, sabías de verdad, que cada primavera estarías en plan: «Mierda, otra vez». Es decir, incluso en la actualidad, con todos los barridos y grupos de voluntarios civiles, la primavera es como antes el invierno: la naturaleza nos hace saber que se acabó lo bueno por el momento.

Háblame de la liberación de las zonas aisladas.

Siempre eran duras, todas ellas. No olvides que esos lugares seguían sitiados, con cientos e incluso miles de monstruos a las puertas. La gente que estaba escondida en los fuertes gemelos de Comerica Park y Ford Field debían de tener un foso conjunto (así los llamábamos, fosos) de al menos un millón de emes. Fueron tres días de orgía de balas que hicieron que lo de Hope pareciese una escaramuza menor. Fue la única ocasión en la que llegué a pensar que nos superarían. Había una pila de cadáveres tan grande que temí que nos enterrase, literalmente, una avalancha de cuerpos. Ese tipo de batallas te dejaban tan hecho polvo, tan exhausto de mente y cuerpo que sólo querías dormir, nada más, ni comer, ni bañarte, ni siquiera follar: sólo querías buscarte un sitio calentito y seco, cerrar los ojos, y olvidarlo todo.

¿Cómo reaccionaban los liberados?

Había de todo. Las zonas militares tenían poca intensidad: muchas ceremonias formales, izada y bajada de banderas, «lo relevo, señor; gracias, señor», ese tipo de chorradas. También hubo algunos lloriqueos machotes, ya sabes, en plan: «No necesitábamos que nos rescatasen». Cosas por el estilo. Yo lo entendía, porque todos los soldados quieren ser los que aparecen cabalgando por la colina, no los que esperan en el fuerte. Sí, seguro que no necesitabas ayuda, colega.

A veces era cierto, como los pilotos de las afueras de Omaha. Eran un centro estratégico para lanzamientos aéreos, con vuelos regulares casi cada hora. En realidad, vivían mejor que nosotros: comida fresca, duchas calientes, camas blandas. Daba la impresión de que ellos nos rescataban a nosotros. Por otro lado, tenías a los cabezabuques de Rock Island, que se negaban a reconocer lo mal que lo habían pasado, pero a nosotros nos parecía bien. Después de tanto sufrimiento, se habían ganado el derecho a presumir de ello, como mínimo. Nunca conocí a ninguno en persona, aunque he oído las historias.

¿Y las zonas civiles?

Un tema completamente distinto. ¡Éramos los putos amos! Vitoreaban y gritaban, como se suponía que debía pasar en la guerra, igual que en las *pelis* en blanco y negro, con esos soldados estadounidenses entrando en París o donde fuera. Éramos estrellas de *rock*. Eché tantos... bueno..., si hay un montón de chavalines entre este lugar y la Ciudad de los Héroes que se parecen mucho a mí... [Se ríe.]

Pero hubo excepciones.

Sí, supongo que sí. No siempre, pero, de vez en cuando,

aparecía alguien, una cara enfadada en la multitud, que te gritaba: «¿Por qué coño habéis tardado tanto?», «¡Mi marido murió hace dos semanas!», «¡Mi madre murió esperándoos!», «¡Perdimos a la mitad de la gente el verano pasado!», «¿Dónde estabais cuando os necesitábamos?». Gente enseñando fotos, caras... Cuando entramos en Janesville, en Wisconsin, alguien llevaba un cartel con una foto de una niñita sonriente; debajo ponía: «¿Mejor tarde que nunca?». Lo apalearon los suyos; no deberían haberlo hecho. Es el tipo de cosas que veíamos, la mierda que te mantenía despierto después de pasar cinco noches sin dormir.

Muy de vez en cuando, de higos a brevas, entrábamos en una zona en la que no éramos bien recibidos. En Valley City, en Dakota del Norte, estaban en plan: «¡Que os jodan, soldados! ¡Nos disteis la espalda, no os necesitamos!».

¿Era una zona secesionista?

Oh, no, al menos ellos nos dejaron entrar. Los rebeldes sólo te recibían con disparos. Nunca me acerqué a esas zonas, porque los jefazos tenían unidades especiales para los rebeldes. Los vi una vez en la carretera, cuando iban de camino a Black Hills. Era la primera vez desde que había dejado las Rocosas que veía tanques; era una sensación desagradable, sabías cómo iba a acabar la cosa.

Se ha hablado mucho sobre los discutibles métodos de supervivencia de algunas zonas aisladas.

Sí, ¿y? Pregúntales a ellos.

¿Viste alguno?

No, y no quise hacerlo. La gente intentaba contármelo,

la gente a la que liberábamos. Estaban tan rotos por dentro que sólo querían quitarse ese peso de encima. ¿Sabes lo que les decía? Les decía: «Déjatelo dentro, tu guerra se ha acabado». No quería llevar más lastre en mi mochila, ¿sabes?

¿Y después? ¿Hablaste con alguno de ellos?

Sí, y leí mucho sobre los juicios.

¿Cómo te hicieron sentir?

Mierda, yo qué sé. ¿Quién soy yo para juzgarlos? No estaba allí, no tuve que enfrentarme a eso. Entonces no había tiempo para una conversación como ésta, ni para preguntas hipotéticas. Tenía un trabajo que hacer.

Sé que a los historiadores les gusta decir que el ejército de los Estados Unidos tuvo pocas bajas durante el avance, pocas comparadas con otros países, China o quizá los rusos; pocas si sólo se contaban las que causaron los zetas, porque había un millón de formas de palmarla en esa carretera, y dos tercios de ellas no estaban en esa pirámide que nos dieron.

Las enfermedades eran una importante, enfermedades que se suponían erradicadas allá por la Edad Media o algo así. Sí, nos tomábamos las pastillas, nos poníamos las inyecciones y, bueno, nos hacían reconocimientos regulares, pero había demasiada mierda por todas partes: en la tierra, en el agua, en la lluvia y en el aire que respirábamos. Cada vez que entrábamos en una ciudad o liberábamos una zona, al menos un tío se moría o era puesto en cuarentena. En Detroit perdimos un pelotón entero por culpa de la gripe española. Los jefazos se pusieron de los nervios con eso y dejaron el batallón en cuarentena durante dos semanas.

Después estaban las minas y las trampas explosivas que

algunos civiles habían colocado durante nuestra huida al oeste. Por aquel entonces tenía sentido: sembrabas kilómetros y kilómetros de minas, y así los zetas volaban en pedazos. El único problema es que las minas no funcionan de ese modo: no hacen volar en pedazos un cuerpo humano, sino que le arrancan una pierna, un tobillo o las joyas de la familia. Se diseñaron para eso, no para matar, sino para herirlos y que el ejército tuviese que emplear sus preciados recursos en mantenerlos vivos y después enviarlos a casa en silla de ruedas, de manera que sus *papis* civiles pudieran pensar de vez en cuando en que quizá apoyar aquella guerra no era tan buena idea. Pero los zombis no tenían hogar, ni *papis* civiles; lo único que hacían las minas convencionales era crear un montón de monstruos mutilados que, si acaso, dificultaban tu tarea, porque lo mejor era tenerlos en pie para verlos bien, no arrastrándose entre las malas hierbas, esperando a que los pisaras, como si se hubiesen convertido también en minas. No se podía saber dónde estaban las minas; muchas de las unidades que las habían colocado durante la retirada no las habían marcado correctamente, habían perdido las coordenadas o, simplemente, no estaban vivas para decírselo a nadie. Además, estaban las cosas que dejaban los «Soy Leyenda», las estacas *punji* y los cartuchos de escopeta que se disparaban al tropezar con un cable.

Así fue como perdí a un compañero en un Wal-Mart de Rochester, en Nueva York. Había nacido en El Salvador, pero se había criado en California. ¿Alguna vez has oído hablar de los Boyle Heights Boyz? Eran unos pandilleros muy duros de Los Ángeles a los que deportaron a El Salvador porque, técnicamente, estaban aquí de forma ilegal. Mi compañero acabó allí justo antes de la guerra y se abrió paso hasta aquí, atravesando todo México durante los peores días del Pánico, a pie, armado con un machete. No le quedaban ni familia ni amigos, tan sólo su hogar adoptivo. Amaba mucho este país, me recordaba a mi abuelo, ya sabes, el tema de la inmigración. Todo eso para acabar con un calibre veinte en la cara, probablemente montado por un capullo que había dejado de respirar hacía años. Putas minas y trampas explosivas.

Por otro lado, teníamos accidentes. Muchos edificios habían quedado debilitados por el combate; si le añades años de abandono y varios metros de nieve... Los tejados se derrumbaban sin avisar, estructuras enteras que se caían, hechas pedazos. De ese modo perdí a alguien; avistó a un enemigo, un salvaje que corría hacia ella a través de un taller mecánico, le disparó, y ya está. No sé cuántos kilos de nieve y hielo hicieron caer el tejado. Ella era... éramos... íntimos, ya sabes. Nunca hicimos nada al respecto, supongo que creíamos que eso lo habría hecho «oficial». Puede que pensáramos que nos facilitaría las cosas si algo le pasaba a uno de los dos.

[Mira a las gradas y sonríe a su esposa.]

No funcionó.

[Se toma un momento y respira profundamente.]

Después estaban las bajas psicológicas. Suponían más víctimas que todo lo demás junto. A veces entrábamos a zonas con barricadas y no encontrábamos más que esqueletos roídos por las ratas. Me refiero a las zonas que no habían sido invadidas por los zetas, las que sucumbieron al hambre o las enfermedades, o, simplemente, a la sensación de que no merecía la pena ver un nuevo amanecer. Una vez entramos en una iglesia de Kansas en la que quedaba claro que los adultos habían matado primero a los niños. Un tío de nuestro pelotón, un *amish*, leía todas sus notas de suicidio y se las aprendía de memoria, después se hacía un cortecito, una muesca diminuta en alguna parte del cuerpo para «no olvidar». El puto loco tenía todo el cuerpo lleno de marcas, del cuello a los pies. Cuando el teniente se enteró... lo licenció a toda leche por no ser apto para el servicio.

La mayoría de los locos salieron más adelante, no por el estrés, no, sino por la falta de él. Todos sabíamos que acabaría pronto, y creo que mucha gente que había estado aguantando durante mucho tiempo oyó una vocecita que decía: «Oye, colega, ya está, ya puedes dejarlo».

Conocía a un tío, un mastodonte enorme que había sido profesional de la lucha libre antes de la guerra. Estábamos caminando por la autovía al lado de Pulaski, en Nueva York, cuando el viento nos trajo el olor de un camión grande tirado en el camino. Estaba cargado de botes de perfume, nada elegante, las típicas colonias baratas de cualquier centro comercial. Mi amigo se quedó paralizado y empezó a sollozar como un niño, no podía parar; era un gigante con dos mil enemigos muertos a sus espaldas, un ogro que una vez cogió a un eme y lo usó como porra en un combate mano a mano. Tuvimos que cogerlo entre cuatro para tumbarlo en una camilla. Supusimos que el perfume le había recordado a alguien, aunque nunca supimos a quién.

También me acuerdo de otro tío sin nada especial, cuarentón, medio calvo, con un poco de tripa, aunque no mucha por culpa de las circunstancias. El tipo de persona que podrías haber visto en un anuncio de pastillas para la acidez antes de la guerra. Estábamos en Hammond, en Indiana, reconociendo defensas para el sitio de Chicago. Él vio una casa al final de una calle vacía, completamente intacta, salvo por las ventanas tapadas con tablas y la puerta rota, y puso una cara extraña, una sonrisa. Nos teníamos que haber dado cuenta mucho antes de que rompiese la formación, antes de oír el disparo. Estaba sentado en el salón, en un viejo sillón reclinable desvencijado, con el SIR entre las piernas, todavía sonriendo. Le eché un vistazo a las fotos de la repisa de la chimenea: era su casa.

Ésos eran los ejemplos extremos, los que hasta yo podría haber adivinado. Muchos de los otros resultaban imprevisibles. En vez de fijarme en los que reventaban, me fijaba en los que no, ¿tiene sentido?

Una noche, en Portland, Maine, estábamos en Deering Oaks Park vigilando unas pilas de huesos blanqueados que llevaban allí desde el Pánico. Dos soldados cogieron unas calaveras y empezaron a hacer una parodia de *Free to Be; You and Me**, la escena de los dos bebés. Sólo lo reconocí porque mi hermano mayor tenía el disco, era antes de mis tiempos. A algunos de los soldados mayores, los de la Generación X, les encantó. Se reunió una pequeña multitud y todos se reían y aullaban mientras las calaveras decían: «Hola, hola, soy un bebé», «¿Y qué soy yo, un saco de patatas?». Cuando terminaron, todos rompieron a cantar de forma espontánea: «*There's a land that I see...*». Utilizaban los fémures como si fuesen banjos, joder. Miré entre la multitud y vi a uno de nuestros loqueros, nunca podía pronunciar su nombre de verdad, doctor Chandra-no sé qué**. Lo miré a los ojos y puse cara de: «Oye, doctor, están todos locos, ¿verdad?». Tuvo que darse cuenta de lo que le preguntaba con la mirada, porque me devolvió la sonrisa y sacudió la cabeza. Eso me puso los pelos de punta; es decir, si los que actuaban como locos no lo estaban, ¿cómo sabías quién estaba ido de verdad?

Seguro que sabe quién era nuestra jefa de pelotón, salía en *La Batalla de las Cinco Facultades*. ¿Recuerda a esa tía alta

---

* *Free to Be... You and Me: Musical televisivo estadounidense de los años setenta.*
** *Comandante Ted Chandrasekhar.*

y con pinta de amazona que llevaba la azada para zanjas, la que cantó la canción? No tenía el mismo aspecto que en la *peli*, se había quedado sin curvas y llevaba el pelo cortado a cepillo, en vez de esa espesa melena de pelo negro reluciente. Era una buena jefe de pelotón, la «sargento Avalón». Un día encontramos una tortuga en un campo; las tortugas eran como los unicornios por aquel entonces, apenas se veían. Avalón puso una cara, no sé, como si fuese una niña; sonrió, cosa que nunca hacía, y la oí susurrarle algo a la tortuga, aunque creí que era un galimatías: «*Mitayuke Oyasin*». Después averigüé que significaba «todos mis parientes» en lengua *lakota*. Ni siquiera sabía que tenía sangre *sioux*, nunca había hablado del tema, ni había contado nada sobre ella. Y, de repente, como un fantasma, allí estaba el doctor Chandra, poniéndole el brazo sobre los hombros y diciéndole, en tono cordial: «Vamos, sargento, la invito a una taza de café».

Fue el día en que murió el presidente. Seguramente, él también oyó esa vocecilla: «Oye, colega, ya está, ya puedes dejarlo». Sé que a mucha gente no le gustaba tanto el vicepresidente, como si no pudiese reemplazar al gran hombre. A mí me daba pena, sobre todo porque yo me veía en la misma situación: sin Avalón, me tocaba ser jefe.

Daba igual que la guerra estuviese casi acabada, todavía quedaban muchas batallas por el camino, mucha gente buena a la que decir adiós. Para cuando llegamos a Yonkers, yo era el único que quedaba del grupo original que dejó Hope. No sé qué sentí al pasar junto a todos aquellos escombros oxidados: los tanques, las furgonetas destrozadas de los periodistas, los restos humanos... Creo que ya no sentía gran cosa, en general; hay demasiado que hacer cuando tienes un pelotón a tu cargo, demasiadas caras nuevas de las que ocuparse. Notaba los ojos del doctor Chandra fijos en mí, pero nunca se acercó, nunca me dejó ver que algo fuese mal. Cuando subimos a las barcazas en la orilla del río Hudson, nos miramos a los ojos; él sonrió y sacudió la cabeza: lo habíamos conseguido.

Despedidas

Burlington (Vermont, EE.UU.)

[Ha empezado a caer la nieve. El Chiflado se vuelve hacia la casa, a regañadientes.]

¿Ha oído hablar de Clement Attlee? Claro que no, ¿por qué iba a haberlo oído? El hombre era un perdedor, una mediocridad de tercera que sólo logró colarse en los libros de historia porque derrotó a Winston Churchill antes de que terminase oficialmente la Segunda Guerra Mundial. La guerra había llegado a su fin en Europa, y los británicos tenían la sensación de haber sufrido lo suficiente, pero Churchill seguía presionando para ayudar a los Estados Unidos frente a Japón, diciendo que la guerra no se terminaba hasta que se terminaba en todas partes. Y mire qué le pasó al Viejo León. Eso era lo que queríamos evitar en nuestra administración, y por eso decidimos declarar la victoria después de asegurar los Estados Unidos continentales.

Todos sabían que, en realidad, la guerra no había acabado. Todavía teníamos que ayudar a nuestros aliados y limpiar partes enteras del mundo que seguían dominadas por los muertos. Aunque quedaba mucho trabajo por hacer, como teníamos el patio en orden, quisimos darle a la gente la opción de volver a casa. Entonces fue cuando se creó la fuerza multinacional de la ONU, y nos sorprendió agradablemente comprobar cuántos voluntarios se alistaron durante la primera semana. La verdad es que tuvimos que rechazar a algunos y ponerlos en la lista de reserva o asignarlos a entrenar a los jóvenes que se perdieron el avance por América. Sé que me llovieron las críticas por elegir a la ONU en vez de organizar una cruzada estadounidense, y, si le soy sincero, no me podía importar menos. Estados Unidos es un buen país, sus ciudadanos esperan un trato justo y cuando el trato termina con las últimas botas en las playas del Pacífico, les das la mano, les pagas su sueldo y dejas que todos aquéllos que deseen volver a sus vidas lo hagan.

Quizá eso haya hecho que la campaña en el extranjero sea un poco más lenta. Aunque nuestros aliados vuelven a estar en pie, seguimos teniendo algunas zonas blancas por limpiar: sierras, islas por encima de la cota de nieve, el lecho marino, y queda Islandia... Islandia va a ser dura. Ojalá los *ruskis* pudieran ayudarnos en Siberia, pero, bueno, son como son. Además, todavía tenemos ataques en casa, todas las primaveras o de vez en cuando, cerca de un lago o una playa. Cada vez hay menos, gracias al cielo, lo que no quiere decir que debamos bajar la guardia. Todavía estamos en guerra y, hasta poder eliminar, purgar y, en caso necesario, volar en pedazos todo rastro de la epidemia de la faz de la Tierra, la gente tiene que colaborar y hacer su trabajo. Sería agradable que sacásemos al menos esa lección de tanta desgracia: estamos en esto juntos, así que arrimad el hombro y haced vuestro trabajo.

[Nos detenemos junto a un viejo roble. Mi compañero lo mira de arriba abajo y le da un golpecito con el bastón. Después, se dirige al árbol...]

Estás haciendo un buen trabajo.

JUZHIR (ISLA DE OLJON, LAGO BAIKAL, SAGRADO IMPERIO RUSO)

[Una enfermera interrumpe nuestra entrevista para asegurarse de que María Zhuganova se toma sus vitaminas prenatales. María está de cuatro meses; será su octavo bebé.]

Sólo lamento no haber podido estar en el ejército para la «liberación» de nuestras antiguas repúblicas. Habíamos purgado la patria de la suciedad zombi y nos tocaba llevar la guerra más allá de nuestras fronteras. Ojalá hubiese estado allí el día que volvimos a incorporar Bielorrusia al imperio. Dicen que pronto le tocará a Ucrania y, después de eso, quién sabe. Me gustaría haber podido participar, pero tenía «otros deberes»...

[Se da una palmadita en el vientre.]

No sé cuántas clínicas como ésta habrá en todo el país, aunque seguro que no las suficientes. Somos pocas las mujeres jóvenes y fértiles que no han sucumbido a las drogas, al SIDA o al hedor de los muertos vivientes. Nuestro líder dice que la mejor arma para una mujer rusa es la que lleva en el útero. Si eso significa no saber quiénes son los padres de mis hijos ni...

[Mira un instante al suelo.]

...mis hijos, que así sea. Sirvo a la patria, y la sirvo de todo corazón.

[Me mira a los ojos.]

¿Se está preguntando cómo se puede explicar esta «existencia» dentro de nuestro nuevo estado fundamentalista? Bueno, deje de preguntárselo: no se puede. Todos esos dogmas religiosos son para las masas; les das su opio y se quedan tranquilos. No creo que ningún miembro del gobierno, ni siquiera de la Iglesia, se crea realmente lo que predica. Bueno, quizá un hombre, el viejo padre Ryzhkov, antes de que lo mandasen a ese lugar perdido. No tenía nada más que ofrecer, no como yo; me quedan al menos dos hijos más que darle a la patria. Por eso me tratan tan bien y me permiten hablar con tanta libertad.

[María mira al espejo espía que tengo detrás.]

¿Qué me van a hacer? Para cuando haya dejado de ser útil, ya habré superado la expectativa de vida media de nuestras mujeres.

[Hace un gesto muy grosero con el dedo, en dirección al espejo.]

Además, quieren que usted oiga esto. Por eso lo han dejado entrar en el país, para oír nuestras historias y hacer sus preguntas. A usted también lo están usando, ¿sabe? Su misión es contarle al mundo lo que pasa en el nuestro, hacerle ver qué pasaría si alguien se atreve a jodernos. La guerra nos ha devuelto a nuestras raíces, nos ha hecho recordar qué significa ser rusos. Somos fuertes de nuevo, temidos de nuevo y, para los rusos, eso sólo quiere decir una cosa: ¡que por fin estamos a salvo otra vez! Por primera vez en casi cien años, por fin podemos acurrucarnos dentro del puño protector de un César, y seguro que sabe cómo se dice César en ruso.

BRIDGETOWN
(BARBADOS, FEDERACIÓN DE
LAS INDIAS OCCIDENTALES)

[El bar está prácticamente vacío, casi todos los clientes se han ido por sus propios medios o se los ha llevado la policía. El personal que queda en el turno de noche limpia las sillas rotas, los cristales rotos y los charcos de sangre del suelo. En un rincón, los últimos sudafricanos cantan una versión ebria y emotiva de la versión que Johnny Clegg hizo de «Asimbonaga» durante la guerra. T. Sean Collins tararea, distraído, algunos compases, se traga su chupito de ron y se apresura a pedir otro.]

Soy un adicto al asesinato, y ésa es la forma amable de decirlo. Alguien podría responder que no es técnicamente cierto, ya que, como están muertos, en realidad no los estoy matando. Y una mierda; es asesinato, y no hay ningún subidón comparable. Sí, puede meterme todo lo que quiera con esos mercenarios de antes de la guerra, los veteranos de Vietnam y los Ángeles del Infierno, pero, en este momento, no me diferencio mucho de ellos, no me diferencio de esos perdedores de la jungla que no volvían a casa, incluso cuando lo hacían, ni de esos pilotos chulitos de la Segunda Guerra Mundial que cambiaron los Mustang por Harley Davidson.

Vives con tanta adrenalina, tan nervioso todo el tiempo, que cualquier otra cosa es como estar muerto.

Intenté encajar, establecerme, hacer amigos, conseguir un trabajo y hacer lo posible por ayudar a reconstruir los Estados Unidos. El problema era que, además de estar muerto, no podía pensar en otra cosa que no fuese matar. Empezaba a fijarme en los cuellos de la gente, en sus cabezas, y pensaba: «Hmmm, ese tío debe de tener un lóbulo frontal grueso, tengo que entrar por la órbita». O: «Con un golpe fuerte al occipital acabaría con esa chica en un segundo». Cuando el nuevo *presi*, el Chiflado (Dios, ¿quién soy yo para llamarlo así?), cuando lo oí hablar en aquel mitin, pensé en unas cincuenta formas de derribarlo. Fue entonces cuando decidí largarme, tanto por el bien de los demás como por el mío. Sabía que un día llegaría a mi límite, me emborracharía, me metería en una pelea y perdería el control. Una vez que empezase, no podría parar, así que dije adiós y me uní a los Impisi, el mismo nombre que las Fuerzas Especiales Sudafricanas. *Impisi* es la palabra zulú para hiena, la que se encarga de los muertos.

Somos un grupo privado, sin reglas, ni papeleo, por eso lo preferí antes que a un empleo normal dentro de la ONU. Establecemos nuestros horarios y elegimos nuestras armas.

[Señala un utensilio que tiene a su lado, una especie de pala de acero afilada.]

Pouwhenua, me la dio un hermano maorí que jugaba para los All Blacks antes de la guerra. Unos cabrones muy duros los maoríes. La batalla de One Tree Hill, quinientos de ellos contra la mitad de la población de Aukland, todos reanimados. La *pouwhenua* es un arma difícil de utilizar, aunque ésta sea de acero en vez de madera, pero es la otra ventaja de ser un mercenario: a estas alturas, ¿cómo te va a dar un subidón apretando un gatillo? Tiene que ser duro y peligroso, y, cuantos más emes tengas que matar, mejor. Está claro que, tarde o temprano, no van a quedar muchos, y, cuando eso pase...

[En ese momento, el Imfingo hace sonar la
sirena, avisando de que suelta amarras.]

Ése es mi taxi.

[T. Sean llama al camarero y deja caer unos
cuantos rands de plata sobre la mesa.]

Todavía me queda esperanza, aunque parezca una locura;
nunca se sabe. Por eso ahorro gran parte de mi sueldo en
vez de devolvérselo al país anfitrión o gastarlo en quién
sabe qué. Puede que al final consiga desengancharme. Un
hermano canadiense, «Mackee» Macdonald, decidió que ya
tenía suficiente justo después de limpiar la isla de Baffin. He
oído que está en Grecia, en un monasterio o algo así. Puede
pasar. Quizá todavía haya una vida esperándome por ahí.
Tengo derecho a soñar, ¿no? Por supuesto, si no sale así, si
un día me queda el enganche, pero no los zetas...

[Se levanta para marcharse, echándose el arma
al hombro.]

Entonces es probable que el último cráneo que parta sea
el mío.

Parque Natural Provincial de
Sand Lakes (Manitoba, Canadá)

[Jesika Hendrinks carga las últimas «captu-
ras» del día en el trineo: quince cadáveres y
un montón de miembros descuartizados.]

Intento no sentir ira, no sentir rencor por esta injusticia. Ojalá pudiera encontrarle sentido. Una vez conocí a un antiguo piloto iraní que viajaba por Canadá en busca de un lugar donde establecerse; decía que los estadounidenses eran las únicas personas que había conocido que no eran capaces de aceptar que a la gente buena les pueden pasar cosas malas. Quizá tenga razón. La semana pasada estaba oyendo la radio y, por casualidad, oí a [nombre eliminado por motivos legales]. Estaba haciendo lo de siempre, chistes de pedos, insultos y sexualidad de adolescentes, y recuerdo haber pensado: «Este hombre ha sobrevivido, y mis padres no». No, intento no sentir rencor.

Troy (Montana, EE.UU.)

[La señora Miller y yo estamos en el balcón de atrás, por encima de los niños que juegan en el patio central.]

Puede culpar a los políticos, a las empresas, a los generales, a la «maquinaria», pero, en realidad, si quiere culpar a alguien, cúlpeme a mí. Yo soy el sistema estadounidense, yo soy la maquinaria. Es el precio por vivir en democracia, todos tenemos que pagar el pato. Entiendo por qué China tardó tanto en aceptarlo, y por qué Rusia decidió mandarlo a la mierda y volver al sistema que tienen ahora, lo llamen como lo llamen. Es bonito poder decir: «Oye, no me mires a mí, que yo no tengo la culpa». Bueno, pues sí, es culpa mía, y culpa de todos los de mi generación.

[Mira a los niños.]

Me pregunto qué dirán las generaciones futuras sobre nosotros. Mis abuelos sufrieron la Depresión y la Segunda Guerra Mundial, y volvieron a casa para construir la clase media más importante de la historia humana. Bien sabe Dios que no eran perfectos, pero se acercaron mucho al sueño americano. Después llegó la generación de mis padres para joderlo todo: los hijos del *boom* de la natalidad, la generación del egocentrismo. Y después estamos nosotros. Aunque detuvimos la amenaza zombi, fuimos nosotros los que dejamos que llegara a convertirse en una amenaza. Al menos estamos limpiando nuestra mierda, y quizá sea ése el mejor epitafio que podamos esperar: «La Generación Z: limpiaron su mierda».

CHONGQING (CHINA)

[Kwang Jingshu hace su última visita a domicilio del día, un niño con una enfermedad respiratoria. La madre teme que sea otro caso de tuberculosis y recupera el color cuando el médico le asegura que no es más que un catarro con tos seca. Sus lágrimas y su gratitud nos siguen hasta la calle polvorienta.]

Resulta reconfortante volver a ver niños, me refiero a los nacidos después de la guerra, los que sólo conocen un mundo que incluye a los muertos vivientes. Saben que no tienen que jugar cerca del agua y que no deben salir solos o después de anochecer ni en primavera, ni en verano. No saben tener miedo, y ése es el mayor regalo, el único regalo que podemos dejarles.

A veces pienso en aquella anciana de Nueva Dachang, en lo que vivió, en la convulsión en apariencia interminable que definió a su generación. Ahora soy como ella, un anciano que ha visto su país hecho jirones muchas veces. Sin embargo, siempre hemos logrado superarlo, reconstruir y renovar nuestra nación, y lo haremos de nuevo, tanto China como el mundo. En realidad no creo en la otra vida (seguiré siendo un viejo revolucionario hasta el final), pero, si la hay, me imagino a mi viejo compañero Gu riéndose de mí por decir, con toda sinceridad, que todo va a salir bien.

WENATCHEE (WASHINGTON, EE.UU.)

[Joe Muhammad acaba de terminar su última obra maestra, una figurilla de treinta y tantos centímetros que representa a un hombre arrastrando los pies, cargado con una mochilla portabebés y mirando hacia delante con ojos muertos.]

No voy a decir que la guerra fuese buena, no estoy tan loco, pero tiene que reconocer que consiguió unir a la gente. Mis padres no paraban de hablar de lo mucho que echaban de menos el sentimiento de comunidad de Paquistán. Nunca hablaban con sus vecinos estadounidenses, nunca los invitaban a casa, apenas conocían sus nombres, a no ser que fuese para quejarse del volumen de la música o los ladridos de un perro. Ya no vivimos en un mundo así, y no es sólo el barrio, ni siquiera el país: en cualquier parte del mundo, con cualquier persona que hables, todos tenemos una poderosa experiencia compartida. Hace un par de años me fui de crucero en la Pan Pacific Line, que cruza las islas. Teníamos gente de todas partes, y, aunque los detalles fuesen distintos, las historias en sí eran bastante similares. Sé que quizá peque de exceso de optimismo, porque estoy seguro de que, en cuanto todo vuelva a la «normalidad», cuando nuestros hijos y nietos crezcan en un mundo pacífico y cómodo, seguramente volverán a ser tan egoístas y estrechos de miras como éramos nosotros, y volverán a tratarse de puta pena. Pero, por otro lado, ¿seguro que todo lo que hemos pasado puede desaparecer sin más? Una vez oí un proverbio africano: «No se puede cruzar un río sin mojarse». Eso me gusta creer.

No me malinterprete, claro que echo de menos algunas cosas del antiguo mundo, sobre todo lo material, lo que tenía o lo que creía que podría tener en el futuro. La semana pasada hicimos una despedida de soltero para uno de los chicos de la manzana. Cogimos prestado el único reproductor de DVD que funciona y unas cuantas *pelis* de antes de la guerra. Había una escena en la que a Lusty Canyon se la estaban tirando tres tíos sobre el capó de un BMW Z4 convertible de color gris perla, y yo sólo podía pensar: «Vaya, ya no hacen coches como ésos».

TAOS (NUEVO MÉXICO, EE.UU.)

[Los filetes están casi hechos. Arthur Sinclair le da la vuelta a las crujientes tajadas de carne y disfruta del olor.]

De todos los trabajos que he tenido, el mejor fue el de *poli* financiero. Cuando la nueva presidenta me pidió que volviese a mi puesto como jefe de la Comisión de Valores y Bolsas, estuve a punto de besarla. Como en mis días del DeStRes, estoy seguro de que sólo conseguí el cargo porque nadie más lo quería. Todavía quedan muchos retos por delante, mucho país dedicado al cambalache. Conseguir que la gente deje el sistema de trueque y vuelva a confiar en el dólar estadounidense... no es fácil. El peso cubano sigue siendo el rey y muchos de nuestros ciudadanos más adinerados tienen sus cuentas bancarias en La Habana.

El solo hecho de resolver el dilema de los excedentes monetarios ya es lo bastante complicado para cualquier administración. Se robó mucho dinero después de la guerra, el encontrado en cámaras abandonadas, casas, cadáveres... ¿Cómo se distingue a esos saqueadores de las personas que de verdad tenían escondidos los ahorros de su trabajo, sobre todo cuando los registros de las propiedades son tan escasos como el petróleo? Por eso el trabajo de policía financiero es el más importante que he tenido. Hay que pillar a los cabrones que impiden que la economía estadounidense recupere su confianza, no sólo a los pequeños ladrones, sino a los peces gordos, los hijos de puta que intentan comprar casas antes de que los supervivientes puedan reclamarlas, o presionar para liberar el comercio de alimentos y otros bienes esenciales para la supervivencia... Y ese cabrón de Breckinridge Scott, sí, el rey de Phalanx, que se esconde como una rata en su Fortaleza Ártica de Basurilandia. Todavía no lo sabe, pero hemos estado hablando con los *ruskis* para que no le renueven la licencia. Mucha gente está deseando que vuelva a casa, sobre todo los de Hacienda.

[Sonríe y se frota las manos.]

Confianza, la confianza es el combustible de la máquina capitalista. Nuestra economía sólo puede funcionar si la gente cree en ella; como dijo Roosevelt: «Sólo debemos temer al miedo». Mi padre se lo escribió, o eso decía.

Ya empieza, va lento, pero va. Todos los días hay más cuentas corrientes en los bancos estadounidenses, unos cuantos negocios privados más, unos cuantos puntos de subida en el Dow. Es como lo del clima: todos los años el verano dura un poco más y los cielos están un poco más azules. Está mejorando, ya lo verá.

[Mete la mano en una nevera llena de hielo y saca dos botellas marrones.]

¿Una cerveza de hierbas?

KYOTO (JAPÓN)

[Es un día histórico para la Sociedad del Escudo. Por fin la han aceptado como una rama independiente de las Fuerzas de Autodefensa Japonesas. Su labor principal consistirá en enseñar a los civiles japoneses a protegerse de los muertos vivientes. Su misión a largo plazo también conllevará aprender las técnicas con y sin armas de otras organizaciones no japonesas, y ayudar a fomentar dichas técnicas en todo el mundo. El mensaje de la Sociedad, contra las armas de fuego y a favor de la colaboración internacional, ya se ha considerado un éxito inmediato, lo que ha atraído a periodistas y dignatarios de casi todas las naciones de la ONU.

Tomonaga Ijiro está a la cabeza del comité de recepción, sonriendo e inclinándose para saludar al desfile de invitados. Kondo Tatsumi también sonríe mientras observa a su maestro desde el otro lado de la habitación.]

Ya sabe que, en realidad, no me trago esas creencias espirituales, ¿verdad? Por lo que a mí respecta, Tomonaga no es más que un viejo *hikabusha* loco, pero ha iniciado algo maravilloso, algo que será vital para el futuro de Japón. Su generación quería gobernar el mundo y la mía se conformaba con dejar que el mundo nos gobernase a nosotros, y, cuando digo «el mundo», me refiero a ustedes, a los Estados Unidos. Ambos caminos llevaban a la destrucción casi total de nuestra patria. Tiene que haber una forma mejor, un término medio en el que poder responsabilizarnos de nuestra protección, aunque no tanto para despertar la ansiedad y el odio de los países amigos. No sé decirle si éste es el camino correcto; el futuro es demasiado accidentado para ver mucho más allá. Sin embargo, seguiré al *sensei* Tomonaga por su camino, tanto yo como otros muchos que se unen a nosotros todos los días. Sólo los «dioses» saben qué nos espera al final.

ARMAGH (IRLANDA)

[Philip Adler termina su bebida y se levanta.]

Cuando abandonamos a aquella gente a merced de los muertos, perdimos algo más que sus vidas; no pienso decir más.

Tel Aviv (Israel)

[Terminamos la comida, y Jurgen me arranca el billete de la mano.]

Por favor, yo escogí la comida, así que yo invito. Antes odiaba estas cosas, creía que parecían un bufé de vómitos. Mi personal tuvo que arrastrarme hasta aquí una tarde, unos *sabras* jóvenes con gustos exóticos: «Pruébalo, viejo *yekke*». Así me llamaban, *yekke*; quiere decir estirado, aunque la definición oficial es judío alemán. Tenían razón en ambas cosas.

Yo estaba en el Kindertransport, la última oportunidad de sacar niños judíos de Alemania. Fue la última vez que vi vivos a los miembros de mi familia. En Polonia hay un pequeño estanque, en un pueblecito, al que solían tirar las cenizas. Medio siglo después, el estanque sigue gris.

He oído decir que no hubo supervivientes del Holocausto, que, incluso los que lograron seguir técnicamente vivos, habían sufrido unos daños tan irreparables que su espíritu y su alma, las personas que eran, desaparecieron para siempre. Me gusta pensar que no es cierto, pero, si lo es, en toda la Tierra no ha quedado ni un superviviente de esta guerra.

A bordo del USS Tracy Bowden

[Michael Choi se apoya en a barandilla de la cubierta de vuelo, mirando al horizonte.]

¿Quiere saber quién perdió la Guerra Mundial Z? Las ballenas. Supongo que no tenían muchas posibilidades, teniendo en cuenta los millones de refugiados hambrientos de los barcos y que la mitad de las armadas del mundo se habían convertido en flotas pesqueras. No hace falta mucho, sólo tirar un torpedo desde un helicóptero, no lo bastante cerca para provocar daños físicos, pero sí para dejarlas sordas y aturdidas. No se daban cuenta de que llegaban los buques factoría hasta que ya era demasiado tarde. Oías las detonaciones y los chillidos a kilómetros de distancia, porque nada conduce mejor el sonido que el agua.

Una pena, y no hace falta ser un pirado que apesta a pachuli para darse cuenta. Mi padre trabajaba en Scripps, no en la escuela para chicas de Claremont, sino en el instituto oceanográfico de las afueras de San Diego. Por eso me uní a la armada en un principio y por eso aprendí a amar el océano. Las ballenas grises de California se veían por todas partes, unos animales majestuosos que por fin resurgían después de haber estado al borde de la extinción. Dejaron de sentir miedo de nosotros y, a veces, podías acercarte lo suficiente para tocarlas. Podrían habernos matado en un abrir y cerrar de ojos, con un sólo golpe de sus dos metros y medio de aleta de cola, con una arremetida de su cuerpo de treinta y tantas toneladas. Todos los balleneros las llamaban peces del infierno por la feroz resistencia que ofrecían cuando se veían arrinconadas. Sin embargo, ellas sabían que no queríamos hacerles daño, incluso permitían que las acariciásemos, o, si querían proteger a una cría, se limitaban a apartarnos con delicadeza. Un gran poder y un enorme potencial para la destrucción. Las grises de California eran unas criaturas asombrosas, y ahora han desaparecido, junto con las azules, las de aleta, las jorobadas y las francas. He oído que se han visto algunas blancas y narvales que sobrevivieron bajo el hielo ártico, aunque seguramente no bastarán para un banco de genes sostenible. Sé que todavía quedan algunos grupos de orcas intactos, pero, con los niveles de contaminación que tenemos, y con menos peces que en una piscina de Arizona, no creo que tengan posibilidades. Aunque mamá naturaleza les dé alguna ventaja, los adapte como hizo con algunos de los dinosaurios, los amables gigantes se han ido para siempre. Es como en esa *peli*, ¡*Oh, Dios*!, cuando el Todopoderoso reta al Hombre a intentar crear una caballa desde cero. «No es posible», le dice; y, a no ser que algún archivista genético llegase allí antes que los torpedos, tampoco puedes crear de la nada una ballena gris de California.

[El sol se pone en el horizonte. Michael suspira.]

Así que, la próxima vez que alguien le diga que las verdaderas víctimas de la guerra fueron «nuestra inocencia» o «parte de nuestra humanidad»...

[Escupe al agua.]

Lo que tú quieras, hermano. Díselo a las ballenas.

DENVER (COLORADO, EE.UU.)

[Todd Wainio me acompaña al tren mientras saborea los cigarrillos cubanos con un cien por cien de tabaco que le he comprado como regalo de despedida.]

Sí, a veces me derrumbo durante unos minutos, quizá una

hora. El doctor Chandra me dijo que no pasaba nada; ahora está de consejero aquí, en el Centro de Veteranos. Una vez me dijo que es muy saludable, como los pequeños terremotos que liberan la presión de una falla. Dice que los preocupantes son los que no tienen esos «temblores insignificantes».

No hace falta gran cosa para dispararme, a veces huelo algo, o la voz de alguien me resulta muy familiar. El mes pasado, mientras cenábamos, estaban poniendo una canción en la radio, no creo que fuera sobre la guerra, ni siquiera creo que fuese americana, porque el acento y algunas de las palabras no encajaban, pero el estribillo... «Que Dios me ayude, sólo tenía diecinueve años.»

[La sirena anuncia la salida de mi tren. La gente empieza a subir.]

Lo curioso es que mi recuerdo más nítido se acabó convirtiendo en el icono nacional de la victoria.

[Señala el mural gigantesco que tenemos detrás.]

Ésos éramos nosotros, de pie en Jersey, en la orilla del Hudson, contemplando la salida del sol sobre Nueva York. Acabábamos de enterarnos que era el Día VA. No hubo vítores ni celebraciones, no parecía real. ¿Paz? ¿Qué coño significaba eso? Llevaba tanto tiempo asustado, luchando, matando y esperando morir, que supongo que había aceptado que así sería el resto de mi vida. Creía que era un sueño, a veces todavía me lo parece cuando recuerdo aquel día, aquel amanecer sobre la Ciudad de los Héroes.

AGRADECIMIENTOS

Un agradecimiento especial a mi mujer, Michelle, por su amor y apoyo.

A Ed Victor, por empezarlo todo.

A Steve Ross, Luke Dempsey y a los equipos de Crown Publishers y Almuzara al completo.

A T. M. por cubrirme las espaldas.

A Brad Graham, del Washington Post; a los doctores Cohen, Whitemann y Hayward; a los profesores Greenberger y Tongun; al rabino Andy; al padre Fraser; al STS2SS Bordeaux (USN fmr); a Bob y Esther; a Julie; a Jessie; a Gregg; a Honupo; y a mi padre, por el «factor humano».

Finalmente, me gustaría dar las gracias a los tres hombres que me inspiraron para hacer posible este libro: Studs Terkel; el difunto general Sir John Hackett; y, por supuesto, el genio y el terror de George A. Romero.

Te quiero, mamá.